자신만의 정원을 발견하게 될

_____ 에게

비올레트와 비밀의 정원 1

비올레트와 비밀의 정원

위대한 정원의 수호자

폴 마르탱 글 | 장 바티스트 부르주아 그림 | 김주경 옮김

arte

이자벨을 위해

폴 마르탱

비올레트를 위해

장 바티스트 부르주아

주인공의 이름 '비올레트 위르르방'은 에밀리 브론테가 쓴 《폭풍의 언덕》 프랑스어판 제목(Les Hauts de Hurlevent)에서 영감을 얻은 것임을 밝힌다.

1장

늑대 가죽

　정원은 딱딱하게 굳어 있었다. 오래전부터 모두에게 새까맣게 잊힌 채……. 나무들 사이에선 새들의 노랫소리가 들리지 않았다. 꽃밭을 붕붕거리며 날아다니는 꿀벌도 보이지 않았다. 나비, 무당벌레는커녕 날벌레 한 마리도 없었다. 차렷 자세를 한 튤립 몇 송이는 절대로 오지 않을 상관을 무작정 기다리는 병사들처럼 보였다.

　여기저기 보이는 관목과 나무, 바위 위에 먼지가 꽤 두껍게 쌓여 있었다. 늪지의 물도, 개울물도 그대로 정지한 것 같았다. 햇살이 조금도 비치지 않는 그늘엔 매끄러운 눈밭이 단조롭게 펼쳐져 있었다.

　그루터기들의 밑동에도, 고목들의 구멍 속에도, 바위들 뒤편에도 바람 한 점 없었다. 정원의 모든 것이 우물처럼 깊고 깊은 잠에 빠져 있었다. 동물들은 꼭꼭 숨어 있는 게 분명했다. 잠든 정원에 활기를 불어넣는, 달리고, 뛰고, 날고, 기는 동물은 단 한 마리도 없었다.

　그런데 방금, 뭔가가 움직였다.

　땅속 깊은 곳, 햇빛이 한 번도 닿지 않은 땅굴 안에서 눈 하나가 반짝 떠지나 싶더니, 곧 나머지 한쪽도 마저 반짝 떴다. 이어지는 긴 하품 소리……. 잠시 뒤 어둠 속에서 또 다른 한 쌍의 눈이 몇 번 깜빡이다 천천히 떠졌다. 그리고 또 한 쌍의 눈도…….

　드디어 목소리가 들렸다.

"친구들, 누군가가 오고 있어." 제일 먼저 뜨였던 눈이 말했다. 나직하면서도 평온하고, 확신에 찬 소리였다. "분명히 느꼈다니까!"

"맞아! 나도 느꼈어, 애들아!" 생기 있고 쾌활한 두 번째 목소리가 말했다.

"별말을 다 하네. 오긴 누가 온다고 그래? 아무도 안 와." 세 번째 목소리가 투덜거렸다. "잠이나 더 자자!"

두 번째 목소리가 다시 말했다.

"아냐, 틀림없어. 마르그리트, 넌 못 느꼈니? 누군가가 정원에 들어왔다니까. 준비하자. 주민들에게 알려야 해! 성대한 환영식을 해 줘야지!"

"비르지니아, 좀 조용히 할 수 없어?" 퉁명한 목소리가 반박했다. "철문을 넘어왔던 두 소년을 잊은 거야? 개를 산책시키던 귀가 어두운 남자는? 그들은 금방 떠났어, 아무것도 보지 않고 말이야. 이번에도 그럴 게 뻔하잖아. 시몬, 제발 비르지니아에게 흥분하지 말라고 말 좀 해 줘!"

시몬은 바로 대답하지 않고 긴 터널을 기어가기 시작했다. 뭔가 식욕을 돋우는 냄새가 솔솔 풍겼기 때문이다. 시몬이 흙을 긁어내며 말했다.

"마르그리트, 그렇게 찬물 끼얹지 마. 물론 확실한 건 없지. 그래도 이번엔 분명히 다른 느낌이 들어. 이 먹음직스러운 벌레 좀 보라고. 기름지고 살이 아주 통통하게 올랐잖니? 좋은 징조야."

시몬은 지렁이를 맛있게 삼키고 나서 덧붙였다.

"마르그리트! 싫으면 넌 여기 있어. 난 올라갈 테니까. 비르지니아, 같이 갈 거지? 위에서 무슨 일이 벌어지는지 보러 갈 때가 왔어!"

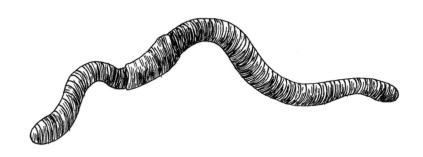

1
피난처

완전히 난장판이었다! 그도 그럴 것이, 이 정원은 사람의 손길이 닿지 않은 지 30년도 더 됐으니까……. 그다지 넓어 보이진 않았지만, 가시덤불과 잡초로 어지럽게 덮여 있어서 정확한 크기를 가늠하기 어려웠다.

잔디보다 이끼가 더 많은 잔디밭에서, 한 소녀가 밤나무에서 떨어진 가느다란 나뭇가지 하나를 주웠다. 왠지 화가 잔뜩 난 소녀는 애꿎은 민들레를 나뭇가지로 후려쳤다. 노란 꽃이 똑 부러져서 멀리 날아갔다. 데이지 다발도 한 대 맞고, 다른 꽃들도 공격을 받았다. 가느다란 나무 회초리가 휙휙 왔다 갔다 하면서 꽃줄기와 키 큰 잡초를 마구 꺾어 버렸다.

비올레트 위르르방은 마음 깊은 곳에서 끓어오르는 분노를 느꼈다. 누구를 향한 분노일까? 뭐라 말하기 어렵다. 퀴퀴한 냄새가 나는 낡은 집으로 억지로 이사한 엄마를 향한 것일까? 아니면 종일 울기만 하는 어린 동생 이방을 향해서? 어쩌면 저절로 울적한 기분이 들게 만드는 칙칙한 방 때문일까? 도로와 철도 사이에 끼어 있는, 이 촌스러운 동네 때문에? 비올레트 가족이 이사 온 집은 도시도 시골도 아닌, 사람이 거의 살지 않는 외딴곳이었으니 그럴 만도 했다. 그것도 아니면, 혹시 이 볼썽사나운 정원 때문일까?

사실 비올레트는 이 모든 것에 화가 나 있었다. 특히 아빠에게. 아빠만 없었다면 굳이 여기까지 도망쳐 올 필요도 없었을 것이다.

이런 상황에 비올레트의 개 파벨까지도 소녀를 짜증 나게 했다. 녀석은 주인의 기분 따위는 아랑곳하지 않고, 뭐가 그리 즐거운지 연신 꼬리를 흔들면서 비올레트의 나뭇가지를 잡겠다고 주위를 껑충껑충 뛰었다.

아무리 봐도 형편없다, 이 정원은. 잔디는 초라하기 그지없고, 구석구석에 낡고 녹슨 물건들도 나뒹굴고 있었다. 물뿌리개며 자전거 바퀴며 쿠션 속이 다 드러난 의자하며……. 한마디로 모두 쓰레기다!

"파벨! 나 추워. 돌아가자."

비올레트는 자기 방을 한 바퀴 둘러봤다. 너무 어두운 데다, 곰팡내와 축축한 회반죽 냄새가 배어 있었다. 파벨이 방의 구석구석을 킁킁대며 냄새 맡는 동안, 비올레트는 창문으로 정원을 바라봤다. 낡은 유리창을 통해 바라본 나무들은 기괴한 모습이었다. 균일하지 않은 유리 두께 때문에, 일그러져 보이는 요술 거울에 비친 것처럼 정원 전체가 우글쭈글했다.

엄마 모니카가 방문을 열었다. 엄마는 부루퉁해 있는 딸을 한동안 바라보다가 입을 뗐다.

"자, 모든 걸 우울하게 보는 건 이제 그만해. 드디어 네 방을 갖게 되었잖아, 안 그래? 우린 여기서 잘 지낼 수 있을 거야. 우리 셋이서."

"후졌어, 후졌다고! 이 판잣집에선 이상한 냄새가 난단 말이야!"

엄마의 얼굴에서 미소가 사라지고 화난 표정으로 바뀌었다.

"비올레트 위르르방! 집을 갖게 된 것만도 얼마나 큰 행운인지 모르니? 언제까지 쉼터에서 살 순 없잖아. 이제 잔말 말고, 네 짐이나 정리해!"

엄마는 대답을 기다리며 문가에 서 있었다. 하지만 그것도 잠시, 복도 끝에서 아기 울음소리가 들려왔다. 엄마가 투덜거리며 아기 침실로 향했다.

"신선한 공기가 필요하면 창문을 열면 돼!"

비올레트는 한숨을 쉬고 나서, 창문 손잡이를 잡고 힘껏 당겼다. 하지만 아무리 세게 잡아당겨도 소용없었다. 창문이 열리지 않았다. 나무 창틀이 틀어져서 꽉 낀 채 꼼짝하지 않았다. 더 우울해진 소녀는 창문 여는 걸 포기했다. 짐이나 풀어 장난감과 책을 벽장 안에 정리해 넣기로 했다.

벽장 문을 여니, 누렇게 바랜 책들이 선반 위에 산더미처럼 쌓여 있었다. 스타니슬라스 할아버지가 어린 시절 갖고 있던 책들일 것이다. 할아버지는 어렸을 때 할아버지의 어머니가 돌아가시고 나서 이 집을 떠났고, 그 이후로 이 집은 쭉 비어 있었기 때문이다.

예전에 이곳은 그냥 한적한 들판이었다. 원래는 운하 대신 숲과 개울이 있었는데, 언제부터인가 계속 황폐해져 갔다.

실은 비올레트와 엄마가 아빠의 집에서 나와 갈 곳이 없어진 탓에, 할아버지 할머니도 어쩔 수 없이 이 집 이야기를 꺼내신 거였다. 어쩌면 쉼터에 있는 편이 더 나았을 것이다.

먼저 비올레트는 인형, 성 그림 퍼즐, 구슬 주머니, 두꺼운 스케치북 등이 가득 들어 있는 상자를 열었다. 그리고 상자 안에서 가방과 함께 그녀가 '생존 필수품'이라고 부르는 것들을 찾아냈다. 물병, 비스킷 한 봉지, 손수건 몇 장 그리고 파벨을 위해 준비한 커다란 오이피클 한 병. 새콤한 오이피클이라면 자다가도 벌떡 일어나는 파벨을 생각하니, 절로 미소가 지어졌다.

자! 비올레트는 다시 일을 하기로 마음먹고, 벽장을 비웠다. 우선 먼지 쌓인 책들을 모조리 끄집어내고 걸레질을 했다.

그러다 무심코 할아버지의 책들을 몇 권 집어 들고 휘리릭 넘겨 봤다. 낡은 낙서용 노트들도 있고, 짧은 이야기 모음집과 옛날 그림책들도 있었다. 이상했다. 이건 여자애들이나 좋아할 법한 책인데……. 비올레트는 할아버지가 이런 책들을 갖고 있었다는 게 의아했다. 그리고 보니 이 방은 할아버지가 쓰던 방이 아니었다. 할아버지가 어릴 때 썼던 방은 동생 이방이 자고 있는 방이다. 그렇다면 여긴 손님용 방이었을 것이다.

뭐, 그런 건 중요하지 않았다. 비올레트는 더는 관심을 두지 않고, 선반 위의 책들을 하나하나 바닥에 내려놓았다. 그러다 두껍고 뻣뻣한 사진첩을 집어 든 순간, 이유는 알 수 없지만 왠지 몸이 얼어붙는 느낌이었다.

아주 오래된 낡은 사진첩이었다. 페이지들은 거의 비어 있었다. 마치 누군가가 일부러 사진들을 떼어 낸 것처럼……

사진이 몇 장 있긴 했다. 비올레트는 사진 속의 집을 금방 알아봤다. 유행이 지나도 한참 지난 구식 타일이 깔린 부엌, 창유리에 꽃무늬가 새겨진 현관……. 색이 바랜 그 사진들 속에 놀랍게도 사람은 단 한 명도 없었다. 그런데 숲과 언덕, 강을 찍은 사진들 중 두 장이 유독 주의를 끌었다.

첫 번째 사진은 무엇을 찍은 건지 알아보기 힘들 정도로 흐릿했다. 비가 내려서 카메라 렌즈에 물방울이 튄 것 같달까……. 특별한 건 없었다. 빗물이 만든 얼룩이 괴물처럼 보이는 것만 빼면. 이상한 건, 그걸 보고 있으니 희미하게 무언가 떠오를 듯 말 듯 했다는 것이다. 오래된 기억처럼……

두 번째 사진은 절반이 찢겨 나가긴 했지만 선명했고, 색도 거의 변하지 않은 상태였다. 사진 속엔 금발의 소녀가 어느 숲 어귀에서 우아한 회색빛의 커다란 개 위에 올라탄 채, 하늘을 향해 검을 휘두르고 있었다.

"이것 봐, 파벨! 올라탄 모습이 그럴듯한걸! 너 기억나니? 나도 어렸을 때 이렇게 네 등에 타곤 했잖아!"

비올레트는 사진을 손에 쥐고 들여다볼 생각으로 사진첩의 보호 필름을 살짝 들어 올렸다.

금발을 짧게 자른 소녀는 구식 블라우스를 입고 있었다. 손에 들고 있는 검은 장난감처럼 보이지 않았다. 게다가 표정은 진지하다 못해 엄숙하기까지 해서, 장난하며 놀고 있는 것 같지도 않았다.

비올레트는 사진을 뒤집어서, 뒷면에 적힌 글자를 읽었다.

정원의 수호자

"수호자? 이 집 정원의? 설마……."

비올레트가 창문으로 정원을 내다보려고 몸을 일으키는데, 갑자기 큰 소리가 들려왔다. 엄마가 현관에서 누군가와 이야기를 하고 있었다.

"왜 왔어? 경고하는데, 이 집에 한 발짝이라도 들여놓으면 고소할 거야!"

순간 목이 멘 비올레트는 상대방이 뭐라고 하는지 들어 보려고 귀를 기울였다. 목소리를 듣지 않아도 누구인지 알 것 같았다. 아빠였다.

"대체 왜 이래?" 엄마가 소리를 질렀다. "내가 갖고 온 건 나랑 애들 물건밖에 없어! 이제 제발 우리 좀 가만히 내버려 두면 안 돼?"

비올레트의 무릎이 떨리기 시작했다. 아빠를 보고 싶지 않았다. 그녀가 원하는 건…… 엄마가 말한 그대로였다. 아빠가 세 사람을 가만히 내버려 두는 것, 그뿐이었다.

아빠의 목소리가 더 가깝게 들렸다. 집 안으로 들어온 게 분명했다.

"걔는 내 딸이기도 해! 내가 원하면 언제든 내 딸을 볼 권리가 있다고!"

"그럼 그 애 생각은? 애 마음 같은 건 안중에도 없어? 당장 나가, 당장!"

비올레트는 숨이 막혔다. 혼란스러웠던 몇 주간이 눈앞에 어른거렸다. 길고 긴 버스 여행, 병원, 쉼터, 할아버지 댁의 소파……. 그리고 마침내 여기로 오게 된 거였다. 말하자면 안전한 피난처라고 할 수 있는 곳으로. 그런데 아빠가 불쑥 나타나 이 모든 시간과 노력을 물거품으로 만들고 말았다!

복도에서 엄마가 소리쳤다.

"안 돼! 당장 나가! 비올레트는 지금 여기 없다니까. 걔는 자기 할아버지 집에 있다고."

비올레트 몸이 바들바들 떨렸다. 사라지고 싶었다. 침대 밑이나 벽장 안에 숨고 싶었다. 그래 봤자 아무 소용이 없다는 걸 알면서도 그랬다. 그녀는 얼른 가방을 집어 들고, 다시 창문을 열어 보려 했다. 창문은 여전히 꽉 끼어서 꼼짝도 안 했다. 분노가 치밀었다. 그 마음을 담아 힘껏 손잡이를 잡아당기자…….

마침내 문이 열렸다.

거기 정원이 있었다, 바로 1미터 아래에. 그곳엔 숨을 데가 얼마든지 있다.

아빠와 엄마가 복도에서 소리 지르며 다투는 소리가 뒤에서 들려왔다. 그 소리에 비올레트는 더는 머뭇거리지 않고 창문 아래로 풀쩍 뛰어내렸다.

파벨도 망설임 없이 주인을 따라 껑충 뛰었다.

제멋대로 자란 풀 덕분에 착지할 때 충격이 심하지 않았다. 비올레트는 오솔길 반대편에 있는 덤불을 향해 곧장 달리기 시작했다. 파벨도 흥분해서 왈왈 짖으며 그녀를 따라 달렸다.

"쉿, 파벨! 내 말 잘 들어……."

개가 눈을 반짝이며 주인의 얼굴을 쳐다봤다. 다음 말을 기다리는 것 같았다. 비올레트는 주변을 둘러싼 덤불을 가리키며 말했다.

"그러니까 무슨 말인가 하면…… 난 영웅이야. 그리고 넌 나의 믿음직한 친구고. 우린 지금 이 정원에 숨은 거야. 여긴 환상의 정원이야. 아, 아냐, 환상의 정원이 아니라…… 음, 무슨 정원이냐면…….

여기서 보는 정원은 완전히 달라 보였다. 비틀린 나무들의 윤곽, 바람이 훑고 지나간 잡초들, 쐐기풀과 가시덤불에 파묻힌 오솔길……. 이 모든 게 방에서 볼 때보다 천배는 더 어지럽고, 천배는 더 넓어 보였다. 그때 그 이름이 분명하게 그녀의 머리를 강타했다.

"비밀의 정원!"

***

　멀지 않은 곳에서 세 쌍의 눈이 깜빡거렸다. 땅속에서 얼굴만 쏙 내민 두더지들이었다.

　"봐! 내가 분명히 말했지! 이제 깨어날 시간이라고!" 비르지니아가 희망에 가득 찬 소리로 중얼거렸다.

　"쳇! 성질 나쁜 꼬맹이와 정신 나간 개 한 마리일 뿐이야. 난 좀 더 두고 볼 거야." 마르그리트가 투덜댔다.

　"너도 한물간 늙은 두더지일 뿐이거든!" 시몬이 마르그리트의 말을 받아쳤다. "저 아이는 미래로 가득 차 있어, 난 그게 느껴져! 자, 마땅히 환영 인사를 해야지. 제일 예쁜 모자를 쓰고 가자, 알았지?"

2
두 바위 언덕

비올레트는 파벨의 등에 올라탔다. 어렸을 때 그랬던 것처럼, 또 그녀의 방에서 발견한 사진 속 소녀처럼……. 아홉 살이나 됐는데도 비올레트는 여전히 이 멋진 동물의 등 위에서 완벽한 안정감을 느꼈다.

비올레트는 나무와 덤불 사이로 자기를 안전하고 편안하게 태우고 가는 파벨에게 속 이야기를 털어놓기 시작했다. 아빠였던 사람을 향한 두려움과 혐오감에 관한 이야기였다. 아빠가 자기 삶에 침범해 들어오는 것에 대한 공포와 그 공포 없이 살길 바라는 소망에 대해서도…….

자기 이야기에 취해 있던 소녀는 그제야 정원이 생각보다 크다는 걸 깨달았다. 정원은 엄청나게 컸다. 비올레트는 파벨의 옆구리를 발로 살짝 쳐서 멈추게 한 뒤, 잠시 주변 경치를 바라보았다.

앞에 길게 늘어선 덤불을 건너가 보았다. 덤불 너머에는 잔디가 무성하게 자란 넓은 잔디밭이 있었다. 그들은 잔디밭을 따라 걸었다. 얼마쯤 가니 잔디밭 한가운데에 요란한 소리를 내며 흐르는 강이 나타났다. 그 너머로는 앙상한 관목과 잡초만 드문드문 자란 건조한 땅과 그 주변을 길게 두른 꽃밭이 있었다. 그리고 수수께끼의 문자가 새겨진 바위나 토템처럼 조각된 나

무 말뚝이 아주 오래된 게임판의 잔해처럼 여기저기에 남아 있었다. 더 멀리에는 성당만큼이나 높아 보이는 키 큰 나무들이 보였다. 거기까지 가려면 꽤 오래 달려야 할 것 같았다.

사진첩 속 사진들에서 본 것 같은 장소도 몇 군데 있었다. 비올레트는 그 사진들을 가져오지 않아 확인해 볼 수 없는 게 아쉬웠지만, 더 신경 쓰지 않기로 마음먹었다. 그녀를 정원으로 도망치게 했던 두려움은 어느덧 사라지고, 왠지 자신의 삶을 바꿔 놓을 수도 있는, 말할 수 없이 멋진 것을 발견했다는 기분이 들었다.

"굉장히 오래된 정원이구나." 그녀가 중얼거렸다. "아주아주 오래됐어. 그러니 틀림없이, 믿을 수 없을 정도로 많은 이야기를 간직하고 있겠지."

"이젠 돌아가야 할 것 같은데." 개가 넌지시 권했다.

"아냐……. 아직은 아냐. 여기가 집보다 안전해. 집엔 그 사람이 있잖아. 난 여길 탐험해 보고 싶어. 이 정원은 분명히 수많은 비밀을 간직하고 있을 거야. 자, 내 친구 파벨! 우린 영웅이잖아!"

개가 핀잔을 주듯 한마디 했다.

"영웅? 우리가 누굴 구했는데? 지금까지 우린 아무도 못 만났잖아."

비올레트는 그제야 자기의 개, 파벨이 방금 말을 했다는 걸 깨달았다. 사실 그녀가 어렸을 때는 파벨과 수많은 대화를 했었다. 물론 상상 속에서. 하지만 파벨의 목소리를 이렇게 실제로 듣게 되다니, 도무지 믿기지 않았다!

"파벨, 이럴 수가! 이거 정말 굉장한데! 진짜 네가 말을 한 거야?"

"물론이지, 무슨 질문이 그래? 너도 진짜로 말하잖아!"

비올레트는 말문이 막혔다. 너무 놀라서 넋이 나갈 지경이었다.

"그러니까 내 말은……. 아냐, 말도 안 돼. 이건 내 상상이야!"

"아냐, 아냐. 난 정말 너랑 말하고 있어, 비올레트. 넌 지금 나를 말처럼 타고 있으면서도 이상하다고 생각하지 않잖아. 그런데 내가 인간처럼 말하는 건 이상하다는 거야?"

소녀가 고개를 끄덕이며 말했다.

"음, 그게……. 모르겠어."

잠시 뒤에 소녀가 덧붙였다.

"저기…… 부탁할 게 있어, 파벨. 너무 화내지 말고 들어 줘."

"좋아. 무슨 이야긴데?"

"그러니까, 네가 나한테 존댓말을 써 주면 좋겠어. 이해할 수 있지? 모름지기 영웅이라면, 사람들에게 권위를 보여 주는 게 중요하거든. 그러니까 지금부턴 내게 '주인님'이라고 불러 주면 고맙겠어, 내 멋진 친구!"

"응? 너한테 주인님이라고 부르라고?"

"그래! 난 항상 사람들이 내게 존댓말을 써 줬으면 했어. 하지만 사람들은 언제나 나 같은 아이에겐 반말을 하잖아. 파벨! 제발 내 부탁 좀 들어줘!"

개는 왼쪽 앞발로 귀를 슬쩍 긁었다. 그건 파벨이 매우 당황하고 있다는 표시였다. 그러고 나서 개는 이렇게 말했다.

"그러죠 뭐. 비올레트 주인님이 원하신다면!"

"음, 좋아. 완벽해!"

비올레트는 이제 자신감으로 충만했다. 이 상냥하고 강한 녀석과 함께라면, **비밀의 정원**에서 일어날 어떤 위험도 다 이겨 낼 수 있을 것만 같았다. 이런 곳엔 틀림없이 수많은 위험이 도사리고 있을 테니까!

비올레트는 집 쪽으로 방향을 바꿨다. 그런데 바로 조금 전에 덤불을 건너왔건만, 어찌 된 일인지 덤불 뒤에 있어야 할 집의 지붕이 보이지 않았다. 여기서라면 아무도 그녀를 괴롭히지 못할 것이다. 아무도. 그 순간 소녀는 자신이 그동안 아빠가 찾아올까 봐 아침부터 밤까지 끊임없이 두려워했다는 걸 깨달았다. 하지만 여기, 피난처가 되어 줄 이 정원, 누구의 손도 닿지 않는 이곳에서는 이루 말할 수 없는 편안함이 느껴졌다.

소녀는 파벨을 발꿈치로 가볍게 찼다. 파벨이 속도를 내서 달렸다.

"파벨, 비탈로 올라가자. 저 위에선 정원 전체가 보일 거야!"

앞에 작은 언덕이 있었다. 언덕 꼭대기에는 거대한 토끼 귀 모양의 바위 두 개가 높이 솟아 있었다.

언덕 꼭대기에 도착한 개가 숨이 차서 헐떡거렸다. 비올레트는 두 바위 사이에 내려섰다. 태양이 빛나고 있었고, 하늘엔 구름 한 점 없었다. 게다가 바람도 놀랍도록 상쾌했다. 비올레트가 두 바위의 그림자가 드리운 부분을 밟으니 발밑에서 파삭 하는 작은 소리가 들렸다. 풀 위에 얇게 덮인 살얼음이 깨지는 소리였다. 소녀는 햇볕이 드는 곳으로 살짝 자리를 옮겼다.

바위에는 반쯤 지워진, 문자 같은 것들이 무수히 새겨져 있었다. 비올레트는 그것들을 해독해 보고 싶었지만, 도무지 알아볼 수가 없었다. 그때 바위 표면에서 바람이 휘파람 소리를 냈다. 아이의 웅얼거림 같기도 했다.

사실 그건 단순한 소리, 그 이상이었다. 바위들이 건네는 말이었으니까. 비올레트는 바위 사이에 서서 귀를 기울였다. 하지만 뜻을 알 수 없었다. 그래도 신중하게 주의를 기울인 끝에, 몇몇 단어가 귀에 들어왔다.

먼저 왼쪽 바위가 길고 복잡한 문장을 속삭였다. 끝이 없는 긴 이야기를 엮어 나가는 것 같았는데, 그 속에서 끊임없이 되풀이되는 단어가 있었다.

폭풍우.

이에 비해 오른쪽 바위는 무의미한 똑같은 음절만 계속 더듬거렸다.

방, 칼, 리, 방, 칼, 리 …….

비올레트는 그 소리를 한참 듣다가, 억양과 속도가 계속 변한다는 걸 알아차렸다. 그러다 마침내 한 단어가 선명하게 들려왔다.

칼리방.

칼리방. 왠지 낯설지 않은 이름이었다. 낯익으면서도 불안한 이름. 기억 깊은 곳에 파묻힌 오랜 적대자의 이름 같은…….

비올레트는 흠칫하며 바위에서 멀리 떨어졌다. 이유를 설명할 순 없지만, 그 이름은 그녀가 이 마법의 장소를 발견하고 느꼈던 기쁨을 순식간에 망쳐 놓았다. 넓고 아름다운 꽃밭에서 난데없이 해골 무덤을 발견한 기분이었다.

소녀는 파벨도, 자신도 다시 힘을 내야 할 때라고 생각하고 가방을 뒤졌다. 개가 흥분하여 꼬리를 흔들기 시작했다.

"오! 주인님, 그걸 잊지 않으셨군요!"

"난 네가 뭘 좋아하는지 알지." 오이피클병을 꺼내면서 소녀가 말했다.

비올레트는 큼지막한 오이 하나를 꺼내서 공중으로 휙 던졌다. 펄쩍 뛰어올라 오이피클을 덥석 입에 문 파벨이 더없이 기쁜 표정으로 와작와작 씹어먹었다. 그리고 두 개나 더 먹고 나서야, 아주 흡족한 표정으로 누워서 공처럼 몸을 웅크리고 낮잠에 빠졌다.

풀밭에 앉은 비올레트는 초콜릿 비스킷을 조금씩 깨물어 먹으면서 눈앞의 풍경을 살폈다. 언덕 아래로 드넓은 잔디밭이 펼쳐져 있었다. 지평선은 그 초록색 들판 너머에 있는 회색 숲에 가려 보이지 않았다.

어린 모험가는 더 멀리까지 보고 싶어서 손을 눈썹 위에 갖다 댔다. 어디에도 생명의 흔적 같은 건 보이지 않았다. 동물도, 사람도, 심지어 하늘을 나는 새 한 마리도 없었다.

그녀는 생각해 볼 필요도 없이, 눈에 보이는 모든 것이 정원의 일부라는 걸 알았다. 철도나 도로, 건물과 전선도 없었다. 영웅 비올레트 위르르방이 인적도 없고 아무도 모르는, 이미 오래전에 잊힌 비밀 장소의 입구를 발견한 것이다! 게다가 이곳은 엄청나게 넓은데도 불구하고 *온전히* 그녀 혼자만의 공간이었다. 개와 말이 통하고, 바위들의 속삭임을 들을 수 있는 곳……

높은 하늘에서 태양이 눈부시게 빛났다. 비올레트는 문득 자신이 정원에 온 뒤로 태양이 같은 자리에서 조금도 움직이지 않았다는 걸 깨달았다. 이곳에 머문 지 꽤 오랜 시간이 흐른 것 같은데……. 아니, 어쩌면 몇 분밖에 흐르지 않은 것일까?

어쨌거나 이제 곧 집으로 돌아가야 한다. 하지만 전혀 돌아가고 싶지 않았다. 그녀는 사진 한 장을 주머니에 넣어 두었던 것을 떠올렸다. 사진 속, 개의 등에 올라탄 소녀를 둘러싼 풍경은 비올레트가 보고 있는 것과 비슷했다. 비올레트는 꿈을 꾸고 있는 게 아니었다. 전에 이미 누가 이 세계에 들어왔었다. 그리고 다시 돌아갔다.

비올레트는 미소 지었다. 이곳을 샅샅이 탐험하고 싶었다! 이제 이 정원은 그녀의 은신처가 될 것이다. 아니, 나아가 그녀의 세상이 될 것이다.

그녀만의 세상이라고나 할까?

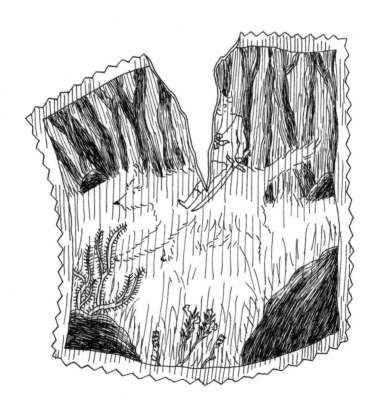

3
황폐 숲

"육식 동물이 동물의 왕이라고들 하는데, 그 말을 믿어선 안 된다. 육식 동물은 언제나 뱃속 깊은 곳에 두려움을 갖고 살아가거든. 우린 알고 있어. 제대로 된 먹잇감이 잡히는 경우는 드물고, 까마귀에게서 빼앗은 냄새 나는 고깃덩어리나 벌레로 허기진 배를 겨우 채우는 날이 대부분이라는 걸 말이야. 반대로 초식 동물들은 배고픔이란 게 뭔지 잘 모르지. 물론 그들도 때로 굶주리긴 하지만, 그런 시간은 그리 길지 않거든. 어디든 가기만 하면 푸른 새싹, 부드러운 나뭇가지, 기름지고 영양가 많은 풀밭을 발견할 수 있으니까. 그들에게 배고픔이란 하나의 신호일 뿐이야. 이제 풀을 뜯을 시간이라는 걸 알려 주는 신호. 육식 동물만이 진정으로 배고픔이 뭔지 안다고 할 수 있지."

늑대들의 우두머리인 센다크가 무리를 이끌고 **황폐 숲**을 가로질러 가며 말했다. 늑대 무리는 부러진 나뭇가지와 가시덤불을 뛰어넘으며 잿빛 그루터기들 사이로 천천히 나아갔다. 모두 일곱 마리였다. 잠에서 깬 그들은 무시무시한 허기를 느꼈고, 먹이를 찾아 떠날 수밖에 없었다.

"어이, 굼벵이들! 빨리 와! 다른 놈들에게 먹이를 뺏기기 전에 잔디밭에 도착해야 해!" 대장 늑대가 뒤처지는 녀석들을 향해 으르렁거리며 재촉했다.

황폐 숲은 광활하고 어두웠다. 숲속 깊은 곳까지 가까스로 새어 들어온 한 줄기 빛조차 죽은 나무의 음울한 색을 띠었다. 동물 울음소리 하나 들리지 않았고, 나뭇잎이 바스락거리는 소리나 새들이 재재거리는 소리도 들리지 않았다. 꺾인 나뭇가지들 사이로 휘익 부는 바람 소리만 늑대들의 부드러운 발소리를 따라왔다. 한때는 생기 넘치던 숲이었지만, 이제는 군데군데 언 땅과 눈밭만 남은, 식물의 잔해를 쌓아 둔 무덤이나 마찬가지였다.

고요한 숲을 지나고 있던 늑대 무리는 갑자기 우지끈 하는 소리에 정신이 번쩍 들었다. 모두가 그 자리에 얼어붙은 듯 멈춰 서서는, 어디서 위험이 다가오는지 알아내려고 주의를 집중했다. 그때 난데없이 위에서 굵은 나뭇가지 하나가 돌덩이 떨어지듯 툭 떨어졌다!

어찌나 큰 가지였던지, 거목이 쓰러질 때처럼 쿵 소리가 났다. 나뭇가지는 늑대 무리 바로 뒤에 떨어졌고, 곧이어 컹! 하는 짧은 비명이 들렸다.

"다시 출발!" 센다크가 외쳤다.

옅은 황갈색 털을 가진 젊은 암늑대 키티의 소리가 뒤에서 들려왔을 때는 늑대 무리가 벌써 저만치 앞으로 달려간 뒤였다.

"잠깐만! 브루노프가 나뭇가지에 발을 맞았어. 뛸 수 없단 말이야."

"저런!" 센다크가 대답했다. "안됐지만, 기다려 줄 수 없다. 우린 예전에도 그 녀석 때문에 이동이 늦어진 적이 있어. 키티, 나뭇가지가 떨어진 게 무슨 의미인지 너도 알지? 정원이 다시 깨어난다는 뜻이란 말이다. 새로운 수호

자가 숲을 돌아다니고 있다는 거지. 우리가 그의 지배를 받지 않고 자유롭게 살려면, 절대로 약해져선 안 돼. 그러니 그 절름발이 때문에 시간을 낭비하지 마. 어서 가야 해!"

건강한 늑대들은 우두머리의 명령에 따라 속도를 높여 늙은 브루노프와의 거리를 빠르게 벌렸다.

숲 가장자리까지 오자, 분위기는 확연히 덜 음산해졌다. 눈과 얼음도 거의 사라졌고, 군데군데 새싹들이 죽은 나무둥치에 푸른 옷을 입히기 시작했다. 벌써 조심스레 윙윙거리며 나는 곤충들도 있었다.

"좋았어! 동물들이 은신처에서 나오기 시작한 거야!" 무리 중에서 가장 젊은 늑대인 라모즈가 외쳤다. "이제 곧 사냥할 수 있겠어!"

"과연 그럴까?" 센다크가 반박했다. "여기선 진짜 먹이가 사라진 지 오래야. 위험하더라도 더 먼 들판으로 나가는 수밖에 없다. 먹을 걸 원한……."

센다크가 갑자기 경계의 자세를 하고서 꼼짝하지 않았다. 모두가 그를 따라 긴장하는 자세를 취했다.

네 다리로 견고하게 버티고 선 우두머리는 자신들을 위협하는 뭔가가 멀리서 다가오고 있다는 걸 느꼈다. 뒤따라오던 암늑대 나즈다가 속삭였다.

"땅이 진동하는 게 느껴졌어. 아직 멀리 있긴 하지만, 아주 강해."

이제 모두가 발밑에서 희미한 진동을 느꼈다. 곳곳에서 바스락거리는 소리와 삐걱거리는 소리가 마구 들려오기 시작했다.

그때 별안간 그들 앞에서 커다란 나무 한 그루가 우레 같은 소리를 내면서 넘어졌다, 쿠구궁! 센다크는 앞으로 똑바로 돌진했다.

"나무가 없는 공터를 찾아야 해! 이러다간 뼈도 못 추리겠어!"

늑대들은 달리기 시작했다. 하지만 당황하진 않았다. 센다크는 훌륭한 안내자였다. 그는 숲의 움직임을 느낄 수 있었다. 나뭇가지가 떨어질 것을 세 번이나 예상하고 그때마다 딱 맞는 타이밍에 피한 덕분에 무리 가운데 그 누구도 다치지 않았다. 그는 무리를 높은 곳으로 이끌었다. 그곳에선 안전할 거라는 걸 본능적으로 알았다. 몇 시간씩 먹잇감을 쫓는 데 익숙한 늑대들은 지치지 않고, 전적으로 대장을 신뢰하는 마음으로 그를 따랐다. 키티만이 가끔 뒤를 돌아보았다. 브루노프가 멀리서라도 따라오고 있기를 바라는 심정이었다. 하지만 상처 입은 늙은 늑대는 한참이나 뒤처져 있었다.

여섯 마리의 늑대는 마침내 숲의 정상에 이르렀다. 거인들이 장난쳐 놓은 것처럼 겹겹이 쌓인 죽은 전나무들 너머 절벽 아래로 긴 잿빛 풀밭이 드넓게 펼쳐져 있었다. 여기라면 마른 나무가 갑자기 덮칠 위험은 없었다.

절벽 끝에 서자, 확 트인 전경이 펼쳐졌다. 평원은 아주 멀리까지 이어져 있었다. 숲이 끝나는 곳에 **무성한 풀밭과 너른 잔디밭**으로 향하는 길이 나 있는 게 보였다. 그때 늑대들의 눈에 들어온 건, 그 사이에 보이는 먼지구름이었다. 어마어마한 크기의 먼지구름은 정원의 비옥한 지역을 향해 천천히 나아가고 있었다.

저 거대한 먼지구름은……

센다크가 깊이 숨을 들이마셨다. 숨이 코로 들어오자, 기름진 흙의 입자들과 수백만 개의 버섯 포자, 꽃가루, 미네랄이 풍부한 물방울을 감지할 수 있었다. 그는 주둥이를 몇 번 흔들고는 선언하듯 말했다.

"틀림없어, '초록 군단'이다. 그들이 깨어난 거야. 우린 그들이 지나가기를 기다렸다가 숲을 빠져나가기로 한다. 그때 움직여야 해……."

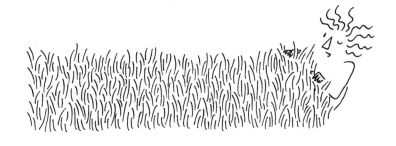

4
너른 잔디밭

파벨은 비올레트가 다시 등에 탈 수 있도록 몸을 낮추면서 물었다.

"자, 이제 어느 방향으로 갈까요, 주인님?"

"음……. 저쪽의 넓은 잔디밭으로. 저긴 잔디 관리가 잘된 것 같아. 그 말은 관리하는 자들이 있다는 뜻이지."

그들은 푸른 들판으로 내려갔다. 풀밭에 윤기 있는 잔디가 빽빽하게 나 있었다. 드물지만 군데군데 보이는 데이지와 민들레가 잔디밭의 단조로움을 덜어 주었다. 소녀는 사람이나 동물을 볼 수 있기를 바라면서 눈을 가늘게 뜨고 풀밭을 살폈다. 그러나 헛수고였다. 잔디밭엔 사람이 다닐 만한 길도, 땅굴도 없었다.

파벨이 잔디밭 위에서 겨우 세 발자국쯤 뗐을 때, 비올레트가 말했다.

"나 내리고 싶어. 이 잔디는 굉장히 푹신할 것 같아. 맨발로 걸어 볼래."

어린 탐험가는 땅에 내려서 신발을 벗었다. 발바닥에 느껴지는 풀들은 믿을 수 없을 정도로 부드러웠고, 양탄자처럼 두툼했다. 해의 온기를 듬뿍 머금은 땅은 따스했다. 이 얼마나 행복한 순간인가……. 비올레트는 정원에 온 이후 처음으로 자연을 만끽하며 기쁨을 느꼈다.

파벨이 바짝 뒤따랐고, 비올레트는 주변을 대충 둘러보면서 걸어갔다. 풀밭 위를 걷는 게 얼마나 즐거운지, 이제는 아예 깡충깡충 뛰기 시작했다. 그녀가 풀밭 위에서 막 구르려던 찰나, 날카로운 목소리가 들려왔다.

"거기! 제발 조용히 좀 해!"

비올레트는 너무 놀라서 그 자리에 얼어붙고 말았다. 방금 말을 한 존재를 찾아 주변을 둘러봤다. 다시 목소리가 들렸다.

"당장 거기서 비켜!"

파벨과 비올레트는 어디서 나는 소리인지 알아낼 수가 없었다. 그때 갑자기 잔디밭 한쪽 끄트머리가 살짝 접혔다. 마치 누군가가 거대한 이불을 살짝 걷어 낸 것처럼…… 곧이어 넓은 풀밭에서 작은 얼굴 하나가 쏙 나타나더니, 이어서 또 하나가 나타났다. 여기저기에서 쏙쏙 내민 머리들이 말하기 시작했다.

"어서 가라니까!"

"제발 우리 잠 좀 자게 내버려 둬!"

"너희가 우리 잠자리를 짓밟고 있잖아! 대체 무슨 권리로 이러는 거야?"

수십 명의 사람들이 잔디밭에서 나왔다. 비올레트는 그들이 마치 오랜 잠에서 깨어난 것처럼 하품을 하면서, 쭉쭉 기지개를 켜는 모습을 지켜보았다. 대부분 성인처럼 보였는데, 키는 그녀보다 그리 크지 않았다.

비올레트는 처음엔 너무 놀랐지만, 곧 웃음이 터질 것 같았다. 말하자면, 마을 전체가 어마어마하게 넓은 풀 이불을 덮고 자는 거대한 침대 위에서 자신이 깡충깡충 뛴 셈이었다!

그녀는 최대한 진지한 표정을 지으려고 애쓰면서 조용히 말했다.

"죄송해요. 우린 지금 막 이곳에 도착해서 사정을 잘 몰랐어요. 여러분을 방해하려고 한 건 아니에요. 정말 몰랐어요. 이 잔디밭에, 그러니까…… 사람이 산다는 걸요. 어쨌든 마침 잘됐네요!"

그때 정장 코트를 입고 풀잎으로 장식한 모자를 쓴, 키가 작고 포동포동한 남자가 나와서 비올레트 앞에 섰다.

"아니, 마침 잘된 게 아냐! 너희는 떠나야 해. 모두 자고 있단 말이야!"

"여기서 살아 있는 생명체를 처음 만났어요." 비올레트가 말했다.

"너희가 지금 우리 마을에 쳐들어왔다니까. 우리 잔디밭을 쿵쿵 짓밟았다고! 이건 절대로 참을 수 없는 일이야!" 그 남자가 말했다.

"그런데 당신은 누구세요? 아무리 그래도 서로 인사는 할 수 있잖아요. 내 이름은 비올레트예요. 그리고 이 녀석은 내 자랑스러운 친구 파벨이고요."

작은 남자가 의심스러운 눈길로 파벨을 찬찬히 살펴보고 나서 말했다.

"나는 월계수야. 34호에서 38호 구역까지 관리하는 책임자지."

"와, 대단하시네요." 비올레트가 감탄하는 표정으로 말했다.

34호, 38호 구역이라는 게 뭔지 몰랐지만, 어쨌거나 이 작은 남자를 치켜세워 주는 게 좋을 것 같았다. 아닌 게 아니라, 작은 남자는 한결 부드러워진 듯했다. 그때 또 다른 작은 남자가 느긋한 표정으로 다가왔다.

"월계수, 이 애를 괴롭히지 마. 얘는 정원 바깥에서 온 손님이잖아! 그게 무슨 말인지 알아? 이제 드디어 우리가 깨어날 시간이 됐다는 뜻이야!"

그렇게 말한 남자는 은방울꽃 잎사귀를 질겅질겅 씹고 있는 구릿빛 얼굴의 젊은이였다. 헝클어진 머리카락엔 풀이 잔뜩 붙어 있고, 거기에 날벌레 떼가 둥지를 틀고 있었다. 젊은이가 자기를 소개했다.

"내 이름은 블루베리야. 우리를 깨운 게 너로구나."

"정말 미안해요." 비올레트가 대답했다. "여러분을 귀찮게 하려던 건 아니었어요. 그런데 당신들은 모두 누구세요?"

"내 친구 월계수가 하려던 말은, 우리가 '정원 주민'이라는 거야. 이 녀석은 말투가 너무 상냥하고 친절해서 탈이라니까!" 블루베리가 말했다. "우리는 여기 살면서 잔디밭과 덤불과 오솔길을 돌보고 관리하는 일을 해."

비올레트는 정원의 상태를 봤을 때 아마도 그들이 아주 오랫동안 잠을 잔 모양이라고 생각했다. 하지만 그 생각을 입 밖에 내는 건 경솔한 짓일 것 같았다. 그래서 좀 더 상냥한 대답을 찾아냈다.

"잔디가 정말 멋져요. 흠잡을 데가 없네요. 그런데 여긴 어떤 곳이죠? 정원이 깨어난다는 게 무슨 의미예요?"

월계수는 통통한 배 위에 두 팔을 엇갈려 얹고서 짜증 섞인 표정으로 비올레트의 말을 끊었다.

"아무것도 아니야! 그러니까 우리가 자고 있었지. 그만 가던 길 가 보라고."

블루베리가 미소를 지으며 하늘을 처다봤다.

"이 친구 말은 신경 쓰지 마! 변화를 아주 싫어하는 녀석이거든. 하지만 네가 정원에 왔으니, 이제 우리도 할 일을 해야겠지! 널 만난 건 정말 큰 영광이야. 참, 그리고 굳이 존댓말을 쓰지 않아도 돼. 우린 이제 친구가 된 거니까."

"어, 그래도 될까? 좋아."

사실 비올레트는 이 상황이 좀 거북했다. 살면서 그녀를 중요한 존재로 여겨 준 사람이 지금껏 아무도 없었으니까……

처음에 비올레트는 이들이 뭔가 오해하고 있다고 생각했다. 다른 여자애와 착각한 게 분명했다. 그렇지만 소녀의 마음 한편에선 어쩐지 이 모든 게 아주 자연스럽게 여겨졌다. 이상하게도 블루베리가 한 말이 마음속에 강한 소용돌이를 일으켰다. 믿기 어렵겠지만, 왠지 이곳이 정말 그녀가 있어야 할 자리인 것 같았고, 여기서 꼭 해야 할 역할이 있는 것 같았다. 그것도 아주 중요한 역할이…….

이제껏 살면서 처음으로 자기를 신뢰해 주는 사람들을 만나서인지, 그 신뢰에 보답할 능력이 있다는 걸 보여 줘야 할 것 같았다! 아주 위엄 있고 자신감 넘쳐 보였던 사진 속의 소녀처럼. 비올레트는 무슨 일이 있어도 이 사람들을 실망시킬 수 없다고 생각했다. 그들이 자신을 믿고 있다는 확신이 들었기 때문이다.

그러는 동안 다른 정원 주민들도 하나둘 깨어나기 시작했다. 그리고 삼삼오오 떼를 지어 비올레트 주위에 모여들었다. 그들은 이 낯선 소녀에게 적대감보다는 오히려 호기심을 갖고 있었다. 소녀가 물었다.

"너희는 정원의 수호자에 관해 들어 본 적 있어?"

침묵이 내려앉았다. 정원 주민들은 겁을 먹고 뒤로 물러났다.

"흥…….." 월계수가 투덜거렸다. "수호자에 관해 들어 봤냐고? 그걸 말이라고! 그 수호자가 우릴 내팽개쳤는데!"

"그건 아주 오래전 이야기야." 블루베리가 중얼거렸다. "아주 옛날 이야기지…….. 하지만 네가 이 정원의 새로운 수호자가 될 수 있어."

"내가? 수호자는 무엇으로부터 정원을 지키는 건데?"

다시 침묵. 이번의 침묵은 아까보다 더 무거웠다. 비올레트는 그 '무엇'이 아무도 감히 이름을 입에 올리고 싶지 않을 만큼 두려운 것임을 직감했다. 꽤 긴 침묵 끝에 블루베리가 난처한 표정을 지으며 대답했다.

"두더지 세 자매를 찾아가 보렴. 그들이 설명해 줄 거야."

"특히 시몬을 찾아봐." 월계수가 끼어들었다. "나머지 둘은 완전히 돌았으니까."

"두더지 세 자매?" 비올레트가 되뇌었다. "그건 여기 사는 사람들의 별명인 거야?"

"아니." 블루베리가 웃으며 말했다. "그냥 세 마리의 두더지야. 시몬과 비르지니아와 마르그리트. 그들은 땅굴을 통해 정원 전체를 돌아다녀. 그래서 모르는 게 없고, 듣지 못하는 말이 없어. 게다가 모든 걸 기억하고……."

"그리고 모든 걸 다 망쳐 놓지!" 월계수가 투덜거렸다. "망할 놈의 짐승들 같으니라고! 하지만 그들에게 아무것도 보지 말라고 말할 권리는 없으니까, 그럴 구실을 찾……."

비올레트가 그의 말을 끊고 물었다.

"어디 가면 그 두더지 세 마리를 만날 수 있는데?"

블루베리가 머리카락 속을 뒤적거리면서 말했다.

"흠, 그건 나도 뭐라 말할 수 없어. 그들은 항상 여기저기 돌아다니니까! 하지만 한 가지는 확실해, 그들이 지렁이를 아주 좋아한다는 거."

그러면서 숱 많은 자기 머리카락 속에서 통통한 분홍색 지렁이 한 마리를 꺼냈다. 이어서 또 한 마리, 또 한 마리……. 그는 지렁이들을 한 줌이나 모아 비올레트에게 불쑥 내밀며 말했다.

"가끔 땅바닥에 대고 이것들을 흔들어 봐. 그러면 두더지들이 코를 쏙 내밀 거야."

파벨은 자기 주인이 꿈틀거리는 지렁이들을 코앞에서 보고 어떻게 반응할지 궁금했다. 분명히 비명을 지를 줄 알았는데, 놀랍게도 비올레트는 아주 침착했다. 소녀는 가방에서 손수건을 꺼내더니, 지렁이들을 그 위에 올려놓고 조심스럽게 묶은 후, 주머니에 넣었다. 그리고 다시 파벨의 등에 올라탈 준비를 했다. 바로 그 순간, 어디선가 비명이 들렸다.

그 소리에 정원 주민들이 약속이나 한 듯 회색 숲 쪽으로 시선을 돌렸다. 그리고 숲 어귀에서부터 점차 그들을 향해 오는 빽빽한 먼지구름을 손으로 가리켰다.

여기저기서 웅성거리는 소리와 외침 소리가 터져 나왔다.

"초록 군단이다!"

"큰일 났다. 그들이 움직이기 시작했어!"

"꺅! 우릴 향해 오고 있어!"

"얼른 **너른 잔디밭**을 떠나야 해!" 월계수가 명령했다.

"전부 깨워!"

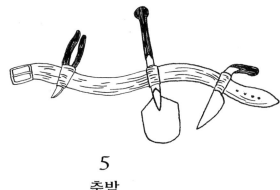

5
출발

비올레트는 무슨 일이 생긴 건지 궁금했지만, 아무도 말해 주지 않았다. 정원 주민들은 한시라도 빨리 떠나기 위해, 은신처에 숨겨 놓은 짐들을 손수레에 싣느라 정신이 없었다. 대피 준비는 월계수가 맡아서 지휘했고, 블루베리는 양철통과 물뿌리개에 열심히 흙을 퍼 담았다. 아직까지 자고 있는 잠꾸러기들에게 흙을 뿌려서 깨우려는 거였다. 잔디밭은 끝이 보이지 않을 정도로 넓었고 많은 사람이 아직 잠에 빠져 있었다.

"저 멀리 사는 이들에겐 우리 목소리가 들리지 않아." 블루베리가 말했다.

"그런데 초록 군단이란 게 뭐야?" 비올레트가 물었다.

"아주 무시무시하고 위협적인 존재지. 그들은 지나가는 곳마다 땅을 완전히 초토화시켜. 그들을 멈추게 하는 건 불가능해! 만일 초록 군단이 여기 **너른 잔디밭**으로 오면, 잠자고 있는 사람들은 다 끝장날 거야."

그 말에 비올레트는 한 치의 망설임도 없이 파벨 위에 올라탔다.

"자, 파벨! 주민들을 깨우러 가자! 전속력으로!"

개는 잔디밭을 가로질러 돌진했다. 비올레트는 거침없이 잔디밭 위를 돌아다니며 정원의 작은 사람들에게 외쳤다.

"초록 군단이 와요! 일어나세요! 초록 군단이 온다고요!"

자고 있던 정원 주민들의 머리가 하나둘 풀 속에서 쏙쏙 나타나더니, 이내 잔디밭 전체가 분주하게 움직이며 급히 도망치기 시작했다.

한참을 뛰어다니던 비올레트와 파벨이 동작을 멈췄다. 아직 멀리 있긴 했지만, 초록 군단이 다가오는 소리가 들렸기 때문이다. 폭풍우가 당장이라도 휘몰아칠 것을 예고하는 천둥소리처럼 요란했다.

"주인님, 우리도 도망쳐야 해요." 파벨이 말했다.

"아니, 내 생각은 달라. 더 가까이 가서 초록 군단을 살펴볼 거야. 난 정원의 수호자잖아. 내가 마땅히 해야 할 사명이야!"

소녀는 매우 흥분했다. 모험이 시작된 것이다. 소녀는 어린아이들을 수레에 태우느라 바쁜 블루베리와 월계수를 앞지르면서 그들을 향해 외쳤다.

"난 초록 군단을 관찰하러 갈게!"

"저 애는 미쳤어! 이봐, 그건 정말 위험한 일이야!" 월계수가 외쳤다.

블루베리는 펄쩍 뛰는 친구를 무시한 채, 비올레트에게 잠시 기다리라는 신호를 보냈다. 그러고는 자기 손수레에 가득한 허름한 잡동사니들을 뒤적여, 원예 도구들이 주렁주렁 달린 벨트 같은 걸 꺼냈다.

"이걸 갖고 가. 필요한 순간이 있을지도 몰라."

비올레트는 하마터면 웃음을 터뜨릴 뻔했다. 도구라는 게 고작 작은 삽,

가지치기용 가위, 호미 등이었다. 하지만 그의 심각한 표정을 보고 곧 생각을 바꿨다. 결국 비올레트는 벨트를 받아서 허리에 찼다.

"고마워, 블루베리."

"일을 마치면 **두 바위 언덕**으로 와. 우린 초록 군단이 지나갈 때까지 거기 있을 거야."

비올레트는 파벨을 타고서, **너른 잔디밭**에서 도망치는 정원 주민들과는 반대쪽으로 힘껏 달렸다. 과감히 위험에 맞서러 가는 것이다! 이유는 모르지만, 소녀는 앞으로 일어날 일에 대한 책임이 자기에게 있다고 느꼈다. 정원과 정원 주민들의 운명이 자기 손으로 결정될 것처럼, 마치 자신만이 그들의 불행을 막아 낼 수 있을 것처럼.

"파벨, 내가 신호를 보내면 언제든 도망칠 수 있도록 준비하고 있어. 무슨 일이 일어나고 있는지 보려면, 우린 최대한 가까이 가야 해. 하지만 무모한 짓은 안 돼, 알았지?"

개가 알았다는 뜻으로 짖었다. 파벨은 주인이 두려워하지 않는 한, 자기도 무서울 게 없다고 생각했다.

초록 군단은 여전히 거대한 먼지구름을 일으키며 전진하고 있었다. 파벨은 그들의 비밀을 자신의 후각으로 밝혀내고 싶어서 연신 킁킁거렸다.

"주인님, 저들은 인간이 아니에요." 그가 말했다.

"그래? 그럼 물소처럼 미친 듯이 날뛰는 동물들이라는 거야?"

"아뇨, 야생 동물의 냄새는 안 나요."

"대단한 야생 동물 전문가라도 되는 것 같네?" 비올레트가 놀리듯 말했다. "네가 예전에 어떤 동물들을 사냥했는지 기억나? 길가에 있던 비둘기랑, 이웃집 고양이 아르센이랑, 또⋯⋯."

파벨이 투덜댔다.

"흥! 좋아요, 이젠 아무 말도 안 할래요. 난 그저 주인님을 태우고 다니는 짐승에 불과하니까요."

"이런, 화났구나! 알았어, 진지하게 들을게. 그래, 무슨 냄새가 나?"

"나무 냄새요."

"당연하지. 우리가 지금 숲 쪽으로 가고 있잖아. 난 초록 군단한테서 어떤 냄새가 나는지 궁금하다고. 저렇게 먼지를 일으키면서 오는데, 대체 정체가 뭘까? 몸집이 큰 동물들일 것 같은데……."

파벨이 공중으로 코를 치켜들고 바람결에 실려 오는 냄새를 맡았다.

"흙이랑 비료, 낙엽 냄새가 나요. 그리고 깃털 냄새도요. 저 안에 새가 있는 게 분명해요."

비올레트가 어깨를 으쓱했다.

"훌륭해, 꽤 진전이 있는 탐색이야. 타조 같은 걸까? 자, 가 보자."

두 모험가는 드디어 잔디밭 끝에 이르렀다. 초록 군단이 일으키는 먼지 구름은 계속 다가오고 있었다.

그들 앞에 정원 주민들이 말하던 **황폐 숲**이 넓게 펼쳐져 있었고, 절벽 하나가 우뚝 솟아 있었다. 그 절벽 꼭대기에서 뭔가의 움직임을 알아채고, 비올레트가 말했다.

"저길 봐, 파벨! 저 꼭대기! 저기에 개들이 있어!"

"주인님, 저건 개가 아니라 늑대예요."

절벽 위에서 여섯 개의 실루엣이 선명하게 보였다. 그러나 그 실루엣들은 곧 화석처럼 말라 버린 나무들 사이로 사라졌다.

"늑대? 확실해?"

"개에 대해서라면 내가 좀 알잖아요? 적어도 저들이

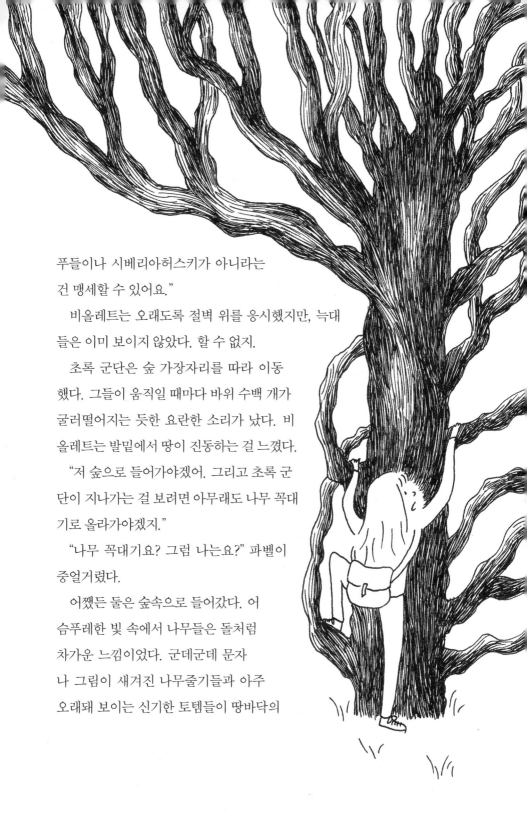

푸들이나 시베리아허스키가 아니라는
건 맹세할 수 있어요.”

비올레트는 오래도록 절벽 위를 응시했지만, 늑대
들은 이미 보이지 않았다. 할 수 없지.

초록 군단은 숲 가장자리를 따라 이동
했다. 그들이 움직일 때마다 바위 수백 개가
굴러떨어지는 듯한 요란한 소리가 났다. 비
올레트는 발밑에서 땅이 진동하는 걸 느꼈다.

“저 숲으로 들어가야겠어. 그리고 초록 군
단이 지나가는 걸 보려면 아무래도 나무 꼭대
기로 올라가야겠지.”

“나무 꼭대기요? 그럼 나는요?” 파벨이
중얼거렸다.

어쨌든 둘은 숲속으로 들어갔다. 어
슴푸레한 빛 속에서 나무들은 돌처럼
차가운 느낌이었다. 군데군데 문자
나 그림이 새겨진 나무줄기들과 아주
오래돼 보이는 신기한 토템들이 땅바닥의

잔가지들과 뒤섞여 있었다. 바닥에 길게 누운 고목들의 그림자 밑으로 아직 녹지 않은 눈이 보였다.

"난 이곳이 마음에 안 들어." 비올레트가 말했다. "더 깊숙이는 가지 말자. 초록 군단이 지나가는 것만 보고 재빨리 도망치는 거야, 알겠지?"

파벨이 땅에 코를 대고 킁킁거리다가 앞발로 땅을 팠다. 두꺼운 먼지와 재가 쌓여 있었다.

"아주 오래전에 여기서 뭔가 무서운 일이 벌어진 것 같아요. 숲을 완전히 뒤엎어 버린 그런 일이요."

"바위가 말했던 폭풍우, 혹시 그것 때문일까?"

"모르겠어요. 하지만 숲을 이런 잿빛 사막으로 만든 게 폭풍우라면, 진짜 무시무시했던 건 분명해요!"

비올레트는 파벨이 떨고 있다는 걸 알아차렸다. 숲의 음산한 분위기에 전염된 것일까. 소녀는 오이피클병에서 오이 하나를 꺼내 반으로 뚝 잘랐다. 파벨이 금방 기쁜 표정을 지었다.

"세상의 그 어떤 소리도 이보다 더 경쾌하진 못할 거예요! 최고급 뼈다귀보다도 맛있다니까요!"

"파벨, 넌 용감한 개야. 내가 나무에 올라갔다 올 테니, 그동안 맛있게 먹고 있어. 다른 데 가지 말고 꼭 여기서 날 기다려야 해."

바람에 반들반들하게 닦인, 해골 같은 개암나무는 전망대로 제격이었다. 비올레트는 나뭇가지가 튼튼한지 확인한 뒤 밟고 올라갔다. 초록 군단은 이제 아주 가까이 있었다.

파벨은 새콤달콤한 오이를 깨물며, 시선은 날렵하게 나무를 타는 주인을 좇고 있었다. 꼭대기에 올라간 소녀는 한동안 살피더니, 마침내 먼지구름 속에 감춰진 것이 뭔지 알아냈다. 땅을 진동시키고 있는 건 바로……

6
초록 군단

숲을 따라 걷고 있는 건 거인 무리였다. 그들은 거대한 몸을 아주 느릿느릿 움직였다. 하지만 무엇도 그들을 멈추게 할 수 없을 만큼 힘 있는 움직임이었다. 수십, 어쩌면 수백의 거인들이 끝없이 한 줄로 길게 늘어서 걷고 있는데도, 땅이 울리는 소리 외에는 다른 어떤 소리도 들리지 않았다.

그들은 인간도 아니고, 괴물도 아니며, 짐승이나 전설 속의 동물도 아니었다. 그것은 다름 아닌 *나무*들이었다! 참나무, 느릅나무, 백양목, 소나무…… 어떤 나무들은 부드러운 초록색 잎이 나 있었고, 어떤 나무들은 껍질이 거칠거칠했으며, 또 어떤 나무들은 온통 이끼와 버섯으로 뒤덮여 있었다. 그들은 굉장한 힘으로 뿌리를 들어 올리면서 줄곧 한 방향으로 1미터씩 움직였다. 몸통을 오른쪽 왼쪽으로 흔들어 균형을 잡으면서 전진하는 나무도 있었고, 밑가지로 땅을 파서 동료들이 지나가는 것을 돕는 나무도 있었다. 한마디로 초록 군단은 거칠고, 사납고, 통제가 불가능한 나무 무리였다.

비올레트는 이 믿을 수 없는 장면을 오랫동안 지켜보았다. 단 한 번도 상상해 본 적 없는 장면을! 그러나 이건 현실이었다. 소녀는 이 놀라운 광경을 직접 눈으로 보고, 코로 흙과 나무 냄새를 맡았다! 집에 돌아가면 이 모든 걸 엄마에게 이야기할 수 있을지 생각해 봤다. 엄마는 그녀의 말을 믿지 않을 게 분명했다. 혹은 엄마가 그 말을 믿는다면, 다시는 이곳에 못 오게 할 것이 불 보듯 뻔했다!

비올레트는 개암나무 가지 위에 말 타듯 걸터앉아, 행진하는 나무들보다 더 높은 곳에서 먼지구름을 내려다봤다. 무리 중 가장 앞에서 움직이는 것은 거대한 느릅나무였다. 그는 선두에서 몸을 좌우로 흔들어 박자를 조절하며 무리를 이끌고 있었다. 이 많은 나무를 데리고 어디로 가는 것일까? 주변의 풀과 꽃, 관목 들을 마구 할퀴고 짓밟으며 나아가는 모습을 보고 있으려니, 놀란 걸음으로 목적지도 없이 도망치는 동물들의 공포가 느껴졌다.

거대한 느릅나무가 비올레트 앞을 지나가는 순간, 비올레트는 그 나무 잎사귀들 사이에서 무언가가 움직이는 걸 발견했다. 나무들 사이에서 살아 있는 동물은 바로…… 새였다. 황갈색과 회색 깃털을 가진 새는 서툰 움직임으로 나뭇가지 위에서 아슬아슬하게 뛰어다녔다. 그녀가 '굼뜬 새네.'라고 생각한 순간…….

느릅나무의 갑작스러운 움직임에 작은 새가 그만 균형을 잃고 떨어지고 말았다! 불쌍한 새는 우스꽝스러울 정도로 허약한 날개로 파닥거렸지만 소용없었다. 새는 땅으로 곤두박질쳤다. 뒤따라오던 떡갈나무가 금방이라도 그 새를 짓밟을 것 같아서, 비올레트는 그만 비명을 질렀다!

갑자기 초록 군단이 행진을 멈췄다.

요란한 행진 소리가 뚝 그치고 침묵이 찾아왔다. 오직 바람 소리와 뿌리에서 흙덩어리가 떨어지는 소리, 나뭇가지들이 나무 몸통을 스치는 소리만이 들렸다.

비올레트는 개암나무에 꼭 매달린 채 숨을 죽였다. 초록 군단의 나무들이 자기를 본 건 아닐까? 자기를 해치진 않을까? 등줄기에 식은땀이 흘러내렸다. 소녀는 나무 거인들에 시선을 고정한 채, 개암나무 가지들을 차례로 밟으면서 가능한 한 천천히 내려오려고 애썼다.

나무들은 그녀를 보지 못한 것 같았다. 사실 나무들의 주의를 끈 건 비올레트의 비명이 아니었다. 그렇다면 무슨 일이 일어난 것일까?

땅에 떨어진 작은 새가 겁에 질려 짹짹거리고 있었다. 침묵 속에서 새의 날카로운 울음소리가 모두의 주의를 끌었다. 갑자기 떡갈나무가 몸을 굽혔다. 그리고 민첩한 동작으로 두 개의 나뭇가지를 사용해서 그 새를 주워 올리더니…… 나뭇잎들 속에 넣어 삼켰다!

곧 우두머리 느릅나무가 군단에게 출발 신호를 보내며 좌우로 몸을 흔들기 시작했다.

공포의 전율이 비올레트의 온몸을 훑고 지나갔다. 이 나무들은 육식이었다! 이들은 지나는 곳마다 땅만 황폐하게 만드는 게 아니라, 정원 주민들에게도 끔찍한 짓을 저지를 수 있을 것이다!

초록 군단이 무시무시한 행진을 계속하는 동안, 비올레트는 낙엽들로 덮인 폭신폭신한 땅에 발을 디뎠다. 그때 땅속에서 어떤 목소리가 들려왔다.

"아, 그 애가 내려왔어! 이제 말을 걸 수 있겠군."

7
두더지 세 자매

"혹시 두더지 세 자매 중 한 마리세요?" 땅속에서 머리만 살짝 내밀고 있는 작은 동물에게 비올레트가 물었다.

"응, 맞아. 시몬이라고 해. 아주 흔한 이름이지?"

"아! 잘됐어요. 사람들이 꼭 당신에게 물어보라고 하더군요. 다른 두 마리는 약간 정신이 나간 것 같다면서요."

시몬이라는 두더지의 얼굴 바로 옆에 두 번째 주둥이가 쏙 올라왔다. 그는 매우 불쾌하다는 투로 말했다.

"뭐라고? 다른 두 마리가 약간 어떻다고?"

"정신이 나간 것 같댔어!" 세 번째 두더지가 주둥이를 내밀고 거들었다.

비올레트는 얼굴이 새빨개진 채 실수를 만회해 보려고 애썼다.

"그러니까 내 말은, 그게……. 아무래도 내가 오해한 것 같아요. 난 여러분 셋을 다 만나게 되어 정말 기뻐요."

"나는 비르지니아야." 두 번째 두더지가 말했다.

"무례한 꼬마 같으니라고! 네 소개부터 듣고 내 이름을 알려 주마." 세 번째 두더지의 말이었다.

"내 이름은 비올레트 위르르방이에요. 조금 전에 정원에 들어왔어요. 여긴 정말…… 너무 흥미로운 곳이에요. 하지만 여기서 일어나고 있는 일들을 하나도 이해하지 못하겠어요. 내게 설명해 줄 수 있나요?"

"아무것도 없어. 설명할 게 전혀 없다고."

"아니, 있지 왜 없어? 마르그리트, 설명해 줄 게 얼마나 많은데 그래! 알려 줘야 할 것투성이지." 시몬이 말했다.

비르지니아가 덧붙였다.

"내가 꼭 해 주고 싶은 말은 이거야. 여긴 봐야 할 것도 많고, 탐험할 곳도 많고, 만나야 할 사람도 수없이 많다는 거! 여기저기 어슬렁거려 보렴. 본능이 이끄는 대로 가 봐. 이제 여긴 너의 정원이니까."

"애의 정원이라고? 말도 안 돼! 여긴 이 꼬마의 정원이 아니야. 이 아이는 이제 막 여기 도착했을 뿐이라고!"

비올레트는 벌써 정신이 나갈 지경이었다. 두더지 세 마리가 거의 동시에 떠들고 있는 데다, 모두 똑같이 생겼기 때문이었다. 쓰고 있는 모자 색깔만 달랐다. 대체 누가 누구인 건지…….

두더지들은 이제 비올레트에겐 아예 신경도 쓰지 않은 채 자기들끼리 다투기 시작했다. 그러나 비올레트에겐 물어봐야 할 것들이 너무 많았다. 그래서 손가락 하나를 들어 올려서 그들의 주의를 끌며 말했다.

"잠시만요! 궁금한 게 있는데요, 사람들이 나를 새로운 수호자라고 하더라고요. 그러면서 당신들이 내게 모든 걸 설명해 줄 거라고 했어요."

두더지들이 떠들던 것을 멈췄다. 마르그리트가 제일 먼저 대답했다.

"수호자라……. 그래, 이 정원에는 수호자가 필요해. 그런데 네가 과연 그 일에 어울릴까? 아닌 것 같은데."

"먼젓번 수호자가 와서 우리에게 이득이 된 건 조금도 없었어." 비르지니아가 말했다. "그 애는 폭풍우를 막는 일에 실패했지."

비올레트는 두더지들이 옛일을 떠올리고 싶어 하지 않는다는 걸 느꼈다.

"대체 무슨 일이 있었던 거예요? 숲을 파괴했다는 그 폭풍우 말인가요? 어린아이가 어떻게 폭풍우를 막을 수 있겠어요?"

이번엔 시몬이 나섰다.

"과거는 중요하지 않아. 그 수호자의 역할은 이미 끝났어. 지금 중요한 건 정원이 깨어나고 있다는 거지. 그리고 그 일을 한 게 바로 너라는 거야."

"아니, 잠깐만요. 그러니까 당신들 말은, 내가 이 정원을 만들기라도 했다는 거예요? 무슨 꿈에서처럼요?"

"아니야, 비올레트. 이 정원은 네가 오기 전에도 존재했어. 하지만 아주 오랫동안 잠들어 있었지. 네가 정원으로 들어올 결심을 했을 때, 이 정원을 깊은 잠에서 끌어낸 거야. 정원의 주민들도 마찬가지고. 말하자면 잔잔한 연못에 네가 풍덩 뛰어든 격이지. 넌 그 연못에 소용돌이를 일으키고 파도를 일으켜서 연못을 전부 뒤집어엎어야 해. 주민들이 연못에서 헤엄치고 첨벙거리게 만들어서, 연못 밑바닥에 깔린 진흙이 수면까지 올라오게 해야 한다고!"

"우웩!" 비올레트는 거머리가 우글대는 진흙탕이 떠올라 역겨웠다.

"아니, 말이 그렇다는 거지! 비유적인 표현이야!"

"그럼 수호자 이야기는 뭐예요?"

"오, 그건 간단해. 넌 이곳 주민들을 깨웠어. 그러니 이제는 그들에게 나쁜 일이 일어나지 않도록 네가 할 수 있는 일을 다 해야지."

비올레트는 주머니에서 이전 수호자의 사진을 꺼냈다. 사실 비올레트는 **비밀의 정원**에 온 이후로, 왠지 이제 자기가 그 역할을 맡아야 할 차례라고 느끼고 있었다.

그 시작으로 제일 먼저 초록 군단의 행진을 멈추게 해야 했다. 소녀는 자신이 그보다 훨씬 많은 일을 감당해야 할 거라는 걸 어렴풋이 느꼈다. 폭풍우 이야기는……. 조만간 그것에 대해 더 밝혀내야 할 것이다.

그런 생각을 하고 있자니, 혼란스러운 이미지 하나가 머릿속에 떠올랐다. 물방울이 튄 듯한 사진에서 본, 잔뜩 찌푸린 표정의 끔찍한 괴물 같은 형상. 그녀는 아득히 먼 기억 속의 이름을 그 형상과 연결해 봤다.

칼리방.

비올레트는 불안해하고 있을 엄마가 생각났다. 틀림없이 엄마는 어딘가에 숨어 있을 딸을 걱정하고 있을 것이다. 아빠라는 사람도 떠올랐다. 아빠는 고함을 치며 비올레트의 물건을 사방에 내던지면서, 온 집 안을 구석구석 뒤졌을 것이다.

그러나 비올레트는 때가 되면 자연스럽게 집으로 가는 길을 찾을 수 있을 것이며, 지금 자기가 있어야 할 곳은 다름 아닌 여기, 정원이라고 느꼈다. 이곳의 모두가 그녀를 신뢰했다.

비올레트는 머리를 끄덕이며 말했다.

"좋아요. 난 정원의 새로운 수호자가 될 거예요. 하지만 먼저 나를 도와주세요. 우선 내가 뭘 해야 할지 가르쳐 주세요. 초록 군단을 막아야겠죠?"

시몬이 그녀를 바라보다가 심각한 어조로 말했다.

"사실 그건 관문 같은 거야. 네 진정한 사명은 폭풍우가 정원을 덮치지 않게 하는 거지. 넌 그걸 대비해야 해. 그 징조가 이미 시작되었거든."

"그걸 대비하려면 내가 뭘 해야 하는데요?"

"우선 '정원의 유물'부터 모아 봐. 그것들이 네가 정원에서 무엇을 해야 할지, 정원을 위협하는 것과 어떻게 맞서야 할지 방법을 알려 줄 테니까. 유물들이 있으면 네가 폭풍우와 싸울 때 그만큼 더 유리할 거야."

"정원의 유물요? 그게 뭔데요?"

"아주 독특하고 귀한 보물들이지. 유물마다 각기 다른 능력이 있어. 모두 찾기 쉽지 않겠지만, 그중 일곱 개는 네 능력으로 찾을 수 있단다. 음, 우선 '늑대 가죽'부터 시작하자. 그게 네 눈과 코와 귀를 열어 줄 거야. 다만 늑대 가죽에 잡아먹히지 않게 조심해야 해!"

비올레트는 까만 모자를 쓴 두더지의 말이 잘 이해되지 않았지만, 어쨌든 조언을 따르기로 마음먹었다. 순간 깊은 곳에서부터 자신감이 솟아났다. 용감한 동료와 함께라면 어떤 상황도 헤쳐 갈 수 있을 거라는 자신감……

그 순간, 그 동료인 파벨이 사라졌다는 걸 깨달았다.

"파벨!"

"파벨? 그게 뭔데?"

비올레트는 놀란 마음으로 주변을 둘러봤다. 여기저기 쌓여 있는 나무등치들 때문에 몇 미터 이상은 볼 수 없었다. 개의 흔적은 어디에도 없었다.

"파벨! 돌아와!"

비올레트의 외침은 곧 사그라들고 말았다. 잿빛 나무들에 막혀 버린 것 같았다. 그녀는 두더지들 쪽으로 몸을 돌리고 말했다.

"내 개요! 내가 나무 위로 올라갔을 때 그 녀석은 나무 밑에 있었어요! 여러분은 분명히 봤을 텐데요?"

"못 봤어. 혹시 초록 군단을 보고 무서워서 숲속으로 숨었을지도."

"그 개를 찾게 도와주세요!"

"영웅은 바로 너야!" 마르그리트가 반박했다. "네가 움직여야지."

"어떻게요?"

"걱정 마!" 시몬이 말했다. "넌 개를 다시 만날 거야. 네 본능을 따라가렴!"

"늑대 가죽 찾는 걸 잊지 마." 비르지니아가 상기시켜 주었다. "늑대 가죽은 아주 유용할 거야."

"위험할 수 있다는 것도 꼭 기억해." 마르그리트가 덧붙였다.

이내 세 마리 두더지는 다시 땅굴 속으로 들어갔다.

"안 돼! 돌아와요! 아직 물어볼 게 많단 말이에요! 대체 이 숲에 뭐가 감춰져 있는 거죠? 정말 늑대들이 있나요? 제발 날 두고 가지 말아요!"

비올레트는 황급히 두더지 구멍 쪽을 살폈지만, 구멍은 이미 덮여 버렸다. 그녀는 무릎을 꿇은 채 허공만 바라봤다. 하지만 곧 일어나서 옷에 묻은 흙을 털었다. 그리고 땅 위에 잔뜩 쌓인 나뭇가지와 낙엽을 헤치고, 지팡이로 삼을 수 있는 튼튼하고 기다란 나무 막대 하나를 주웠다.

수호자는 곧바로 잿빛 나무들 사이로 나아갔다. 어서 파벨을 찾아야 했다.

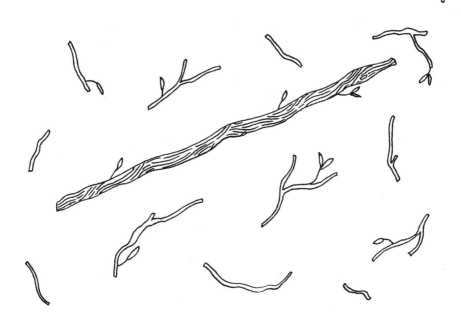

8
늑대로 산다는 것

비올레트는 걸음 하나하나에 집중하면서 말라비틀어진 나무들 사이를 걸어갔다. 바닥에 널브러진 나뭇가지들을 뛰어넘고, 지팡이로 마른 고사리들을 치우고, 몸을 낮춰 비스듬히 기울어진 나무들 밑을 지났다. 그녀는 파벨을 만나기를 간절히 바라며 가끔 멈춰 서서 숲을 샅샅이 뒤지다가, 다시 길을 떠나곤 했다.

그러는 중에 몇 번이나 뒤에서 나는 소리를 들었다. 낙엽 위를 걷는 사람의 발소리일까, 아니면 동물의 발소리일까? 문득 나무 뒤에서 뭔가가 재빨리 움직이는 걸 보고 그것이 파벨이기를 바랐지만 아무리 이름을 불러 봐도 대답은 들리지 않았다.

누군가가 자기 뒤를 밟고 있다는 생각이 들기 시작했다. 그를 불시에 덮쳐 보겠다고 세 번이나 갑작스럽게 몸을 홱 돌렸지만 헛수고였다. 비올레트는 지팡이를 꼭 쥔 채 다시 길을 갔다.

길을 가로막고 쓰러져 있는 커다란 나무를 간신히 넘어섰을 때였다. 고개를 든 비올레트의 눈앞에 늑대 한 마리가 있었다.

늑대는 숨지도, 다가오지도 않았다. 그냥 거기 있었다. 마치 죽은 나무나 바위, 나무 토템과 마찬가지로 원래부터 그 풍경의 일부인 것처럼……

늑대는 가만히 그녀 바로 앞에 서 있었다. 숨거나 도망치기엔 너무 늦었다. 비올레트는 지팡이를 꽉 잡은 채, 숨죽이고 기다려 보기로 마음먹었다.

녀석은 바위 위에 앞발을 올려놓고 그녀를 바라봤다. 공격하려는 기미는 없었지만, 그렇다고 반가워하는 기색도 없었다. 옆구리가 비쩍 마르고 털도 많이 빠진 데다, 뒷발에 상처까지 입은 늙은 늑대였다. 녀석도 주변의 숲만큼이나 크게 상처를 입은 것 같았다.

양쪽 모두 상대가 먼저 첫발을 내디뎌 주길 기다렸다.

숲을 덮고 있는 희미한 잿빛 속에서 그들 주위의 모든 게 돌처럼 굳어 버린 것 같았다. 바람조차 한 점 불지 않았다. 비올레트는 늑대와 마주 본 상태에서 1분이 지났는지 1시간이 지났는지 가늠이 되지 않았다. 그러는 동안, 마치 동굴 천장에서 한 방울씩 똑똑 떨어지는 물방울이 석순을 만들어 내는 것처럼, 머릿속에 한 가지 질문이 서서히 자라나기 시작했다. 마침내 형태가 뚜렷해진 그 질문이 입 밖으로 튀어나왔다.

"늑대로 산다는 건 어떤 거예요?"

늑대가 고개를 옆으로 기울였다. 그 질문에 대한 답을 찾기 위해선 다른 각도에서 세상을 볼 필요가 있다는 듯이.

"인간으로 사는 것보다는 훨씬 간단해. 난 내가 뭘 해야 할지 생각하면서 시간을 보내지 않아. 대신 주변의 세상을 눈과 코와 귀로 느끼지. 먹이가 있으면 공격하고, 위험이 있으면 도망치고, 도망칠 수 없으면 싸우고……. 늑대로 산다는 건 그런 거야."

"그럼 난 먹이인가요, 아니면 위험인가요?"

늑대는 그 질문에는 답하지 않고 다른 말을 했다.

"넌 이 정원 태생이 아니군. 그래서 네가 이 정원을 바꿀 수 있는 거야. 그건 굉장한 힘이지. 넌 좋은 결과를 가져올 수도 있고, 불길한 결과를 가져올 수도 있어. 정원에 사는 모두가 변화를 바라는 건 아니야. 늑대들을 조심해라. 그들은 원한을 품고 있거든."

비올레트는 잠시 말이 없었다. 눈앞에 있는 그 늑대도 조심해야 하는지 궁금했지만, 감히 물어보지 못했다.

"당신에겐 이름이 있나요?" 그녀가 물었다.

"내 이름은 브루노프야. 하지만 아무도 내 이름을 안 불러."

"나는 비올레트예요. 내 개를 찾고 있어요. 파벨이라는 털이 흰 개인데, 혹시 본 적 있나요?"

"난 인간이나 개에겐 관심 없어. 내 힘은 살아남는 일과 먹는 일에만 써야 하니까."

브루노프는 대화를 짧게 끊고는 등을 돌리고 멀어져 갔다.

비올레트는 더는 늑대가 두렵지 않았다. 그처럼 귀중한 정보원이 떠나게 내버려 둘 수 없었다. 그래서 지팡이를 들고 그를 따라나섰다.

"정원의 유물에 대해서 들었어요. 혹시 늑대 가죽이 뭔지 아세요?"

늑대의 걸음이 빨라졌다. 비올레트가 그를 따라 발걸음을 재촉하자, 늑대가 공격적인 말투로 내뱉었다.

"그건 위험해. 넌 네 개를 찾아서 얼른 집으로 돌아가기나 해."

"그럴 순 없어요!" 비올레트가 뒤쫓아 달리면서 외쳤다. "내가 두려워할 것 같아요? 난 정원의 수호자예요. 폭풍우를 막아야 한다고요. 그러니 나는 반드시 유물들을 찾을 거예요!"

늑대가 휙 돌아섰다. 비올레트는 눈을 번뜩이는 늑대의 코앞에 멈춰 섰다. 온몸이 굳어 버렸다. 벌어진 늑대 주둥이 사이로 당장이라도 물어뜯을 준비가 되어 있는 송곳니가 보였고, 숨결에서는 짐승의 냄새가 났다. 그녀는 황급히 뒤로 물러나다가 나뭇가지에 걸려서 뒤로 넘어지고 말았다.

소녀는 본능적으로 지팡이를 치켜들었다. 늑대는 여전히 으르렁거리며 그녀의 눈을 뚫어지게 쳐다봤다. 소녀는 순식간에 예리한 눈길에 압도당했다. 늑대의 눈에서 아득한 옛날부터 늑대들이 축적해 온 인간을 향한 분노가 느껴졌다. 그 순간, 잠깐이지만 늑대로 산다는 게 어떤 건지 이해됐다.

브루노프는 다시 몸을 돌려서, 바짝 마른 덤불 위를 훌쩍 뛰어넘어 잿빛 숲속으로 사라졌다.

9
르비스

비올레트는 콩닥거리는 가슴을 안고, 지팡이를 손에 쥔 채 주저앉았다. 그때 뒤에서 조롱하는 웃음소리가 들렸다. 뒤를 돌아보니 획 하고 덤불 속으로 사라지는 두 개의 긴 귀가 보였다. 소녀가 벌떡 일어났다.

"거기 누구예요?"

대답 대신 낙엽이 바스락거리는 소리만 들렸다. 그녀를 훔쳐보던 누군가가 도망치고 있었다.

비올레트는 그를 쫓아 달리기 시작했다.

"이봐! 멈춰! 넌 누구야?"

소녀는 **황폐 숲**에 적응하고 있었다. 나뭇잎으로 덮인 땅이 체육관 매트처럼 푹신해서 나뭇가지가 부러질 때마다 튀어 오르기 때문에, 나뭇가지를 밟지 않도록 조심해야 한다는 것도 알게 되었다. 그래서 자신감만 가지면 놀라운 속도로 달릴 수 있었다.

비올레트는 앞에서 달리는 자가 자기와 같은 원리로, 몇 미터 앞에서 경중경중 뛰어가는 소리를 들었다.

나무 사이로 하얀 머리와 짙은 색 옷이 언뜻언뜻 보였다. 그녀를 훔쳐보던 토끼 귀의 주인공은 두 다리로 걸었고, 망토 같은 옷을 입고 있었다. 사람이거나 사람으로 변장한 무언가라는 생각이 들었다.

비올레트는 전진했다. 그러나 긴 귀를 가진 자는 비올레트보다 훨씬 이 숲에 익숙했다. 비올레트는 가시덤불이나 높은 나무둥치를 넘어갈 수 없어서 몇 번이나 길을 빙 돌아서 가야 했다. 그런데 매번 나뭇가지 꺾이는 소리는 가까운 데서 들려왔다. 마치 비올레트를 기다려 주기라도 하듯이……

얼마쯤 지났을까, 더 이상 아무 소리도 들리지 않았다. 토끼 귀를 가진 자는 이미 멀리 갔을 수도 있고, 아니면 걸음을 멈추고 숨어서 비올레트를 지켜보고 있을지도 몰랐다.

'혹시 내가 쫓아와 주길 바라는 건가?' 비올레트는 생각했다. '나를 어디론가 데리고 가서 뭔가를 보여 주려는 걸까, 아니면 함정에 빠뜨리려는 걸까?'

비올레트는 가만히 선 채로 귀를 기울이면서, 잿빛 나뭇가지들이 뒤죽박죽으로 흩어져 있는 곳들을 자세히 살폈다. 그리고 부러진 커다란 나무 옆에 가서 섰다. 나무는 미끄럼틀처럼 기울어져 있었다. 그것을 보니 좋은 생각이 떠올랐다.

비올레트는 소리를 내지 않으려고 조심하면서 나무 위로 올라갔다. 아주 천천히 기어서 나무를 오르다가 이따금 몸을 일으켜, 긴 귀를 가진 염탐꾼을 찾기 위해 밑을 내려다봤다.

기울어진 나무의 3분의 2 정도까지 그렇게 전진했다. 건물 한 층 높이쯤 되는 지점이었다. 소녀는 나무에 매달린 채 샅샅이 숲을 살폈다. 이 정도 높이에서라면 하얀 토끼의 모습이 안 보일 리 없을 터였다!

그때 별안간 웃음소리가 들려왔다. 옆 나무의 더 높은 곳에서 그 염탐꾼이 비올레트를 조롱하는 눈빛으로 내려다보고 있었다. 그는 검은 가죽 부츠를 신은 두 발을 건들건들 흔들며 느긋하게 앉아 있었다.

자세히 보니 하얀 얼굴은 얼굴이라기보다는 복면처럼 보였다. 귀 부분이 뾰족한 복면. 그는 눈 위치에 뚫린 구멍을 통해서 가소롭다는 눈길로 비올레트를 훑어봤다.

"흥, 너냐? 신참이라는 애가?"

비올레트는 목소리를 듣고 그가 소녀라는 걸 알았다. 분명 아이의 목소리였지만, 어른같이 확신에 차 있었다. 아마도 이처럼 험한 곳에서 혼자 살아가는 데 익숙해졌기 때문일 것이다.

비올레트는 나무줄기를 꼭 잡고 몸을 일으켰다. 토끼 소녀와 얼굴을 마주하니, 약해 보이면 안 된다는 게 본능적으로 느껴졌다. 그러려면 서 있는 편이 나을 것 같았다. 하지만 균형을 잘 잡을 수 있을지 자신이 없었다. 비올레트는 침착한 목소리로 이렇게 말했다.

"네가 토끼 복면을 쓰고 있어도 난 별로 놀라지 않아. 난 비올레트야, 넌?"

"르비스. 수집가라고도 불러."

염탐꾼 소녀는 그렇게 말하면서 날렵한 몸놀림으로 일어나더니, 굵은 나뭇가지 위에 꼿꼿이 섰다. 그녀의 허리띠에 매달린 칼집엔 공들여 세공한 칼자루가 꽂혀 있었다.

"뭘 수집하는데?"

"정원의 유물들."

"와, 그래? 잘됐다! 나도 그걸 찾으려고 하거든! 모두 일곱 개라고 하던데, 정말이야? 넌 몇 개를 갖고 있는데? 나한테도 정보 좀 줄 수 있어?"

"정보를 달라고? 그게 무슨 헛소리야? 말도 안 되는 소리 하지 마. 유물들은 모두 내 거야. 나만 가질 수 있다고. 네가 늙은 늑대와 얘기하는 걸 들었어. 그의 말이 맞아. 넌 빨리 네 집으로 돌아가기나 해. 여긴 위험한 곳이야, 특히 너 같은 어린애한테는."

이번엔 비올레트도 있는 힘을 다해 나뭇가지를 밟고 일어섰다. 용기를 내야 해, 그녀는 속으로 생각했다. 떨어지더라도 땅에 낙엽이 깔려 있어서 많이 아프진 않을 터였다. 게다가 상대에게 유리한 자리를 넘겨주는 일은 절대로 없어야 했다. 그녀는 두 다리로 똑바로 버티고 서서 크게 심호흡을 했다. 그리고 되도록 기세등등한 목소리로 말했다.

"난 도망칠 생각 같은 건 없어. 정원의 주민들은 내 보호가 필요해. 난 폭풍우를 막아 낼 거야."

"뭐라고? 풋! 네가 폭풍우를 막는다고?" 상대가 웃음을 터뜨렸다.

"두더지들도 널 비웃었어. 이게 장난 같아? 네가 조금이라도 판단력이 있는 애라면, 당장 정원에서 도망쳐 집으로 돌아가는 게 좋을 거야. 안 그러면 넌 죽을 수도 있어."

"난 네가 뭐라고 하든 유물들을 찾을 거야. 우선 늑대 가죽부터 찾을 생각이야."

"유물이 그렇게 보고 싶어? 유물은 일곱 개가 넘어, 알아? 그리고 그중 하나가 바로 이 '황제의 검'이지."

토끼 소녀가 검을 뽑았다. 길고 반짝이는 칼날이 휙휙 소리를 내면서 허공에 우아한 곡선을 그렸다.

"우아, 예쁜 검이다! 그 유물은 어떤 능력이 있는데?"

"뭐든 다 잘라 버리는 능력!"

그러면서 르비스는 검으로 비올레트가 서 있는 죽은 나무를 내리쳤다. 그러자 마치 당근이 잘리듯 단번에 나무가 두 동강 났다. 나무는 우지끈 소리를 내면서 비올레트와 함께 땅으로 떨어졌다.

"아아악!"

비올레트는 떨어질 때 자기도 모르게 눈을 꼭 감았다가, 잠시 뒤에 다시 눈을 떴다. 그녀는 둥글게 몸을 감고 바닥에 쓰러져 있었다. 다행히 다친 데는 없었다.

르비스가 눈 깜짝할 사이에 나뭇가지에서 뛰어내려 비올레트 바로 앞에 착지했다.

"네가 왜 수호자야? 무슨 권리로?"

비올레트는 추락한 충격이 채 가시지 않았지만, 벌떡 일어나서 토끼 소녀와 당당하게 마주 섰다. 자기 얼굴이 붉어졌다는 걸 느낄 수 있었다. 그녀는 깊이 생각하지도 않고 토끼 소녀의 귀를 잡아당겼다. 그러자 복면이 위로 올라가면서 르비스의 눈을 덮었다. 눈이 가려 보이지 않게 된 르비스는 복면을 잡아 내리기 위해 칼을 놓을 수밖에 없었다.

"이게 복면의 단점이지." 비올레트가 말했다. "시야가 가려질 수 있거든!"

비올레트는 이때를 틈타 곧바로 토끼 소녀에게 달려들었다. 둘은 땅바닥에 쓰러졌다. 르비스는 옆으로 굴러서 비올레트에게서 벗어났고, 두 소녀는 서로 떨어졌다. 르비스가 다시 칼을 집는 사이, 비올레트도 지팡이를 찾아 거머쥐었다.

비올레트는 버티고 서서 다시 공격 준비를 했다. 이번엔 르비스가 달려들려 했지만, 갑자기 동작을 멈추더니 고개를 갸웃했다. 복면의 긴 귀를 이용해서 작은 소리를 듣는 것 같았다. 그러더니 비올레트를 바라보며 외쳤다. 조롱 어린 미소는 사라지고 없었다.

"어서 가! 도망쳐!"

"난 네가 하나도 안 무서워!" 비올레트가 응수했다.

하지만 르비스는 이미 달아날 준비를 하고 있었다.

"도망치라고! 지금 늑대들이 오고 있단 말이야!"

"늑대 따위도 안 무서워!"

"도망쳐야 해. 센다크 무리야. 녀석들은 아주 사나운 데다 지금 잔뜩 굶주려 있어. 늙은 브루노프처럼 너랑 얌전히 이야기만 나누다 갈 녀석들이 아니라고. 나는 널 지키기 위해 그들과 싸울 생각은 눈곱만큼도 없거든!"

비올레트는 잠시 망설였다. 르비스의 태도가 아까와 달랐다. 조금 전에 그녀가 칼로 비올레트를 위협했을 때는 자기를 시험해 보고 있을 뿐, 실제로는 그렇게 위협적이진 않다고 생각했었다. 하지만 지금은 달랐다. 르비스는 두 팔을 벌리고 서서 다시 소리쳤다.

"그들이 온다니까! 어서 뛰어! 내가 녀석들을 잠시 붙들어 둘게. 우리 대화는 나중에 마무리하자. 저기 보이는 **무성한 풀밭**으로 들어가. 늑대가 거기까지 따라가진 않을 거야. 당장 피해!"

비올레트는 나무 사이로 뛰어들었다.

10
무성한 풀밭

정신없이 뛰어 숲을 다 헤치고 나왔을 때는 온몸이 땀에 흠뻑 젖은 상태였다. 비올레트의 눈앞엔 연녹색의 단조로운 풀밭이 끝없이 펼쳐져 있었다. 무성하게 자란 풀들이 빛에 잠긴 채 바람결에 천천히 물결치는 곳이었다.

그곳엔 어떤 그림자도 햇빛을 방해하지 않았다. 공기도 마냥 부드러웠다. 비올레트는 잠시 고개를 들어 하늘을 보고 확신했다. 정원에 들어온 이후로 태양이 손톱만큼도 움직이지 않았다는 걸! 태양은 하늘 위에 옛날부터 걸려 있던 등불처럼 한자리에 그대로 있었다.

숲 쪽으로 잠깐 몸을 돌린 소녀는 하늘 반대편 끝에서 별 하나를 보았다. 그건 사실 별이 아닌 옅은 회색의 초승달이었다. 달은 나무 위로 뚜렷하게 보였다. 비올레트가 지금까지 본 그 어느 달보다 큰 달이었다!

늑대들이 절벽 위에서 보고 있던 게 바로 저 달이었을까? 그들은 지금 그녀를 공격할 준비를 하고 있을까? 어쩌면 정원의 수호자인 비올레트를 적으로 여기고 있을지도…….

그런데 파벨은? 파벨을 정원에 남겨 두고 갈 순 없었다! 비올레트는 있는 힘을 다해 파벨을 불렀다.

"파벨! 나 여기 있어! 이리 와!"

풀들 사이에서 움직이는 건 아무것도 없었다.

"파벨! 내 소리가 들리면 짖어 봐!"

들리는 거라곤 풀들을 스치는 바람 소리뿐이었다.

"파벨! 얼른 뛰어오라니까!"

여전히 답이 없었다. 파벨은 언제나 얼른 뛰어오라는 그 바보 같은 명령을 싫어했다.

그가 냄새로 주인을 찾아올 수 있을까? 아마도 이 풀숲 어딘가에서 주인을 찾고 있을 터였다. 아니면 아직 숲의 저쪽 끝에 있을지도 몰랐다.

끝이 보이지 않는 고르고 단조로운 풀밭은 얼마나 넓은지, 지평선이 보이지 않을 정도였다. 다만 딱 한 가지가 풍경 속에서 또렷하게 보였다. 탑처럼 큰 주목 한 그루가 풀밭 한가운데, 태양 바로 밑에 우뚝 서 있었다.

"저 나무 위로 올라가야겠어. 저 꼭대기에 올라가면 파벨이 보이겠지."

그녀는 주목이 있는 쪽으로 방향을 잡았다.

풀들이 살랑거리는 바람에 파도처럼 일렁였다. 그런데 비올레트는 앞으로 나아갈수록 자신이 조금씩 밑으로 내려가고 있다는 걸 깨달았다. 풀 밑의 땅이 경사져 있어서, 무성한 풀 속으로 점점 더 깊이 들어가고 있었다.

어느덧 풀들은 허리 높이까지 이르렀다. 경사는 갈수록 더 심해졌다.

얼마 가지 않아서 풀은 비올레트의 가슴 높이까지 와 있었다. 그녀는 계속 내려갔다. 한 걸음 한 걸음 걷는 것이 점점 더 힘들어져서, 두 손으로 풀들 사이를 벌리며 나아가야 했다. 그렇게 앞으로 가면서 주목에 얼마나 가까이 다가갔는지 확인하려고 규칙적으로 고개를 들고 살폈다.

이제 풀은 머리 높이까지 이르렀다. 소녀는 잠시 망설였다. 더 깊이 들어가는 게 과연 잘하는 일일까? 주목은 아직도 꽤 멀리 있는 것처럼 보였다.

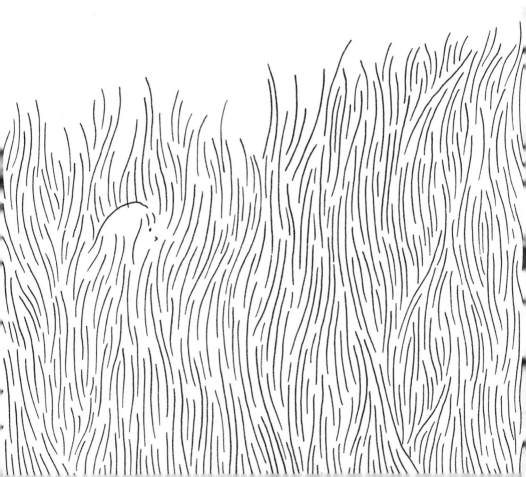

하는 수 없이 그녀는 돌아가기로 했다. 하지만 어느새 뒤에 있던 풀들이 진을 친 채 길을 막고 있었다! 그녀가 알아볼 수 있는 유일한 기준점은 태양이었고, 태양은 주목이 있는 방향을 알려 주는 등대처럼 빛나고 있었다.

"좋아, 할 수 있는 데까지 앞으로 가 보자. 그럼 알 수 있겠지."

다시 주목 쪽으로 방향을 잡는 순간, 왼쪽에서 무슨 소리가 들렸다. 어떤 동물이 멀지 않은 곳에서 풀 밑으로 쪼르르 들어간 참이었다. 쥐일까? 소리로 보건대 괴물임이 분명했다.

비올레트는 심장이 요동치는 걸 느끼며 지팡이를 더 꽉 쥐었다.

소녀는 최대한 빨리 걷기 시작했다. 팔다리를 열심히 움직여 전진했고, 가끔 발꿈치를 들고 풀 위로 고개를 내밀어서 신선한 공기를 마셨다.

그런데 또다시 소리가 들려서 소스라치게 놀랐다. 앞에서 재빠른 움직임이 느껴졌고, 밑으로 어떤 동물의 머리가 지나가는 걸 아주 짧은 순간이지

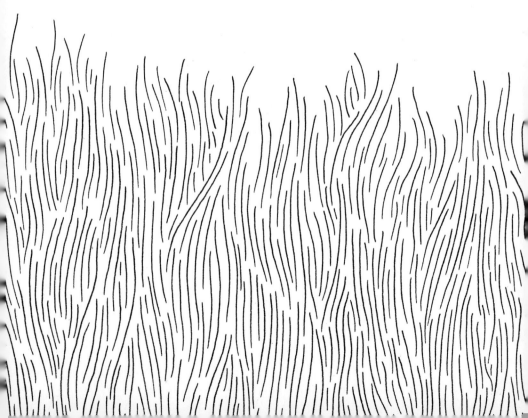

만 얼핏 본 것 같았다. 아니, 어쩌면 둥일지도 모른다. 왠지 뱀처럼 구불거리며 지나가는 것 같기도 했다.

비올레트는 에너지를 한껏 끌어 올렸다. 그러고 보니 아까보다 더 빨리, 더 쉽게 나아가고 있었다. 이제 몸이 적절한 리듬을 찾은 것 같았다. 더는 발이 땅에 닿지 않는다는 걸 깨닫기까지는 시간이 좀 걸렸다.

그녀는 수영장에서 배영을 할 때처럼 아예 풀밭에 드러누웠다. 그리고 탄력 있는 수백 개의 줄기들을 양팔로 힘껏 밀어 내며 풀밭 속에서 헤엄을 치기 시작했다!

그러다 문득 주변에 잡고 의지할 게 아무것도 없다는 걸 깨닫고는 덜컥 겁이 났다. 유연하고 규칙적이던 움직임이 점차 허우적거림으로 변하면서, 비올레트는 계속 풀숲 속으로 깊이 빠져 들어갔다. 이제는 푸른 하늘도 보이지 않았고, 보이는 거라곤 온통 짙은 초록색뿐이었다. 숨쉬기가 점점 힘들어졌다.

"파, 파벨⋯⋯!"

다시 땅을 밟아 보려고 두 발로 발장구를 치는 동안 풀줄기들이 다리를 휘감으며 비올레트를 더욱더 깊은 곳으로 끌고 들어갔다. 잔뜩 겁이 난 그녀는 마구 지팡이를 휘둘렀다. 하지만 풀들은 지팡이마저 휘감아, 지팡이를 아예 그녀의 손에서 낚아채 버렸다. 비올레트가 풀숲 밑으로 더 깊이 빠져가는 동안 지팡이는 자꾸 풀 위로, 위로 올라가고 있었다.

비올레트는 다시 힘껏 파벨을 부르려고 했지만, 풀들이 입 속으로 마구 쓸려 들어와 소리를 낼 수 없었다. 소리를 지르는 것조차 포기하려는 순간, 한 가지 생각이 떠올랐다. 바보 같은 생각일 수도 있지만⋯⋯.

비올레트는 풀 줄기에 밀려가면서 가까스로 가방에 손을 넣었다. 그리고 오이피클병을 꺼내서 오이 하나를 꺼낸 다음, 반으로 뚝! 하고 잘랐다.

그러고는 초록빛 바다 아래로 점점 더 깊이 들어가며 기절하고 말았다.

11
풀뿌리 밑, 그 깊은 초록 바다

비올레트는 다시 살며시 눈을 떴다. 일렁이는 초록빛이 그녀를 잔잔히 감싸고 있었다. 그녀는 자신이 풀뿌리 밑 아주 깊은 곳에 떠 있다는 걸 느꼈다. 잠시 뒤 호흡이 안정되자, 비올레트는 흔들리는 빛의 리듬에 자기 몸을 맡겨 버렸다.

주변에 있는 모든 이상한 식물들도 그렇게 흔들리고 있었다. 꽃들은 손뼉을 치듯 갖가지 빛깔의 꽃잎을 하늘거리면서 우아하게 물결쳤고, 부드러운 버섯 무리는 빛의 흐름에 따라 고개를 돌렸다. 이따금 날렵한 고사리가 아무 데서나 튀어나와서 순식간에 버섯을 꿀꺽 삼키곤 했다.

비올레트는 몸을 제대로 움직여 보려고 애썼지만, 뭐 하나 손에 잡히는 게 없는 이 빛 속에선 헤엄치기가 여간 어려운 게 아니었다.

그러던 중에 비올레트는 문득 자기 아래쪽에서 거대한 실루엣을 보았다. 엄청나게 큰 선인장 하나가 소리도 없이 미끄러져 다가왔다. 고래 같은 식물이었다. 그 선인장 밑, 깊은 바닥에서 뭔지 모르지만 작은 물체 하나가 반짝거렸다. 은처럼 반짝이는 둥근 금속 같기도 했다.

비올레트는 그 물체 쪽으로 가려고 한참을 시도했다. 가까스로 거의 다가

간 순간, 초록빛 물결이 강하게 소용돌이치며 그녀 주위를 빙빙 도는 바람에 그 물체를 잡는 건 실패하고 말았다. 아쉬움도 잠시, 갑자기 뭔가가 왼쪽 발을 힘껏 잡아당기더니 다리 주위를 휘감고 올라오는 게 느껴졌다. 비올레트는 화들짝 놀라 밑을 내려다보았다. 거대한 육식 식물이었다. 촉수처럼 생긴 뿌리들이 먹이를 움켜쥐듯 그녀의 다리를 감고 있었다!

비올레트는 두 손으로 뿌리 하나를 잡고, 있는 힘을 다해 떼어 내려고 안간힘을 썼다. 하지만 이번엔 또 다른 줄기가 허벅지를 공격해 왔다.

'이래서는 도저히 여기서 빠져나가지 못하겠어.'

하지만 그녀는 두려움에 굴복하지 않았다. 어떻게든 헤어날 방법을 찾아야 했다. 비올레트는 왼손으로 괴물의 공격을 막아 내면서, 오른손으로는 블루베리가 준 원예 도구 벨트를 더듬거렸다.

손에 잡히는 대로 도구의 손잡이를 움켜잡고 휙 빼 들었다. 땅을 파는 모종삽이었다! 그건 쓸모가 없겠다는 생각에 내려놓고 다시 벨트를 더듬거렸다. 그사이에 모종삽은 밑으로 떨어져 땅에 박혔다.

마침내 비올레트는 마땅한 도구를 집어 들었다. 가지치기용 가위였다.

그녀는 다리를 조이고 있는 뿌리를 가위로 자르기 시작했다. 가위의 날은 놀랍도록 예리했고, 비올레트는 곧 발을 자유롭게 움직일 수 있게 되었다.

하지만 괴물 식물은 쉽게 항복하지 않았다. 곧 세 개의 또 다른 뿌리들이 다시 먹이를 향해 전진해 왔다. 싹둑! 이번에도 비올레트는 왼쪽 종아리를 위협하는 뿌리를 가위질 한 번에 물리쳤다.

그사이에 또 다른 뿌리가 그녀의 얼굴을 할퀴고는 목 주위를 휘감았다. 그녀는 죽을힘을 다해 가지치기용 가위로 뿌리를 쉴 새 없이 잘라 냈다. 촉수들은 잘리자마자 계속 땅속에서 다시 올라왔고, 잘린 곳에서는 초록색 피가 흥건하게 흘렀다. 그러나 유감스럽게도 새 촉수들이 곧 그 자리를 메웠다.

비올레트는 자신이 오래 버틸 수 없을 거라는 걸 깨달았다.

그때 뭔가가 그녀의 벨트를 잡고 위로 끌어 올리는 게 느껴졌고, 동시에 그녀를 죄어 오던 괴물의 손아귀에서 순식간에 빠져나올 수 있었다. 몸을 움직일 수 있게 되자, 비올레트는 바로 앞에서 몸을 뒤틀고 있는 촉수 몇 개를 베었다. 그러자 육식 식물은 더는 싸우기를 포기하고 다시 초록색 세계의 깊은 곳으로 돌아갔다.

그제야 비올레트는 몸을 돌려서 자신을 구해 준 것이 무엇인지 보았다.
"파벨! 그래, 난 네가 위험 속에 날 내버려 두지 않을 줄 알았어!"
"꼭 잡으세요, 주인님! 저 위로 모시고 갈게요!"
비올레트는 두 팔로 개의 목을 감싸 안았고, 개는 능숙하게 헤엄쳐서 풀들 위로 올라갔다. 마침내 그들은 **무성한 풀밭** 사이를 뚫고 나갔다. 풀은 그들이 나아갈 길을 열어 주었다. 드디어 비올레트의 머리가 풀숲 밖으로 나왔다. 그녀는 풀 위의 신선한 공기를 흠뻑 들이마셨다.

개는 계속해서 키 큰 풀들 사이를 헤엄쳐서 비올레트를 풀밭 가장자리까지 데리고 나갔다. 비올레트는 **무성한 풀밭**을 완전히 벗어난 뒤에야 개의 목에서 팔을 풀었다. 그녀는 무슨 일이 있었던 건지 이해해 보려고 애썼다. 정말 풀밭 속에서 헤엄을 쳤던 걸까? 도무지 믿기 어려운 일이었다.

"주인님, 내 등에 그대로 타고 계세요. 몹시 지쳤을 테니까요."
"고마워. 하지만 너랑 함께 걷고 싶어. 드디어 땅을 발로 밟을 수 있어서 너무 좋아! 네가 와서 얼마나 다행인지 몰라."
"오이피클 자르는 소리에 정신이 번쩍 들어서, 풀밭까지 달려왔어요. 그런데 주인님은 없고, 풀에 둘둘 감겨 있는 지팡이만 보이는 거예요. 심상치 않은 일이 벌어졌다는 생각이 들어서, 풀밭 속으로 뛰어들었죠."

비올레트는 고개를 끄덕였다. 그리고 식물들로 넘쳐 나는 초록빛 세계에 관한 생각에 잠겼다. 초록 군단의 나무들처럼 이 식물들도 땅과 떨어져 있었다. 대체 이 정원에서 무슨 일이 있었기에 이처럼 식물들이 땅과 분리되고 만 걸까?

비올레트가 다시 정신을 차리고 말했다.

"파벨, 더 자세히 설명해 봐. 갑자기 어디에 갔던 거야? 그동안 뭘 하고 있었어?"

"다 설명할게요. 하지만 화내지 마세요. 그러니까…… 주인님이 나무로 올라갔을 때, 초록 군단이 바짝 다가오는 걸 보고 숲속에 숨으려고 주위를 살폈어요. 그때 땅에 난 발자국을 봤는데, 신경 쓰이는 점이 있어서 따라가게 되었죠. 그러다 생각보다 훨씬 멀리 가 버리고 만 거예요. 시간이 이렇게 오래 흘렀는지 몰랐어요……."

"발자국? 대체 뭐의 발자국이었는데? 파벨, 동물이라곤 그림자도 보이지 않는 그 숲에서 뭘 찾아낸 거야? 늑대들?"

"아, 그게…… 늑대들만 있었던 건 아니고요. 물론 늑대 발자국도 있었죠. 그런데 다른 동물의 흔적도 있었어요. 훨씬 작은 발자국이요."

"무슨 말이야?"

"그러니까 제 말은, **황폐 숲**의 늑대 무리에 사기꾼이 있다는 뜻이에요. 사실 그들 중 한 마리는…… *개*예요."

"뭐? 개라고? 음, 난 늑대 한 마리를 만났어. 늑대들 사이에 개가 끼어 있다는 건 믿기지 않는데……."

"개와 늑대는 많이 닮았잖아요. 늑대들을 속이려면 늑대 특유의 냄새만 묻히면 되지 않을까요? 늑대들은 냄새로 서로를 알아보지, 발자국을 관찰하진 않거든요."

비올레트는 잠시 생각해 보다 말했다.

"네 말은…… 위장한 개가 있다는 거구나? 어쩌면 그 녀석이 문제의 늑대 가죽을 입고 있을지도 모르겠군! 좋아, 그 개를 찾아야겠다. 파벨! 저쪽으로 돌아가자. 그리고 난 새 지팡이가 필요해. 잃어버린 지팡이를 찾겠다고 저 무시무시한 풀숲으로 다시 간다는 건 말이 안 되니까!"

비올레트는 개의 등에 올라탔다. **황폐 숲** 쪽으로 방향을 잡았을 때, 비올레트는 달의 모습이 변했다는 걸 알아차렸다. 달이 떠 있는 위치는 같았지만, 잿빛의 희미한 실루엣 안은 어둠으로 채워져 있었다.

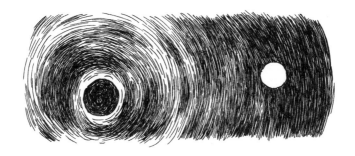

12
개와 늑대 사이

사냥감 냄새가 늑대들을 긴장하게 했다. 센다크와 그 무리는 초록 군단이 **너른 잔디밭** 쪽으로 가는 것을 보며 한동안 그들을 따라갔다. 늑대들은 꽤 먼 거리에 있는, 유목민처럼 떠도는 나무 군단 안에 숨은 작은 동물들을 감지하고 있었다. 새와 설치류, 나무 구멍을 은신처로 삼은 족제비와 오소리들……. 초록 군단 안에 있는 수많은 먹잇감이 늑대들의 말라붙은 입 안에 침이 고이게 했다!

"그냥 공격하면 되지, 뭘 기다리는 거야? 나뭇잎들이 다 떨어지길?" 라모즈가 물었다.

"조용히 해, 이 어리석은 녀석!" 나즈다가 꾸짖었다. "넌 아무것도 몰라. '텅 빈 달'을 기다려야 해."

초승달은 시간이 지날수록 점점 더 어두워졌고, 달 주변 푸르스름한 하늘의 색도 점점 짙어지고 있었다. 라모즈가 황홀한 표정으로 달을 바라봤다.

"해가 지는 걸 마지막으로 본 게 언젠지 이제 기억도 잘 나지 않아. 아주 오래전이었지. 하지만 그게 초록 군단과 무슨 관계가 있다는 거야?"

"초록 군단이 전진하려면 빛이 필요해." 나즈다가 설명했다. "달이 하늘의 빛을 모두 빨아들이면, 나무들은 멈출 수밖에 없거든. 그때가 사냥할 때야."

센다크는 아무 말도 하지 않았다. 그의 관심은 다른 데 가 있었다. 늑대들이 전진하는 나무들을 뒤따른 지 꽤 되었는데, 그동안 센다크는 몇 번이나 이상한 냄새를 맡았다. 그가 아주 잘 아는 냄새, 개의 냄새였다. 정원은 새로운 수호자를 맞이했고, 그 수호자는 정원에 혼자 들어오지 않았다. 개를 동료로 데리고 온 것이다. 사실 그건 별로 놀라운 일이 아니었지만, 어쨌거나 그들을 만날 준비는 해야 했다. 만일 그들과 밤에 만나게 된다면 늑대들에게 훨씬 유리할 것이다. 적당한 장소만 찾으면 될 터였다.

텅 빈 달은 숲을 내려다보며 주변에 어둠을 내뿜었다. 마치 하늘이라는 캔버스 위에 천천히 번져 가는 검은 잉크 얼룩 같았다. 그런가 하면 반대편 끝 **무성한 풀밭의 초록 바다** 위에서는 태양이 서서히 붉은색을 띠어 가고 있었다. 태양은 여전히 한낮처럼 높이 떠 있었지만, 어찌 된 일인지 노을처럼 붉은빛으로 정원을 물들이고 있었다.

비올레트는 숲을 덮기 시작한 어슴푸레한 빛에 몸을 감춘 채, 파벨을 타고서 천천히 숲에서 나왔다. 그리고 석양 무렵 같은 붉은빛 속에서 초록 군단이 일으키는 먼지를 유심히 살펴보았다. 포근한 공기가 으스스한 냉기로 바뀌어 몸이 떨렸다. 그녀는 숲에서 주워 온 나뭇가지를 꼭 거머쥐었다. 새 지팡이는 먼젓번 것보다 짧아서 다루기도 쉬웠고, 더 튼튼해 보였다.

그녀를 태우고 가던 파벨이 갑자기 움찔하더니 주둥이를 들고 공기의 냄새를 맡았다. 파벨은 아까부터 점점 더 냄새에 집중하고 있었다.

"늑대들이 간 길을 찾았어요. 그들은 지금 숲을 나와서 초록 군단을 따라가고 있어요."

"정말 그들 중 하나가 개라면, 그 녀석이 늑대 가죽이라는 유물을 가지고 있을 거야. 틀림없어. 그들을 따라잡자!"

주인의 말을 들은 파벨은 그 자리에 멈춰 서서 꼼짝하지 않았다.

"어서 가자니까! 밤이 되기 전에 그들을 만나야 해. 안 그러면 승산이 없단 말이야!"

"승산이 없다고요? 주인님, 대체 그 짐승들과 만나서 뭘 어쩔 생각이에요? 설마 맞서 싸우기라도 할 거예요? 주인님이 제대로 할 줄 아는 싸움이라고는 고작 구슬치기뿐이잖아요! 게다가 나도 싸움을 못해요. 난 맹수가 아니라고요."

"넌 **초록 바다**에서 괴물 식물과도 용감히 맞서서 나를 지켜 줬잖아."

파벨이 어이없다는 듯 말했다.

"괴물 식물이라뇨? 난 그런 거 못 봤어요. 그건 주인님의 상상일 뿐이에요. 내가 한 거라곤 주인님을 칭칭 감고 있던 얽히고설킨 풀들 속에서 주인님을 빼낸 것뿐이에요. 말이 나와서 하는 말인데, 난 아직 그 보상도 받지 못했다고요."

비올레트는 한숨을 쉬었다. 그렇다면 괴물 풀들과 싸웠던 게 꿈이라는 걸까? 그녀는 말없이 가방에서 커다란 오이피클병을 꺼냈다.

"맞아, 넌 상 받을 만한 일을 했어. 하지만 너도 풀뿌리 밑의 그 이상한 빛에 익숙해졌다면, 분명히 거기에 있는 괴물들을 봤을 거야……."

"그랬을 수도 있죠." 개가 오이를 와작와작 씹어 먹으면서 말했다. "어쨌든 한 가지는 분명해

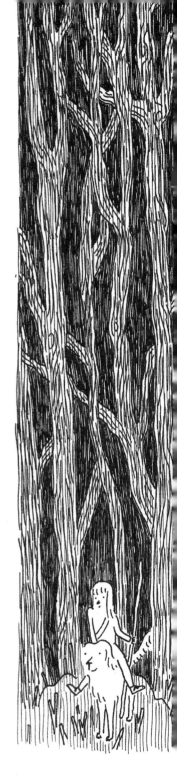

요. 늑대는 그 녹색 식물과는 전혀 다르다는 거요. 게다가 늑대들은 수도 많아요. 우린 싸울 생각을 아예 하지도 말아야 한다고요."

"나도 싸우고 싶지 않아. 요령 있게만 하면 싸우지 않아도 될 거야. 자, 가짜 늑대의 가면을 벗기러 가자. 일단 그들 중에 가짜가 있다는 걸 동료들이 알게 되면, 난 그 가죽을 쉽게 손에 넣을 수 있을 거야. 내기해도 좋아."

비올레트는 파벨의 등에 올라타면서, 지팡이로 늑대 무리가 간 방향을 가리켰다.

"진격! 사기꾼의 정체를 밝혀내는 일은 너에게 맡길게."

13
텅 빈 달

비올레트와 파벨은 **너른 잔디밭**이 보이는 숲 언저리까지 나왔다. 초록 군단이 지나가면서 파헤쳐 놓은 땅에 늑대들이 금방 남긴 발자국을 따라가는 건 어렵지 않았다. 그리고 파벨의 말대로 그중에는 개 발자국도 있었다.

파벨은 길을 가로막고 쓰러져 있는 백양목을 빙 돌았다. 나무의 반대쪽에는 갑자기 길이 끊겨 있었다. 비올레트는 지팡이를 손에 쥐고 나무 위로 올라가 주위를 살폈다. 파벨은 계속 나무 주위를 돌면서 킁킁 냄새를 맡았다.

"아무것도 없어요! 여기부터는 늑대들이 초록 군단을 뒤쫓지 않았어요."

"이런!" 비올레트가 말했다. "다시 숲 쪽으로 간 게 분명해."

소녀는 자책했다. 더 용의주도하게 계획을 세웠어야 했다. 함정을 파 놓거나, 아니면 늑대들 중 가장 약한 녀석을 생포한 뒤 인질로 삼아 늑대들과 협상했어야 했다. 하지만 늘 그렇듯이 비올레트는 아무것도 준비하지 않았다. 그저 자신감만 넘쳐서 행운의 별이 성공으로 이끌어 줄 거라는 근거 없는 확신을 지닌 채, 위험에 맞서는 것에 스스로 만족한 게 전부였다.

그 행운의 별은 이곳 **비밀의 정원**에선 빛나는 것 같지 않았다……

"자, 이제 어떻게 할까요?" 파벨이 물었다. "주민들한테 돌아갈까요?"

"아니, 포기할 수 없어. 숲속으로 가자. 거기 가면 그들의 발자국을 다시 찾을 수 있을 거야."

개가 얼굴을 찡그렸다.

"주인님의 명령에 왈가왈부하진 않겠어요. 하지만 숲에 들어가면 여섯 마리의 늑대들이……. 아휴, 그건 정말 좋은 계획이 아닌 것 같아요."

"네 말이 맞아, 파벨. 하지만 내게 아주 좋은 수가 있어."

***

이제 텅 빈 달이 하늘을 지배하고 있었다. 태양은 검붉은 희미한 원반에 지나지 않았다. 비올레트는 백양목 위로 올라가 지팡이를 내려놓고, 두 손을 입에 대고 확성기처럼 만든 다음 있는 힘을 다해 큰 소리로 외쳤다.

"어이! 늑대들아!"

'가만, 대장 늑대의 이름이 뭐더라? 르비스가 말해 줬는데…… 아!'

비올레트는 다시 말을 이어 갔다.

"센다크! 센다크와 부하들아! 너희가 여기 있는 거 다 알고 있어. 자, 용기가 있으면 이리 나와 보시지!"

파벨은 놀란 눈으로 주인을 바라봤다.

"난 비올레트 위르르방이야! 너희랑 할 말이 있으니까 숲에서 나와 봐. 너희가 들으면 아주 깜짝 놀랄 얘기를 해 줄게. 정말이야!"

파벨이 괴로워하며 신음을 내뱉었다.

"주인님, 대체 왜 그러세요? 제발 그만해요. 늑대들이 다 듣겠어요!"

비올레트가 머리를 끄덕였다.

"제발 그랬으면 좋겠어! 아오오오오오오! 늑대들아! 내 말 들리니?"

"좀 조용히 하라니까요!" 파벨이 간청했다.

너무 늦었다. 백양목이 갑자기 움직였다. 검은 그림자들이 차례차례 일어나기 시작하더니, 잿빛 나무껍질과 털 색깔이 같은 늑대들이 나무둥치 옆에서 모습을 드러냈다. 늑대들은 처음부터 거기, 죽은 나무에 기대어 꼼짝하지 않은 채 숨어 있었던 것이다.

센다크가 부하 둘을 데리고 거만한 표정으로 일어났다. 냉철한 눈빛의 나즈다와 몸집이 큰 졸타레프였다. 다른 늑대들은 그들과 조금 거리를 두고, 대장이 신호만 보내면 바로 공격을 하거나 도망칠 준비를 하고 있었다.

나무 위에 서 있던 비올레트는 파벨에게 속삭여 늑대들을 하나하나 조사해 보라는 지시를 내렸다.

"쟤들 중에 어떤 녀석이 개인지 찾아!"

센다크가 소녀에게 가까이 다가왔다.

"이봐, 꼬마 인간아. 뭘 믿고 감히 우리 영역에서 설치는 거냐?" 그가 송곳니를 무섭게 드러내면서 말했다. "경솔하군."

"내 이름은 비올레트 위르르방이야. 네가 센다크로구나. 실은 네게 알려 줄 게 있어서 왔어."

"뭘 알려 준다는 거야?"

"네 동료 중 하나는 늑대가 아니라 개야."

센다크가 멈칫했다. 그의 뒤에 있던 다른 늑대들이 차례로 항의했다.

"뭐? 개라고?" 키티가 코웃음을 쳤다. "이 인간이 미쳤구나!"

"웃기지도 않네!" 졸타레프가 투덜거렸다.

"말도 안 돼!" 나즈다가 덧붙였다. "정말 그렇다면 우리가 이미 오래전에 눈치챘을 거야!"

"거짓말!" 라모즈가 송곳니를 보이며 외쳤다.

아무 말 않고 있는 건

죽은 나무 끝에 걸터앉은 볼자드뿐

이었다. 그는 이 중 나이가 가장 많은 늑대였다.

비올레트는 어떤 늑대가 개인지, 파벨이 알아내길 바라면서 그에게 눈길을 던졌다. 파벨은 당황한 시선만 보낼 뿐이었다. 늑대 가죽은 개의 후각조차 속이는 것 같았다. 땅이 바짝 말라 있어서 발자국도 알아볼 수 없었다.

늑대들은 대장의 반응만 기다리고 있었다. 드디어 센다크가 차가운 목소리로 말했다.

"우리 중에 인간의 노예가 있다고? 꼬마가 날 놀리는군. 내가 그런 모욕을 참아 줄 것 같아? 내가 개랑 늑대도 구분하지 못한다고 생각하는 거야?"

늑대는 그렇게 말하면서 비올레트 쪽으로 한 발 불쑥 다가갔다. 그와 몸이 닿지 않으려면 비올레트는 뒤로 물러나든지, 나무줄기 밑으로 내려가든지 해야 했다. 그녀는 센다크를 똑바로 바라보면서, 두 손으로 꼭 잡은 지팡이를 앞으로 내밀었다. 그리고 떨지 않으려고 애쓰면서 말했다.

"그 개는 늑대처럼 보이려고 정원의 유물을 사용하고 있어. 늑대 가죽 말이야. 난 너희와 거래를 하고 싶어. 내가 그 녀석이 누구인지⋯⋯."

"난 인간이나 그 노예와는 거래하지 않아!" 센다크가 단호하게 말을 자르곤 그녀에게 달려들었다.

그러나 비올레트는 그 공격을 받아칠 준비가 되어 있었다.

비올레트는 옆으로 펄쩍 뛰어내려서 땅 위에 몸을 웅크렸다.

능대가 다시 덤벼들자, 소녀는 지팡이로 공격을 막았다. 센다크가 그녀의 얼굴에서 50센티미터쯤 떨어진 곳에서 지팡이를 꽉 물었다.

거의 꺼져 가는 태양의 불그스름한 빛 속에서, 비올레트는 능대가 자신을 압도하는 느낌을 받았다. 그녀는 능대가 귀를 바짝 세우고, 날카로운 이빨을 드러낸 채 자신의 눈을 뚫어지게 응시하는 모습을 보았다. 그리고 승리의 표시로 능대의 꼬리가 살랑거리며 움직이는 것도……

센다크는 비올레트의 손에서 지팡이를 휙 낚아채고 그녀를 땅바닥에 넘어뜨렸다. 이제 비올레트의 목숨은 그에게 달려 있었다.

14
송곳니와 지팡이

그 순간, 마치 하늘에서 떨어진 운석처럼, 파벨이 대장 늑대에게 덤벼들어 그를 바닥으로 내던졌다. 파벨은 센다크만큼 덩치가 컸기에, 그를 쓰러뜨리는 게 그리 어렵지 않았다. 그사이 비올레트는 몸을 굴려 나무줄기 밑으로 피했다.

늑대 무리가 모두 벌떡 일어났지만, 대장 늑대는 단호하게 명령했다.

"멈춰라! 인간 꼬마와 노예를 상대하는 데 너희 도움 따윈 필요 없어!"

그는 일어나서 개와 맞섰다. 사실 파벨은 이제껏 이처럼 두려운 상대와 맞서 본 적이 없었다. 솔직히 말해 싸움이라곤 자기 뼈다귀를 빼앗으려고 했던 까마귀와 벌였던 전투가 유일했다. 그리고 부끄럽게도 그때 파벨은 패배했다. 그렇지만 인간 무술 고수들이 싸우는 액션 영화는 여러 번 봤다.

센다크가 먼저 파벨의 목을 겨냥하고 펄쩍 뛰어올랐다. 그러면 보통의 개는 당연히 상대의 발을 물어 반격했을 것이다. 하지만 파벨은 달랐다. 영화 주인공처럼 늑대의 움직임이 시작되자마자 덤벼들어, 그를 벌러덩 자빠뜨렸다.

센다크는 눈 깜짝할 새에 굴러떨어지고 말았다. 그 순간 파벨은 호잇! 하고 날카로운 소리를 내지르면서 잽싸게 늑대에게 뛰어오르더니, 몸으로 늑대를 눌러서 꼼짝 못 하게 했다. 늑대는 개의 이상한 싸움 기술에 당황하여 외쳤다.

"우스꽝스러운 짓은 그만해! 제대로 싸우란 말이야!"

"이게 바로 제대로 된 싸움이야!" 파벨이 대답했다. "난 지금 무술 고수처럼 싸우고 있는 거라고."

센다크는 파벨이 잠깐 방심한 틈을 타서 그의 오른쪽 어깨를 송곳니로 콱 물었다. 파벨은 아파서 얼굴을 찡그렸으나, 이내 정신을 차리고 센다크의 몸 아무 데나 물어 버렸다. 그가 문 것은 늑대의 귀였다.

두 싸움꾼 옆에 서 있던 비올레트는 지팡이를 빙빙 돌리며 생각했다. 그 지팡으로 늑대를 때리는 건 좋은 수가 아니었다. 늑대를 제압하기엔 자신의 힘이 세지 않다는 걸 알고 있었다. 게다가 대장이 몽둥이로 얻어맞는데, 다른 늑대들이 가만히 있을 리 없었다.

센다크와 파벨은 이빨로 서로를 꽉 물고 있어서, 둘 다 제대로 힘을 쓰지 못했다. 비올레트는 센다크의 동료들을 재빨리 훑어보았다. 모두가 완벽한 야수의 모습이었다. 저들 중 누가 사기꾼일까? 그녀가 가짜 늑대의 정체를 밝혀내기만 하면, 이 바보 같은 싸움은 끝날 터였다.

갑자기 어떤 장면 하나가 머릿속을 스쳤다. 그녀는 곧 깨달았다. 비올레트는 서로를 물고 있는 녀석들에게 다가가 몸을 숙여 개에게 말했다.

"저 녀석을 절대로 놔주지 마! 지금처럼 귀를 꽉 물고 있어야 해, 알았지?"

그리고는 지팡이를 센다크 쪽으로 가까이 갖다 댔다. 센다크는 여전히 개의 어깨에 송곳니를 박고 있었다. 늑대가 파벨의 어깨를 놓을 때까지 그를 흠씬 때려 줄 수도 있지만, 그녀에겐 다른 생각이 있었다.

비올레트는 지팡이 끝을 늑대 눈 앞에 댔다. 그때 늑대의 시선이 홀린 듯이 지팡이를 따라가는 것이 보였다. 그녀가 별안간 있는 힘을 다해 숲 쪽으로 지팡이를 던지면서 외쳤다.

"물어 와!"

분노보다 더 큰 본능에 이끌린 센다크는 곧 왕왕 짖으면서 지팡이를 따라 냅다 달리기 시작했다.

파벨은 늑대의 귀를 끝까지 놓지 않았다. 늑대의 귀는 여전히 그의 주둥이에 물려 있었다. 그것은 회색빛 모피의 끝부분이었다. 센다크는 야생 동물의 가죽을 남겨 놓은 채 경쾌하게 달리고 있었다. 지팡이를 향해서.

"늑대 가죽이다!" 비올레트가 외쳤다.

센다크는 지팡이를 물어 고개를 든 뒤에야 방금 일어난 일을 깨달았다. 늑대 가죽이 벗겨진 그의 모습은 조금 전과는 전혀 다른 모습이었다. 깡마르고, 지쳐 보이는 늙은 개의 모습……. 그는 애써 달려가 얻은 나무 막대를 땅바닥에 툭 떨어뜨렸다. 그러고 나서 그를 지켜보고 있던 비올레트를 향해 서서히 몸을 돌렸다.

이제 센다크를 더 분명하게 볼 수 있었다. 마침 어슴푸레한 새벽빛이 서서히 물러가고 있었다. 그녀는 그 개를 본 적이 있었다.

"사진 속의 개잖아! 이전 수호자가 타고 있던 개……! 분명해."

"늑대들과 살려고 자기 주인을 버리다니!" 파벨이 화를 내며 외쳤다.

"수호자가 먼저 버린 걸지도 몰라. 아니면 수호자가 사라졌거나……."

비올레트와 파벨이 이야기하는 동안, 센다크는 늑대들 앞으로 가서 섰다. 그는 늑대들의 시선에서 당황함과 질책, 분노를 읽었다. 센다크의 목소리가 어둠 속에서 울려 퍼졌다.

"왜 날 그런 눈으로 보지? 놀랐나? 그래, 난 개로 태어났어. 하지만 늑대가 되었지. 이제 내겐 굳이 저런 가죽이 필요 없어. 저 따위 가죽이 없어도 난 여전히 너희의 대장이야!"

늑대들은 한동안 아무 말이 없었다. 한참 만에 나즈다가 입을 열었다.

"센다크, 넌 우리의 대장이 되었을 때부터 줄곧 인간을 향한 증오심을 이야기했지. 우린 널 믿었고. 넌 개를 혐오했어, 인간의 노예라면서. 그런데 지금 보니 우리를 속였던 거구나. 게다가 네가 한 모든 말은 우리를 분노에 찬 정원의 약탈자로 만들었어. 모두가 두려워하고, 아무도 존중하지 않는 존재로 말이야. 우린 이제 그런 것들을 신경 쓰지 않을 거야."

센다크는 꼼짝도 하지 않고 그 말을 들었다. 이내 갑자기 몸을 휙 돌리더니, 어둠을 뚫고 빛의 속도로 달아났다.

늑대들이 차례로 숲속으로 물러났다. 비올레트와 파벨에게 눈길 한 번 주지 않고서……

파벨은 아직도 충격에 휩싸여 헐떡이고 있었다.

"파벨! 넌 정말 용감했어. 오이피클을 몇 개든 먹을 자격이 있어. 하지만 지금은 네 상처를 살피는 게 먼저야."

그러나 어둑한 빛 속에서 부상이 어느 정도로 심각한지 알아보기는 힘들었다. 개는 자신의 어깨를 핥고 나서 말했다.

"금방 괜찮아질 거예요. 심하게 물리진 않았어요."

비올레트가 그의 머리에 손을 얹고 다정하게 토닥였다.

"다행이다. 그래도 네가 기운을 차릴 때까진 네 등에 타지 않을게."

그녀는 멀리 어스름한 달빛 아래에 멈춰 있는 초록 군단을 손으로 가리키며 말했다.

"자, 가자! 우린 갈 길이 멀어. 새벽이 오기 전에 저들을 만나야 해. 저 나무 군단이 자는 틈을 타서 저기까지 가야지. 분명히 그들의 행진을 멈출 방법이 있을 거야."

"그럼 빨리 가요."

텅 빈 달의 영향이 조금씩 줄어드는지, 하늘에서 어둠이 차츰 물러가고 있었다. 조만간 태양이 빛을 내기 시작하면 나무들은 다시 행진을 시작할 터였다.

비올레트는 계속 앞으로 걸어가면서 늑대 가죽을 살펴봤다.

"이게 정말 정원의 유물 중 하나일까? 별로 특별해 보이지 않는데."

늑대 가죽엔 앞발이 두 개 있어서 목에 둘러 묶을 수 있었고, 모자처럼 머리에 쓸 수 있는 늑대 머리엔 뾰족한 귀가 솟아 있었다. 매우 작아 보이는데, 어떻게 이 가죽으로 그 큰 개를 감쪽같이 감출 수 있었는지 의아했다.

비올레트는 한번 써 보고 싶었지만 두더지의 경고가 떠올랐다.

'늑대 가죽에 잡아먹히지 않게 조심해야 해!'

15
야수의 마음

파벨이 한동안 조용한가 싶더니, 드디어 입을 열었다.

"궁금한 게 있어요, 주인님. 그 녀석이 늑대 가죽을 쓰고 있어서 나도 냄새를 맡지 못했는데, 주인님은 어떻게 센다크가 사기꾼이라는 걸 알았죠?"

비올레트가 의기양양한 목소리로 대답했다.

"그 녀석이 나를 이길 것 같으니까 기분이 좋아서 꼬리를 흔드는 걸 봤어. 그건 개의 본능적인 행동이지, 절대 늑대가 하는 행동은 아니거든!"

하늘이 조금씩 맑아졌다. 우유처럼 뿌연 빛이 차츰 달을 둘러싸더니, 아직은 희미할 뿐인 태양 빛과 드디어 만났다. 옅은 빛 덕분에 비올레트는 초록 군단이 아직 제자리에 머물러 있는 걸 볼 수 있었다.

"거의 다 왔어. 나무들이 깨어나기 전에 도착해야 해!"

둘은 **너른 잔디밭**을 지나고 있었다. 초록 군단은 **두 바위 언덕**을 넘어, 길을 내듯 **너른 잔디밭**까지 엉망으로 만들어 버렸다.

언덕 꼭대기에서 빛이 보였다. 정원 주민들의 등불이었다. 언덕으로 피신한 주민들은 자신들의 망가진 땅을 무기력하게 바라보고 있었다.

초록 군단을 향해 가던 비올레트는 그쪽에서 나는 외침을 들었다. 겁에 질린 동물이 날카롭게 우는 소리였다.

거리가 가까워지니 초록 군단의 나무들이 구분되어 보였다. 오랜 삶에 지친 늙은 나무와 한창 힘이 좋은 젊은 나무, 거대한 떡갈나무, 날씬한 소나무, 촐랑대는 덤불, 고상하면서도 슬퍼 보이는 수양버들이 모두 섞여 있었다.

"소리 내면 안 돼, 파벨……."

나무 군단 쪽에서 동물의 외침이 다시 들린 건, 그들에게 거의 가까이 갔을 때였다. 고통에 찬 날카로운 비명……. 곧 불길한 침묵이 뒤따랐다.

"무슨 일인지 내가 가서 알아보고 올게요." 파벨이 말했다.

"안 돼. 넌 다쳤잖아. 내가 갈 테니 여기 있어. 내가 부르면 그때 달려와!"

파벨은 뭐라고 말하려 했지만, 앞다리의 통증 때문에 뛸 수 없다는 걸 깨달았다. 더구나 말싸움할 기력도 없었다.

"혼자 가지 말아요, 주인님. 어쩐지 저기선 죽음의 냄새가 나요……."

비올레트는 제일 앞에 선 나무들로부터 몇 걸음 떨어진 곳에 멈춰 섰다. 가방에서 조금 전에 손에 넣은 전리품을 꺼냈다. 늑대 가죽이었다.

"지금이야말로 새 옷을 입어 볼 때지. 이걸 걸치면 아주 멋져 보일 거야!"

소녀는 늑대 가죽을 등에 두르고, 두 앞발을 목에 동여맸다. 그리고 늑대 머리를 모자처럼 이마까지 푹 눌러썼다. 따뜻한 느낌이 들 거라고 기대했지만, 그녀를 감싸는 느낌은 오히려 날카로운 차가움이었다.

갑자기 약한 산들바람이 마치 뱀처럼 그녀의 피부 위로 미끄러지듯 달리는 것이 느껴졌다. 그녀 자신이 바람에 나풀거리는 깃털이라도 된 것처럼 공기의 움직임이 느껴진 것이다. 또 냄새에도 민감해졌다. 모든 냄새를 아주 정확하게 구별할 수 있었는데, 꽃 한 송이, 축축한 흙 한 줌, 버섯 하나의 냄새를 마치 눈앞에 보고 있기라도 한 것처럼 생생하게 맡을 수 있었다.

그것은 아주 강렬하고 새로운 느낌이어서, 비올레트는 자신이 뭘 하려고 여기 왔는지도 잊어버렸다. 그녀는 모든 식물의 뿌리 냄새를 맡고 손으로 이끼와 나무껍질의 촉감을 느끼면서, 네발로 기어서 빠른 속도로 나아갔다. 가끔 멈춰 나무를 핥거나 나뭇잎을 뜯어 우물우물 씹다가 뱉기도 했다.

그녀의 눈도 새로운 시력을 얻었다. 마치 주변에 보이지 않는 안테나들이 세워져서, 세상 구석구석의 아주 미세한 것들까지도 탐색해 주고 있는 것 같았다. 나무껍질 위를 기어다니는 작은 곤충들의 움직임, 나뭇가지의 규칙적인 흔들림, 그 모든 섬세한 것들이 또렷하게 보였다. 마치 그것들을 손끝으로 만지고 있는 것처럼…….

커튼처럼 드리운 나무들 뒤에서 무슨 일이 일어나고 있는지도 느껴졌다.

피, 분비물, 두려움……. 어떤 동물이 포식자에게 잡아먹힌 것이다. 부드러운 털을 가진, 아직 따뜻한 어린 오소리가 굶주린 사냥꾼의 송곳니에 죽었다. 비올레트는 그 사냥꾼이 누구인지 금방 알아차렸다. 브루노프였다.

비올레트는 앞으로 돌진했다. 늑대 가죽은 그녀의 감각을 무한히 생생하게 해 주었을 뿐 아니라, 상상도 못 한 민첩함을 갖게 해 주었다. 그녀는 장애물과 돌 하나의 위치까지 본능적으로 감지했고, 그 덕에 맹수처럼 빠른 속도로 나무들 사이를 미끄러지듯 다닐 수 있었다.

그녀는 곧 브루노프의 자취를 따라갔다. 두어 번 펄쩍펄쩍 뛰자 탐욕스럽게 먹이를 뜯고 있는 늑대가 보였다. 비올레트는 그 앞의 밤나무 가지 위로 뛰어올랐다.

"네가 오고 있는 걸 내가 모른다고 생각하진 않았겠지." 사냥꾼은 그렇게 말을 하고 나서 고기 한 조각을 삼켰다.

그녀는 대답하지 않았다. 생생한 감각에 사로잡혀서, 제대로 생각할 수가 없었다. 그녀는 브루노프의 말을 들었다는 뜻으로 그르릉 소리를 냈다.

늙은 늑대가 놀라서 그녀를 향해 고개를 들었다.

"결국 개한테서 가죽을 빼앗았구나. 대단해! 하지만 그건 너처럼 작은 인간이 걸치기엔 버거울 거야……. 조심해, 그 가죽은 인간의 마음을 삼켜 버리니까. 야수의 마음을 갖게 된다는 소리야. 너 이전에 그 가죽을 입었던 인간들은 모두 그 가죽에 마음을 먹히고 말았어."

늑대의 경고는 비올레트의 정신에 스며들지 못하고 스쳐 지나갔다. 그녀의 눈에 보이는 건 오로지 오소리의 부드러운 살코기뿐이었다! 그녀는 갑자기 주체할 수 없는 식욕이 밀려오는 걸 느꼈다.

비올레트는 펄쩍 뛰어내려, 아직 피가 흥건한 오소리 고기를 가로챘다.

16
초록 군단이 깨어나다

오소리 고기를 빼앗은 비올레트는 브루노프가 미처 손을 쓰기도 전에 밤나무의 더 높은 곳으로 뛰어 올라갔다.

"당장 내려와!" 늑대가 소리쳤다.

"하하! 싫다면? 어떻게 여기까지 올라올래?"

"위험한 건 내가 아니야. 나무들을 조심해야지. 태양이 다시 빛을 비추기 시작했어. 여기를 빨리 떠나야 해! 조용한 곳으로 가서 함께 나눠 먹자."

비올레트는 고개를 들었다. 나뭇잎들 사이로 다시 푸른색을 띠기 시작한 하늘이 보였다. 그녀는 자신을 둘러싼 움직임들에 주의를 집중했다. 늑대의 말은 사실이었다. 정말 나뭇가지들이 조금씩 움직이기 시작했다. 초록 군단이 깨어나고 있는 것이다. 하지만 브루노프를 과연 믿을 수 있을까? 그녀는 아래를 내려다보며, 땅으로 뛰어내릴지 어쩔지 잠깐 망설였다.

그때 늙은 나무를 타고 진동이 느껴졌다. 깜짝 놀란 비올레트는 균형을 잃고 말았다. 땅으로 떨어질 뻔했으나, 다행스럽게도 밑가지에 걸렸다. 뺨과 팔이 살짝 긁히긴 했지만, 무사히 내려올 수 있었다. 브루노프가 오소리를 낚아채서 입에 물고 뛰어가며 투덜거렸다.

"내가 마랬지! 팔리 날 타라와. 아니면 넌 밟혀 주글 거야!"

그의 말이 옳았다. 조금 떨어진 곳에서 밤나무 뿌리들이 조금씩 땅을 파헤치며, 흙과 자갈을 내던지고 있었다. 다른 나무들도 길을 떠나기 위해서 몸을 흔들며 깨어났다. 너무 늦기 전에 도망쳐야 했다.

그러나 땅으로 내려온 비올레트는 젖은 흙 냄새가 조금 전처럼 예민하게 느껴지지 않았다. 두 손으로 목덜미를 만져 보니…… 늑대 가죽이 없었다!

늑대 가죽은 나뭇가지에 걸려 있었다. 가죽은 비올레트의 키보다 3미터나 더 높은 곳에서, 나무가 움직일 때마다 흔들리고 있었다.

정원의 유물이 없는 지금, 비올레트에게 밤나무는 한없이 높아 보였다. 어떻게 하면 아까처럼 나무에 민첩하게 올라갈 수 있을지 생각했다.

"별수 없지." 그녀가 중얼거렸다. "반드시 저걸 다시 손에 넣어야 해!"

그녀는 낮은 나뭇가지 하나를 붙잡았다. 매끄러운 나무줄기가 거대한 뱀처럼 꿈틀댔지만, 가까스로 윗가지까지 올라가는 데 성공했다. 남은 힘을 짜내 그 위의 나뭇가지를 붙잡았다. 늑대 가죽은 이제 멀리 있지 않았다. 조금만 더 가면…….

그때 그녀가 타고 있는 밤나무가 다른 나무들과 함께 행진을 시작했다. 초록 군단은 다시 여정에 올랐다. 비올레트는 나뭇가지 하나를 더 올라갔다. 눈앞의 늑대 가죽이 곧 손에 닿을 것 같았다.

드디어 가죽을 잡았다! 이제 가죽을 목에다 걸고 묶기만 하면 됐다. 하지만 그러려면 가지를 잡고 있는 두 손을 모두 놔야만 했다.

"조금만 더! 지금은 머뭇거릴 때가 아니야!"

비올레트는 두 다리로 있는 힘을 다해 나뭇가지를 꽉 조이면서, 서둘러 그 귀중한 유물을 잡아채 목에 둘렀다.

순식간에 주변의 세계가 확 변했다. 냄새, 소리, 색깔, 모든 게 훨씬 더 선명하게, 훨씬 더 가깝게 느껴졌다. 그녀는 나무가 배처럼 흔들리는 중에도 손쉽게 균형을 잡을 수 있었다.

반대로 정신은 흐리멍덩해졌다. 그리고 다시 참을 수 없는 식욕이 샘솟았다. 그녀의 귀에 나무 꼭대기에서 새들이 짹짹거리는 소리가 들렸다. 망설이지 않고 고양이처럼 날쌔게 꼭대기로 올라갔다.

새 둥지를 발견하는 데는 많은 시간이 걸리지 않았다. 아니, 새 둥지가 아니라 새 둥지'들'이었다. 밤나무의 꼭대기엔 십여 개의 둥지들이 있었다. 그뿐 아니라 다른 나무들 위에도 둥지들이 가득했다! 게다가 둥지마다 통통한 아기 새들이 모여 있었다.

비올레트의 첫 번째 반응은 미소였다. 잔인하면서 굶주린 미소. 아직 날지 못하는 이 손쉬운 먹이들은 진수성찬이 되어 줄 터였다!

늑대 가죽은 사냥꾼 소녀의 본능을 깨운 대신, 이성을 완전히 잠재워 버렸다.

"그런데 참 이상하네, 여기에 둥지들이 있다니! 난 나무들이 새들을 전부 *먹어 치운* 줄 알았는데."

17
나무들의 지배자

밤나무에 찰싹 달라붙은 비올레트는 새들이 둥지 안에서 지저귀는 소리를 주의 깊게 들었다. 그 새들이 무슨 말을 하는지 다 이해가 되었다. 새의 억양이 이상하긴 했지만, 늑대 가죽은 새들의 말이 무슨 뜻인지 훤히 깨닫게 해 주었다.

"더 빨리!"

"앞으로 가요!"

"늑대 한 마리가 들어왔어요! 그 녀석이 오소리를 죽였어요!"

"저 녀석을 짓밟아요!"

이 작은 짐승들이 느끼는 두려움도 고스란히 전해졌다. 새들의 외침은 그 두려움을 초록 군단에게 *전파했고*, 나무들은 마치 무서운 바람이 그들을 훑고 지나간 것처럼, 꼭대기에서부터 뿌리까지 떨고 있었다.

비올레트는 조금 더 위로 올라갔다. 어린 새들은 늑대 털로 덮인 형체가 불쑥 나타나자 말할 수 없는 공포에 사로잡혔다.

아기 새 중 하나가 어김없이 경보를 울렸다. 새는 작고 날카로운 소리로 미친 듯이 짹짹거리기 시작했다.

"꼭대기에 늑대가 나타났어요! 나무님들, 어서 없애 버려요!"

밤나무 가지들이 떨면서 몸을 비틀기 시작했다. 그리고는 마구 휘었다 젖혔다 하면서 비올레트를 잡으려고 했다. 비올레트는 나무줄기를 더 꼭 잡았다. 덩치 큰 나무는 그녀를 잡을 만큼 유연하지 못했다. 덕분에 비올레트에게 잠시 숨을 돌릴 틈이 생겼다.

그녀는 최대한 생각을 집중했다. 생생한 동물적 감각과 인간의 이성을 동시에 사용해야 했다. 느끼고, 이해하고, 생각하기. 늑대 가죽은 겁에 잔뜩 질린 새들 한 마리, 한 마리의 소리를 다 들을 수 있게 해 주었다.

비올레트는 초록 군단을 지휘하는 게 무엇인지 확실히 알게 되었다. 나무들에게 전진 명령을 내리는 건 다름 아닌, 겁에 질린 아기 새들이었다! 두 날개로 날 수조차 없는 어린 새들이 정원에 불어닥친 위험으로부터 자신을 보호하고자 거대한 나무들을 부리고 있었다. 말하자면 나무들이 모든 걸 파괴하면서 행진하게 만드는 에너지는 새끼 새들의 두려움이었다.

비올레트는 있는 힘을 다해 나무를 붙잡았다. 그리고 할 수 있는 한 가장 침착한 어조로 말하기 시작했다.

"난 너희를 해치려고 온 게 아니야! 내가 다 설명해 줄게. 그 전에 먼저 나무들을 좀 진정시켜 줄래?"

그러나 새들은 너무 겁에 질려서 그녀의 말을 들을 수 없었다. 모두가 합창하듯 울부짖었다.

"여기 늑대가 있어요! 이 늑대를 잡아요! 늑대를 죽여요!"

초록 군단의 다른 나무들이 밤나무 쪽으로 다가왔다.

너도밤나무가 비올레트 위로 몸을 굽혔다. 길고 유연한 나뭇가지들이 그녀의 몸을 스쳤다. 비올레트가 그 나뭇가지를 피하기 위해 밑으로 미끄러져 내려가자, 발밑엔 민첩한 작은 물푸레나무 무리가 매복하고 있었다. 그들은 잔가지들을 채찍처럼 휘둘러 비올레트를 내려치려고 했다.

비올레트는 경계 태세를 한 채 몸을 웅크리고 주변의 공기를 들이마셨다. 그리고 뿌리들과 둥치들이 내는 소리를 들었다.

그때, 불현듯 발레리나의 유연한 동작이 머릿속에 그려지면서 어떻게 해야 할지 방법이 떠올랐다. 가지에서 가지로 건너뛰어 이끼 덮인 땅바닥으로 내려선 다음, 물푸레나무 밑에 기어 다니는 가시덤불을 피해서, 소나무가 막아서기 전에 얼른 빠져나가, 마지막으로 버드나무의 날렵한 가지들을 뜀틀처럼 뛰어넘는 것이다.

"위험한 시도이긴 하지만, 더 있다가는 가망이 없겠어."

바로 그때, 밤나무가 마치 등에 올라탄 생쥐를 털어 내려는 황소처럼 격렬하게 몸을 흔들었다. 비올레트는 밑에 있는 나뭇가지를 꽉 붙잡았다. 갑자기 오른쪽 다리에 극심한 통증이 몰려왔다. 물푸레나무가 그녀를 세게 할퀸 것이다. 허벅지에서 피가 흘렀다.

당장 선택해야 했다. 더 늦기 전에 늑대의 본능을 따라 도망치든지, 아니면 인간의 지능을 사용해서 초록 군단과 맞서든지.

비올레트는 마음을 정했다.

'나는 정원을 지키는 수호자야. 수호자는 겁에 질린 새끼 새들 앞에서 도망치지 않아!'

그녀는 다시 나무 꼭대기를 향해 올라갔다.

기어오르면서 생각했다. 새들이 자기 말에 귀 기울이게 할 유일한 방법은 늑대 가죽을 벗는 거였다. 늑대 가죽을 입고 있으면 그녀가 어린 새들의 눈에 위험한 맹수로 보이기 때문이다. 하지만 늑대 가죽을 벗는 순간, 그녀는 민첩함을 잃고 상처 입기 쉬운 허약한 육체로 돌아갈 것이다. 그래도 가능한 한 빨리 새들을 안심시켜야 했다.

하지만 어떻게?

문득 블루베리의 선물이 떠올랐다. 세 두더지를 불러내려는 건 아니었다. 하지만 지금이 바로 그걸 사용할 순간 같았다! 그녀는 급히 주머니를 뒤져서 소중한 손수건을 찾았다. 손수건은 정성스럽게 접혀 있었다. 그녀는 손수건을 펼쳐서, 안에 있는 벌레들을 한 줌 집었다.

나무 꼭대기까지 올라간 소녀는 늑대 가죽을 벗었다. 그리고 둥지들 틈에 불쑥 머리를 들이밀었다.

새들은 격렬하게 저항하는 나무들 사이를 뚫고 눈앞에 나타난 인간을 보고 너무 당황한 나머지, 멍하니 그녀를 바라봤다.

그녀도 새들을 바라봤다. 그들은 다른 아기 새들보다 훨씬 더 크고 통통했다! 나무들이 먹이를 공급해 주는 편안한 둥지에서 자랐기 때문에 먹이를 찾으러 날아다닐 필요가 전혀 없었던 것이다.

그러니 땅을 기어다니는 벌레를 한 번도 본 적이 없었을 터였다.

비올레트는 가장 의젓해 보이는 새에게 선물을 내밀었다. 날개가 조금 연한 색인 걸로 보아서 가장 연장자인 듯했다.

"애들아, 이것 좀 봐! 너희에게 줄 선물을 갖고 왔어!"

아기 새의 시선이 침입자의 손안에서 꿈틀거리는 벌레들에게 고정되었다. 새는 맛있어 보이는 먹이를 본 순간 부리를 크게 벌렸다!

소녀는 얼른 손을 뒤로 뺐다.

"우선 나무들에게 진정하라고 말해 줘!"

"멈춰요!" 새가 조금도 망설이지 않고 짹짹거렸다.

나무들이 곧 움직임을 멈췄다. 비올레트는 아기 새에게 다가가서 입 안에 벌레 한 마리를 넣어 주었다. 새는 단번에 벌레를 꿀꺽 삼켰다.

"아, 맛있어! 또 있어요?"

"몇 마리밖에 없어! 하지만 난 이런 벌레들이 어디에 있는지 알고 있단다. 자, 이제 내 말 좀 들어 볼래?"

18
제자리로

파벨은 가만히 있기가 너무 힘들었다. 초록 군단이 깨어난 것도 보았고, 새들의 비명도 들었다. 그의 본능 역시 주인이 위험에 빠졌다고 외치고 있었다.

먼저 부르기 전까지는 얌전히 기다리고 있으라는 주인의 명령에도 불구하고 비올레트를 구하러 나무 사이를 막 뚫고 가려던 바로 그때, 늙은 늑대가 숲에서 나왔다.

두 짐승은 한동안 서로를 관찰했다. 파벨이 쉰 목소리로 그르릉거리면서 몸을 부풀렸다. 하지만 늙은 늑대는 싸우는 것에 지쳤다. 그가 원하는 건 평화로운 마음으로 홀로 조용히 먹이를 먹는 것뿐이었다.

"이봐, 네가 그 꼬마의 개냐?" 브루노프가 풀 위에 먹이를 내려놓으면서 투덜대듯이 말했다.

"비올레트는 어디 있어? 우리 주인을 봤니?"

"그래, 그 애가 내 오소리를 훔치려고 했지."

파벨은 도무지 이해할 수 없었다. 지금 비올레트 이야기를 하는 게 맞나? 초콜릿 비스킷밖에 안 먹는 비올레트가?

파벨이 초조해져서 물었다.

"혹시 우리 주인이 머리라도 다친 거야?"

"그건 아냐." 늑대가 대답했다. "네 주인은 무사히 빠져나올 거야. 그 앤 지금 새들과 이야기하려고 나무 꼭대기로 올라갔어."

"새들과 이야기한다고? 무슨 이야기? 왜?"

바로 그때 겁에 질린 새의 소리가 멈췄다. 그리고 나무들도 차례로 움직임을 멈췄다. 늑대가 한마디 했다.

"자, 이게 네 주인이 나무에 올라간 이유인 것 같구나. 넌 그 애가 무슨 생각을 하고 있는지 정확히 아니?"

"전혀." 개가 대답했다. "내 생각엔 우리 주인도 이 숲에 들어온 뒤로는 자기가 무슨 생각을 하고 있는지 모르는 것 같아. 원래 비올레트는 행동하기 전에 미리 계획을 세우는 그런 아이가 아니야."

늑대가 파벨 옆에 앉아서 길게 하품을 했다. 그리고 말했다.

"기다리는 수밖에 없겠어. 너, 오소리 고기 좀 먹을래?"

파벨은 브루노프가 바닥에 내려놓은 오소리 냄새를 킁킁거리며 맡았다. 그리고 비올레트의 가방에 들어 있는 오이피클을 생각했다.

위에서 다시 새들의 외침이 들려왔다. 아까와는 전혀 다른 느낌이었다. 개는 그들이 뭐라고 지껄이는지 알 수 없었지만, 왠지 열띤 토론을 하는 것처럼 들렸다. 그러더니 나무들이 다시 걷기 시작했다.

어쩐 일인지 나무들은 방향을 바꾸었다. **너른 잔디밭**을 포기하고, 뒤돌아서 **황폐 숲**을 향했다!

늙은 늑대와 개는 무슨 일이 일어난 건지 확인하기 위해 불안해하면서 나무들의 뒤를 따라갔다.

초록 군단은 죽은 나무들 사이로 들
어가더니, 앞길을 방해하는 죽은 둥치들
을 부수고, 말라붙은 그루터기들을 뿌
리째 뽑으면서 앞으로 나아갔다.
파벨은 비올레트가 오는지
초조하게 좌우를 살
피면서 달렸다.

그때 누군가가 외치
는 소리에 나무들이 행진을
멈췄다.

부러진 소나무 위에 걸터
앉아 있던 나즈다가 나무들의 앞을
가로막았다. 다른 네 마리의 늑대들이 나즈다를 둘러싸고 있었다.

"너희는 대체 무슨 권리로 우리 영토 안에 들어오려는 거지? 폭풍우가 몰
아치던 그날 이후로 **황폐 숲**은 늑대들의 영역이 됐어! 너희는 뭘 찾겠다고
이곳으로 오는 거야?"

대답 대신 커다란 떨림이 나무들 사이를 훑고 지나갔다. 둥지에 숨어 있
는 작은 새들이 우물쭈물하는 사이에, 밤나무 잎사귀들 속에서 인간의 얼굴
이 불쑥 나왔다.

"비올레트!" 파벨이 반가워서 짖어 댔다.

소녀가 늑대 무리에게 말했다.

"초록 군단의 나무들과 정원의 주민들은 화해하기로 했어. 나무들은 단
지 거주할 장소를 찾고 있는 것뿐이야. 그들이 뿌리를 내리면, **황폐 숲**도 다
시 푸르게 변할 수 있어."

비올레트는 나무들이 걸어온 땅을 가리켰다. 방금 갈아엎어서 부드럽게

드러난 흙 위로 도토리 같은 작은 열매와 씨앗 들이 떨어져 있었다. 배가 고파서 쨉쨉거리는 작은 새들은 나무들이 잠깐 멈춰 선 틈을 타서, 금방이라도 땅으로 내려와 벌레를 잡아먹을 준비를 하고 있었다.

"이 나무들 안에 숨어 있던 동물들도 다시 정상적인 삶을 살아갈 거야. 그러면 너희도 너희 영역에 남아서, 얼마든지 먹이를 찾아 먹을 수 있잖아. 이제 먹을 게 없어서 굶주리는 일은 없을 거야."

늑대들이 서로 의논하기 시작했다.

"인간이 하는 말을 믿을 수 있을까?"

"하지만 새들이 다시 돌아오면 우리도 먹이를⋯⋯."

그들은 열띤 논쟁을 하느라 브루노프가 나타난 것도 알아채지 못했다.

"꼬마의 제안을 받아들이는 게 좋을 거야." 늙은 늑대가 충고했다. "그 애가 한 말은 다 사실이야. 이 나무들 안에는 충분한 먹잇감들이 있어서 우리가 배불리 먹을 수 있을 뿐 아니라, 숲을 다시 생명으로 가득 차게 할 수도 있어. 이제 센다크가 떠났으니, 우리도 전처럼 살 수 있을 거고, 안 그런가?"

늑대들은 그의 말이 옳다는 걸 알았다. 그들 모두 차마 입 밖으로 내진 못했지만, 변장한 개 센다크는 인간에 대한 증오심을 심어 줄 목적으로 자신들을 조종했다는 걸 이미 알고 있었다.

그런 대장이 도망을 친 지금, 그들에겐 평화를 선택할 자유가 있었다.

19
새로운 날

비올레트와 파벨이 **두 바위 언덕**에 이르렀을 때는 태양이 하늘에서 빛나고 있었다. 달은 잿빛의 희미한 초승달 모양이 되어 숲 위에서 간신히 얼굴을 드러내고 있을 뿐이었다. 정원 주민들은 모두 **너른 잔디밭**으로 돌아간 뒤였다.

그런데 한쪽에서 바위에 기대선 채 비올레트를 기다리는 이가 있었다. 그가 명랑한 목소리로 비올레트를 불렀다.

"대단해! 우리 모두 네가 초록 군단에게 한 일을 봤어. 정말 멋지던데!"

"블루베리! 혼자 있었어?"

"응! 다른 친구들은 다시 **너른 잔디밭**으로 내려갔어. 난 모든 게 다 잘됐다고 널 안심시켜 주려고 기다리고 있었지. 이제 나도 가야 해. 할 일이 너무 많거든! 다시 우리 땅에 작은 나무들과 꽃을 심을 거야. 나무 거인들이 땅을 잘 갈아엎어 준 셈이지. 결과적으로 초록 군단이 우리에게 도움이 되었지 뭐야. 자, 그럼 난 그만 가 볼게! 뛰어가야겠다!"

블루베리가 몸을 일으키자, 비올레트가 그를 붙잡으며 말했다.

"잠깐만, 할 말이 있으니까 1분만 시간을 내 줘."

"네가 말한 1분이란 게 뭔지 모르겠다만, 내가 아는 한 가지는 이 정원이 그동안 너무 오래 잠들어 있었다는 거야. 깊은 잠에 빠져 있는 동안 정원이 온통 먼지로 뽀얗게 덮였어! 그러니 빨리 가서 구석구석 손질을 해서 다시 생명이 싹트게 해야 해."

"난 여기서 무슨 일이 있었는지 알아야겠어. 두더지들은 아무것도 설명해 주지 않았어. 정신만 더 혼란스럽게 뒤죽박죽으로 만들어 놨다고! 여기선 내가 유일하게 평범한 인간인 거야? 내가 집으로 돌아가면 이 모든 게 다 사라지는 거야?"

블루베리가 당황한 표정으로 비올레트를 바라보면서 말했다.

"난 지혜롭지도 못하고, 똑똑하지도 않아. 네게 해 줄 수 있는 말은, 이 정원이 네가 오기 전에도 존재했고, 앞으로도 쭉 존재할 거라는 거야. 폭풍우가 집어삼키지 않는 한……."

"그 폭풍우란 게 뭔데?"

"아주 오래된 이야기야. 어쨌거나 지금은 그걸 걱정하고 있을 때가 아니야. 비올레트, 너무 염려하지 마. 넌 집으로 돌아갈 수 있어. 그리고 네가 다시 오면 정원은 여전히 여기 있을 거야. 네가 떠날 때의 모습 그대로 말이야. 만일 빨리 돌아온다면, 너도 '조약돌 축제'에 참여할 수 있을 거야!"

"조약돌 축제? 그게 뭐야?"

"각자 가장 멋진 것들을 갖고 나와서 서로 교환하는 큰 축제야. 정원에 사는 모든 주민이 다 참여하지. 운이 좋다면, 거기서 네가 원하는 걸 찾을 수 있을 거야. 그리고 운이 조금 더 따라 주면, 감히 생각도 못 했던 걸 찾을 수도 있고!"

비올레트는 미소를 지었다. 그녀는 블루베리가 말하는 방식이 마음에 들었다. 그는 살짝 놀리는 것처럼 말하지만, 상대를 존중하는 마음도 절대 잊지 않았다.

마침내 블루베리가 일어섰다.

"이젠 정말 가야 해. 안 그러면 다들 나를 또 게으름뱅이라고 놀릴 거야."

그가 성큼성큼 비탈길을 내려가는 동안 비올레트가 뒤에서 외쳤다.

"고마워, 가지치기용 가위랑 벌레들을 준 거! 아주아주 유용하게 썼어. 난 이제 집에 돌아갈 거야. 곧 다시 볼 수 있겠지?"

"그러길 바랄게, 비올레트 위르르방! 이 정원엔 네가 꼭 필요해!"

* * *

비올레트는 **너른 잔디밭**을 향해 내려가는 블루베리의 뒷모습을 한동안 바라봤다. 그러고 나서 파벨의 등에 올라탔다.

"파벨, 집으로 가는 길을 찾을 수 있겠어?"

"제 본능을 믿으셔도 돼요. 저의 후각과 위장의 힘을요, 상냥한 주인님!"

개가 언덕 뒤편의 비탈을 향해 빠르게 걸으면서 대답했다.

벌써부터 목을 죄는 듯한 불안감이 느껴졌다. 비올레트가 중얼거렸다.

"아빠가 떠나고 집에 없으면 좋겠는데……. 제발 그랬으면 좋겠어."

동시에 '엄마가 날 야단치지 않기를!'이라고 생각했다. 하지만 그녀는 알고 있었다. 엄마라면 딸이 잘 숨어 있었다며 오히려 다행스럽게 생각할 거라는 걸.

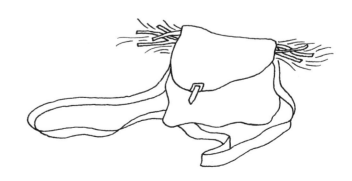

"어머니에겐 뭐라고 말해야 할까요?" 파벨이 물었다.

"넌 아무 말 안 해도 돼! 한마디도 하지 마. 그냥 예전처럼 평범한 멍멍이로 돌아가면 돼. 난 그냥 나무에 올라가 있었다고 할 거야. 언젠가 다시 **비밀의 정원**으로 돌아오자. 이건 우리 둘만의 비밀이야."

***

"너희도 봤지? 그 애가 일을 아주 제대로 해냈잖아!" 시몬이 말했다.

"운이 좋았던 거지." 마르그리트가 투덜댔다. "겁도 없이 센다크와 싸우다니! 큰일 날 뻔했지!"

"진 건 센다크잖아." 비르지니아가 말했다. "우리의 수호자가 벌써 정원의 유물 하나를 찾아냈어. 다른 유물들도 찾을 수 있을 거야, 두고 봐."

"네 말처럼 되면 오죽 좋겠니……." 시몬이 말했다. "그러면 폭풍우를 피할 수 있을 텐데."

마르그리트가 머리를 흔들었다.

"아냐, 아냐. 폭풍우를 피하는 건 벌써 실패한 거나 다름없어. 비록 그 애가 일곱 개의 유물을 다 찾는다고 해도 말이야. 칼리방이 그 애송이를 기다리고 있다고. 걔는 절대 가망이 없어."

시몬이 눈앞에 방금 기어 나온 맛있게 생긴 풍뎅이 애벌레를 덥석 깨물어 먹었다. 그러고는 결론을 내렸다.

"정원이 방금 깨어났잖아. 지금은 마음껏 즐기자고!"

2장

바늘 없는 시계

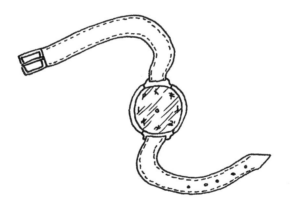

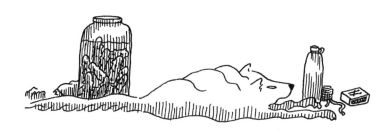

1
낡은 스케치북

일요일 아침, 비올레트는 일찍 일어났다. **비밀의 정원** 사진이 담긴 사진첩을 넘겨 보다가, 잔뜩 찌푸린 괴물 같은 것이 희미하게 찍힌 사진에 시선을 고정했다. *칼리방.*

비올레트는 머나먼 기억 속 어떤 감각을 느꼈다. 그녀는 낡은 스케치북을 꺼냈다. 아주 어렸을 때부터 엄마 모니카가 딸의 그림들을 한 장도 빼놓지 않고 차곡차곡 모아 붙여 둔 스케치북이었다. 엄마는 그림마다 밑에 재미있는 글들을 짧막하게 써 놓았다.

비올레트는 빠르게 페이지를 넘기다가, 그림 하나를 찾았다.

아주 오래전에 그린, 낙서에 가까운 서툰 그림이었다. 아마도 네다섯 살쯤이었던 것 같다. 얼굴에 화살이 찔린 남자를 그린 그림인데, 잔뜩 찌푸린 얼굴이 공포감을 주었다. 엄마는 그림 밑에 이런 제목을 써 놓았다.

악당 칼리방

칼리방. 비올레트는 자기 기억이 틀리지 않았다는 걸 확인하기 위해 그

단어를 세 번이나 되뇌었다. 그 이름을 지을 때 소녀는 무슨 생각이었을까? 왜 **비밀의 정원**을 발견한 지금, 그 단어를 떠올리며 두려워하고 있는 걸까?

"이것도 알아내야 할 미스터리네." 비올레트는 스케치북을 덮으면서 중얼거렸다. 그리고 파벨을 향해 몸을 돌리며 덧붙였다.

"좋아, 지금은 8시 30분이야. 이방은 할아버지 댁에 있고, 엄마는 아직 주무셔. 그러니 정원에 가서 멋진 시간을 보내기에 딱 좋은 기회 같지?"

비올레트는 정원에서 돌아온 뒤로 한 가지 규칙을 지키고 있었다. **비밀의 정원**을 탐험하는 동안 딸이 사라졌다고 엄마가 놀라는 일이 없도록 조심할 것. 그녀는 자신의 피난처인 정원을 철저하게 비밀에 부쳤다.

아빠는 그날 이후 다시 집에 오지 않았다. 하지만 비올레트는 자동차가 문 앞에서 속도만 늦춰도 바짝 긴장하여 귀를 기울였다.

지난 한 주 동안 그녀는 **비밀의 정원**에 세 번이나 다녀왔다. 하지만 아주 잠깐씩 있었을 뿐이었다. 그녀는 사진첩 속 사진들이 찍힌 장소가 어딘지 알아내고 싶었다. 때로 풍경 일부가 일치하는 곳이 있긴 했지만, 정원은 사진이 찍힌 당시와는 너무 많이 변한 듯했다.

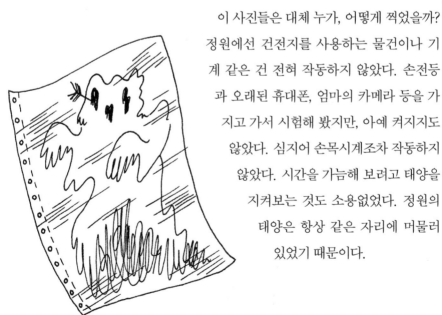

이 사진들은 대체 누가, 어떻게 찍었을까? 정원에선 건전지를 사용하는 물건이나 기계 같은 건 전혀 작동하지 않았다. 손전등과 오래된 휴대폰, 엄마의 카메라 등을 가지고 가서 시험해 봤지만, 아예 켜지지도 않았다. 심지어 손목시계조차 작동하지 않았다. 시간을 가늠해 보려고 태양을 지켜보는 것도 소용없었다. 정원의 태양은 항상 같은 자리에 머물러 있었기 때문이다.

그녀는 매번 집에 돌아올 때면, 집을 비운 사이에 흘러간 시간이 정원에서 보낸 시간보다 훨씬 짧다는 걸 확인했다.

"파벨, 너 기억해? 지난번에 낡은 자전거 묘지와 폐허 같은 골짜기 곳곳을 탐험했을 때 말이야⋯⋯. 그때 난 분명히 시간이 꽤 흘렀다고 생각했는데, 집에 돌아오니 정확히 간식 먹을 시간이었잖아."

개가 쩝쩝거리며 밥을 먹으면서 고개를 끄덕였다. 파벨은 정원 밖에선 절대로 한마디도 하지 않았는데, 이 점에서 비올레트와 뜻이 아주 잘 맞았다.

"오늘 아침엔 조약돌 축제에 갈 거야. 그리고 거기서 **칼리방**에 관해 더 알아보자."

작은 모험가는 주방에서 나와 방으로 돌아가서, 가방 속 물건들을 확인했다. 오이피클병, 노끈 한 묶음, 비스킷 한 봉지와 물통. 커다란 성냥갑도 따로 챙겨 놓았다. 성냥갑을 흔들어 보니, 조약돌들이 잘그락거리며 부딪치는 소리가 기분 좋게 들렸다.

비올레트는 가방 뒷주머니에 접어서 넣어 둔 늑대 가죽을 쓰다듬었다. 이 신비한 유물은 집에 돌아오면 그저 그런 인조 모피 조각일 뿐이지만, 일단 정원에 들어가면 놀라운 힘을 발휘했다.

자, 이제 모든 준비가 끝났다.

비올레트는 창가로 가서 비틀린 창문의 손잡이를 확 잡아당겼다. 파벨이 먼저 뛰어나가고, 그녀가 뒤이어 뛰어내렸다. 그리고 창문을 최대한 조심스럽게 닫았다. 밖에서 다시 열 때는 살짝 힘주어 밀기만 하면 되었다.

비올레트는 조금 떨어진 곳에서 기다리고 있는 개에게 달려갔다. 개는 빨리 모험을 떠나고 싶어서 안달이었다. 소녀가 빙그레 웃음을 지었다.

"난 영웅이고, 넌 나의 충성스러운 군마야."

"그리고 우린 **비밀의 정원**을 탐험하죠!"

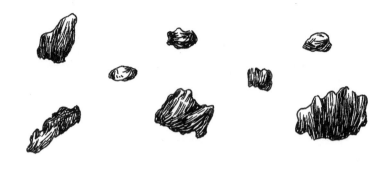

2
일흔일곱 개의 오솔길 숲

비올레트는 이번엔 **두 바위 언덕**을 오른쪽으로 빙 돌아서, 정원 주민들이 사는 **너른 잔디밭** 위로 흐르는 강을 따라 걸었다. 그 강의 이름은 **제멋대로 강**이었다. 한 방향으로 일정하게 흐르는 게 아니라, 어떨 때는 이쪽으로, 또 어떨 때는 저쪽으로 흐르는 강이었기 때문이다. 방향이 틀어지는 굽이들 중에는 햇볕이 들지 않아서 살얼음이 덮인 곳도 있었다.

비올레트와 파벨은 **일흔일곱 개의 오솔길 숲**으로 들어갔다. 숲에는 키 작은 나무들이 자라고 있었고, 개울과 연못 사이로 수많은 오솔길이 보였다.

정원은 계속 변하고 있었다. 정원 주민들은 오솔길에 포석을 깔고, 다리를 건설하고, 난간을 세우는 등 아주 부지런히 많은 일을 했다. **너른 잔디밭** 주위엔 꽃들이 자라기 시작했고, **황폐 숲**도 초록색으로 변해 갔다.

일흔일곱 개의 오솔길 숲은 곧 시작될 축제에서 아주 중요한 곳이었다. 나무마다 색색의 리본으로 장식되었고, 조약돌 축제를 알리는 플래카드들이 곳곳에 걸려 있었다.

비올레트는 축제가 열리는 광장으로 향하면서 수많은 작은 사람들과 작은 짐승들을 만났다.

"거의 다 왔나 봐." 비올레트가 파벨에게 말했다. "다행히 팻말이 있네. 난 이런 데선 어디가 어딘지 방향을 잘 못 찾겠더라."

"그래요? 그건 어렵지 않아요. 다른 사람들처럼 쭉 내려가기만 하면 돼요. 이 숲은 아주 커다란 대야처럼 생겼거든요. 저 밑으로 내려가면 중앙에 **구슬치기 광장**이 있어요. 거기서 축제가 열리나 봐요."

비올레트는 개가 자기보다 방향 감각이 더 좋다는 걸 알고 뾰로통해졌다. 그래서 괜스레 심술을 부렸다.

"네가 그걸 어떻게 알아? 우린 **구슬치기 광장**에 한 번도 와 본 적이 없는데! 너 혹시 정원의 지도라도 가지고 있는 거 아니야?"

파벨이 웃음을 터뜨렸다. 언제부턴가 정원의 지도 이야기는 둘 사이의 농담거리가 되었다. 이전에 왔을 때 비올레트는 주민들을 만날 때마다 정원의 지도가 있느냐고 물어봤었다. 그러면 주민들은 매번 지도라는 게 무슨 뜻인지 모르겠다는 표정으로 멋쩍은 미소를 짓거나 어이없다는 듯이 웃음을 터뜨리곤 했었다.

나중에 블루베리와 이야기를 하고 나서야 정원엔 지도나 달력 같은 개념이 아예 없다는 걸 알게 되었다.

"그럼 위치는 어떻게 알 수 있어?"

"자기가 있는 곳이 어디든, 그곳은 언제나 중요한 장소라는 것만 알면 돼." 그게 블루베리의 대답이었다. "모든 일엔 다 의미가 있는 법이야."

비올레트는 종이에 지도를 그려 달라고 시도하다 네 번 만에 결국 포기했었다. 처음에 블루베리는 엉겁결에 샘물 오른쪽에 있는 늙은 느릅나무라든지, **황폐 숲과 덩굴광대수염 다리** 사이에 있는 토템들을 그리긴 했지만, 소녀가 자꾸 지도를 요구하자, 뭘 어떻게 해야 할지 도무지 알 수가 없었다.

블루베리가 지도를 못 그린다는 사실이 파벨에겐 조금도 불편하지 않았다. 파벨도 지도가 뭔지 이해하지 못했으니까! 대신 그는 뛰어난 후각과 움직이지 않는 태양 그리고 비올레트가 짐작조차 못 하는 수천 가지의 신호들로 충분히 길을 찾을 수 있었다. 그래서 **비밀의 정원**에서 파벨은 비올레트의 안내자이자 나침반이었다.

둘은 울타리들과 작은 숲들을 피해서, 오른쪽으로 곡선을 그리며 비스듬히 돌아 밑으로 내려갔다. 비올레트는 그 길이 아래쪽 분지로 가는 길일 거라고 결론을 내렸다. 파벨의 빠른 걸음 덕분에, 그들은 짐 꾸러미들을 잔뜩 지고 가는 정원의 주민들을 계속 앞지를 수 있었다.

주민들은 역할 분담을 아주 잘했다. 대부분 서넛씩 무리를 지어 바구니나 화분을 실은 손수레를 밀면서 가고 있었다. 길에는 한껏 치장한 작은 사람들 외에도 다양한 동물들로 복닥거렸고, 그들 중에는 비올레트가 한 번도 본 적 없는 동물들도 있었다.

비올레트와 파벨은 하얀 눈으로 덮인 두 개의 작은 언덕 사이에서 왼편으로 나 있는 오솔길로 들어섰다. 거기서 키가 제법 큰 고양이가 밀고 가는 수레와 마주쳤다. 수레 안에는 시끄럽게 꽥꽥거리는 두꺼비 세 마리가 타고 있었다. 파벨은 이 이상한 일행을 피하려고 약간 거리를 두었다.

비올레트는 처음엔 고양이가 장터에 두꺼비들을 팔러 가는 거라고 생각했다. 하지만 두꺼비들이 꽥꽥거리는 모습을 자세히 보고 있자니, 명령을 내리는 건 그들이고 고양이는 그저 수레를 끄는 기사일 뿐라는 걸 알게 되었다.

"파벨, 저들이 무슨 말을 하는지 알아듣겠니?" 비올레트가 파벨의 귀에 대고 속삭였다.

"잘은 모르겠지만, 자기들의 조약돌을 다 처분할 수 있을지 초조해서 고양이에게 서두르라고 말하는 것 같아요."

비올레트는 두꺼비들이 뭐라고 하는지 알고 싶어서 늑대 가죽을 써 볼까 생각했다. 지난번에 정원에 왔을 때, 비올레트는 유물의 도움 없이도 정원의 동물들과 대화할 수 있다는 걸 알게 되었다. 그러나 인간과 마찬가지로, 때로 아주 독특한 억양을 지닌 동물들도 있어서 무슨 말인지 알아듣기 힘들 때도 있었다.

비올레트는 할아버지 스타니슬라스를 생각했다. 할아버지는 폴란드 억양이 매우 센 편이었다. 일생을 거의 프랑스에서 지낸 분인데도, 여전히 할아버지의 프랑스어를 이해하는 건 쉽지 않았다. 그래서 비올레트는 할아버지와 긴 이야기를 나누는 건 아예 포기했다. 대개 할아버지가 예전의 추억을 얘기할 때면, 그녀는 바보 같은 미소를 지으며 고개만 끄덕이곤 했다.

그러니 비올레트가 부리나 주둥이, 아가리를 지닌 동물들의 억양을 알아듣기 힘든 건 당연한 일이었다! 오래전부터 함께 지내 온 파벨의 억양만이 편하게 잘 들렸다.

그런데 늑대 가죽은 그런 모든 장애물을 없애 줬다. 고양이들의 야옹거림이든, 양들의 음메에 소리든 다 알아들을 수 있었다. 그렇지만 늑대 가죽을 쓰면 동물들이 그녀를 슬슬 피하며 거리를 두었다. 그녀 역시 그들과 대화하던 중에 갑자기 확 덮쳐서 잡아먹고 싶은 기분이 든 게 한두 번이 아니었다. 그래서 늑대 가죽은 아주 위급한 상황에만 쓰기로 결심했다.

비올레트는 두꺼비들이 흥분해서 하는 말이 무슨 뜻인지 하나도 이해하지 못했지만, 그들의 수레를 그냥 지나쳤다. 그러면서 곁눈으로 그들의 바구니가 반짝거리는 조약돌로 가득 차 있는 걸 눈여겨보았다.

"파벨, 너도 그 조약돌 봤어?" 두꺼비

들과 거리가 조금 떨어졌을 때, 파벨에게 물었다. "정말 예쁘더라! 내 조약돌들이 너무 평범하고 초라해서 웃음거리가 되지 않을까 걱정이야."

"글쎄요, 난 잘 모르겠어요. 한 번도 조약돌 축제에 가 본 적이 없어서요. 솔직히 그런 축제가 뭐가 재미있다고 다들 들떠 있는지 모르겠어요!"

"그럼 넌 땅이나 파고 있어. 혹시 알아? 뼈다귀라도 나올지."

비올레트는 자신이 가진 조약돌 중에서 제일 아름다운 것들을 골라 왔다. 대부분은 캠핑 트레일러를 타고 여행할 때, 엄마와 함께 강가를 산책하면서 모았던 것들이다. 한 번은 파란 유리알을 발견한 적도 있었다. 물살에 자갈돌처럼 반질반질하게 다듬어진 유리알! 그런데 그 귀중한 것들을 전부 잃어버릴 뻔한 일이 있었다. 아빠가 쓸모없는 쓰레기라며 몽땅 갖다 버렸던 것이다. 다행히 비올레트는 그중 몇 개를 다시 주워 담았고, 짐 가방 밑바닥에 몰래 숨겨 집으로 다시 가져왔다.

그녀는 성냥갑을 열고, 그 조약돌들을 파벨에게 자랑스럽게 보여 주었다.

"이 작은 하얀 돌멩이 좀 봐. 예쁘지? 봐, 진짜 구슬처럼 동글동글해!"

"구슬? 호오, 신참! 너도 구슬치기할 줄 아니?"

그 소리에 비올레트가 눈을 들었다. 소란함 속에서도 그 목소리는 금방 알아들을 수 있었다. 나무 사이에서 불쑥 튀어나온 그 실루엣도 눈에 익었다. 긴 외투를 입고 옆에 긴 칼을 찬, 긴 귀의 토끼 복면. 르비스였다.

"한판 붙을까? 네 코를 납작하게 해 줄게!" 토끼 소녀가 덧붙였다.

"그래? 난 구슬치기에 있어선 누구한테도 안 지지만, 지금은 구슬치기하려고 여기 온 게 아니야. 그리고 이 안에 든 건 구슬이 아니라 내 소중한 조약돌들이고."

"아, 장터에서 물건을 사고팔려고 왔구나? 여기 주민들이 너의 그 볼품없는 자갈돌들을 사고 싶어 할 것 같아?"

"상관 마." 비올레트는 성냥갑을 가방에 재빨리 넣으면서 쏘아붙였다.

"얘, 여긴 흥미로운 돌들이 가득한 거 모르지? 예를 들면 **두 바위 언덕**의 쌍둥이 돌 같은 것들 말이야. 그 돌들이 무슨 얘기를 하는지 들어 봤어? 뭐, 어차피 넌 이해하지도 못할 테지만. 충고 하나 하자면, 넌 돌의 말을 알아듣는 것부터 배우는 게 좋을 거야."

3
바위 거인들

르비스의 말이 맞았다. 비올레트는 돌들의 세계에 관해 아는 게 없었다. **비밀의 정원**에서 돌들이 얼마나 중요한 역할을 하는지도 몰랐다.

바위들은 털이나 깃털 혹은 비늘로 덮인 동물들이 지구에 살기 훨씬 전부터 존재했다. 심지어 꽃과 나무, 고사리, 해초 들이 생기기 전부터 먼저 지구에 살고 있었다. 바위들 앞에서는 백 년도 소나기가 쏟아지는 찰나에 불과했고, 천 년의 시간도 바위 표면에 살짝 흔적만 남길 뿐이었다.

그들은 움직임은 느렸지만, 매우 강했다. 숨도 쉬지 않고 피도 흘리지 않는 무한한 인내심, 세상의 어떤 강인한 근육도 이길 수 없는 단단함, 산마저 굽게 만들고 바다도 채우는 힘! 바위들은 이 능력들로 세상의 형태를 만들어 왔다.

이 땅에 생물들이 생겨나자 시간은 빨라졌다. 마냥 느리기만 한 바위들은 이제 모두의 눈에 죽은 것처럼 보였고, 영혼이 없는 것처럼 보였다. 한때는 세상의 왕이었던 그들은 이제 식물에게는 영양소가 되었고, 동물에게는 피난처가 되었으며, 인간에게는 자원이 되었다. 심지어 인간들은 온갖 필요한 것들을 얻기 위해 바위를 부수고 녹이는 짓을 서슴지 않았다.

바위들은 때때로 자신들이 온 세상을 지배했던 시절을 떠올리며 화산을 분출하거나 지진을 일으켰고, 숲과 도시를 뒤집어엎으며 반항을 하기도 했다. 하지만 이제 세상은 느릿느릿하던 그때와 달랐다. 게다가 인간은 굴착기니 갱도니 광산이니 뭐니 하면서 바위들이 땅속 깊은 곳에 수백만 년 동안 간직해 왔던 보물을 갈취했다.

그러나 그런 세상에도 여전히 영혼을 간직한 바위들은 존재했다. 시간이 흐르지 않는 곳, 기이한 생명체들이 사는 그런 곳에 숨어서……. **비밀의 정원**도 그런 장소 중 하나였다.

예전엔 그들도 수가 많았다. 그 어떤 생물보다 수명도 훨씬 길었다. 하지만 아주 오래전부터 그들, 그러니까 영혼을 가진 바위들은 더 이상 태어나지 않았다. 정원의 주민들은 그들을 '트롤'이라고 불렀다. 트롤들은 자기들끼리는 서로 이름으로 불렀다. 오닉스, 옵시디언, 마블, 실리카스톤, 바잘트 등등…….

비올레트가 **비밀의 정원**에 발을 들이고 정원의 주민들이 모두 깨어났을 때도, 트롤들은 여전히 잠에 빠져 있었다. 그들은 반응이 가장 느린 자들이었다. 모든 식물과 동물이 새로운 수호자를 환영했건만, 트롤들의 은신처인 깊은 동굴에는 아직 그 소식이 전달되지 않았다.

그들을 잠에서 끌어낸 건 깊은 심연에서부터 올라온 어둡고 차가운 숨결이었다. 가장 먼저 깨어난 트롤은 그들의 왕인 사파이어였다. 그는 거대한 바위 왕좌에서 몸을 일으키고는, 위에 쌓인 얼음을 털어 내기 위해 아주 천천히 몸을 흔들었다.

그가 깨어났을 때, 동굴은 그 어느 때보다 더 어둡고 차갑게 느껴졌다. 그리고 어떤 증오심 같은 것이 동굴 안에 가득 퍼져 있었다. 사파이어는 세상이 더 이상 고요하지 않다는 것, 휴식의 때가 끝났다는 것을 직감했다.

그는 잠들기 전에 있었던 끔찍한 사건들을 떠올렸다. 그리고 생물들이 또다시 돌들의 세계를 어지럽히고 있다는 걸 알아차렸다. 깊은 심연의 봉인을 풀어서, 자신들의 안식처에 차갑고 어두운 숨결이 올라오게 만든 것이다. 그건 트롤들을 파괴할 수도 있는 위험한 숨결이었다. 하지만 트롤들은 두 번 다시 재앙이 일어나게 내버려 두지 않을 것이다. 절대로…….

사파이어는 돌의 언어로 부하들을 불렀다. 그건 생물들은 알아들을 수 없는 언어였다. 천천히 쩌억 갈라지는 소리, 쿠르릉 부딪치는 소리, 우당탕탕, 콰쾅, 귀가 먹먹할 정도로 큰 충돌 소리……. 이런 소리로 모두에게 메시지를 전달하려면 꽤 시간이 필요했다. 그러나 한 번 전달된 메시지는 단단한 바위에 새겨진 각인만큼이나 뚜렷하고 분명했다. 부하들의 짤막한 답은 군중의 함성처럼 크게 동굴 안에 울려 퍼졌다.

그들의 대화는 아무도 정확하게 번역할 수 없었다. 그것은 심연, 반드시 살아남겠다는 결의 그리고 가장 오랜 역사를 가진 종족의 자부심, 다가오는 재앙에 관한 것들이었다.

엄청난 공포가 드디어 그들을 움직이게 했다. 트롤들은 몸속에 피와 수액이 흐르는 동물과 식물 들에게 자신들의 몫을 요구하기로 하고, 차례로 동굴 밖으로 나갔다.

4
이상한 그림

비올레트는 안도의 한숨을 쉬었다. 조약돌 축제가 열리고 있는 거대한 원형 광장이 보였다. 그녀를 집요하게 따라다니며 괴롭히던 르비스와 드디어 헤어질 수 있게 되었다.

"네 조약돌을 보여 줘 봐. 어느 정도 가치가 있는지 내가 알려 줄게. 난 이 정원과 유물에 관해서라면 네가 앞으로 10년 동안 배우게 될 것보다 훨씬 더 많은 걸 알고 있으니까!"

"고마워, 하지만 넌……."

비올레트는 입을 벌린 채 말을 잇지 못했다. 방금 아주 중요한 뭔가를 감지했기 때문이다. 르비스는 아랑곳하지 않고 말했다.

"한 가지 확실한 건 여기서 무슨 일이 일어나고 있는지 넌 전혀 모른다는 거야! 넌 그냥 어쩌다 정원에 들어온 방문객에 지나지 않아. 네가 초록 군단을 진정시킨 건 단지 운이 좋았기 때문이라고. 늑대 가죽이 없었다면, 넌 그들에게 밟혀 죽었을 거야. 게다가 그 늑대 가죽은 원래 내 거야. 정원 주민들이나 동물들도 네가 그저 운 좋은 무능력자일 뿐인 걸 곧 알게 되겠지."

비올레트는 대답 대신 파벨의 옆구리를 툭 차서 신호를 보냈다. 그러자 개는 르비스를 남겨 둔 채, 아래쪽 광장을 향해 쏜살같이 내려갔다.

"그래, 그렇게 도망쳐! 어차피 우린 다시 만나게 될 거야!" 복면을 쓴 소녀가 외쳤다. "기대해도 좋아, 만일 네가……."

축제의 와자지껄한 소리 때문에 다음 말은 들리지 않았다. 협박이나 조롱의 말이었을 게 분명했다.

축제는 이미 시작되었다. 길을 따라서 양옆에 세워진 텐트들과 가판대 위에 물건들이 가득했고, 그 주위엔 각양각색의 주민들이 모여 있었다.

비올레트는 파벨의 등에서 내려 인파 속으로 파고 들어갔고, 파벨도 후각이 이끄는 대로 가판대 사이로 들어갔다.

맛있는 요리 냄새와 기분 좋은 음악, 사람들의 활기찬 움직임, 이 모든 게 소녀에게 마냥 즐거울 법도 한데 비올레트는 왠지 꺼림칙했다. 조금 전에 그녀는 르비스가 했던 말에서 뭔가 묘한 점을 감지했다. 하지만 그게 뭐였는지 딱 꼬집어 낼 순 없었다.

"파벨, 아까 르비스가 한 말 중에서 이상한 거 못 느꼈어?"

"흠…… 그 애는 모든 게 다 이상해요."

'다시 떠오르겠지.' 비올레트는 그렇게 생각했다. '일단 구경이나 하자.'

"엄청나게 큰 오이피클이 있는 가판대도 있지 않을까요?"

개가 희망에 부풀어 눈을 반짝이며 말했다. 그러면서 곧장 광장 중앙으로 달려갔고, 그동안 비올레트는 가판대들을 구경했다.

조약돌 축제엔 조약돌만 있는 게 아니었다. 어슬렁거리던 비올레트는 시끌벅적한 가판대 앞에 섰다. 들쥐들이 세운 가판대에 다양한 꽃과 씨앗들이 진열되어 있었다. 그들 중 세 마리는 호루라기 소리처럼 날카로운 목소리로 손님들을 불러 댔고, 다른 두 마리는 싱싱한 백리향 꽃다발 위에 편안하게 누워 낮잠을 자고 있었다. 정원 주민들은 그 작은 가게 주위에 몰려들어서,

예쁘게 말린 꽃이나 씨앗을 자신들이 갖고 온 알록달록한 털실들과 교환했다. 작은 동물들이 집을 장식할 때 쓰는 털실이었다.

"그림 있어요! 아주 예쁜 그림입니다! 그림 보러 오세요!"

멀리서 손님들을 소리쳐 부르는 목소리가 들렸다. 그 목소리엔 강한 억양이 배어 있었다. 어떤 그림인지 궁금해진 비올레트는 소리가 들려오는 가판대로 향했다. 가판대의 주인은 머리에 천을 두른 커다란 족제비였다. 똑같은 천을 머리에 두른 자그마한 정원 주민도 가판대를 함께 쓰고 있었다. 그녀는 한마디도 하지 않았지만, 꼿꼿한 태도 때문인지 오히려 족제비보다 더 주인 같은 인상을 풍겼다.

비올레트는 호기심 어린 눈빛으로 그들을 관찰했다. 족제비는 손짓 몸짓을 하면서, 손님들을 적극적으로 끌어들였다. 반면 작은 부인은 족제비와 손님들을 세심한 눈길로 지켜보았다. 그때 고양이가 끄는 수레를 탄 두꺼비 일행이 그 앞에 막 도착했고, 족제비는 색색의 그림들을 펼쳐 보였다.

"선생님들, 훌륭한 예술 작품으로 집을 더욱 고상하고 세련되게 장식해보는 건 어떠세요? 이 매력적인 그림들을 현관에 걸면 날마다 기분이 좋아질 거예요!"

"흠, 됐소. 우리 집에선 그림이 얼마 가지 못하오." 두꺼비 한마리가 단박에 거절하면서 가판대 위로 뛰어올랐다. "호수의 습기 때문에 이틀이면 그림에 곰팡이가 생길 테니까."

"아, 그렇군요. 그렇다면 선생님께 안성맞춤인 작품이 하나 있답니다!"

족제비는 쿠키 상자를 뒤적거리더니, 누르스름한 작은 종이 한 장을 꺼내서 두꺼비에게 내밀었다.

"이건 왁스 칠을 한 거라서 물에도 잘 견디죠. 비가 와도 끄떡없어요! 게다가 정말 예쁘잖아요. 특별히 선생님껜 조약돌 세 개만 받을게요."

두꺼비가 그림을 받아서 킁킁 냄새를 맡아 보더니, 그림을 흔들어 댔다. 그리고 마침내 테이블 위에 내려놓으면서 말했다.

"그래, 튼튼한 것 같군! 사겠소. 이 황홀한 조약돌과 바꾸는 건 어떻소?"

그는 달의 냉기에 차갑게 굳은 꿀처럼 달콤해 보이는, 오렌지 빛깔의 작은 돌멩이 하나를 흔들어 보였다. 작은 부인은 그걸 찬찬히 살펴본 뒤에 주인인 족제비에게 건네주었다.

그게 어떤 그림인지 궁금해진 비올레트는 가까이 다가가 보고 놀라서 펄쩍 뛰었다. 그건 그림이 아니라, 작은 언덕을 찍은 *사진*이었다. 그 사진 역시 방 옷장에서 발견한 것처럼 아주 오래되어 색이 바래 있었다.

두꺼비가 자기 어깨 너머로 사진을 훔쳐보고 있는 소녀를 힐끗 쳐다봤다.

"방금 산 거요! 절대로 팔 생각 없소." 그는 뿌루퉁한 얼굴로 사진을 가방 속에 챙겼다. 그러더니 가판대에서 훌쩍 뛰어내려, 앞서간 동료들을 따라갔다. 자기는 거리낄 게 전혀 없다는 표정이었다.

"잠깐 기다려요!" 비올레트가 말했다. "난 그냥……."

"거래는 끝났소!" 두꺼비는 단호하게 답한 뒤에, 늪지대 특유의 억양으로 알아들을 수 없는 몇 마디 말을 덧붙였다. 그런데 이번엔 작은 부인이 오렌지 빛깔 조약돌을 들고 일어나서 외쳤다.

"잠깐만요! 당신이 준 돌은 너무 비싼……."

두꺼비는 이미 멀리 뛰어간 뒤였다. 비올레트가 급히 쫓아갔으나, 구경꾼들의 다리 사이로 폴짝폴짝 뛰어가는 두꺼비의 속도를 따라잡을 수 없었다. 게다가 색색의 나뭇가지들을 가득 안은 부부가 본의 아니게 비올레트 앞을 가로막고 말았다. 두꺼비가 저만큼 멀어지는 것이 보였다. 비올레트는 하는 수 없이 부부 옆을 돌아서 달려가다가…… 외바퀴 손수레와 쾅! 부딪치고 말았다.

그 순간 수레에 가득 실려 있던 화분 더미들이 땅바닥에 와장창 쏟아져 버렸다.

"악! 내 진달래!" 익숙한 목소리였다.

"비올레트!" 또 다른 목소리가 외쳤다. 그것도 아는 목소리였다. "너 괜찮니? 다친 데 없어?"

월계수와 블루베리. 바로 손수레의 주인들이었다. 월계수가 투덜대면서 화분들을 정리하는 동안, 블루베리는 비올레트를 일으켜 세웠다. 그녀의 무릎에 길게 긁힌 상처가 났고, 얼굴과 손에도 여러 개의 상처가 보였다.

"이런!" 블루베리가 말했다. "상처부터 치료해야겠다. 에그, 아프겠네!"

"이렇게 사람이 많은데 뛰어다니면 어떡해?" 월계수가 핀잔을 주었다.

"그게, 두꺼비들이……." 비올레트가 당황해서 말했다. "두꺼비들을 따라가야 해!"

"두꺼비들은 언제라도 다시 찾을 수 있어. 지금은 치료부터 하자."

특별한 꽃 있음

5
귀한 조약돌

"괜찮니? 어디 부러진 데는 없어?"

가판대 앞에 있던 자그마한 부인과 족제비가 연고를 갖고 달려왔다. 부인은 무릎을 꿇고 비올레트의 상처에 약을 발라 주었다.

"이건 내가 씨앗을 빻아서 만든 연고란다. 상처를 빨리 아물게 해 줄 거야."

약이 닿은 부위가 화끈거렸다. 부인이 자기를 소개했다.

"내 이름은 겨자란다. 다들 겨자 부인이라고 부르더구나. 사람들이 말하는 새로 온 수호자가 바로 너지?"

비올레트의 얼굴이 붉어졌다. 자부심과 부담감이 동시에 밀려왔다. 비올레트는 자신도 모르는 새에 정원에서 꽤 유명한 존재가 되어 있었지만, 이런 큰 관심을 받을 자격이 없다는 기분이 들었기 때문이다.

"아, 그냥 난…… 최선을 다하고 있어요. 이렇게 소란을 피워 죄송해요. 그런데 두꺼비에게 팔았던 그림 말이에요, 혹시 어디서 구하신 거예요?"

"아, 그거?" 겨자 부인이 말을 이었다. "폭풍우가 지나가고 난 뒤에, 어느 덤불 위에 걸려 있는 걸 발견했어. 아주 아름다운 그림이야. **두 바위 언덕**을 아주 섬세하게 그린 그림이지."

"그건 그림이 아니에요." 비올레트가 대답했다. "사진이에요."

"사…… 뭐라고?" 궁금해진 블루베리가 끼어들었다.

그의 표정을 본 비올레트는 블루베리가 사진이 뭔지 모른다는 걸 알아차렸다.

"그건 기계로 만들어 내는 그림이야. 요즘은 주로 휴대 전화로 사진을 찍지만, 원래는 사진 찍는 기계가 따로 있어. 카메라라는 건데……."

비올레트는 자기가 말을 하면 할수록 블루베리가 더 혼란스러워한다는 걸 눈치챘다. 자기가 어디서 왔는지 설명하려고 했을 때라든지 학교나 자동차에 관해 이야기했을 때도 그런 표정을 지었기 때문이다.

결국 입을 다물기로 하고, 말없이 겨자 부인에게 치료를 받았다.

그때 비올레트는 아주 작은 목소리를 들었다.

"네가 말하는 그 물건……. 난 본 적이 있어."

"응? 지금 누가 말한 거지?"

그 목소리는 겨자 부인 쪽에서 들렸지만, 겨자 부인이 한 말은 아니었다.

"내 주머니에서 나는 소리야." 겨자 부인이 비올레트만큼이나 당황한 표정으로 말했다.

그녀는 앞치마 주머니에서 조금 전에 두꺼비가 주고 간 작은 오렌지색 조약돌을 꺼냈다.

"맞아, 내가 말했어." 돌이 말했다. 돌에는 입이 없었지만, 돌에 생긴 그림자의 움직임이 마치 표정을 짓는 얼굴처럼 보였다. "그런 그림을 만들어 내는 물건을 본 적이 있어. 그것도 나처럼 정원의 유물이지. 물론 가치는 나보다 떨어지지만! 이전 수호자가 그걸 사용했거든."

비올레트가 눈을 깜박거렸다. 확실했다. 말을 한 건 분명히 그 돌이었다! 그리고 오렌지색 돌은 정원의 유물 중 하나였다! 친절하게도 겨자 부인이 비올레트의 손에 그 돌을 쥐여 주었다.

"말하는 돌이야! 모두 들었어?" 비올레트가 조약돌을 눈앞으로 들어 올리면서 친구들에게 물었다.

"그래, 참 말도 안 되네!" 블루베리가 새삼스럽다는 표정을 지으며 대답했다. "말하는 개도 있고 말이야."

"뭐가 그렇게 놀랍다는 거야?" 돌멩이가 화를 내며 말했다. "지금까지 난 항상 말을 해 왔어. 내 말을 듣는 자가 없을 때만 빼고……. 특히 그 뚱뚱한 두꺼비들 앞에선 입도 뻥긋 안 했지! 난 두꺼비들이 날 치워 버리려고 축제에 온 게 아닌가 하는 생각도 들어!"

'이 정원에선 정말이지 별별 일이 다 일어나는구나.' 비올레트는 생각했다. 그녀는 서커스를 보거나 유령 열차에 탄 것처럼 아무 생각 없이 받아들이기로 마음먹었다.

"수호 소녀야, 이 돌을 줄 테니 가지렴!" 겨자 부인이 가판대 쪽으로 돌아서며 말했다. "이 돌은 나보다는 네게 더 쓸모가 있을 거야. 난 그 돌을 별로 갖고 싶지 않아."

"쳇! 듣던 중 반가운 소리군." 조약돌이 투덜거렸다.

"고맙습니다, 아주머니!" 비올레트가 말했다.

정원의 유물이라니! 두 번째로 손에 넣은 유물이었다. 이번엔 싸우지도 않고 얻었다. 그녀는 말하는 조약돌이 어디에 도움이 될지 궁금했지만, 세 마리 두더지의 충고를 믿었다.

그녀가 조약돌에게 말을 걸었다.

"너랑 말할 수 있어서 기뻐, 조약돌 군. 아니, 돌멩이 양이라고 부를까? 혹시 이름이 있니?"

"당연하지! 내 이름은 '귀한 조약돌'이야. 줄여서 '귀돌'이라고 불러. 어쨌거나 절대로 나를 팔거나, 쓸데없는 그림이나 잡동사니와 바꾸지 않겠다고 약속해!"

비올레트가 웃음을 터뜨렸다.

"안심해, 난 절대로 널 팔 생각이 없어. 그러니까 넌 엄청난 가치가 있는 돌이라는 거지?"

"항상 그 질문이군. 그냥 예쁜 돌이라고 생각해 줄 순 없나? 꼭 무슨 가치를 가져야 하는 건지……."

비올레트는 실수했다는 걸 깨닫고 만회해 보려고 했다.

"맞아, 넌 정말 아름다운 돌이야! 방금 그건 그저 궁금해서 물어본 거야. 난 워낙 호기심이 많아서……. 아까 그 기계에 대해서 더 말해 줄래?"

조약돌은 화가 안 풀렸는지, 뾰로통한 표정으로 대답했다.

"흥, 그건 아주 조잡한 물건이야. 직사각형 종이에 그림을 그려 내는 용도지. 왜들 그렇게 겉보기만 번지르르한 물건에 관심을 가지는지 도무지 이해가 안 돼. 아름다운 돌이 훨씬 더 우아한데!"

비올레트가 이것저것 질문했지만, 귀한 조약돌은 카메라와 또 다른 유물들, 그것들을 갖고 있던 지난 수호자에 관해선 더 말하기를 거부했다. 뭔가 나쁜 기억이 있는 듯했다.

조금 지친 비올레트가 마침내 이렇게 말했다.

"알겠어. 지금은 내가 좀 바쁘니까, 일단 널 안전한 곳에 보관해 줄게."

그러면서 가방에서 성냥갑을 꺼내 그 안에 조약돌을 넣었다.

"으악! 왜 날 유황 냄새 풍기는 상자 안에 가두는 거야? 게다가 이 평범하고 흔해 빠진 자갈돌하고 같이 있으라니!"

비올레트는 한숨을 쉬었다. 이제 말하는 돌에 대한 놀라움은 사라지고, 슬슬 짜증이 나기 시작했다. 대체 이 돌은 자기가 누구라고 생각하는 걸까? 조약돌은 계속 종알거렸지만, 그녀는 돌을 그냥 상자 안에 넣었다. 흥분해서 짖어 대는 파벨의 소리가 조약돌의 마지막 하소연마저 덮어 버렸다.

"소시지예요! 와! 소시지라고요! 저기 소시지가 있어요!"

주인을 발견한 파벨이 외쳤다. 개는 꼬리를 살랑살랑 흔들면서 말했다.

"광장 끝에 있어요. '소시지 호수의 고깃간'인가, 뭐 그런 이름이에요."

"쉿, 파벨." 비올레트가 대답했다. "그래, 나중에 보러 가자. 난 한창 대화 중이라……."

"그럼 내가 혼자 가서 사 올게요. 조약돌 몇 개만 주세요. 제발요!"

성냥갑 안에서 귀돌이 더 크게 외쳤다.

"안 돼! 날 소시지와 바꾼다는 건 말도 안 돼! 난 그렇게 물건처럼 취급되고 싶지 않아! 난 존중받을 자격이 있다고!"

"조용히 해, 돌멩이야!" 비올레트가 말을 끊었다. "난 널 뭐랑 바꾸겠다고 한 적 없어!"

"했잖아! 저 녀석이 그랬어! 저 털북숭이 식충이 개가 그랬다고! 내가 분명히 들었단 말이야!"

파벨은 돌멩이가 말하는 걸 듣고도 전혀 놀라는 것 같지 않았다. 개는 배가 고픈 것에 집중한 나머지, 소시지 이야기만 계속했다.

"저기서 소시지를 판단 말이에요! 미트볼에 작은 버터빵도 있어요!"

그의 눈빛은 마치 주인에게 자기를 버리지 말라고 애원하는 듯 간절했다. 비올레트는 어이가 없어서 고개를 흔들고는 퉁명하게 말했다.

"너희 둘은 정말 나를 피곤하게 하는구나! 귀돌아, 진정해. 난 널 소시지랑도 미트볼이랑도 바꾸지 않을 테니까."

"작은 버터빵과도?"

"안 바꿔!" 소녀는 성냥갑을 가방 속 깊이 넣으면서 말했다.

"그리고 너, 파벨! 넌 참을성을 좀 길러야 해."

그녀는 개에게 커다란 오이피클을 하나를 내밀었다. 개는 그것을 와작와작 깨물어 먹으면서 중얼거렸다.

"쇼시지를 머그면 더 죠을……."

"네 배에 간곡히 부탁해 봐. 제발 5분만 좀 조용히 해 달라고!"

몇 걸음 떨어진 곳에선 블루베리와 월계수가 다시 떠날 준비를 하고 있었다. 비올레트가 그들에게 말했다.

"잠깐 기다려! 나랑 같이 가."

6
소시지 호수

블루베리와 월계수는 광장 저편에 자리를 잡아 둔 참이었다. 그곳은 축제
의 대미를 장식할 구슬치기가 벌어지는 경기장의 맞은편이었다. 두 사람은
너른 잔디밭에서 갖고 온 꽃 화분과 모종을 팔았다.

"뭐, 별거 없어." 월계수가 화분들을 정리하면서 투덜거렸다. "꽃들의 성
장이 평소보다 느려졌어. 지금쯤 더 활짝 폈어야 하는데!"

"태양 때문이야." 블루베리가 멜빵을 잡아당기면서 덧붙였다. "우리가 할
수 있는 건 아무것도 없다고."

비올레트가 푸른 하늘을 올려다봤다. **비밀의 정원**은 항상 날씨가 화창했
다. 정원에 들어온 이후로 한 번도 구름을 본 적이 없었다. 단 한 점도!

"태양이 저렇게 밝게 빛나고 있는데? 뭐가 문제라는 거야?"

"태양이 움직이질 않잖아." 월계수가 말했다. "비도 오지 않고. 태양이 한
자리에만 멈춰 있으니까 햇빛이 비치는 곳은 너무 덥고, 그늘이 지는 구석
은 꽁꽁 얼어붙는 게 문제지."

비올레트가 의아한 표정으로 고개를 끄덕였다.

"그러네……. 정말 정원에서는 절대로 해가 지지 않는 것 같아."

"해가 지다니?" 블루베리가 눈을 크게 뜨고 말했다. "해는 지지 않아. 그게 무슨 우스꽝스러운 소리야! 물론 정원 곳곳을 비추려면 해가 늘 회전하긴 해야지. 그런데 이번에 정원이 깨어나고부터는 전혀 움직이질 않아."

비올레트는 누가 팔을 톡톡 치는 걸 느꼈다. 파벨이었다. 그가 주둥이로 멀지 않은 곳에 있는 푸드 트럭을 가리켰다. 거기서 고기 굽는 냄새가 풍겨 왔다. 위에 '소시지 호수의 고깃간'이라는 간판이 걸려 있었다.

"저기예요! 저기 갈 수 있죠? 그렇죠?"

비올레트도 소시지 냄새에 군침이 돌았다. 그녀는 잠시 머뭇거리다가 블루베리에게 말을 걸었다.

"가판대를 세우는 동안 난 저 가게에 갔다 올게. 3분이면 돼!"

"3…… 뭐라고?" 관목을 큰 화분에 옮겨 심던 블루베리가 말했다.

소시지를 팔고 있는 이들은 풀을 꼬아 만든 긴 원피스 같은 겉옷에 등나무 줄기를 엮어 만든 뾰족한 모자를 쓰고 있었다. 모두 비올레트보다 머리 하나만큼 더 컸다. 통통한 아주머니가 손님들을 상대했고, 뒤에선 여자아이 셋과 털보 아저씨가 숯불 화로 주변에서 분주하게 움직이고 있었다.

비올레트는 핫도그 두 개를 주문하며 물었다.

"이 소시지들은 뭘로 만든 거예요?"

샌드위치를 만들고 있던 아주머니가 빵에 버터를 바르면서 대답했다.

"소시지는 만드는 게 아니에요, 꼬마 아가씨. 낚시하는 거지! 우린 **소시지 호수**의 주민들이거든. 그건 모두가 아는 사실이지."

'호수 주민'에 관해 얼핏 들은 적이 있었다. 그들은 정원 주민들의 먼 친척인데, 외진 지역에서 살며, 투박하고 무뚝뚝하다고 했다. 그들은 식물을 심지 않고, 꽃과 열매를 따거나 낚시를 해서 먹고산다고 했다.

"아! 만나서 정말 반가워요. 난 비올레트라고 해요."

"알고 있어요, 꼬마 아가씨. 모두 당신 이야기를 하니까! 수호자와 하얀
개에 대해서 말이야."

비올레트는 멋쩍은 미소를 지었다. 말을 돌리기 위해서 소시지를 가리키
며 말했다.

"그럼 이건 물고기 같은 건가요? 가시도 있어요?"

"아니지. 이건 소시지야, 보다시피!"

불에 구운 소시지 냄새는 바비큐 냄새와 완전히 똑같았다. 주인아주머니
는 소시지를 끼운 핫도그 두 개를 손님에게 내밀었고, 비올레트는 그중 하
나에 오이피클을 넣어서 파벨에게 주었다. 비올레트는 갖고 온 조약돌을 가
방에서 꺼내 가게 주인에게 내밀었다.

"난 이 돌의 가치가 얼마나 되는지 몰라요. 소시지와 바꾸려면 몇 개를 드
려야 하나요?"

아주머니는 햇빛에 반짝이는 동그란 유리 조각들과 조약돌을 바라봤다.
성냥갑 안에서 귀돌이 황금빛을 발했다. 다른 돌들보다 더 값비싸 보이려고
그러는 것 같았다.

털보 주인아저씨가 다가와서 흥미롭게 조약돌들을 살펴봤다. 그가 아내
의 귀에 대고 뭐라고 속삭이자, 아내가 당황한 표정으로 말했다.

"남편 말이 맞아. 이건 너무 값비싸! 소시지 값으로 이렇게 아름다운 돌들
을 받을 순 없지. 그냥 그 오이피클이나 하나 줘."

"아, 네! 이건 아주 유명한 제품이에요! 한번 맛보세요."

"고마워! 잘 먹을게. 수호자에게 소시지를 팔게 되어 영광이야!"

"우리 호수 마을로 놀러 오렴." 털보 주인이 말했다. "작은
배를 타고 호수를 한 바퀴 구경시켜 줄게. 저기, **황폐 숲** 건너
편에 있어!"

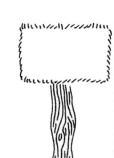

비올레트는 한번 방문하겠다고 약속하고는 핫도그를 먹으며 그곳을 떠났다. 호수의 소시지는 정말 맛있었고, 신기하게 약간 훈제 냄새도 났다.

하지만 느긋하게 음미할 시간은 없었다. 한창 먹고 있는데, 가방 속에서 투덜대는 귀한 조약돌의 목소리가 들려왔기 때문이다.

"세상에! 말도 안 돼! 나를 소시지 따위랑 바꿀 생각을 하다니!"

"그렇지 않아." 비올레트가 대꾸했다. "너는 그 무엇과도 절대로 바꾸지 않을 거야, 이미 약속했잖아!"

"모욕적이야! 게다가 냄새 나는 이런 상자는 내가 있을 곳이 못 된다고!"

둘의 말다툼은 순식간에 점심을 먹어 치운 파벨 덕분에 끝났다.

"저기 좀 보세요! 주민들이 모여 있어요."

블루베리와 월계수의 가게 주위에 사람들이 모여 있었다. 월계수는 십여 명의 사람들과 이야기를 나누고 있었는데, 불안한 표정을 보니 뭔가 심각한 일이 일어난 게 분명했다.

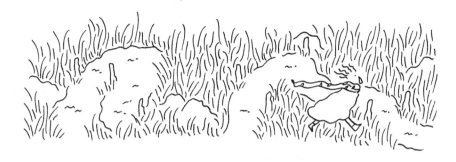

7
트롤의 위협

비올레트는 군중 사이를 뚫고 들어갔다. 주민들이 충격받은 표정으로 저마다 말을 쏟아 내느라 소란스러웠다.

"둘이었어."

"너무너무 거대했어! 키가 거의 떡갈나무만큼 크더라니까."

"너무 놀라서 여기까지 총알처럼 뛰어왔지 뭐야."

월계수는 학교 선생님 같은 자세를 하고는 의심스러운 어조로 목격자들에게 질문했다.

"정말 트롤이었어?"

"그렇다니까!"

"사람들이 그랬잖아, 돌로 된 놈들이었다고!"

비올레트는 무슨 일이 일어난 건지 파악하려고 말없이 듣기만 했다. 월계수는 비올레트를 보자, 억지 미소를 지어 보였다.

"트롤이라고요?" 소녀가 물었다.

"그렇다고는 하는데, 증명할 만한 건 아무것도 없어."

얼굴빛이 불그스름한 젊은 여자가 끼어들었다.

"우리가 두 눈으로 봤다니까요! 분명히 트롤이었어요. 온몸이 돌이었고, 우리보다 세 배는 컸어요. 팔뚝도 물뿌리개처럼 두껍더라고요! 그들이 다리를 못 건너게 막고 있어요."

그녀는 찢어진 옷소매를 보여 주면서 말했다.

"그중 시커먼 녀석이 내 소매를 잡아채는 바람에 이렇게 된 거예요!"

"그들은 우리가 가진 조약돌을 원했어요!" 떡갈나무 잎처럼 생긴 귀에 자작나무처럼 창백한 얼굴을 한, 순박해 보이는 남자가 덧붙였다.

비올레트가 물었다.

"트롤이 누군데요? 괴물인가요?"

월계수가 한숨을 쉬었다. 하지만 설명해 주는 것이 그의 도리였기에, 늘 그렇듯이 심각한 말투로 설명하기 시작했다.

"트롤이란, 말하자면 바위 인간 같은 거야. 평소엔 정원의 가장 외진 동굴에서 지내는데, 그곳은 항상 바람이 바위들을 씻어 주는 곳이지. 그들의 왕인 사파이어는 머리에 직접 새긴 왕관 모양이 있어."

"그들은…… 나쁜가요? 위험해요?"

사람들이 웅성거리기 시작했다. 그 질문에 대해선 저마다 생각이 다른 것 같았다. 붉은 얼굴의 젊은 여자가 갑자기 비올레트를 가리키며 말했다.

"당신이 그 수호자죠? 당신이 뭔가 해야 해요! 그들을 막지 못하면, 곧 모든 걸 다 부수고 말 거예요!"

"알겠어요." 비올레트가 말했다. "내가 갈게요. 어디 있는지 알려 주세요!"

"뽕나무 길을 따라가다 보면 **덩굴광대수염 다리**가 나와요. 그 다리 위에 있어요."

그때 블루베리가 단호한 태도로 나섰다.

"월계수, 다른 상인들에게도 알려 줘. 나도 어떻게 된 일인지 보고 올게. 비올레트, 따라와! 내가 안내할게."

블루베리는 곧 경중경중 뛰는 듯한 걸음걸이로 앞장섰다. 그는 지름길을 잘 아는지, 길이 있지도 않은 곳을 뚫고 능숙하게 달렸다. 비올레트는 파벨의 등에 타고 가는데도 그를 따라가기가 여간 어려운 게 아니었다.

"정말 빠르다!" 그녀가 말했다.

"아, 내가 호수 출신이라서 그래!"

"네가 호수 주민이라고? 난 네가 정원 주민인 줄 알았는데……."

블루베리는 파벨 옆에서 쉬지 않고 달리면서 설명했다.

"뭐, 정원 주민이라고 해도 틀리진 않지. 사실 난 언덕에 사는 호수 주민 집안에서 태어났는데, 좋아하는 사람을 만나서 정원 주민들이 사는 곳으로 갔던 거야. 그런데 알고 보니 그 사람이 굉장히 잘난 체하는 성격이어서 헤어지고 말았지. 그래도 난 **너른 잔디밭**에 남기로 했어. 씨 뿌리고 식물 키우는 법을 배우고 싶었거든. 호수 주민들은 그런 건 할 줄 몰라. 그냥 대충 뚝딱거려서 토템을 만드는 게 고작이지."

"토템? 그걸 만든 게 호수 주민들이었어? 토템은 어디에 쓰는 건데?"

"쉿! 다 왔어!"

힘차게 흐르는 물소리가 가깝게 들렸다. 비올레트는 파벨의 등에서 내렸고, 셋은 트롤들을 찾으려고 천천히 걸으면서 주변을 살폈다.

강 위에 놓인 좁은 다리가 보였다. 평범한 나무다리였다. 낡아서 그리 튼튼해 보이지 않았다. 다리 위엔 덩굴광대수염으로 뒤덮인 토템 세 개가 세워져 있었다. 다리 이름이 **덩굴광대수염 다리**인 이유가 거기 있었다.

그 다리 위에서 트롤들이 토템을 내려다보며 우뚝 서 있었다. 그들은 사람이라기보다 팔다리와 머리가 솟아난 바위처럼 보였다.

8
덩굴광대수염 다리

트롤 둘이 다리 끝에 서서 강 저편에서 온 정원 주민들이 다리를 건너지 못하게 막고 있었다. 그중 머리가 넓적하고, 온몸이 회색빛 돌로 된 트롤은 한쪽 다리를 정원 주민들의 손수레 위에 올려놓고 있었다. 마치 땅에 도장을 찍듯, 그 육중한 발로 짐수레를 콱 밟아 누를 기세였다. 살짝 열린 정원 주민의 짐 가방에서 석탄 조각들이 쏟아져, 다리에서 5미터쯤 아래에 있는 강으로 떨어졌다. 다른 트롤은 키가 더 컸다. 색이 아주 짙어서 거의 새카맸는데, 그는 길을 막은 채 버티고 서 있었다.

정원 주민 셋은 바위 인간들을 설득하려고 애쓰고 있었다.

"아, 글쎄, 우리에겐 예쁜 조약돌이 없다니까요! 가진 거라곤 이 석탄뿐이에요!" 턱수염이 난 남자가 가방에 든 내용물을 보여 주면서 말했다.

옆에 있던 여자가 완고한 표정으로 소리치기 시작했다.

"당장 내 수레 돌려줘요! 이만큼 괴롭혔으면 됐잖아요!"

비올레트가 블루베리에게 속삭였다.

"트롤이 사람을 공격하기도 해?"

"아니, 평소엔 아무 말썽 안 부리고 조용히 지내지. 하지만 트롤들이 마음만 먹으면, 엄청나게 끔찍한 일을 일으킬 수 있어."

"알았어. 그럼 직접 말해 봐야겠어."

소녀는 개의 등에서 내려 당당한 걸음걸이로 다리 쪽으로 갔다. 블루베리와 파벨이 뒤를 따랐다. 그녀의 당찬 모습이 주민들에게 신뢰를 줄 것 같았다. 하지만 사실 그녀는 속으로 트롤들과 어떻게 맞서야 할지 고민하고 있었다! 고작 29킬로그램에 불과한 아이가 어떻게 그 거인들과 맞설 수 있을까?

수레에 한 발을 올려놓고 있던 실리카스톤이 먼저 비올레트 일행이 다가오는 소리를 들었다. 그는 비올레트가 상상한 것보다 빠르게, 그리고 살아 있는 존재라곤 생각되지 않는 묘한 움직임으로 고개를 돌렸다. 상체 위의 머리가 마네킹처럼 끼이익 소리를 내면서 옆으로 돌아갔다. 몸통은 아예 움직이지 않았다. 그가 내는 끼이익 소리는 몹시 위협적으로 들렸다.

그의 동료 바잘트도 고개를 돌리더니, 비올레트와 마주하려고 한 걸음 앞으로 나왔다. 바잘트는 키가 인간 어른보다 조금 더 클 뿐이었지만, 몸은 아주 다부져 보였다. 정육면체에 가깝다고 할 만큼 몸통 너비가 키 높이와 비슷한 그는 단단하고 검은 현무암으로 이루어져 있었다. 비올레트는 가능한 한 차분하고 확신에 찬 목소리로 말을 걸었다.

"안녕하세요. 저는 비올레트 위르르방이라고 해요. 당신들도 틀림없이 제 이름을 들어 봤을 거예요."

그녀는 트롤이 대답할 때까지 잠깐 기다렸다. 그러나 그는 꽤 오랫동안 말이 없었다. 비올레트는 하는 수 없이 다시 입을 열었는데, 아까보다 자신감이 떨어진 목소리였다.

"저는, 그러니까…… 정원의 수호자예요. 이 경우엔, 그러니까 제가 하고 싶은 말은, 정원의 수호자로서 당신들에게 부탁드리는 건…… 아니, 명령하는 건…… 저 사람들이 다리를 건너게 비켜 달라는 거예요!"

그러고는 팔짱을 끼고서, 검은 트롤을 단호한 눈길로 똑바로 쳐다봤다.

바위 인간에겐 눈이 없었다. 정확하게 말하면, 거칠게 다듬어진 얼굴에 다른 데보다 훨씬 더 시커먼 두 개의 구멍이 있을 뿐이었다. 코와 턱과 광대뼈도 겨우 구분할 수 있을 정도였다.

그리고 입 대신에는 갈라진 틈이 있었다. 가로로 길게 갈라진 그 틈은 좌우로 움직였고, 그때마다 거친 소리가 났다.

"내 생각에 저건 안 된다고 말하는 것 같아." 블루베리가 속삭였다.

비올레트는 크게 심호흡을 하고 다시 협상에 들어갔다.

"원하는 게 뭐죠?"

다리 건너편에 서 있던 정원 주민 한 명이 비올레트를 향해 외쳤다.

"수호자 씨, 우린 여기서 30분이나 붙잡혀 있었어! 저들은 우리가 가진 예쁜 조약돌들을 달라고 이러는 거야. 고집을 부리는 게 꼭…… 바윗덩어리에 대고 이야기하는 것 같아. 말로 해도 소용이 없더라고. 제발 그들이 떠나게 해 줘!"

"그 말이 맞아." 길 쪽으로 가지를 쭉 뻗은 나무에서 들려오는 목소리였다. "하지만 과연 네가 그렇게 할 수 있을까?"

비올레트는 보지 않아도 그게 르비스의 목소리라는 걸 알았다. 토끼 복면을 쓴 소녀가 나무에서 훌쩍 뛰어내리더니, 칼을 뽑은 채 두 트롤을 향해 달려갔다.

"넌 끼어들지 마!" 비올레트가 외쳤다. "내가……!"

르비스는 벌써 비올레트 앞까지 달려와 서 있었다.

"넌 아무것도 몰라! 네가 저들에게 겁이나 줄 수 있을 것 같아?"

토끼 소녀는 검은 트롤을 향해 몸을 돌리고는, 날카로운 칼날로 그를 위협하면서 내뱉었다.

"다리를 막지 말고 당장 물러나. 안 그러면 후회하게 될 거야!"

바위 인간은 그녀의 무기를 빼앗으려고 했지만, 르비스가 더 빨랐다. 늙은 호박처럼 크고 널찍한 검은 손은 허공만 움켜쥐고 말았다. 르비스는 가볍게 한 걸음 뒤로 물러나나 싶더니, 곧 몸을 숙이고 반격을 가했다. 상대의 허리를 검으로 찌른 것이다.

칼날이 돌에 닿자 번쩍하며 불똥이 튀었다. 황제의 검은 검은색 트롤의 허리를 깊숙이 찔렀고, 바위에 뚜렷한 상처를 냈다. 칼은 트롤의 몸통에 박힌 채 빠지지 않았다. 바잘트는 허리에 난 상처를 보고 놀라서 쿠르르릉거렸다.

고통을 느끼는 것 같지는 않았다. 트롤은 배를 뒤틀더니 르비스의 손에서 칼을 낚아챘고, 그 바람에 르비스는 땅에 쓰러지고 말았다. 트롤이 팔을 들어서 그녀를 내리치려는 순간…….

르비스가 잽싸게 몸을 굴려 피했고, 트롤의 주먹은 **덩굴광대수염 다리**의 끝부분을 내리쳤다. 그러자 다리의 절반이 산산조각으로 부서졌다.

그는 다시 르비스에게 돌진했다. 비올레트는 그때를 이용해서 트롤에게 덤벼들어 그의 배에 박혀 있는 칼을 뽑아 냈다.

그리고 바잘트를 위협했다.

"진정해! 안 그러면……."

그 순간 다른 트롤인 실리카스톤이 우두둑거리는 위협적인 소리를 냈다. 그는 손수레를 밀어 놓고, 두 소녀를 향해 걸어왔다.

파벨이 으르렁거리면서 주인을 지키려고 했지만 소용없었다. 블루베리도 검은 트롤을 향해 제법 큰 돌을 던졌지만, 아주 잠깐 그의 주의를 돌렸을 뿐이었다.

두 바위 거인이 공격할 태세를 보였다. 르비스는 뒤로 물러나서 피했고, 비올레트가 검을 휘둘렀다. 검은 트롤이 그녀 머리 위에서 주먹을 높이 들었다. 단번에 그녀의 두개골을 부숴 버릴 기세였다.

둘은 상대가 조금만 움직여도 즉시 반격할 준비를 한 채 꼼짝하지 않았다.

'르비스조차 그를 막지 못했잖아.' 비올레트는 생각했다. '저 손이 내 머리를 깨 버리면 어떻게 되는 거지? 여기서 죽을 수도 있는 건가? 엄마가 날 찾을 수 있을까? 아니, 어쩌면 내가 죽는 순간 정원도 사라져 버리는 걸까? 이곳 주민들은 나보다 훨씬 강하고 오래 살아온 존재들이야. 하찮은 내가 이 트롤들에 대항해서 뭘 할 수 있을까! 차라리 지금이라도 집으로 도망가는 게 낫지 않을까? 이 모든 걸 다 잊어버리는 편이 나을 것 같아!'

여러 가지 생각이 머릿속에서 서로 충돌하고 있는 동안, 갑자기 들려온 블루베리의 목소리가 비올레트를 끌어냈다.

"비올레트, 뒤로 피해! 트롤이 널 내리치려고 해!"

커다란 주먹이 그녀 머리 위로 떨어지고 있었다.

'내, 내리친다고……?'

비올레트 머릿속에 한 가지 생각이 스쳤다.

9
추락

비올레트는 죽을힘을 다해 검을 내리쳤다. 트롤이 아니라, 다리를 지탱하고 있던 기둥을 겨냥해서. 황제의 검은 나무다리를 무 자르듯 쉽게 잘라 버렸다. 이미 약해져 있던 다른 기둥도 곧 쓰러졌다.

동시에 트롤도 주먹으로 내리쳤다. 비올레트는 검은 트롤의 주먹이 뺨에 스치는 걸 느꼈지만, 주먹은 그녀의 얼굴을 가까스로 비껴갔다.

무시무시한 소리를 내면서 다리가 힘없이 무너졌고, 동시에 다리 위에 서 있던 트롤들도 강물로 떨어졌다. 정원 주민들의 손수레도 물속으로 사라졌다. 다행히 주민들은 이미 뒤로 물러난 뒤였다. 놀란 그들은 손수레가 부글거리는 물결 속에 가라앉는 것을 넋 나간 표정으로 바라봤다. 놀라기는 비올레트도 마찬가지였다. 소녀는 땅에 털썩 주저앉아 거칠거칠한 트롤의 주먹에 긁힌 뺨을 손으로 만져 봤다. 고통도 두려움도 느껴지지 않았다. 순식간에 일어난 이 모든 일이 너무 비현실적으로 느껴질 뿐이었다. 뺨을 타고 턱까지 흐르는 핏방울만이 그녀가 죽음의 문턱까지 갔었다는 걸 상기시켜 주었다.

"흥, 제법이군!" 르비스가 어깨에 묻은 먼지를 툭툭 털며 말했다.

"브라보, 비올레트!" 다리 밑으로 떨어진 트롤들을 보기 위해 몸을 숙였던 블루베리가 고함을 쳤다.

흥분한 파벨이 왕왕 짖으면서 주인의 주위를 도는 동안, 이번엔 비올레트가 무기를 내려놓고 강을 내려다보았다.

그녀가 검을 휘두른 결과는 장관이었다. 다리는 둘로 쪼개졌고, 나무 파편들이 물살에 실려 멀리 떠내려가고 있었다. 하지만 무엇보다 놀라운 것은 바잘트의 모습이었다. 검은 트롤은 강물 위로 솟아 있는 바위에 떨어졌는데, 그 충격으로 르비스가 칼로 벤 기다란 상처를 따라 그의 몸통이 두 동강이 나 버렸다.

비올레트는 처음엔 그가 죽었다고 생각했다. 하지만…… 돌덩어리가 죽을 수도 있나? 잠시 뒤, 아닌 게 아니라 그의 상체가 수면 밑에서 움직였다. 머리는 강바닥에 처박힌 채, 두 팔로 강바닥을 밀며 어떻게든 빠져나오려고 애를 썼다. 그럴 때마다 물살이 그를 넘어뜨렸다. 그때 비올레트는 트롤의 몸 내부가 텅 비어 있는 걸 보았다. 물이 그 주변에 소용돌이쳤고, 물고기가 잠시 그의 몸통 안에 갇혔다가 빠져나가기도 했다.

또 다른 트롤인 실리카스톤이 비탈을 따라 굴렀다. 그러다 다시 일어나 강물 속을 저벅저벅 걸어서 바잘트가 있는 데로 갔다. 그는 힘을 쓰느라 그랬는지, 화가 나서 그랬는지 아무튼 콰르릉 소리를 내면서 동료를 일으켰다.

비올레트는 자신의 승리가 조금도 기쁘지 않았다. 고비를 넘겼다는 안도감이 곧 큰일을 저질렀다는 죄책감으로 바뀌었다. 그녀는 검을 바닥에 내려놓고는 머뭇거리는 목소리로 실리카스톤을 향해 외쳤다.

"당신들을 해칠 생각은 없었어요! 당신의 친구가 얼른, 그러니까…… 곧 고쳐질 수 있으면 좋겠어요."

트롤은 대답 대신, 큰 돌 하나를 그녀가 있는 쪽으로 냅다 던졌다.

"숙여!" 블루베리가 외치며 그녀를 냉큼 자기 쪽으로 잡아당겼다.

돌이 그들의 머리 위로 날아 저만치 떨어져 있는 밤나무에 부딪혀 부서졌다. 비올레트와 블루베리는 조심스럽게 뒤로 물러났다. 그사이에 르비스가 자신의 검을 다시 주워 들었다.

"그는 괜찮을 거야." 르비스가 말했다. "트롤들은 원래 튼튼하거든. 그래도 그들은 네게 할 말이 많겠군. 이제 곧 전쟁이 나겠어!"

토끼 복면을 쓴 소녀는 과장된 몸짓으로 인사를 하고 한 바퀴 빙그르르 돌더니, 길 옆의 비탈로 뛰어내려 쏜살같이 나무 뒤로 사라졌다.

맞은편 기슭에서 다리를 건널 수 없게 된 정원 주민들은 발걸음을 돌렸다. 비올레트는 불안한 듯 빠르게 멀어지는 그들의 뒷모습을 바라보았다. 그들은 트롤들이 돌아오기 전에 얼른 그 자리를 뜨고 싶었을 것이다.

블루베리가 비올레트의 소매를 잡아끌었다.

"우리도 피해야 해. 빨리 가서 사람들에게 이 일을 전하자."

"내가 일을 엉망으로 만들었다는 걸 알려 줘야 한다는 거네……."

"어쨌든 넌 트롤들과 싸워서 이겼잖아!" 블루베리가 말했다.

"그게 뭐가 중요해? 저들은 이제 나한테 몹시 화가 났을 거야. 게다가 난 길을 터 주기는커녕 아예 다리를 부숴 버렸다고."

블루베리가 근심 어린 표정을 지었다.

"그래, 어서 가서 월계수를 만나야겠어. 내가 걱정하는 건 무너진 다리가 아니라 그 위에 있던 토템이야. 빨리 사람들을 보내서, 토템들을 찾아와 제자리에 돌려 놔야 해."

비올레트는 파벨의 등에 올라탔다. 셋은 그곳을 떠나 **구슬치기 광장**으로 향했다. 소녀는 뺨에 흐르는 피를 닦을 뿐 아무 말이 없었다.

트롤의 주먹에 정통으로 맞았더라면 어떻게 되었을지 생각해 보았다. 완전히 녹초가 되어 뻗었을까? 아니면…… 그보다 더 끔찍한 일이 일어났을까? **비밀의 정원**에서 정말 죽을 수도 있을까? 그녀는 차마 그 말은 블루베리에게 묻지 못하고, 다른 질문을 했다.

"토템이 떠내려간 게 그렇게 심각한 일이야?"

블루베리는 당황한 표정으로 머리카락 속에 손을 넣더니, 노래기 한 마리를 잡아냈다. 노래기가 그의 팔뚝 위를 빠르게 기어갔다.

"아무도 토템에 손을 댈 수 없어. 주민들은 토템이 무사한지 항상 확인하고, 토템 관리에 많은 시간을 보내. 토템이 파손되면 무슨 일이 생기는지는 나도 몰라. 하지만…… 어쨌거나 빨리 찾아서 원래 자리에 둬야 해."

그는 섬세한 손놀림으로 노래기를 잡아서 다시 머리카락 속에 집어 넣었고, 벌레는 황급히 제자리로 돌아갔다.

비올레트는 눈물이 날 것 같아서 이를 꽉 물었다. 그러고 보니 그녀는 정원에 관해 아는 게 거의 없었다. 이곳 주민들에 대해서도, 또 이곳의 아슬아슬한 균형에 대해서도. 어린 소녀는 자기 어깨에 올려진 무거운 책임감을 느꼈다. 이 정원 세상을 어떻게 보호해야 할까……?

그녀는 **비밀의 정원**이 아주 오래전부터 존재했다는 걸 알았다. 이 세상은 수백 년 동안 발전해 왔고, 균형을 유지해 왔다. 그녀 외에도 다른 수호자들이 정원에서 모험을 겪고, 이 세계를 탐험하고, 조금씩 바꾸어 왔다. 수호자가 바뀔 때마다 이곳의 역사는 진화했다. 관객이 새로 들어올 때마다 공연이 더 발전하듯이. 아니, 관객이 아니라 배우라고 해야겠지.

그녀는 수호자였고, 수호자의 역할은 공연이 재앙으로 끝나지 않게 하는 거였다.

"아무래도 첫 단추를 잘못 끼운 것 같아." 그녀는 한숨을 쉬었다.

10
두더지들의 조언

구슬치기 광장은 혼돈 그 자체였다. 축제의 즐거운 분위기는 온데간데없고, 어느새 불안감만 감돌고 있었다. 모두들 각자 짐을 챙겨서 최악의 상황에 대비했다. 소문은 가판대에서 가판대로 빠르게 퍼졌다.

보리수나무 위에 앉아 있던 월계수는 다시 상황을 정리해 보았다. 비올레트와 블루베리, 파벨은 주변의 소음에도 불구하고, 몇몇 정원 주민들과 함께 월계수가 하는 말에 귀를 기울였다.

"좋아. **덩굴광대수염 다리**는 이제 통행이 불가능해. 몇 명이 나서서 강에 빠진 토템들을 다시 가져와야 해. 게다가 **일곱 느릅나무 길과 푸른 돌길, 황수선화 통로**는 모두 트롤들이 지키고 서서 아무도 못 지나게 막고 있어. **삼 형제 교차로**에 정찰하러 간 사람들은 아직 돌아오지 않았고……."

"우리 지금 왔어요!"

저 멀리서 등나무 줄기로 만든 모자를 쓴 호수 주민 두 명이 인파를 뚫고 다가왔다. 비올레트는 그들이 **소시지 호수의 털보 아저씨와 그 딸**인 걸 알아보았다. 털보 아저씨는 월계수 옆의 나무둥치에 올라가서 숨 가쁜 목소리로 말했다.

"삼 형제 교차로도 막혔어요. 거기엔 트롤이 일곱이나 있는데, 사파이어도 함께 있더군요."

"트롤의 왕 말이죠?" 비올레트가 물었다.

"맞아. 덩치가 어마어마하고, 자세가 약간 굽은 트롤이란다. 여러분, 그들이 무슨 말을 하는지 잘 알아듣진 못했지만, 내 생각엔 우리에게 예쁜 조약돌들을 몽땅 다 내놓으라고 하는 것 같습니다. 안 그러면 여기 와서 죄다 부수겠다는 것 같았어요."

그 말에 공포의 바람이 군중을 훑고 지나갔다. 겁이 난 손님들과 상인들은 귀중품을 안전한 곳에 숨기려고 뿔뿔이 흩어졌다.

비올레트가 털보 아저씨 쪽으로 가려고 할 때, 부드러운 손이 어깨를 감쌌다. 귀한 조약돌을 주었던 겨자 부인이었다.

"수호 소녀야! 저기 널 찾는 이들이 있어. 날 따라오렴."

비올레트는 부인을 따라 광장의 외진 구석으로 갔다. 거기엔 갓 판 듯한 구멍이 있었는데, 그 안에서 색색의 모자를 쓴 머리 세 개가 쏙쏙 튀어나왔다. 시몬과 비르지니아 그리고 마르그리트였다.

"두더지 세 자매잖아!" 비올레트가 활짝 웃으며 외쳤다.

그녀는 마음이 놓였다. 두더지들이 트롤 문제를 해결해 주겠지?

"쉿!" 마르그리트가 외쳤다. "조용히 해. 우린 아무도 모르게 온 거야!"

"우린 트롤 사건에 개입할 생각이 전혀 없으니, 그런 줄 알아." 비르지니아가 덧붙였다. "정원 주민들이 우리를 보면 자기들 대신 협상에 나서 달라고 조를 거야. 하지만 우린 중립을 지켜야 한단 말씀."

비올레트의 얼굴에서 미소가 사라졌다. 그녀가 물었다.

"그럼 여기는 왜 온 거예요?"

"널 보러." 시몬이 말했다. "우린 개입하지 않을 거야. 하지만 네게 몇 가지 조언은 해 줄 수 있어, 알겠니?"

"조언이지, 맞아. 그래도 얘가 우리 말을 안 들으면 말짱 헛일이겠지만!" 마르그리트가 덧붙였다.

"제발 넌 입 좀 다물고 있어! 이 애는 지금까지 잘해 왔어! 벌써 유물도 두 개나 찾았잖아. 그리고 난 얘가 유물들을 아주 잘 쓸 거라고 믿어."

"다른 선택지도 없잖아. 얘를 믿든지 아니면 망하든지, 둘 중 하나라고."

비올레트는 그들이 자기를 놓고 말싸움하는 걸 가만히 듣고 있다가, 두더지들의 옆에서 발을 동동 굴렀다.

"그만! 알았어요! 대체 내게 무슨 말을 하러 온 거예요?"

"실은 이 말을 하러 왔단다. 정원의 균형은 태양에 달렸다는 거!"

"태양은 지금 하늘에 갇혀서 트롤들의 동굴을 비추지 못해. 그건 아주 안 좋은 거야. 냉기와 어둠이 계속 뿜어져 나오거든. 구석구석에서."

비올레트가 한숨을 쉬었다.

"참 친절하시네요, 그런 걸 다 가르쳐 주시고. 하지만 그걸 내가 무슨 수로 해결해요?"

"태양의 길을 뚫어 주는 유물이 하나 있지. 바로 '바늘 없는 시계'야!" 시몬이 정확하게 알려 줬다.

"그런데 그게 사라졌어."

"그럼……." 비올레트가 머뭇거리며 물었다. "내가 제대로 이해한 거라면, 수호자인 내가 그 시계를 찾아야 한다는 거죠? 그게 나의 세 번째 유물이 되겠네요. 그다음은요?"

"그럼 '샛길 군단'에서 네게 심부름꾼을 보낼 거야. 이 문제를 해결하려면 그들의 도움이 꼭 필요해."

조언은 고마웠지만, 비올레트는 난감한 임무 앞에서 고개를 저었다.

"무슨 말인지 하나도 모르겠어요. 샛길 군단은 또 뭐죠?"

"그건 아주 간단해." 그러면서 시몬은 길고 긴 설명을 시작했다.

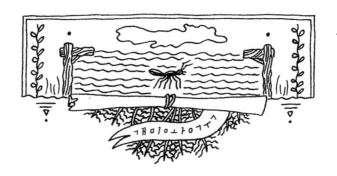

11
샛길 군단

"이 세상엔 수많은 종류의 개미들이 살고 있어. 사냥하는 개미들이 있는가 하면, 버섯을 재배하거나 진딧물을 기르는 개미들도 있지. 샛길 군단은 유일하게 주민들의 심부름을 해 주고 그 대가를 받아서 사는 개미들이야. 그래, 심부름값으로 식량을 받는 거야.

정원의 땅 밑에 그들이 세운 도시가 있어. 사방팔방으로 뚫린 수없이 많은 터널과 오솔길과 큰 도로를 갖춘 어마어마한 도시지. 그 도시를 **개미 왕국**이라고 불러. 그곳 주민들은 들판, 계곡, 작은 숲, 어디든 샛길을 통해 안 가는 데 없이 쉬지 않고 분주하게 다니지. 통로를 만들고, 천장을 튼튼하게 다지고, 공기가 잘 통하는지 환기구도 살피고…….

개미 왕국 중심엔 그들의 여왕이 있어. 수많은 애벌레가 자라고 있는 곳에 말이야. 거기엔 간호사와 보급대원들이 항상 대기하고 있단다. 그 수많은 애벌레를 먹이고 키워야 하니까!

샛길 군단은 정원 전체를 돌아다니면서 전보를 전달해. 새로운 소식이나 소문, 연애편지 같은 것들까지 뭐든. 그들은 받는 이가 어디 있든지 다 찾아낼 수 있어. 호숫가 오두막이든, 절벽 끝 늙은 소나무 가지 위든, 아니면 뿌리 밑에 있는 굴속이든, 하여간 못 가는 데가 없지. 전보를 받는 이 외엔 누구에게도 그 내용을 절대 발설하지 않는, 아주 성실한 일꾼들이야.

그들은 지나는 곳마다 꼭 **냄새 흔적**을 남기는데, 개미들만 알아볼 수 있는 그 자취 덕분에 길과 방향을 잃지 않아. 그래서 정원의 이쪽 끝과 저쪽 끝에서도 서로 정보를 공유할 수 있는 거야. 개미 전보는 민첩한 까마귀나 날렵한 흰족제비의 배달보다 훨씬 안전하고 확실해.

이런 훌륭한 서비스를 제공하는 샛길 군단에게 정원의 모든 주민은 식량을 나눠 줘. 그래서 **개미 왕국** 주민들은 사냥을 하거나 농사를 짓지 않아도 항상 풍족하게 먹고살 수 있는 거야.”

“와, 멋져요!” 비올레트가 말했다. “개미들이 수천 마리도 넘겠네요?”

“보통 때라면 그렇지. ‘개미 정비사 군단’이랑 ‘개미산 경비 군단’ 등 몇몇 군단이 더 있거든. 하지만 지금은 대부분 잠을 자는 중이야. 그들을 위해서도 바늘 없는 시계를 꼭 찾아야 해.”

“잠에서 깨우기 위해서요? 그렇다면 알람 시계가 필요한 거 아닐까요?”

시몬이 뭐라고 대답했지만, 그 목소리는 광장에서 나는 시끌시끌한 소리에 파묻히고 말았다.

“트롤이다! 그들이 왔어!”

파벨과 비올레트가 벌떡 일어났다.

“어서 가 봐, 비올레트.” 시몬이 말했다. “그들에겐 네가 필요해. 잊지 마, 트롤과 맞서 싸우는 건 아무 소용이 없어. 어떻게든 시간을 벌어. 그리고 시계를 꼭 찾아야 해!”

“하지만 그걸 어디서 찾아요?”

“그 시계가 마지막으로 목격된 건 **주목 섬**이었어. **초록 바다**에 있는 섬이야. 거기 가서 샛길 군단의 시빌랭을 찾아. 그가 그 시계를 찾기 시작했대.”

비올레트는 두더지 세 자매와 작별 인사를 하고, 주민들에게로 돌아갔다.

"어디 갔었어?" 블루베리가 물었다. "여긴 모두 완전히 공포에 질려 있어. 트롤들이 다가오고 있다고……."

손님들과 상인들 대부분은 가판대 나무판자와 짐으로 급하게 만든 방어벽 뒤에 숨어 있었다. '방어벽치곤 너무 허술하잖아.' 비올레트의 머릿속에 트롤이 주먹 한 방으로 다리를 두 동강 내던 장면이 떠올랐다.

그녀는 고개를 들었다. 원형 광장 주위에 거대하고 위협적인 수십 개의 실루엣이 보였다. 트롤들이 광장을 둘러싸고 모든 출구를 막고 있었다.

"저 엄청난 바위들과 싸우는 건 완전히 계란으로 바위 치기야." 비올레트가 친구에게 말했다. "그러니 협상을 해야 해."

"내 생각도 그래. 우린 널 믿어!"

곧 비올레트와 블루베리 주위로 몇몇 정원 주민과 동물들이 모여들었다.

비올레트가 말했다.

"내가 알기론, 트롤들은 예쁜 조약돌들을 요구하고 있어요. 혹시 여러분은 그들이 왜 그걸 원하는지 아시나요?"

"전혀 모르겠어." 월계수가 고개를 흔들었다.

"내 생각엔 먹으려고 그러는 것 같아요." 목도리를 한 작은 부인이 자기 의견을 말했다.

소시지 호수의 낚시꾼 한 명도 끼어들었다.

"트롤들이 조약돌을 특히 좋아한다는 건 누구나 다 아는 사실입니다. **초록 돌맹이 강** 주변에 살던 호수 주민들은 트롤들에게 끊임없이 시달려 왔어요. 애써 수확한 조약돌들을 그들이 자꾸 훔쳐 갔거든요! 그래서 그곳 주민들은 결국 마을을 옮기고 말았어요."

"그렇군요……. 그럼 왜 조약돌들을 그들에게 주지 않는 거죠? 그냥 조약돌일 뿐이잖아요!"

그 순간 비올레트가 잊고 있던 목소리가 가방에서 툭 튀어나왔다.

"조약돌일 뿐이라고? 조약돌일 뿐이라니! 정말 야만적인 생각이로군! 나는 털북숭이 개의 입에서 와삭와삭 씹히는 오이피클처럼 트롤의 입 안에서 부서지면서 일생을 마치고 싶은 생각은 눈곱만큼도 없어!"

"귀돌아, 미안해. 널 불쾌하게 할 생각은 없었어……."

그때 군중이 웅성거렸다. 그러고 보니 비올레트의 제안에 충격을 받은 건 오렌지빛 조약돌만이 아니었다. 블루베리가 설명해 주었다.

"정원의 주민들에게 예쁜 조약돌은 물건과 교환할 수 있는 돈이야. 그들이 그 조약돌들을 구하기 위해서 얼마나 많은 수고를 하는데!"

비올레트가 손을 들어 그들에게 진정하라는 손짓을 했다.

"좋아요, 안심하세요. 나는 절대로 여러분의 조약돌들을 내주지 않을 거예요! 먼저 트롤의 왕을 만나서 이야기해 보겠어요. 파벨, 가자!"

12
트롤의 왕

비올레트는 덜덜 떨리는 마음을 진정시켰다. 그녀는 키 큰 버드나무들이 죽 늘어선 길을 따라 언덕을 올랐다. **구슬치기 광장**이 내려다보이는 언덕에 막 올라온 참이었다.

동맹군도, 무기도 없이 바위 거인들에게 둘러싸인 비올레트는 파벨의 등에 올라탄 채로 트롤의 왕, 사파이어와 마주했다.

트롤의 왕은 엄청나게 거대했다. 몸에 돌덩이들이 툭툭 불거지고 여기저기 갈라진 틈도 많았다. 울퉁불퉁한 그의 모습은 마치 산에서 뚝 떨어져 나온 거대한 바위 같았다. 팔다리는 그 거대한 바위에 뒤틀린 돌덩어리를 마구 붙여 놓은 듯했고, 머리는 그냥 절벽 위에 왕관을 올려놓은 것처럼 보였다. 그리고 어두운 빛깔의 두 눈은 소녀의 마음 깊은 곳까지 꿰뚫어 보는 것 같았다.

"당신이 사파이어군요. 바위 인간들의 왕이죠? 난 정원의 주민들을 대표해서 왔어요. 부하들을 데리고 이곳에서 떠나 달라는 말을 하려고요."

왕은 약간 불편한 듯이 얼굴을 찌푸리며 끼이익 입을 움직였다. 비올레트가 고개를 갸우뚱했다. 그의 말을 이해할 수 없었기 때문이다.

하지만 그녀에겐 대책이 있었다. 비올레트는 가방을 뒤져서 성냥갑을 열고, 반짝이는 작은 물건을 꺼냈다. 그리고 그걸 자기 손바닥 위에 자랑스레 올려놓았다.

귀한 조약돌이었다.

오렌지빛 조약돌이 거세게 항의했다.

"배신자! 약속했잖아! 절대로 무엇과도 날 바꾸지 않겠다면서? 그런데 지금 이 못생기고 야만적인 놈들에게 날 바치려는 거야? 나를 제대로 사용할 줄 아는 건 최고로 위대한 정원사뿐이야! 난……!"

"제발 좀 조용히 해, 귀돌아." 비올레트가 한숨을 쉬었다. "난 널 트롤들에게 넘기려는 게 아니야. 단지 네 도움이 필요해서 그래."

"내 도움? 그렇다면야 뭐……."

트롤들이 다가와서 손바닥에 놓인 작은 조약돌에 시선을 고정했다. 그들이 호기심을 갖고 이 아름다운 조약돌에 반하게 될지, 아니면 그 유물을 차지하기 위해서 자신을 해칠지 알 수 없었지만, 비올레트는 최대한 태연한 척했다.

"귀돌아, 트롤들의 말을 이해할 수 있겠니? 난 통역가가 필요해. 저들과 협상해야 하거든."

"뭐? 이 야만인들과 협상을 하겠다고? 끄응……." 돌멩이가 신음했다. "관두는 게 좋을 것 같은데……."

비올레트는 심호흡을 하고, 다시 사파이어를 바라봤다.

"여기 내 친구가 있어요. 당신들처럼 돌이지요. 당신이 주민들에게 바라는 게 무엇인지 이 친구에게 말해 주세요."

사파이어는 오렌지색의 작은 돌멩이를 자세히 관찰했다. 다른 트롤들도 이 범상치 않은 돌멩이를 보려고 몸을 숙이고 목을 길게 뺐다. 그들은 한참 동안 그 작고 예쁜 조약돌에서 눈을 떼지 못했다.

"분명히 이 괴물들이 날 사탕처럼 먹어 버리고 말 거야!" 귀한 조약돌이 징징댔다.

"조용히 해." 비올레트가 작은 목소리로 말했다. "내가 여기 있잖아. 집중해, 이제 사파이어가 말하려고 하니까."

트롤의 왕이 돌덩어리 팔다리를 끼이익 움직이더니, 드디어 쿠르르쾅쾅하면서 긴 연설을 시작했다. 그가 말을 멈추자, 귀돌이 그의 천재지변 같은 억양에 놀라 소리쳤다.

"오, 이럴 수가! 억양이 저렇게 끔찍하다니! 저 왕이라는 자는 동굴에 틀어박혀서 한 번도 밖에 나오지 않은 게 분명해. 지금 문법이 엉망인 건 문제도 아니야!"

짜증이 난 비올레트가 물었다.

"그래서, 그가 원하는 게 뭐래?"

"이럴 줄 알았다니! 내가 그랬잖아, 이들이 원하는 건 나라고. 나와 내 동료들, 예쁜 조약돌들 말이야. 시장에서 거래되는 조약돌을 모조리 다 갖고 싶대. 계속 그 말만 되풀이하고 있어. 만일 조약돌들을 몽땅 넘겨주지 않으면, 광장의 입구들을 완전히 봉쇄해 버릴 거래. 자기들의 요구를 들어줄 때까지."

비올레트가 눈썹을 찌푸렸다. 그녀는 자기를 태우고 있는 파벨이 동요하는 걸 느꼈다. 귀돌은 점점 더 불안해하면서 말했다.

"제발, 절대 항복하지 마, 부탁이야! 정말로 난 저 커다란 턱에 갈려 죽고 싶지 않단 말이야!"

왕은 위협에 무게를 싣고 싶은지, 버드나무쪽까지 걸어가 나무를 살짝 밀쳤다. 그러자 나무줄기가 휘청 휘는가 싶더니, 힘에 짓눌려 순식간에 뚝 부러지고 말았다.

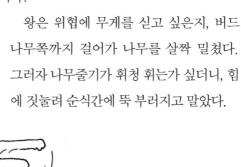

곧이어 사파이어가 텅! 하고 커다란 손가락을 한 번 튕기자, 부러진 버드나무는 비탈을 데굴데굴 굴러 가더니 광장에 세워진 첫 번째 가판대 바로 앞까지 가서 멈췄다.

비올레트는 귀돌에게 자신의 말을 통역하라고 신호를 보냈다.

"나는 비올레트 위르르방이에요. 이 정원의 수호자요. 수호자의 이름으로 트롤의 왕인 당신에게 명령하겠어요. 정원의 나무와 주민 들을 괴롭히지 마세요! 나는 정원의 모든 생명을 보호해야 할 책임이 있어요. 그러니 당신의 군대를 철수시켜 주세요. 당신의 부하들에게 동굴로 돌아가라고 명령하세요. 그러면 나도 태엽 없는 시계를 찾아주겠다고 약속할게요."

"바늘 없는 시계." 귀돌이 정정했다.

"그래, 그거. 반드시 태양을 움직이게 해서 동굴을 다시 따뜻하게 만들어 주겠다고 통역해 줘!"

귀돌은 비올레트가 한 말을 바위 언어로 최대한 정확하게 전달하기 위해서 끼이익, 쿠르릉, 콰르르쾅쾅거렸다.

긴 침묵이 이어졌다.

비올레트는 등에서 식은땀이 흐르는 걸 느꼈다. 파벨은 긴장의 끈을 놓지 않은 채 대기하고 있었다. 만에 하나 사파이어가 조그만 증오의 몸짓만 보여도, 파벨은 자기 주인을 데리고 사파이어와 트롤들 사이로 빠져나가 도망칠 참이었다.

트롤들이 동요하기 시작했다. 그들은 왕을 둘러쌌다. 어떻게 할 건지 왕에게 묻는 것 같았다.

그때 트롤 중 둘이 할 말이 있는지 왕 앞으로 나섰다. 비올레트는 그들이 아까 다리에서 만났던 실리카스톤과 바잘트인 걸 금방 알아보았다. 바잘트는 몸통이 제대로 고쳐진 상태였다. 허리 부근에 길게 갈라진 자국이 눈에 띄게 남긴 했지만……

비올레트는 그의 주먹을 보다가, 손가락 쪽에 남아 있는 얼룩을 발견했다. 피였다. 비올레트의 피. 그녀는 본능적으로 뺨에 손을 갖다 댔다. 트롤의 주먹에 스쳐 생긴 상처가 아직 따가웠다.

'저 둘이 날 죽이려고 했었지.' 그녀는 두려움을 느끼며 생각했다. '사파이어 왕이 저들의 이야기를 들으면 당장 나를 체포하라고 할 게 분명해. 아니, 그보다 더 끔찍한 명령을 내릴지도 몰라.'

비올레트는 파벨의 귀에 대고 속삭였다.

"내가 신호하면 곧장 뛰어나가는 거야."

두 트롤이 사파이어의 귀에 대고 뭐라 뭐라 속삭였다. 왕은 트롤들의 말을 가만히 듣다가, 그들이 말을 끝내자 비올레트를 향해 몸을 굽히곤 작은 소리로 우르릉댔다. 귀돌이 통역해 주었다.

"네가 정말 수호자가 맞는지 묻고 있어."

"맞아요." 비올레트는 왕의 눈을 똑바로 바라보며 대답했다. "확실해요. 당신도 초록 군단에 대한 소문을 들었겠죠? 그들의 행진을 멈추게 한 게 바로 나예요."

왕의 입에서 또 새로운 소리가 새어 나왔다. 오렌지빛 돌멩이가 다시 말을 전해 주었다.

"트롤들에게도 똑같은 일을 할 거냐는데?"

비올레트는 잠시 생각했다. 이건 무슨 의미지? 도발일까? 아니면 악의가 담긴 농담일까?

이런 식으로는 협상이 어려울 것 같았다. 분명한 건 사파이어의 어조에서 깊은 분노가 느껴진다는 거였다. 금방이라도 화산처럼 폭발할 듯한 분노가……. 사파이어에게 그렇다고 말하면, 주민들과 트롤들 사이에 전쟁이 일어날지도 몰랐다. 그건 분명 어린 소녀인 자신이 감당할 수 없는 끔찍한 전쟁이 되겠지…….

비올레트는 별안간 엄청난 공포를 느꼈다. 그건 언제 갑자기 터질지 모를 아빠의 분노를 두려워하면서 지낸 긴 세월 동안 줄곧 그녀를 따라다녔던 감정이었다. 평범한 아침 식사가 갑자기 비극으로 바뀔 때, 그럴 때마다 비올레트는 자신보다 강한 자의 분노를 일으키지 않도록 단어 하나하나를 신경 쓰며 말해야 했다.

정원으로 도망치면 이 무거운 마음을 잊을 수 있을 줄 알았는데…… . 속을 알 수 없는 이 바위 왕 때문에 비올레트는 그때의 공포를 다시 느끼게 되었다.

초록 군단의 나무들이 이 바위들보다 훨씬 친밀하게 여겨졌다. 그들은 살아 있었고, 또…… .

그때 갑자기 아이디어가 떠올랐다.

"다른 걸 시도해 봐야겠어." 비올레트는 귀한 조약돌을 가방에 다시 넣으면서 말했다.

그래, 다른 것. 그녀는 그들의 바위 피부 속에 숨겨진 생명을 *직접* 느껴야 했다. 말만으로는 자칫 오해가 생길지도 모르니…… .

비올레트는 파벨의 등에서 내려, 바위 인간들의 속도에 맞게 아주 천천히, 느릿느릿 사파이어가 있는 곳까지 걸어갔다. 그리고 그의 배 위에 두 손을 올려놓았다.

"어엇! 주인님, 괜찮겠어요?" 파벨이 불안해하며 작은 소리로 물었다.

비올레트는 두 눈을 감은 채, 돌의 호흡을 느껴 보려고 했다. 정확히 말하면 그 거인에게 생명을 불어넣은, 깊은 진동을 느끼려고 애썼다.

가장 먼저 사파이어가 살아온 오랜 세월이 느껴졌다. 그는 수백 년 된 나무보다, **두 바위 언덕**보다 더 오래됐다.

그리고 트롤의 배 속 빈 공간이 느껴졌다. 다리에서의 전투 때, 부서진 바잘트의 몸속에서 봤던 그런 공간이었다.

갑자기 그녀의 눈에 산 밑 깊은 곳에 있는 광물의 세계가 보이는 듯했다. 트롤들의 영역, 그들이 태어나고 살았던 곳. 그런 그들의 터전이 냉기와 어둠에 삼켜진 게 느껴졌다. 곳곳의 균열에서 새어 나온 온갖 나쁜 기류가 트롤들의 몸속을 쓸고 다녔다! 그리고 그 나쁜 기류의 위협은 점점 커졌다. 그것이 바로 폭풍우가 싹트는 근원이었다.

희미하지만 어두운 실루엣이 비올레트의 마음에서 천천히 솟아났다. 어두운 존재……. 그녀에겐 그의 등밖에 보이지 않았다. 그 기분 나쁜 존재가 천천히 몸을 돌렸다. 비올레트는 그와 눈이 마주치면 뭔가 무서운 일이 일어날 거라는 걸 직감했다.

그 악몽에서 깨어나려고 급히 트롤에게서 손을 뗐지만, 그 순간 이미 그녀의 머릿속에 울려 퍼지는 이름이 있었다.

칼리방.

정신을 차린 그녀에게 비로소 트롤들의 외침이 들려왔다. 돌들의 언어로 이루어진 외침이었다. 끼이익, 콰르릉, 쾅쾅, 쩌어억, 우르르르 쾅, 쿠쿠쿵! 비올레트는 쉽게 그 뜻을 짐작했다.

"인간이 우리 왕을 만졌어!"

"이건 모욕이야! 당장 저자를 잡아!"

이미 트롤 넷이 그녀를 공격하려고 몸을 움직이기 시작했다. 비올레트는 망설임 없이 사파이어의 다리 사이로 미끄러져 나갔다.

호위병들이 그녀를 향해 돌아서는 순간, 왕을 둘러싸고 있던 바위 인간들 사이에 틈이 생겼다. 파벨은 단 1초도 망설이지 않았다. 용감하고 충성스러운 그는 쏜살같이 주인에게로 달려갔고, 비올레트는 기다렸다는 듯이 그의 등에 펄쩍 뛰어올랐다.

그들은 도로 양쪽에 늘어서 있는 나무 사이로 쉬지 않고 달려서 도망쳤다. 트롤들은 굳이 그들을 잡으려 하지 않았다. 비올레트는 슬펐다. 협상 시도는 실패했다. 트롤들이 그들의 협박을 실행으로 옮기기 전에 얼른 다른 방법을 찾아야 했다.

"이제 우리에게 남은 거라곤 최대한 빨리 바늘 없는 시계를 찾는 거야. 그 시계가 정말로 태양을 움직이게 할 수 있다면, 트롤들도 자기네 동굴로 돌아가겠지. 자, **주목 섬**으로 출발!"

13
로스 할머니

비올레트는 **주목 섬**을 기억하고 있었다. 그것은 **무성한 풀숲** 한가운데에 섬처럼 우뚝 솟은 거대한 나무였다. 그녀는 풀뿌리들 밑에 사는 이상한 괴물들이 공격했을 때, 그 나무에 올라가려고 했던 적이 있었다.

"파벨, 난 이상한 것들이 우글거리는 **초록 바다**에 다시는 빠지고 싶지 않아. 그러니 그 바다를 건널 다른 방법을 찾아야 해."

개가 멈춰 서서 불안한 목소리로 말했다.

"제발요, 주인님. 설마 내가 주인님을 태우고 그 안으로 헤엄쳐 들어가는 방법을 생각하고 있는 건 아니죠?"

"솔직히…… 그게 가장 간단한 해결책인 것 같아, 파벨. 넌 나의 믿음직한 친구이자, 충성스러운 군마이기도 하잖아."

"그런 끔찍한 소리를! 난 그냥 개일 뿐이에요. 바다거북이 아니라고요. 안 돼요, 난 거절할래요!"

"맛있는 오이피클을 세 개나 준다고 해도?"

파벨이 망설였다. 커다란 오이피클 세 개라…….

그러나 이내 당당한 표정으로 고개를 들고 선언했다.

"나도 체면이 있어요. 오이피클 세 개에 나를 팔 순 없어요."

"오이피클 다섯 개."

"음…… 좋아요. 정 그렇다면 한번 생각해 볼게요. 일단 그곳에 도착할 때까지 내 대답은 잠시 보류예요."

그곳에 가는 가장 빠른 길은 **황폐 숲**을 지나는 거였다. 비올레트는 초록 군단의 나무들을 설득해 그 숲에 자리 잡게 한 뒤로 한 번도 그곳에 가 보지 않았다. 사실 늑대들을 만날까 봐 두려웠다……. 더욱이 센다크는 이를 갈며 혼자 떠돌고 있을 게 분명했다. 하지만 유감스럽게도 숲을 빙 둘러 갈 시간은 없었다. 파벨이 최대한 빨리 달려서 **황폐 숲**을 가로질러 가기로 했다.

숲을 가로지르는 길은 생각보다 더 길었다. 이전에는 죽은 나무들 사이에 확 트인 길들이 있었지만, 이제는 비어 있던 곳들이 관목과 잡초, 가시덤불로 가득 차기 시작했다. 숲은 이제 **황폐 숲**이란 이름이 어울리지 않게 되었다. 초록 군단이 그곳에 생명을 가져다주었기 때문이다. 아직도 마른 나뭇가지들과 눈 더미로 덮인 땅이 군데군데 있긴 했지만…….

그렇건만 숲속이 너무나 조용해서 비올레트는 깜짝 놀랐다. 새소리도 거의 들리지 않았다. 새끼 새들이 아직도 다 자라지 못한 건지, 아주 자그맣게 삐악거리는 소리만 들렸을 뿐이다. 그들도 정원의 다른 존재들처럼 태양이 움직이길 기다리고 있는 걸까? 그러니 이런저런 이유로 바늘 없는 시계는 기필코 찾아야 했고, 그러려면 먼저 **초록 바다**를 건너야 했다.

"자, 파벨. 이제 다 왔어. 오이피클 다섯 개면 되겠니?"

"많이 생각해 봤는데요, 못 하겠어요……. 주인님이 말한 그 괴물 식물들, 그러니까 풀 밑을 헤엄쳐 다닌다는 그 녀석들도 마음에 걸리고……. 아무래도 다른 방법을 찾는 게 좋겠어요."

"다른 방법? 어떤 방법? **주목 섬**은 키 큰 풀들에 둘러싸여 있어. 섬이라고 불리는 데는 다 그만한 이유가 있는 거지."

"죽은 나무들을 엮어서 뗏목을 만들면 어때요? 여긴 나무가 많잖아요!"

비올레트는 생각에 잠겼다. 나무가 여간 무거운 게 아니라서, 어떻게 뗏목을 만들어야 할지 도무지 방법이 떠오르지 않았다.

"안 되겠어, 파벨. 난 그렇게 무거운 나무들을 혼자 들 수도 없고, 벨 수도 없어. 아주 가벼운 배가 필요한데……. 잠깐! 배라면……. 기다려 봐!"

"뭘 기다려요?" 파벨이 물었다.

"내가 위치를 확인할 때까지 기다리라고. 지금이야, 오른쪽으로 돌아."

"초록 바다로 안 가는 거예요?" 개가 안심했다는 듯이 외쳤다.

"지금 당장은 아니야. 우선 **소시지 호수**로 가자."

개는 주인이 가리킨 방향으로 달렸다. 정원 주민들의 **너른 잔디밭**이 끝나는 절벽의 반대편이었다. 그곳에 **소시지 호수**가 있었다. 비올레트는 호수 주민들이 사는 오두막집이나 작은 항구를 볼 수 있길 바랐지만, 호수 기슭에는 갈대들만 바람에 일렁이고 있었다.

비올레트는 파벨의 등에서 땅으로 펄쩍 뛰어내렸다. 그리고 파벨에게 애쓴 보상으로 오이피클 하나를 주고는 두 손을 모아 입에 대고 외쳤다.

"저기요! 호수 주민 여러분!"

대답이 없었다. 다시 한번 소리쳤다.

"나는 비올레트 위르르방이에요! 정원의 수호자죠! 여러분의 도움이 필요해요!"

"시끄러워!" 갈대숲에서 짜증 섞인 목소리가 들렸다.

비올레트는 천천히 다가가면서 물었다.

"안녕하세요! 거기 누구 있나요?"

"쉿! 소시지들이 놀라서 다 도망치고 말았잖아!"

나이가 지긋한 노부인이 작은 배 위에 앉아 뜰채로 소시지를 잡고 있었다. 뾰족한 모자와 새끼를 꼬아서 만든 옷으로 위장한 덕분에, 노부인은 완벽하게 풍경에 녹아들어 있었다. 그녀는 화난 표정으로 물속에서 뜰채를 들어 올렸다. 뜰채 안에서 소시지 세 마리가 펄떡였다.

"거의 다 도망쳐 버렸어! 이게 다 네 탓이야."

"죄송해요, 할머니. 하지만 아주 중요한 일이에요. 조약돌 축제에 갔던 호수 주민들이 위험에 빠졌어요!"

"뭐라고? 그렇다면 이야기가 다르지. 잠깐 기다려, 내가 곧 그리로 갈게!"

할머니가 육지로 올라왔다. 주먹으로 소시지들을 힘껏 쳐 기절시킨 다음 물통에 집어 넣고 나서, 자신을 소개했다.

"난 로솔리라고 한다. 이 마을에서 제일 연장자지. 로스라고 부르럼. 아가씨가 바로 새로 온 수호자인 게로군? 이름이 뭔가?"

"비올레트요. 개의 이름은 파벨이에요, 로즈 할머니."

"로즈가 아니라 로스!" 노부인이 웃었다. "난 수호자라고 해서 몸집이 훨씬 크고 튼튼할 줄 알았는데……. 그래도 아가씨의 친구는 튼실해 보이는군. 그런데 무슨 일이 일어났다고?"

비올레트는 낚시꾼 할머니에게 조약돌 축제에서 일어난 일을 모두 들려주었다. 트롤들이 **구슬치기 광장**을 포위하고 있다는 소식을 듣고 노부인은 끔찍하다는 표정을 지었다.

"그래서, 아가씨가 찾은 유일한 해결책이 바다 한가운데에 있는 시계를 찾는 거라고? 그거 정말 괴상한 방법이군. 그러니 널 도와야겠지!"

비올레트는 자기가 제대로 이해한 건지 알 수 없어서 노부인에게 물었다.

"할머니, 그 방법이 바보 같다고 생각하세요?"

"아니, 아니. 그냥 *이상하다는 거야*. 난 이상한 일을 하는 사람들을 좋아해. 만일 너도 나만큼 오랜 세월 소시지 낚시를 해 봤다면, 소시지를 잡기 위해 잔꾀를 쓸 필요가 없다는 걸 알게 될 거야. 나는 보통 배 위에서 노래를 부르거나 아코디언을 연주해서 녀석들을 꾀어내지. 소시지들은 또 내가 웃기는 모자를 쓰는 걸 좋아해."

"아! 그러니까 할머니 얘기는…… 나도 모자를 써야 한다는 건가요?"

"천만에! 넌 내 배를 들고 바다까지 뛰어가렴. 조금도 지체하지 말고. 그동안 난 기슭에서 너희를 기다리마. 이 소시지들을 구우면서 말이야. 널 위해서 하나, 벌써부터 침을 흘리고 있는 네 개를 위해서 하나 그리고 나머지 하나는 늙은 로스를 위해서 준비해 두지. 자, 빨리 가렴. 냉큼!"

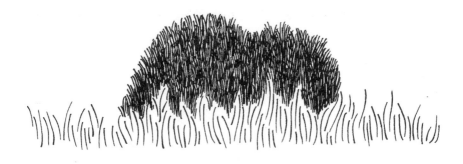

14
초록 바다를 건너다

파벨이 **초록 바다**에 다다르기까지 오래 걸리지 않았다. 처음 이 정원에 왔을 때 건넜던 그 풀밭을 따라 가자, **초록 바다**로 가는 완만한 비탈과 더 멀리에 나무 한 그루가 솟아 있는 게 보였다. **주목 섬**이었다.

"좋아, 이제 이 배를 풀밭에 띄워야겠지!"

작은 배는 등나무 뼈대에 두꺼운 천을 바짝 당겨 씌운 다음, 물이 새지 않도록 송진이 발라져 있었다. 바다를 건너기 위해 만든 배라기보다는 식량을 담는 커다란 바구니 같은 모양이었다.

비올레트는 **초록 바다** 가장자리에 배를 내려놓았다. 배 무게에 풀들이 눌릴 줄 알았는데, 오히려 일렁이는 풀잎 파도의 리듬에 따라 배가 흔들리기 시작했다. 비올레트는 배에 올라타 책상다리를 하고 앉았다.

"파벨, 여긴 두 명이 탈 자리가 없어. 넌 뒤에서 헤엄을 치며 따라와."

"네? 안 돼요! 난 이런 데서 헤엄치고 싶지 않아요. 아까 말했잖아요!"

"하지만 다른 방법이 없잖아."

"있어요, 다른 방법. 난 여기서 주인님이 돌아올 때까지 기다릴게요. 로스 할머니와 함께 있다가, 주인님이 돌아오면 모두 함께 소시지를 먹기로 해요."

비올레트는 저 멀리 수평선까지 펼쳐져서 넘실거리는 **초록 바다**를 바라봤다. **주목 섬**은 그다지 멀지 않아 보였다.

그녀는 풀 밑에서 헤엄치는 괴이한 식물들을 떠올렸다. 끔찍한 감각이 온몸을 훑고 지나갔다. 그러나 곧 침착함을 되찾았다.

'나는 수호자야. 사명이 있다고! 주저하면 안 돼!'

"좋아, 파벨. 하지만 신호가 들리면 얼른 물속으로, 아니 풀 속으로 뛰어들어서 내게로 와야 해, 알았지?"

"신호요? 펑! 하고 오이피클병 뚜껑을 따는 소리 말이죠?"

"맞았어! 자, 출발할게."

비올레트는 로스 할머니가 준 작은 노를 저었다. 배가 천천히 기슭을 떠나 나아가기 시작했다.

비올레트는 전에도 호수에서 배를 타 본 적이 있었다. 2년 전 여름방학 때였다. 앞으로 나아가려고 열심히 노를 저었던 게 기억났다. 그때는 물이 끈끈한 풀처럼 느껴졌고, 노를 한 번 젓는 것도 치열한 전투 같았는데……

풀 바다 위를 항해하는 건 전혀 달랐다. 마치 배 밑에 배를 받쳐 주는 수천 개의 팔이 있어서, 그 팔들이 손에서 손으로 배를 옮겨 앞으로 나아가게 해 주는 것 같았다. 그래서 사실 노를 저을 필요도 없었다. 방향을 바꿀 때나 가끔 오른쪽에서 한 번만 노를 저으면 되었다. **초록 바다**는 그녀를 섬으로 인도해 주었다.

높이 솟은 거대한 주목이 **초록 바다**를 내려다보고 있었다. 굵직한 나무줄기는 무성한 진녹색 나뭇잎으로 뒤덮인 가지들을 지탱하는 웅장한 기둥 같았다. 태양이 나무 꼭대기에 걸린 것처럼 수직으로 빛을 비추었고, 나무는 그 햇빛을 고스란히 받고 있었다. 비올레트는 나무에 다가갈수록 실제로 태양이 정확하게 그 거대한 나무 바로 위에 있다는 걸 알게 되었다.

이따금 비올레트는 수면 아래의 움직임을 살피면서도, 되도록 다른 걸 생각하려고 애썼다. 어느덧 발이 바닥에 닿지 않는 지점에 다다랐다. 파벨이 비올레트를 구해 준 곳이었다. 여전히 풀들에 걸려 있는 나무 지팡이를 보자, 그때의 무서운 기억이 떠올랐다.

그와 동시에 배에서 멀지 않은 곳에서 풀들이 떨며 솟구치더니, 갑자기 거대한 파도로 바뀌었다. 가지가 많은 소나무가 깊은 곳에서 솟아올라, 배를 앞뒤로 마구 흔들어 대다가 다시 수면 아래로 들어갔다. 마치 잠시 숨을 쉬러 물 밖으로 나온 고래처럼……. 비올레트는 있는 힘을 다해 배를 꽉 붙잡고, 배가 다시 균형을 잡을 수 있도록 몸을 숙였다. 파도가 조금 잔잔해지고 나서야, 노를 풀 속에 빠뜨렸다는 걸 알아차렸다.

목적지에 이르려면 풀들에 의지할 수밖에 없었다. 하지만 또 다른 질문이 그녀를 괴롭히기 시작했다. 돌아갈 땐 어떻게 방향을 잡지?

비올레트는 **비밀의 정원**에서 모험을 시작한 이후로, 자신이 언제든 집으로 돌아갈 수 있다고 생각했다. 그런데 지금, 처음으로 과연 집으로 돌아가는 게 가능할지 의문이 들었다. 그녀는 엄마가 잠에서 깨어나 자신이 사라진 사실을 알게 되는 장면을 상상했다. 엄마는 비올레트가 반쯤 열린 창문으로 나갔으리라고 짐작이나 할까? 다시 엄마를 볼 수 있을까?

이제 **주목 섬**이 아주 가까이 있었다. 거칠거칠한 나무줄기 주위에 멀리서 흘러와 쌓인 쓰레기들이 모여 이루어진 섬이었다.

풀들이 섬 기슭에 배를 살짝 내려놓았다.

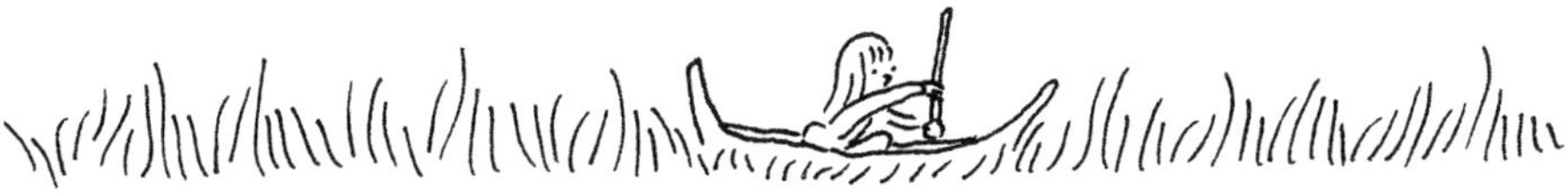

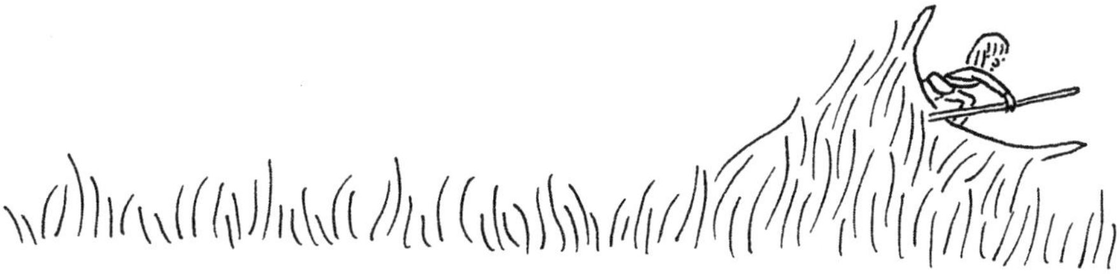

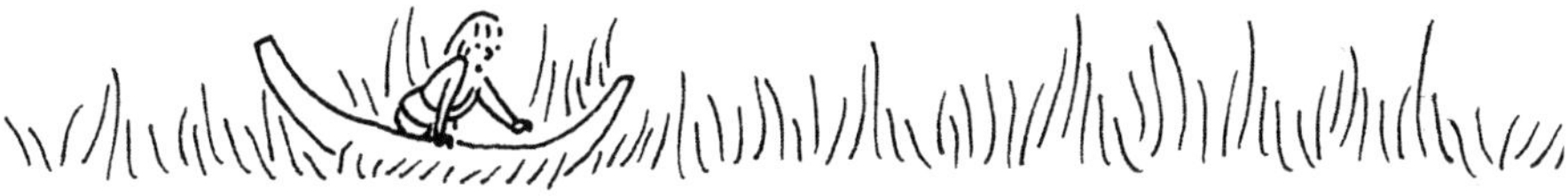

15
마흔세 명의 트롤

구슬치기 광장에선 공포가 조용한 기다림으로 바뀌었다. 상인들과 고객들은 모두 조심스럽게 광장 중앙에 모여 있었는데, 광장을 에워싼 트롤들과 최대한 떨어져 있기 위해서였다.

작은 동물들은 벌써 도망치고 없었다. 들쥐, 토끼, 두꺼비, 고슴도치 들은 모두 덤불 사이로 달아나거나, 광장을 둘러싼 가파른 암벽을 타고 도망갔다. 하지만 정원 주민들이나 몸집이 큰 동물들은, 트롤들이 서로 바짝 붙어서 광장을 둘러싸는 바람에 감히 그들을 뚫고 도망칠 수 없었다. 사파이어와 부하들은 꼼짝하지 않고 돌벽을 이룬 채 그들을 감시했다.

이런 위협 앞에서 월계수는 주민들의 불안감을 줄이기 위해 자기가 할 수 있는 최선의 일을 했다. 가판대의 상품들을 구멍 안에 숨기고 나무판자로 덮는가 하면, 식량을 나눠 주고, 서로 떠밀지 않고 순서대로 물을 마실 수 있도록 개울로 가는 길목을 정리했다.

그동안 블루베리는 버드나무 그늘 밑에 누워서 하늘을 바라보며 풀 한 줌을 질겅질겅 씹고 있었다. 그러면서 겨자 부인과 이야기를 나누었다.

"비올레트는 반드시 해결책을 찾을 거예요, 두고 보세요."

"아니면 우리를 나 몰라라 하고 가 버릴 수도 있어. 지난번 수호자처럼."

"비올레트는 그러지 않을 거예요. 초록 군단 앞에서 얼마나 용감했는지 아주머니도 봤잖아요? 그 애는 분명 트롤들도 움직이게 만들 거예요."

"그러려면 머리를 잘 써야 할 거야. 트롤들은 움직이는 걸 아주 싫어하니까 말이야."

실제로 트롤들은 가만히 있는 걸 좋아했다. 광물들의 본성, 그들의 무게, 길고 긴 수명. 이 모든 것이 움직이는 걸 싫어하게 만들었다. 그들이 동물뿐 아니라 식물에게까지 증오심을 갖게 된 것도 아마 그래서일 것이다. 움직이는 것, 달리는 것, 뛰는 것, 밀고 당기는 것, 바람에 흔들리는 것……. 생물의 모든 행동이 그들에겐 천박해 보였고, 짜증스럽게 느껴졌다. 세상이 분주하게 돌아가는 동안에도 손가락 하나 까딱 안 하고, 숨도 안 쉬고, 심지어 눈 한 번 깜빡 안 하고 가만히 버틸 수 있는 능력이 그들의 힘이었다.

그렇기에 그들은 공격하지 않고, 마냥 버티고 있기만 했다. 사실 그들은 마음만 먹으면 쉽게 주민들을 약탈하고, 보잘것없는 방어벽을 단번에 짓뭉개고, 이 약한 생물들한테서 조약돌을 몽땅 빼앗을 수 있었다.

그러나 그것은 그들의 방식이 아니었다. 그들은 돌들이 가장 잘하는 걸 하기로 했다. 말하자면 땅속에 발을 깊이 묻은 채 떡갈나무보다 더 단단하게 버티고 서서, 몸을 숨기고 사냥감을 지켜보는 맹수보다 더 큰 참을성으로, 자기들이 원하는 걸 상대편이 스스로 내줄 때까지 언제까지나 기다리는 걸 택했다.

"저들이 만든 벽은 도저히 뚫고 지나갈 수 없겠어." 거자 부인이 말했다. "트롤은 모두 마흔셋이나 되고, 입구란 입구는 다 막고 있으니……."

"마흔셋이라고요?" 블루베리가 물었다. "확실해요?"

"틀림없어. 내가 방금 다시 세어 봤어."

블루베리는 벌떡 일어나서 트롤의 수를 다시 셌다.

"마흔하나, 마흔둘, 마흔셋……. 아주머니 말이 맞네요. 이상한걸요. 트롤들이 처음 왔을 때, 월계수는 모두 마흔다섯이라고 했거든요."

그는 헷갈리지 않으려고 주의하면서 서로 바짝 붙어 있는 트롤들을 다시 세어 보았다. 회색이나 검은색, 붉은색 돌로 만들어진 트롤들은 몸뚱이가 매끈한 것도 있고, 거칠거칠한 것도 있고, 이끼로 덮인 것이 있는가 하면, 햇빛에 반짝이는 것도 있어서, 동물이나 사람보다 외모가 더 다양했다.

그는 머리카락 속에 손을 스윽 넣어서 날벌레 떼를 날려 보내곤 결론을 내렸다.

"확실히 둘이 부족해. 누가 없어졌는지 알겠어. 실리카스톤과 바잘트야!"

16
주목의 안쪽

주목 섬은 나무 주위에 쌓인 쓰레기로 이뤄진 섬이었다. 떠다니는 나뭇조각, 돌멩이와 흙덩이가 뒤엉켜 있었다. 흙덩이 위엔 거목의 그림자에 가려 더욱 작아 보이는 식물들이 듬성듬성 자라고 있었다.

주목은 여기저기에 굵은 가지가 나 있고, 늙은 코끼리의 피부처럼 깊은 주름이 파여 있었다. 거대한 몸통 중앙엔 사람이 열 명 남짓 들어갈 수 있는 꽤 넓은 공간이 뚫려 있었다.

"좋아. 이제 샛길 군단의 개미들을 찾아야겠지."

집채만 한 나무에서 개미 한 마리를 찾는 건 결코 쉬운 일이 아니었다. 하지만 오래 찾을 필요가 없었다. 날카로운 휘파람 소리가 그녀의 주의를 끌었기 때문이다. 그 소리는 주목의 몸통에서 들려왔고, 비올레트는 그 소리를 낸 작은 친구를 금방 발견했다.

그녀가 다가가자, 개미는 약간 서걱거리면서도 맑은 목소리로 자기를 소개했다.

"수호자님, 드디어 당신을 만나 기뻐요! 난 시빌랭이에요. 샛길 군단의 단장이죠."

"반가워요! 비올레트 위르르방이에요. 두더지들이 내게 바늘 없는 시계를 찾아오라고 했어요. 그 시계가 이 섬에 있을 거라고 하면서요. 혹시 그 시계를 어디서 찾을 수 있는지 아세요?"

"아아……! 우리가 이 섬 전체를 다 뒤졌는데도 지금까지 그 유물의 흔적을 찾지 못했어요."

"우리라니요? 당신 같은 개미들이 여럿 있나요?"

"그럼요. 여기서 개미 정비사 군단의 동료들과도 만나기로 약속했어요. 시계를 찾고 나면 그들의 도움이 필요하거든요. 물론 우리가 그 시계를 찾을 경우의 이야기죠."

비올레트는 낙담했다. 가능한 한 빨리 시계를 찾아서 **구슬치기 광장**으로 가고 싶었다. 시계로 트롤들을 설득해 친구들을 구해야 하는데……. 하지만 생각처럼 간단한 일이 아니었다.

"나무의 안쪽은 살펴봤나요?"

"물론이죠! 제일 먼저 거기부터 살폈는걸요. 시계가 있을 만한 곳이 거기뿐이잖아요. 하지만 없었어요."

비올레트가 나무 안으로 들어갔다. 안에서 시큼한 냄새가 확 풍겼다. 입구에서부터 크게 네 걸음을 걷자, 안쪽 끝에 이르렀다. 바닥은 바짝 말랐고, 바늘같이 보이는 뾰족한 잎과 나무껍질이 쌓여 있었다.

"바닥을 뒤져 봐야겠어요. 분명 이 밑에 있을 거예요!" 비올레트가 말했다.

"우리가 지금까지 계속 찾아봤는데, 헛일이었어요."

소녀가 몸을 굽혔다. 희미한 빛에 곧 눈이 익숙해졌다. 그러자 바늘잎들과 나무껍질 조각 사이를 분주하게 오가는 수많은 개미들이 보였다. 그들은 모두 시빌랭보다 작았고, 아주아주 작은 열차들이 통로를 지나다니는 것처럼 한 줄로 서서 장애물을 요리조리 피해 다녔다.

"오, 이런! 나도 모르게 한 마리라도 밟았으면 어쩌지!"

"그럴 위험은 조금도 없답니다." 시빌랭이 말했다. "개미 정비사 군단의 기술자들은 아주 좁은 공간 안에서 일하는 데 익숙해요. 눈에 보이지도 않을 만큼 작은 구멍 안으로 피해 숨을 수도 있고, 시계의 작은 톱니바퀴 사이와 체인 사이를 뛰어다닐 수도 있어요."

작은 개미들 가운데 한 마리가 시빌랭에게 말을 걸었다.

"여긴 시계의 흔적이 전혀 없어! 하지만 다른 흔적을 찾았어. 냄새야. 폭풍우 시대에 남겨진 냄새. 시계 관리를 담당했던 동료들이 폭풍우에 쓸려가기 전에 남긴 거야. 아무래도 시계가 저쪽으로 떠밀려 간 것 같아."

냄새 흔적은 **초록 바다**로 향하고 있었다. 비올레트가 왔던 방향이었다.

시빌랭이 그녀를 향해 몸을 돌리며 말했다.

"걱정하던 일이 벌어졌네요. 폭풍우가 기승을 부리는 동안, 시계가 휩쓸려 간 게 분명해요. 틀림없이 **초록 바다** 밑바닥에 가라앉아 있을 거예요."

"그럼 시계를 찾는 건 굉장히 어렵겠군요." 비올레트가 말했다.

"네, 그럴 거예요. 샛길 군단은 정원 안의 어디든 갈 수 있어요. 하지만 그 '어디든'에 해당하지 않는 장소가 몇 군데 있는데, **초록 바다**가 그중 한 곳이죠. 우린 바다 밑으로는 내려가지 않거든요."

어린 수호자는 고개를 끄덕였다. 그러다 불현듯 자신이 개미의 꼬임에 넘어가고 있음을 깨닫고는, 분노가 치밀어 올랐다.

"세상에! 이제 알겠어요. 당신들은 아주 오래전부터 시계의 행방을 알고 있었군요! 그렇죠? 두더지들도 마찬가지고! 이 부근을 아주 오랫동안 샅샅이 뒤졌을 테니까요!"

시빌랭은 금방 대답을 못 하고 있다가, 마침내 인정했다.

"아주 오래전까지는 아니에요……."

비올레트는 태양 아래 물결치는 드넓은 **초록 바다**를 손가락으로 가리키며 말했다.

"그래서 날 이곳으로 오게 했군요! 날 저 밑으로 내려보내서 시계를 찾게 할 계획이었던 거예요!"

"그런 방법을 알려 주다니 고마운데요." 시빌랭이 천연덕스레 대답했다.

비올레트는 긴 한숨을 쉬었다. 그리고는 털썩 주저앉으며 말했다.

"시빌랭, 우선 폭풍우에 관한 이야기부터 들려줘요."

17
개미들의 춤

시빌랭은 복잡한 상황을 말로 설명하는 게 상당히 불편했다. 고객들이 준 메시지들을 전달하거나, 냄새 흔적으로 동료 개미들과 소통하는 데 익숙한 그로서는 자기의 생각과 과거의 추억을 말로 전달하는 게 쉽지 않았다. 게 다가 개미의 생각은 인간의 생각과 너무 달라서, 설명이 제대로 될 리도 없 었다. 그래서 다른 방식으로 전달하기로 했다.

시빌랭이 간결하게 말했다.

"지켜보세요."

그러더니 곧 휘파람을 불어서 개미 정비사 군단의 개미들을 불렀다. 쌓여 있는 나뭇잎과 나무껍질 밑에서 수백 마리의 작은 개미들이 기어 나왔다. 한곳에 모인 그들은 예전에 일어났던 일과 관련된 몇 가지 냄새 흔적들을 서로 교환하더니, 갑자기 처음 보는 춤을 추기 시작했다.

개미들은 바늘잎, 나뭇가지, 나무껍질 등을 입에 물고 사방으로 돌아다니 면서도 동시에 엄격한 질서와 완벽한 구성에 맞게 춤을 추면서, 비올레트가 알아볼 수 있게 **비밀의 정원** 축소 모형을 아주 섬세하게 만들어 냈다.

소녀는 **두 바위 언덕, 일흔일곱 개의 오솔길 숲, 제멋대로 강** 그리고 정원 주민들이 사는 **너른 잔디밭**과 덤불 숲이 눈앞에서 만들어지는 것을 보았다. 소**시지 호수**에선 개미들이 천천히 전진하면서 물결치는 파도를 보여 주었다. 나무껍질 배가 그 배에 타고 있는 바늘잎 어부들과 함께 표류했다.

개미들이 정밀하게 표현한 정원의 각 장소는 알아보기 쉬웠다. 어렸을 때 할아버지가 크리스마스 즈음에 보여 주었던 인형극처럼, 비올레트는 개미들이 몸동작으로 그려 낸 장면들의 섬세하고 정교한 기술에 감탄했다.

하지만 갑자기 그 작은 정원의 아름다운 질서가 깨져 버렸다. 정원 한가운데에 회오리바람이 일기 시작한 것이다. 강은 포효하는 급류로 바뀌어서 **일흔일곱 개의 오솔길 숲**을 물바다로 만들었고, 나무들은 거센 돌풍에 부러지거나 날아갔으며, 정원 주민들과 동물들은 뿔뿔이 달아났다. 뿌리째 뽑힌 나무들도 안전한 곳을 찾아서 정처 없는 유랑의 행진을 시작했다.

정원을 휩쓴 회오리바람은 심술궂은 인간의 얼굴을 하고서, 자신이 파괴한 현장을 보며 즐거워했다. 비올레트는 부르르 몸을 떨었다.

칼리방.

그녀는 세차게 고개를 흔들고는, 다시 개미들이 만들어 내는 장면에 집중했다. 개미들의 공연에는 또 하나의 등장인물이 있었다.

바로 언덕 위에 우뚝 서 있는 한 인간. 그의 그림자가 이 재앙을 자세히 관찰하고 있었다. 개미 두 마리가 서로 몸을 붙이고는, 네 다리 달린 동물 위에 올라타 있는 한 인간을 표현했다. 그 인물은…… 다름 아닌 수호자였다. 그러니까, 그 수호자는 이 재앙으로부터 간신히 살아남은 주민들을 돕는 대신 그들에게 등을 돌리고 혼자 도망친 것이다! 길고 길었던 끔찍한 시간이 지난 뒤, 괴물 같은 폭풍우는 마침내 파괴를 멈추고 땅속으로 깊이 숨어 들어간 것처럼 보였다.

정원은 황폐해졌다. 이전에 울창했던 숲은 이제 죽은 나무둥치들만 여기저기 널린 황야로 변했다. 뿌리가 뽑힌 나무들은 정원을 가로질러 다니면서 정원 주민들이 겨우 마련한 피난처조차 마구 부수며 몰려다녔다.

이내 모든 움직임이 멈추고, 정원은 깊은 잠 속에 빠져들었다.

공연은 거기서 끝이 났다.

개미들이 비올레트를 향해 돌아섰다. 마치 그녀의 반응을 기다리는 것처럼……. 소녀는 이 놀라운 공연에 손뼉을 쳐야 할지, 아니면 폭풍우가 휩쓸고 간 참혹한 모습 앞에서 울어야 할지 망설이면서 개미들을 바라봤다. 한 가지 질문이 그녀를 괴롭혔다.

"폭풍우 속에 있던 그 사람……. 여러분은 그를 뭐라고 부르나요?"

"누가 보느냐에 따라 폭풍우의 모습은 달라져요. 그리고 자신이 가장 두려워하는 이름을 붙이죠."

비올레트는 약간 망설이다가 다음 질문을 했다. 사실 자신이 정말 그 대답을 알고 싶은 건지 확신은 서지 않았지만.

"곧 폭풍우가 올까요?"

"내가 대답해 줄 수 있는 건, 지난번 수호자는 폭풍우를 막는 데 실패했다는 것뿐이에요. 이젠 당신이 시도해 볼 차례고요. 그러려면 먼저 모든 게 질서 있게 다시 제자리로 돌아가도록 해야……."

비올레트가 한숨을 쉬었다.

"알았어요. 내가 그 시계를 찾으러 가야겠네요."

비올레트는 주목 밖으로 나가려고 몸을 일으켰다. 막 밖으로 발을 내디딘 순간, 바위 두 개가 눈에 띄었다. 섬에 도착했을 때만 해도 없었는데…….

그녀는 그것들이 움직이고 있는 걸 보았다. 두 개의 커다란 바위들은 섬 쪽으로 다가오고 있었다. **초록 바다**의 수면 위로 그들이 천천히 얼굴을 내밀었을 때, 비올레트는 바로 알아보았다.

바잘트와 실리카스톤, 그들이 드디어 그녀를 찾아냈다!

비올레트는 허겁지겁 배가 있는 곳으로 달려갔다. 풀의 흐름을 잘 타기만 한다면, 트롤들을 피해 앞질러 갈 수 있을 것 같았다.

"저들이 날 잡기 전에 먼저 시계를 찾아야 해. 그 유물을 손에 넣으면, 트롤들과도 협상할 수 있을 거야!"

그녀는 배를 풀 위로 재빨리 던진 다음, 그 안으로 뛰어들었다. 실리카스톤의 거친 목소리가 그녀의 등 뒤에서 분노의 외침처럼 울려 퍼졌다.

"죄송해요, 바위 아저씨들. 하지만 날 잡으면 안 돼요. 난 반드시 완수해야 할 임무가 있단 말이에요!"

18
깨져 버린 트롤

비올레트는 기슭에서 되도록 빨리 멀어지기 위해 젖 먹던 힘까지 짜냈지만, 키 큰 풀잎 파도가 매번 배를 섬 쪽으로 다시 데려다 놓았다. 그리고 트롤들은 섬에서 그녀를 기다리고 있었다.

바잘트가 돌의 언어로 꺼칠하게 몇 마디 내뱉더니, 배로 다가왔다. 검은 우물처럼 생긴 두 눈 때문에 도무지 속마음을 짐작할 수 없는 얼굴과 길게 베인 배의 상처가 눈에 들어왔다.

비올레트는 노를 젓듯이 두 손으로 풀들을 헤치며 겨우겨우 앞으로 나갔다. 하지만 트롤의 손이 배의 끝을 잡고 멈춰 세웠다. 비올레트가 몸을 돌리자, 트롤의 손가락에 묻은 핏자국이 보였다. 그녀의 피였다!

트롤은 공격하지 않았다. 그저 배 끄트머리만 잡은 채, 뭔가 계속 소리를 내고 있었다. 그는 말을 하고 있었다. 비올레트에게 하고 싶은 말이 있었던 것이다! 소녀는 두려운 마음을 가라앉히고 가방에서 귀돌을 꺼냈다.

"귀돌아! 저 트롤이 무슨 이야기를 하는지 통역해 줄래?"

"최악의 순간이 와야만 나를 떠올리는군. 아니면 내게 상냥한 말 한마디 건네는 법이 없지, 흥!" 조약돌이 구시렁거렸다.

"빨리 통역 좀 해 줘. 안 그러면 널 풀 바닷속에 던져 버릴 거야."

"아, 알았어, 알았어."

귀돌은 한동안 트롤의 말에 귀를 기울였고, 트롤은 비올레트를 보며 끼익거리고 콰르릉거리며 말했다. 손은 여전히 배를 꽉 잡고 있었다. 드디어 검은 거인이 요란한 소리를 멈추자, 귀돌이 더듬거리며 말했다.

"그게…… 쟤가 널 돕고 싶어 하는 것 같아."

"나를 돕고 싶다고?" 비올레트가 믿을 수 없다는 듯이 물었다.

그녀는 트롤의 눈을 똑바로 바라봤다. 어두운 두 개의 구멍에선 어떤 감정도 읽기 어려웠다. 그러나 그의 태도에는 위협적인 느낌이 전혀 없었다. 만일 그가 그녀를 해칠 생각이었다면, 살짝만 건드려도 배를 뒤집을 수 있을 터였다. 그러나 그는 비올레트가 말을 들어 주길 바라면서 단지 배를 잡고만 있었다. 돌이 부딪치는 거칠고 낯선 목소리로 그가 말을 계속했다.

"수호자여! 넌 아주 약하다. 네 몸 안엔 액체가 흐르고 있다. **초록 바다**는 네게 너무 위험하다. 내가 널 보호해 줄 수 있다." 귀돌이 통역한 바잘트의 말 끝에 한마디를 덧붙였다. "나랑 교환하는 조건이면 받아들이지 마. 난 팔려 가고 싶지 않아!"

'내 몸 안에 액체가 흐른다고?' 비올레트는 속으로 생각했다. 피를 말하는 거였다. 트롤은 쉽게 상처를 입을 수 있는 비올레트의 연약함을 신경 쓰는 것 같았다.

"정말 나를 돕고 싶은 건가? 귀돌아, 아까 내가 그를 둘로 쪼갰던 건 미안하다고 전해 줘. 난 처음부터 그와 싸울 생각이 없었다는 것도."

조약돌은 그 말을 통역하려고 애썼다. 하지만 트롤은 이미 알아듣고 있었다. 그는 힘 있고 섬세한 동작으로 비올레트를 가슴에 올려놓았다.

"고마워요. 내가 오해했네요. 난 아저씨들이 내게 복수하려는 줄 알았어요. 그런데 나를 도와주려는 거였군요. 어떻게 도와줄 건데요?"

대답 대신, 실리카스톤이 바잘트에게 다가가서 그를 잡고 들어 올렸다. 그러자 바잘트의 몸이 배에 난 틈을 따라 반으로 나뉘었다. 바잘트의 내부는 비어 있었고, 안쪽 벽은 매끄러웠다.

바잘트가 한 단어를 말하자, 귀돌이 통역했다.

"올라타래."

몸이 둘로 나뉜 트롤은 돌로 만든 거대한 잠수복 같았다. 비올레트는 그 몸통 안에 서 있을 수 있었다. 그때 발밑에서 시빌랭의 외침이 들렸다.

"어서 가세요! 이따가 바다 건너편 기슭에서 만나요. 우린 지하 터널로 건너 갈게요."

그 말에 귀돌이 끼어들었다.

"난 개미들과 함께 갈래! 쟤들이 터널을 통해서 날 데려다줄 거야. 자, 그럼 우린 저쪽 반대편 기슭에서 만나기로 하자, 찬성?"

"말도 안 돼, 내 귀염둥이!" 비올레트가 조약돌을 다시 성냥갑 속에 넣으면서 말했다. "넌 나랑 함께 있어야지!"

그러고는 검은 트롤의 몸통 안으로 기어 올라갔다. 비올레트는 자리를 잡고 바잘트에게 말했다.

"이제 닫아도 돼요!"

실리카스톤이 바잘트의 상체를 하체 위에 올려놓자, 바잘트는 자기의 몸통을 끼워 맞췄다. 비올레트는 바잘트의 머리에 자기 머리가 부딪칠까 봐 잔뜩 목을 움츠렸다. 마침 비올레트의 눈이 그의 눈구멍 높이에 딱 맞았다.

"별다른 건 보이지 않아요. 앞으로 나아가 주세요."

비올레트는 바잘트의 내부 벽에 꽉 매달렸다. 트롤의 보폭은 아주 컸고, 불규칙하게 흔들렸다. 소녀는 그가 걸을 때마다 진동을 느꼈다. 바잘트는 기슭을 향해 똑바로 걸어서 풀 속으로 들어갔고, 실리카스톤이 뒤따랐다.

19
초록 바다 탐험

바잘트의 몸통 안에선 어쩐지 차갑고도 퀴퀴한 냄새가 났다. 공사 중인 낡은 집에서 나는 냄새 같은, 말하자면 비올레트의 집에서 나는 냄새랑 비슷했다.

비올레트는 차츰 트롤의 내부에 익숙해졌다. 그녀는 온몸으로 바위 인간의 걸음에 동행했다. 똑바로 서 있으면 동그랗게 뚫린 두 개의 눈구멍에 얼굴을 맞추고 바깥 세상을 볼 수 있었다. 할아버지의 쌍안경을 뒤집어서 눈에 갖다 대고 놀던 때처럼 모든 게 멀리 있는 듯 보였다.

트롤들이 **주목 섬**에서 대여섯 걸음을 떼었을 때, 갑자기 물살에 휩쓸리듯 떠내려가기 시작했다. 그들은 끝나지 않을 것처럼 긴 시간 동안 계속해서 밑으로, 밑으로 내려갔다……

그러다 마침내 바닥에 발이 닿았고, 바잘트는 다시 똑바로 걸어 앞으로 나아갔다. 실리카스톤이 묵묵히 그 뒤를 따랐다.

물이 아니라 흐르는 빛 속에 잠겨 있는, 이 이상하고도 낯선 세상은 온통 짙은 초록색이었다.

처음 **초록 바다**에 들어왔을 때 느꼈던 감각이 다시 살아났다. 빛의 바다에 빠진 느낌……. 다만 이번엔 안전하게 느껴졌고, 불안함보다는 호기심이 일었다. 규칙적으로 전진하는 돌 갑옷 속에서 그녀는 지난번에 있었던 일들을 다시 생각했다. 그녀를 공격했던 괴물과 심연 안에서 보았던 움직이는 형태들……. 그리고 한 가지 기억이 떠올랐다.

그녀는 귀한 조약돌을 꺼냈다.

"귀돌아, 트롤에게 말해 줘. 내 지팡이가 떠 있는 쪽으로 가 달라고."

"난 아무 말도 안 해! 내 의지와 상관없이 네가 날 여기로 끌고 왔잖아!"

비올레트가 한숨을 쉬었다. 트롤들과 겨우 친해지고 있는데, 이 성가신 작은 조약돌이 사사건건 훼방을 놓다니!

'돌도 사람만큼이나 성가시군.' 그녀는 생각했다.

"들어 봐, 귀돌아. 우린 논쟁으로 시간을 낭비하려고 여기 온 게 아니잖아. 시계를 찾아야 해. 안 그러면 트롤들이 불같이 화를 내고 말 거야. 조약돌을 달라고 요구하는 게 아니라, 강제로 빼앗을 수도 있어. 바로 너부터!"

귀한 조약돌이 끄응 하고 신음을 했다.

"좋아, 알겠어. 말할게. 왜 뜬금없이 지팡이 이야기를 하는지 이해가 안되지만, 어쨌든 전해 줄 테니 정확하게 다시 말해 봐."

"고마워. 내가 지난번에 **초록 바다**에 빠졌을 때, 지팡이를 놓쳤거든. 지팡이는 곧장 수면으로 올라갔고, 난 이 빛의 바다에서 넝쿨이랑 싸우고 있었지. 그런데 그 넝쿨이 나를 공격하기 직전에 깊은 밑바닥에서 뭔가를 봤어. 은색의 둥근 물체였는데, 반짝거렸거든. 난 그게 바늘 없는 시계였다고 확신해!"

귀돌이 그 이야기를 돌의 언어로 모두 전달했다. 곧이어 트롤의 대답도 전해 주었다.

"최선을 다해 보겠대."

실리카스톤과 바잘트는 **초록 바다** 밑바닥을 똑같은 속도로 걸었다. 그곳은 쓰레기로 뒤덮인 들판 같았다. 마른 나뭇가지들, 산산조각으로 찢어진 나뭇잎들, 침엽수의 바늘잎들……. 실리카스톤과 바잘트는 우직하게 계속 앞으로만 나아갔다. '생물'이라고 부르는, 말랑거리고 빠르게 움직이는 것들에는 아무 관심도 없었다. 내리막길에서 굴러떨어지는 바위처럼, 화산에서 흘러나오는 용암처럼 직진만 할 뿐이었다. 어떤 것도 그들을 멈추게 하거나 상처를 입힐 수 없었다. 두 바윗덩어리는 방심한 먹이를 잡아먹으려고 매복 중인 납작한 선인장도, 바다를 누비고 다니는 나무뿌리들도 전혀 신경 쓰지 않았다.

비올레트는 말이 없었다. 바닥을 샅샅이 살피는 데 집중하고 있었기 때문이다. 때로 바잘트가 수면을 향해 고개를 들기도 했다. 수면에서 내리비치는 초록색의 밝은 빛이 역광으로, 그들 머리 위에서 떠다니는 쓰레기들을 비추었다.

비올레트 일행은 넓은 이파리를 펄럭이며 우아하게 헤엄치는 고사리 떼와 마주쳤다. 그 순간 초록빛 세계가 진동하면서 긴장감이 감돌았다. 갑자기 크고 작은 온갖 종류의 식물들이 바위의 갈라진 틈과 구멍에서 튀어나오기 시작했다! 버섯 떼가 일제히 포자를 퍼뜨려 트롤들을 순식간에 우윳빛 구름 속에 가두면서, 아주 빠른 속도로 수면을 향해 올라갔다.

비올레트는 밖을 조금도 분간할 수 없었다. 모든 게 하얀 먼지 안개 속으로 사라져 버렸다. 트롤 속에서 갑자기 강한 곰팡이 냄새가 풍겼고, 그녀는 계속 재채기를 해 댔다. 그러나 바잘트는 조금도 동요하지 않고 침착하게 같은 속도로 계속 똑바로 나아갔다. 그때 실리카스톤이 어깨를 잡고 그를 멈춰 세웠다. 바잘트가 갑자기 멈춰 서는 바람에, 안에 있던 비올레트는 앞으로 넘어져 안쪽 벽에 이마를 찧고 말았다.

"바위 아저씨, 무슨 일이에요?"

바잘트는 대답하지 않았다.

멈춰 선 두 거인은 꼼짝하지 않았다. 다시 일어난 비올레트는 바잘트의 눈구멍을 통해서 밖을 살펴보았다. 그때 그들 주위에 넓게 퍼져 있는 거대한 형상이 보였다. 그건 나무도 아니고, 동물도 아니었다. 사실 윤곽도, 형체도 없었다. 그것은 그냥 거대한 그림자였다. 그림자가 마치 살아 있는 잉크처럼 움직이며 천천히 트롤들을 둘러쌌다.

바위 거인들이 덜덜덜 떨기 시작했다.

20
심연

두 트롤은 얼어붙었고, 암흑이 그들을 완전히 덮어 버렸다. 비올레트가 아무리 소리를 지르고 벽을 두드려도 소용없었다. 바잘트는 아무런 반응 없이 계속 떨기만 할 뿐이었다.

"어디가 고장이 난 건가? 바잘트 아저씨! 정신 차려요! 전진해요!"

하지만 트롤은 꼼짝도 못 하고 떨기만 했다. 떨림은 점점 더 강해졌다.

비올레트도 서서히 공포를 느끼기 시작했다. 그 끔찍한 떨림만 없었어도, 비올레트는 트롤들이 다시 정신을 차릴 때까지 기다릴 수 있었을 것이다. 그러나 그 떨림은 어렸을 때 그녀를 돌봐 주던 할머니가 '발작'이라고 말했던 것을 떠올리게 했다. 비올레트의 아빠가 어린 딸을 집에 혼자 놔두고 나갔을 때, 비올레트는 공포에 사로잡혀 온몸을 떨었고, 그 떨림은 멈추지 않았다. 벽에 기댄 채 웅크리고 앉아서 벌벌 떨고 있는 어린 그녀를 발견한 건 할머니였다. 할머니는 비올레트가 공포에서 벗어날 수 있도록 천천히 깊이 숨 쉬는 법을 가르쳐 주었다.

비올레트는 떨고 있는 트롤 안에 최대한 편하게 자리를 잡고 앉았다. 그리고 할머니가 가르쳐 준 대로 심호흡을 하기 시작했다. 얼마간 반복하자 두려움에서 벗어나 다시 생각할 수 있게 되었다.

그때 귀한 조약돌의 목소리가 들렸다.

"누가 나 좀…… 주워 줘……."

비올레트는 바닥을 내려다봤다. 약하긴 해도 선명한 한 줄기 빛이 보였다. 귀한 조약돌이었다. 탈수기 안에 들어간 빨래처럼 흔들리면서도, 비올레트는 무릎을 꿇고 조약돌을 잡는 데 간신히 성공했다. 그녀는 조약돌을 주먹 안에 꼭 쥐고서 안심시켜 주었다.

"괜찮아, 넌 혼자가 아니야. 진정해……."

이 말은 조약돌뿐 아니라 자신에게도 효과가 있었다. 주먹을 살며시 펴자, 조약돌에서 뿜어져 나오는 오렌지색 빛이 그녀의 손 주위에 작은 빛의 방울을 이룬 것처럼 보였다.

"밖에 무슨 일일까?" 귀한 조약돌이 물었다.

"모르겠어. 커다란 검은 얼룩이 트롤들을 덮어 버렸어. 우릴 이렇게 흔드는 게 바로 그 얼룩이야! 그런데 난 네가 빛을 낼 수 있는지 몰랐어!"

"당연한 것 아니야?" 조약돌이 조금 자존심이 상한 말투로 대답했다. "난 반짝이는 돌이잖아!"

"그래그래. 그건 나도 알아, 귀돌아."

그 말을 하면서 비올레트는 진동이 더 심해진 걸 느꼈다. 그와 동시에 갑작스레 앞으로 고꾸라져서 벽에 무릎과 이마를 박고 말았다. 그녀는 한 손에 조약돌을 꽉 쥔 채 두 다리와 두 팔을 벌려서 간신히 균형을 잡고 바로 설 수 있었다. 하지만 진동은 점점 더 심해지기만 했다.

"밖으로 나가 봐야겠어. 이러다 트롤 배 속에서 산산조각이 날 것 같아."

비올레트는 몸을 웅크리고 트롤의 배 밑바닥에 앉았다. 그리고 왼쪽 다리를 트롤 배의 갈라진 틈까지 들어 올렸다. 몸통의 위쪽과 아래쪽은 캡슐의

뚜껑과 몸체처럼 꽉 끼워 맞춰 있었다. 안에서 그걸 여는 건 불가능해 보였다. 하지만 어쩌면 진동을 이용할 수 있을지도……

트롤이 흔들릴 때마다, 비올레트는 금이 간 부분을 발로 힘껏 찼다. 그러다 어느 순간, 위쪽 몸통이 스르르 미끄러지며 트롤의 배가 조금 벌어졌다.

"미안해요, 바잘트 아저씨. 하지만 여기서 나가야만 해요!"

모든 게 아주 빠르게 진행되었다. 비올레트의 정확한 발길질 한 번에 트롤의 윗부분이 열렸고, 바잘트가 큰 소리를 내면서 쓰러졌다.

비올레트는 마침내 바깥 공기를 쐬었다. 하지만 여전히 주위는 온통 잉크 얼룩이 만든 어둠 속에 빠져 있었다. 그녀는 가방을 챙겨 조심스럽게 일어났고, 바잘트의 배 밖으로 한 발을 내밀었다.

조심스레 발로 주위를 더듬어서 밑바닥에 발을 내려놓았다. 놀랍게도 바닥은 전혀 움직이지 않았다. 그렇다면 진동하는 건 바닥이 아니라 트롤들이었단 뜻이다.

비올레트가 오렌지색 빛이 나는 돌멩이로 비추며 트롤들을 살펴보니, 칡 같은 검은 넝쿨이 어두운 파도 속에서 바닥을 기어 와 두 트롤들을 칭칭 감고 있었다. 그들을 꼼짝 못 하게 한 뒤 미친 듯이 흔들어 대서 바닥에 넘어뜨린 거였다.

비올레트는 심호흡을 했다. 파벨도 없이 으스스한 괴물 식물들이 우글거리는 **초록 바다**의 밑바닥에 있다니……. 어떻게 여기서 빠져나가지?

그녀는 가방을 뒤졌다. 노끈 뭉치와 비스킷이 지금 유용할 리 없었다. 그럼 네모난 작은 상자는? 아름다운 자갈돌을 담아 두었던 성냥갑이었다. 희망이 보였다……

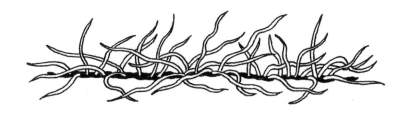

21
불

비올레트는 성냥갑을 열었다. 조약돌들 틈을 뒤적거려서, 원하는 걸 찾아냈다. 성냥 세 개…….

비올레트는 소나무 바늘잎이 잔뜩 널려 있는 바닥을 헤치고, 팔 길이 정도 되는 나뭇가지를 발견했다. 바짝 마른 나뭇가지였다.

첫 번째 성냥을 켜서 가지에 불을 붙여 보았다. 하지만 나뭇가지에 불이 옮겨 붙기도 전에 성냥불이 꺼지고 말았다.

"이걸로는 안 되겠어."

이번엔 잔가지들과 바늘잎들 한 줌을 모아 쌓아 놓고, 그 위에 두 번째 성냥을 갖다 댔다. 금방 불이 붙었다. 그리고 그 불을 마른 나뭇가지에 옮겨 붙였다.

"짠, 횃불이야!"

"그게 무슨 소용이야?" 귀한 조약돌이 투덜거렸다. "내가 있는데 횃불이 왜 필요해? 난 그깟 횃불보다 더 환하게 밝힐 수 있단 말이야."

"그래. 하지만 넌 열을 내지는 않잖아."

비올레트는 트롤들의 발밑에다 잔가지들을 모아서, 횃불로 불을 붙였다. 곧 트롤들을 휘감고 있던 넝쿨이 몸을 뒤틀더니, 휘이이익 하고 불쾌한 소리를 내면서 칭칭 감아 조이던 힘을 풀었다.

"흠, 그거 괜찮네!" 귀돌이 말했다.

비올레트는 바위 거인 둘을 풀어 주는 데 성공했다. 하지만 안타깝게도 넝쿨은 끊임없이 다시 공격해 왔고, 횃불은 점점 사그라들기 시작했다.

"뿌리가 어디 있는지 찾아야겠어. 그걸 잘라야 해!"

그녀는 넝쿨을 따라 올라가기 시작했다. 검은 줄기들이 이번엔 반대편에서 트롤들을 공격하려고 횃불을 빙 둘러 오고 있었다.

비올레트는 횃불의 희미한 빛에 집중하면서 조심스럽게 걷기 시작했다. 하지만 곧 멈춰야 했다. 바로 앞에서 바닥이 쩍 갈라지며 균열이 생겼기 때문이다. 마치 거인의 입처럼 단번에 검은 칡들을 빨아들일 것 같았다.

비올레트는 몸을 숙이고 갈라진 틈을 보다가 현기증을 느꼈다. 지구의 밑바닥처럼 한없이 깊은 바닥에서 어떤 무서운 의지가 그녀를 끌어당기고 있었다. 영원히 삼켜 버리려는 듯이……

그때 비올레트의 머릿속에 한 가지 이미지가 떠오르기 시작했다. 어렴풋한 남자의 이미지는 점차 검은 실루엣을 이루더니, 그녀를 향해서 천천히 몸을 돌렸다. 그 어두운 얼굴이 그녀의 시선과 마주치기 직전이었다.

칼리방.

폭풍우의 위험한 정령. 그가 거기, 땅속 깊은 곳에 둥지를 틀고 있었다. 끈적거리고 기분 나쁜 느낌……. 폭풍우의 정령은 그 깊은 곳에서 나와 세상을 완전히 집어삼키고자, 비올레트를 유인하고 있었다.

비올레트는 균열을 향해 다시 한 발 내디뎠다. 한 발짝이라도 더 다가가는 건 위험했다. 하지만 칼리방이 그녀를 부르고 있었다.

비올레트는 그 부름에 저항하기 위해 소중한 것들을 떠올리려 애썼다. **비밀의 정원**을 떠올려 보고, 그녀가 지켜야 할 정원의 친구들을 떠올렸다. 블루베리와 월계수, 겨자 부인과 로스 할머니와……. 하지만 이 어둡고 매혹적인 존재 앞에서, 그들은 아득한 환영처럼 느껴질 뿐이었다.

심연을 향해 한 발 더 다가가……려던 찰나!

빛 속에서 떠오르는 모습이 있었다. 소시지를 먹으면서 주인을 기다리고 있을 파벨! 갑자기 다시 수면 위로 올라가고 싶은 강렬한 욕망이 느껴졌다. 사랑하는 개와 함께 있고 싶었다.

마침내 깊은 구멍의 유혹을 뿌리치고, 그녀가 외쳤다.

"넌 내게 덤벼들 수 없어! 그리고 난 네가 뭘 무서워하는지 알아. 넌 빛과 열기를 두려워하지!"

그때 머릿속에서 툭 하고 줄이 끊어지는 소리가 들렸다.

저주가 끊어졌다.

드디어 자유롭게 된 비올레트는 행동을 개시했다. 가능한 한 빨리 잔가지를 더 모은 다음, 그것들을 쩍 갈라진 균열 가장자리에 놓고, 거기에 마지막 성냥을 던졌다. 마른 잔가지들이 활활 타오르자, 검은 넝쿨은 뒤로 물러났다. 비올레트는 불꽃을 구멍 속으로 떨어뜨렸다.

한 번, 두 번, 세 번…… 열 번. 손가락을 불에 데어도 멈추지 않았다. 득실거리던 거대한 넝쿨이 불꽃 공격 앞에서 몸을 뒤틀며 후퇴하기 시작했다. 그러더니 마침내 균열 속으로 완전히 사라졌다.

비올레트 주변에서 마지막 남은 불씨들이 나무 타는 냄새를 풍기며 증발했다. 이어서 검은 그림자는 흔적도 남기지 않고 사라졌다. 그녀는 그제야 트롤들이 있는 쪽으로 몸을 돌렸다.

"괜찮아요?" 바위 거인들에게 물었다.

그 말은 귀한 조약돌이 군이 통역할 필요도 없었다. 트롤들은 벌써 자기들 몸에 붙은 재를 털어 내기 위해 몸을 흔들며 일어나고 있었다.

어린 수호자가 다시 바잘트 안에 들어가 안전하게 자리를 잡기까지 채 몇 분도 걸리지 않았다. 비올레트 일행은 다시 길을 떠났고, 이전보다 더 주의 깊게 바닥을 살폈다.

"네 생각은 어때? 왜 심연이 트롤들을 유혹하려고 했을까?" 비올레트가 귀한 조약돌에게 물었다.

"그건 나도 모르겠어. 하지만 트롤들이 예쁜 조약돌들을 원한 건, 심연 속의 사악한 힘에게 그 돌들을 줘서 달래 보려고 한 게 아닐까 싶어!"

"그럴 수도 있겠네. 그 구멍에 빠지면 어떻게 되는 걸까?"

"몰라! 그런 건 알고 싶지도 않아!"

비올레트는 잠시 생각에 잠겼다. 귀한 조약돌의 말에도 일리가 있었다. 그런데 다른 생각이 불현듯 떠올랐다. 만일 그 깊은 심연이 집어삼키려고 했던 게 트롤이 아니라 *비올레트, 자신이었다면?*

좋아, 그건 차차 알게 되겠지. 그녀는 칼리방과 어두운 심연에 대해서 더 생각하지 않기로 했다. 지금은 바늘 없는 시계를 찾는 것에 집중해야 했다.

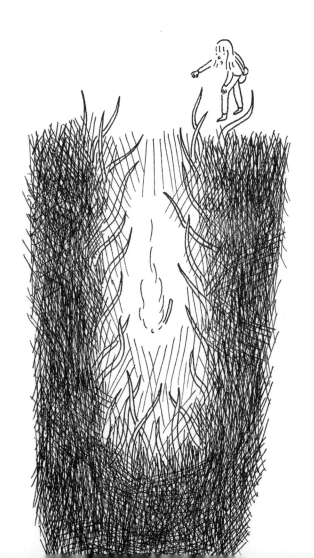

22
흔적

먼저 지팡이를 발견한 건 실리카스톤이었다. 지팡이는 수면 바로 아래에, 키 큰 풀들 속에 옭매여 있었다.

"그거 맞아요! 그럼 내가 그 반짝이는 물체를 보았던 곳이 바로 여기예요. 정말 시계가 맞기를! 샅샅이 찾아봐야겠어요!"

바잘트가 몸을 굽혔고, 비올레트는 **초록 바다**의 바닥을 살폈다. 그런데 다른 곳과 달리 바닥이 울퉁불퉁했다. 마치 밭고랑을 간 듯이, 기어다니는 어떤 커다란 생물이 발톱으로 할퀴고 간 것 같은 자국이 나 있었다. 대체 누가 이런 짓을 했을까?

그때 땅에 박힌 물체가 보였다. 트롤이 그것을 주웠다. 블루베리의 모종삽이었다. 비올레트가 이상한 생물과 싸울 때 떨어뜨린 거였다.

"분명 여기 근처였는데……. 왜 안 보이지? 어쩌면 누가 *가져갔는지도 몰라*. 누군가가 땅을 훑듯이 긁으면서 시계를 찾았던 거야!"

선명한 밭고랑 같은 자국은 기슭을 향해 비탈을 올라가고 있었다. 트롤들은 그 흔적을 따라갔다. 그러자 얼마 가지 않아서 바잘트의 머리가 키 큰 풀들 사이로 불쑥 솟았다.

초록 바다를 가로지르는 항해가 끝난 것이다.

비올레트는 마침내 트롤 속에서 나왔다. 갈퀴 자국은 **황폐 숲** 뒤로 이어지는 잿빛 땅으로 향하고 있었다.

"도와주셔서 감사해요." 비올레트가 두 거인에게 말했다. "아저씨들이 없었다면 절대로 이 길을 찾지 못했을 거예요. 이제 파벨을 만나서 이 길을 따라가야겠어요."

비올레트는 오이피클병을 꺼내서 빠르게 병뚜껑을 열었다. 파벨이 금세 달려왔다. 소시지 접시를 든 로스 할머니가 등에 타고 있었다.

"굉장히 빨리 일을 마쳤구나. 방금 소시지를 다 구웠는데 말이야!" 할머니가 말했다.

"난 아직 맛도 못 봤다고요!" 파벨이 투덜댔다.

"정말?" 비올레트가 말했다. "우린 그동안 너무 많은 일을 겪었는데…….이 정원에선 정말이지 시간이 이상하게 흐르네. **초록 바다** 안에서 적어도 몇 시간은 흘렀을 거라고 생각했거든. 그래서 몹시 배가 고파!"

비올레트는 소시지를 단숨에 삼켰다. 트롤들은 생물들이 소시지 먹는 걸 놀란 눈으로 바라봤다. 적어도 비올레트가 보기엔 그랬다. 바위 거인들의 얼굴만 봐서는 무슨 생각을 하고 있는지 짐작하기 어려웠기 때문이다.

그때 작은 목소리가 들렸다.

"우리도 좀 먹을 수 있을까요?"

"시빌랭! 당신들도 무사히 건너왔군요!" 비올레트가 반겼다.

샛길 군단의 개미들 뒤로 더 몸집이 작은 개미 정비사 군단 동료들이 보였다. 그들은 이제 막 이곳에 도착한 터였다. 로스 할머니가 급히 소시지를 아주 잘게 잘라 주었고, 개미들은 그것을 더 작게 잘랐다. 일부는 그들의 만찬이 되었고, 제일 큰 조각은 **개미 왕국**으로 가져갈 몫이었다.

"좋아!" 비올레트가 일어나면서 말했다. "모두 잘 먹었으니, 이제 저 흔적을 따라가야겠죠? 바늘 없는 시계는 저 흔적이 끝나는 곳에 있을 거예요. 그러길 바라야죠! 로스 할머니, 도와주셔서 고마워요. 맛있는 소시지 바비큐도요."

"천만에, 꼬마 아가씨." 로스 할머니가 대답했다.

그러고는 작은 배에 올라타며 말했다.

"비올레트, 네 임무를 잘 완수해서 내 친구들을 구해 주길 바란다."

할머니는 호수 쪽으로 향했고, 비올레트는 파벨의 등에 올라탔다.

"수호자님, 우린 당신을 따라갈 거예요." 시빌랭이 말했다. "먼저 출발하세요. 뒤따라갈게요."

비올레트는 갈퀴 자국을 따라가기 시작했다. 곧 트롤들과 거리가 벌어졌고, 개미들도 비슷한 속도로 따라오긴 했지만 꽤 멀리 있었다.

자국은 **황폐 숲**을 따라 계속 이어지다…… 아무것도 없는 텅 빈 곳을 지난 후, 돌무더기가 쌓인 곳에서 끊어졌다.

"여기서부터 자국이 없는걸!" 소녀가 외쳤다.

"잠깐만요." 파벨이 킁킁거리며 냄새를 맡기 시작했다.

갈퀴 자국이 끊긴 그 땅에도 역겨운 **초록 바다** 냄새가 희미하게 배어 있었다. 하지만 거기엔 다른 냄새도 섞여 있었다. 좀 더 자극적인 냄새가…….

"이건 크리스마스의 냄새예요!"

"크리스마스 냄새?" 비올레트가 물었다. "어떻게 크리스마스 냄새가 여기서 날 수 있어?"

"모르겠어요. 살펴봐야겠어요. 저쪽에서 냄새가 나요."

갑자기 불편한 기운이 스멀스멀 올라왔다. 크리스마스 냄새라는 파벨의 말이 나쁜 기억을 불러왔기 때문이다.

파벨은 땅바닥에 코를 박고서, 돌무더기 사이로 구불거리는 길을 올라갔다. 그리고 마침내 석회석 절벽 밑에 쌓인 흙더미에 이르렀다. 그곳은 숲이 끝나는 곳이었다. 거기엔 쓰레기들이 잔뜩 널려 있었다.

소녀는 그곳에서 죽은 전나무들을 보았다.

절벽에서 떨어진 돌 더미들 가운데 수백, 수천 개의 전나무 조각들이 흩어져 있었다. 추위에 쪼그라들어 바싹 말라붙은 나뭇조각들은 마치 쓰레기장에 버려진 동물 뼈 같았다.

이 음산한 곳 한가운데에 키가 아주 큰 전나무 한 그루가 우뚝 솟아 있었다. 시체처럼 보이는 다른 전나무들 사이에서 유일하게 곧게 서 있는 나무였다. 그 나무 역시 헐벗은 유령 같았지만, 놀랍게도 나뭇가지엔 많은 장식이 달려 있었다. 그것도 아주 을씨년스럽고 볼썽사나운 모습으로. 망가진 장난감에, 녹슨 금속 장식품, 타이어 조각과 낡은 빨래집게가 달린 빨랫줄까지…….

그야말로 끔찍한 크리스마스트리였다!

맨 꼭대기에는 금속 물체가 햇빛을 받아 별 모양으로 반짝이고 있었다.

"앗! 바늘 없는 시계다! 파벨, 가 보자!"

"기다려요." 개가 투덜댔다. "여긴 위험한 장소예요. 저 쓰레기들 안에 뭔가 위험한 것들이 숨어 있을 것 같단 말이에요……."

"이봐, 친구. 난 네가 소시지를 굽는 동안 저 시계를 찾기 위해 **초록 바다**도 지나왔고, 아주 끔찍한 것과도 과감히 싸웠어. 그런데 여기서 포기할 순 없잖아. 자, 가자고."

파벨은 죽은 전나무들 사이를 조심스럽게 한 발 한 발 내디뎠다. 바싹 마른 바늘잎에 발이 찔리지 않도록 조심하면서.

비올레트가 외쳤다.

"누구 없어요? 난 비올레트 위르르방이에요. 정원의 수호자요! 혹시 누가 있으면 모습을 보여 주세요!"

어떤 목소리도 들리지 않았다. 비올레트는 뒤를 돌아봤다. 멀리서 트롤들이 돌 더미 언저리까지 와 있는 게 보였다. 그녀는 그들에게 어서 오라고 채근하고 싶었다. 그때 그녀는 실리카스톤이 불안해하고 있음을 눈치챘다. 이어서 실리카스톤은 다급한 몸짓으로 그녀에게 돌아오라는 신호를 보냈다.

동시에 무덤처럼 쌓인 전나무들 한가운데서 불길한 소리가 들려왔다. 수천 마리의 독수리 떼가 무겁게 날개를 펄럭이면서 날아오는 소리 같다고나 할까. 그러나 바위들 사이로 날아온 건 독수리 떼가 아니었다.

"전나무예요!" 파벨이 소리쳤다.

전나무들이 움직이기 시작했다! 전나무들은 기거나 구르면서 소녀와 개를 향해 다가왔다. 근처에 있던 나뭇가지가 파벨의 발에 살짝 닿자, 화들짝 놀란 개는 그들의 공격을 피하려고 이리저리 펄쩍펄쩍 뛰기 시작했다.

"달려!" 비올레트가 명령했다.

"저기까진 절대로 못 가요!"

"안 돼! 계속 가야 해. 저 큰 나무가 있는 곳까지!"

"정 그렇다면 할 수 없죠. 꼭 잡아요!"

파벨은 중앙의 나지막한 언덕을 향해 몸을 날렸다. 채찍을 휘두르는 듯한 나무들의 공격을 피해 파벨이 바위에서 바위로 건너뛰며 힘들게 달리는 동안, 버려진 크리스마스트리들이 그 뒤를 쫓아서 기어 왔다. 물론 개가 훨씬 빨랐지만, 전나무의 수가 워낙 많아서 빠져나오기가 쉽지 않았다. 결국 크리스마스트리들이 파벨을 막다른 곳으로 몰아넣고 말았다.

중앙의 큰 나무 근처였다. 그 나무는 다른 전나무들과 외따로 떨어져서, 조악한 장식물로 빛을 내면서 작은 돌무더기 위에 우뚝 서 있었다.

파벨이 그 작은 언덕을 오르기 시작했다. 녹슨 장식물들과 색색의 크리스마스 볼 파편이 바닥에 널려 있었다. 그때 비올레트의 머릿속에 애써 잊고 있었던 기억 하나가 불쑥 올라왔다.

이 불길한 장소에 도착한 이후로, 계속 머릿속 한구석으로 밀어 두려고 했던 기억이었다. 하지만 더 이상 그 기억을 외면할 수 없었다.

동생 이방이 태어나기 전의 일이다. 크리스마스이브에 엄마가 전나무 한 그루를 사 왔다. 엄마 키보다 조금 더 큰 나무였는데, 어린 비올레트에겐 높은 빌딩만큼이나 커 보였다. 엄마는 크리스마스 볼이나 꽃 장식, 크리스마스 전구를 사지 않았고, 그 대신 종이로 장식품들을 만들면 더 재미있을 거라고 말했다.

비올레트는 엄마의 말을 믿었다. 그래서 엄마와 함께 종이로 꽃과 별, 달, 해 장식을 만들어 트리에 달면서 하루를 보냈다.

저녁이 되어 집으로 돌아온 아빠는 크리스마스트리를 보며 비웃었다. 정성 들여 만든 장식을 하나하나 내던지며 흉측하다고 조롱했다.

엄마는 아빠가 화를 낼까 봐 감히 말리지도 못하고 바라보기만 했다.
그날 이후로 비올레트는 크리스마스트리가 싫어졌다.

23
크리스마스 무덤

파벨은 가까스로 낮은 언덕 위에 있는 커다란 나무 밑에 도착했다. 비올레트가 곧바로 뛰어내렸다. 사방에서 전나무들이 그들을 향해 기어 왔다.

"파벨! 잘 버티고 있어! 내가 시계를 떼어 올 테니까……!"

"안 돼요! 날 혼자 두지 마세요. 난 올라갈 수 없단 말이에요!"

하지만 비올레트는 이미 네 번째 가지보다 더 위에 올라가 있었다. 나무는 가지가 규칙적으로 나 있어서, 놀이터에 있는 놀이 기구 같았다. 전나무 꼭대기까지 올라가는 데는 얼마 걸리지 않았다.

잔뜩 움츠린 파벨은 점점 다가오는 전나무 가지의 발톱 같은 가시들을 두려운 눈으로 바라보았다. 반쯤 불에 탄 나뭇가지가 비탈을 기어오르기 시작했다. 파벨은 옆에 있는 크고 둥근 돌을 주둥이로 밀어 내서, 기어 오는 나무 쪽으로 굴렸다. 돌은 전나무 쪽으로 곧장 굴러갔다. 하지만 마지막 순간에 살짝 방향을 트는 바람에, 나무를 맞히지 못하고 딴 데로 굴러가 버렸다.

초조해하는 파벨 뒤에서 다른 나무들의 소리가 들렸다. 끼기긱 끼기긱.

그때 비올레트의 목소리가 저 멀리 나무 꼭대기에서 들려왔다.

"그만! 동작 그만!"

그녀는 바늘 없는 시계를 손에 넣기 직전이었다. 시계는 가장 높은 가지에 녹슨 철사로 매여 있었다.

비올레트의 목소리에 전나무들이 멈췄다. 그녀는 시계를 천천히 집으면서 전나무들에게 말했다.

"이 유물은 정원과 정원에 사는 모든 주민들에게 아주 중요한 거예요. 여러분은 내 말을 믿어야 해요!"

전나무들이 반응을 보이긴 했지만, 결코 우호적인 태도는 아니었다. 너무나 적대적이고 공격적이었다. 비올레트는 죽은 것도 아니고, 그렇다고 살아 있는 것도 아닌 나무들이 증오심으로 떨고 있음을 느꼈다. 한때는 자신들을 장식하고 축제까지 벌이며 즐거워하던 이들이, 크리스마스가 끝나자마자 자기들을 쓰레기장에 내다 버리고 까맣게 잊은 것에 대해 끔찍한 분노를 느끼고 있었다. 동시에 자기들이 모든 관심의 중심이었던 시절을 그리워하며 침울해했다.

비올레트는 소중한 시계를 조심스럽게 떼어 내면서 계속 말했다.

"나는 최대한 빠르게 이 시계를 다시 작동시킬 거예요. 그러면……."

하지만 말을 다 마치지 못했다. 시계를 나무에서 떼어 낸 순간, 전나무들이 무서운 소리를 내면서 떼 지어 언덕으로 덤벼들었기 때문이다. 비올레트는 워낙 높이 올라가 있었기에, 밑에서 무슨 일이 벌어지고 있는지 볼 수 없었다. 하지만 파벨이 왈왈거리며 짖는 소리를 듣자 두려움이 엄습했다.

"이젠 다른 선택지가 없어." 비올레트가 중얼거렸다.

그녀는 시계를 가방 속에 넣고 급히 가방을 뒤졌다. 곧바로, 꺼낸 것을 공중에서 높이 흔들었다. 어떻게든 전나무들이 그걸 보기를 바라면서…….

"기다려요! 대신 이걸 줄게요! 이것도 정원의 유물이에요. 아주 귀중한 거지요. 게다가 이건 시계와 달리, 어둠 속에서도 빛을 낼 수 있어요!"

전나무들의 요란한 소리가 뚝 그쳤다. 긴 떨림이 땅에서부터 올라왔고, 낮게 수군거리는 듯한 소리가 공중을 떠돌았다. 전나무들은 그녀의 제안에 대해 고민하기 시작했다. 그때 그 작은 수군거림에 종지부를 찍는 소리가 들려왔다. 찌르는 듯이 날카로운 목소리였다.

"무슨 소리야? 말도 안 돼! 난 여기서 이런 식으로 내 삶을 마감하고 싶지 않아! 절대 안 돼!"

두말할 것도 없이 귀한 조약돌의 외침이었다. 비올레트는 조약돌을 엄지와 검지로 부드럽게 잡아 자기 입에 갖다 대고 속삭였다.

"미안해. 다른 방법이 없어……. 하지만 약속할게, 당분간만이야. 가능한 한 빨리 꼭 널 다시 찾으러 올 거야."

그리고 나서 목멘 소리로 항의하는 조약돌의 목소리를 무시하려고 애쓰면서, 기어이 조약돌을 나무 꼭대기에 매달았다. 그것으로 전나무들의 분노가 가라앉기를 기도했다.

비올레트는 이런 지옥 같은 곳에 친구를 버려두고 가려니 마음이 아프고 부끄러웠다. 하지만 달리 방법이 없었다.

작은 조약돌은 견딜 수 없을 것이다. 그럼에도 그녀는 결국 조약돌을 거기에 매달고 말았다. 그 조약돌이 없었다면, 그녀는 트롤들과 소통할 수 없었을 텐데. 그리고 심연 속에 삼켜지고 말았을 텐데……. 비올레트와 귀한 조약돌은 온갖 시련을 함께 겪으며 여기까지 왔다. 게다가 조약돌은 혼자서는 움직일 수도 없고, 방어도 할 수 없다. 그런 조약돌을 이런 식으로 배신한다는 것이 소녀의 마음을 찢어 놓았다. 비올레트는 나무를 내려오면서 울고 또 울었다.

"꼭 너를 찾으러 올 거야! 약속할게!"

하지만 비올레트는 자신이 그 약속을 정말 지킬 수 있을지 알 수 없었다.

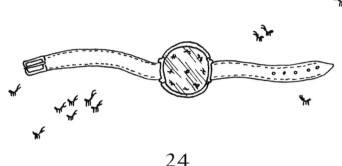

24
바늘 없는 시계

파벨이 풀밭에 누워서 네 번째 오이피클을 먹고 있는 동안, 비올레트는 파벨의 상처를 강물로 씻어 주었다.

"아이고, 이런! 몹시 따가울 텐데……."

"아뇨. 난 목이 따가울 정도로 시큼한 식초 맛이 정말 좋아요."

"네 상처 말이야."

"아!" 개가 신음을 했다. "맞아요, 정말 끔찍해요! 이 아픔을 잊으려면, 오이피클이 하나 더 필요해요."

비올레트는 **크리스마스 무덤**에서 도망쳐 나오던 때를 떠올렸다. 전나무들은 언덕 위의 커다란 나무 꼭대기에서 반짝이는 조약돌에 매혹당한 것 같았다. 그들은 비올레트와 파벨이 그들의 영토에서 도망칠 때까지 꼼짝도 하지 않았다. 덕분에 둘은 마구 달려서 무사히 그곳을 빠져나와 트롤들과 재회했다. 귀한 조약돌의 통역은 없었지만, 바잘트와 실리카스톤이 비올레트와 파벨을 언덕까지 호위해 주었다. 이제 비올레트는 바위 인간들과 자유롭게 소통할 수 없게 되었다.

두려움 가득한 조약돌의 울음소리를 떠올리면서, 비올레트는 죄책감으로 마음이 떨려 왔다.

"귀돌이를 구해야 해, 파벨. 난 그 애랑 약속했어. 찾으러 가겠다고. 꼭 약속을 지킬 거야." 그녀는 개에게 오이피클을 하나 더 주면서 말했다.

"그래요? 정말이에요?" 개가 짜증을 내면서 말했다. "난 그 돌멩이가 없으니까 훨씬 조용하고 좋은데……. 걔도 나무 꼭대기에 있는 게 더 좋을 거예요. 모두가 그 녀석을 감탄하는 눈으로 바라봤잖아요!"

"그건 절대 안 돼. 게다가 귀돌이도 정원의 유물이라는 사실을 잊지 마. 트롤들과의 문제를 해결하고 나면, 다시 그곳으로 돌아갈 거야."

비올레트가 파벨을 치료해 주는 동안, 개미 정비사 군단은 시계 주변에서 분주히 움직였다. 그들은 그 작은 물체를 아주 정성스럽게 닦아서 미세한 모래알까지 모두 제거했다. 비올레트가 시빌랭에게 말했다.

"드디어 시계를 손에 넣었어요. 나의 세 번째 유물이네요. 그런데 이제 내가 뭘 해야 하죠? 시계가 작동하지도 않는데 말이에요."

"시계가 제대로 작동하려면 톱니바퀴가 관건인데, 그건 개미 정비사 군단이 알아서 할 거예요. 보세요, 그들이 잘 수리하고 있잖아요."

비올레트는 몸을 굽히고 시계를 바라봤다. 시계는 전보다 훨씬 더 반짝였다. 깨알처럼 작은 정비사 개미들이 시계의 작은 구멍으로 들어갔다. 그 안에 태엽을 감는 장치가 있는 게 분명했다.

"개미 정비사 군단의 전문가들이 용수철과 톱니바퀴를 대신해 일을 할 거예요. 여기 있는 카트와 키트가 시곗바늘이 되어 줄 거고요."

아주 작은 개미와 키가 아주 큰 개미가 숫자판 안으로 들어갔다. 그리고 중앙 축에 자리를 잡고 돌기 시작했다. 한 마리는 빨리, 다른 한 마리는 거의 움직이지 않는 것처럼 느린 속도로 천천히 돌았다.

"보세요! 시계가 작동해요." 시빌랭이 말했다.

"그럼 이제 시계가 시간을 알려 주겠네요?" 비올레트가 물었다.

"네? 시간이요? 그게 뭐죠? 시계는 아무것도 알려 주지 않아요!"

'**비밀의 정원**에선 시간이 흘러간다는 걸 의식하지 못하는구나.' 비올레트는 그렇게 생각하면서, 시계를 조심스럽게 잡고 이리저리 살펴봤다. 은도금한 뒷면에는 이름이 새겨져 있었다.

루이자 위르르방

비올레트는 깜짝 놀라서 소리를 지르고 말았다. 발밑에서 땅이 흔들리는 듯한 기분이 들어 땅에 털썩 주저앉았다. 머리에서 윙윙거리는 소리가 들리는 것 같았다. 이 시계는 분명히 비올레트 집안 누군가의 것이었다.

"루이자 위르르방이라는 사람에 대해선 한 번도 들어 본 적이 없는데!"

"주인님, 괜찮아요? 굉장히 놀랐나 봐요." 파벨이 말했다.

"응, 파벨. 정원이 빙빙 도는 것만 같았어."

그러자 시빌랭이 말했다.

"오, 정원이 도는 게 아니라, 태양이 움직이기 시작한 거예요."

그 말에 비올레트는 태양을 바라봤다. 그들이 강가에 자리 잡았을 때만 해도, 태양은 멀리 **초록 바다** 위에, 그중에서도 커다란 주목 위에 고정된 채 전혀 움직이지 않았다. 그런데 지금은 **주목 섬**이 아니라, **크리스마스 무덤**으로 가는 넓은 자갈밭 위를 비추고 있었다. 시빌랭이 다시 말했다.

"태양은 정비사들이 시계를 움직이는 동안에는 그들의 속도에 맞춰 움직여요. 이제 태양은 하늘의 이쪽 끝에서 저쪽 끝까지 오가며 정원의 그늘진 곳들도 따뜻하게 비출 거예요. 햇빛이 비치는 곳마다 나무와 풀들이 자라고, 꽃도 피겠죠. 개울물도 녹아서 잔디밭과 숲을 적셔 주고요!"

"정말 기쁜 소식이네요." 비올레트가 말했다. "하지만 난 그런 게 어떻게 트롤들의 문제를 해결할 수 있는지 모르겠어요."

"어? 근데 트롤들은 어디로 간 거죠?" 파벨이 주위를 둘러보며 말했다.

실리카스톤과 바잘트는 온데간데없었다.

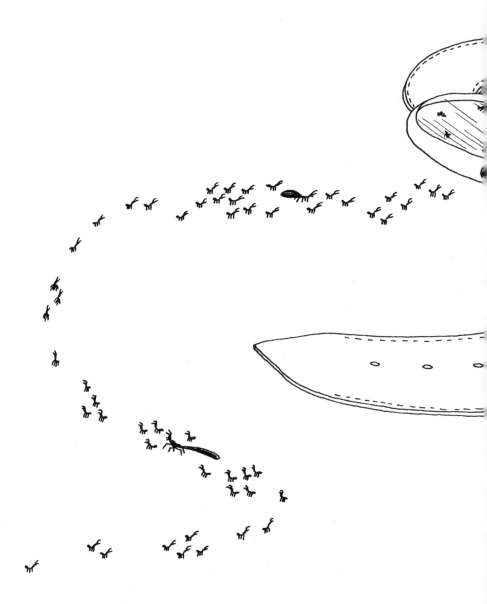

25
구슬치기 경기

파벨은 완전히 녹초가 되어 장터에 도착했다. 비올레트를 1초라도 더 빨리 데려다주기 위해 있는 힘을 다해 달려온 탓이다.

광장에 도착했을 때 상황은 그리 좋지 않았다. 트롤들이 광장까지 내려와 있었고 군중이 외치는 소리가 들렸다. 설마 전쟁······일까? 비올레트는 처음에 그렇게 생각했다. 가까이 가자, 다른 일이 벌어지고 있었다.

정원의 주민들과 동물들이 중앙 평지에 둥글게 모여 있었고, 주위에 빙 둘러선 트롤들은 그들을 감시하고 있는 것처럼 보였다. 하지만 자세히 보니, 트롤들 역시 공연인지 경기인지를 보면서 즐거워하고 있었다. 그들이 보고 있는 게 무엇인지는 아직 알 수 없었다.

군중 안에서 외침이 들렸다.

"블루베리, 네 차례야!"

"던져!"

"절대 실패하면 안 돼!"

트롤들 편에서도 끼이익, 콰르르릉 하는 소리가 들렸다. 올림픽 결승전처럼 긴장된 분위기였다.

비올레트가 파벨의 등에서 내렸다. 그녀는 정원 주민들보다 머리 하나 만큼 더 컸기 때문에 상황을 정확히 볼 수 있었다.

탁 트인 땅 위에 여섯 명이 서 있었다. 한쪽에는 트롤 셋이 있었는데, 사파이어 왕 그리고 쌍둥이 형제인 레드마블과 화이트마블이었다. 그 앞엔 그림을 팔던 족제비와 **소시지 호수**의 어부인 털보 아저씨, 블루베리가 있었다.

단상 위에 올라선 월계수가 심각한 표정으로 크게 외쳤다.

"6 대 3! 트롤 팀이 앞서고 있습니다!"

군중 사이에서 왁자지껄하는 소리가 들렸다.

"완전히 밟아 버려!"

"이런 시합을 제안하다니, 정말 천재야!"

"우리 조약돌을 모두 잃겠네!"

한숨을 푹 쉬며 말하는 친숙한 목소리는 겨자 부인이었다.

"선택의 여지가 없었지. 저들이 조약돌을 억지로 뺏지 않고, 우리 제안을 받아들였다는 게 놀라울 따름이야!"

비올레트가 그녀에게 다가갔다.

"겨자 아주머니! 대체 무슨 일이에요? 싸우는 건가요?"

"아! 수호 소녀야, 드디어 왔구나! 얼른 이 미친 짓을 멈추게 해 보렴. 안 그러면 우린 모든 걸 빼앗기게 돼!"

비올레트는 중앙에 모인 두 팀에 주목했다. 월계수가 다시 소리쳤다.

"1회전 네 번째 세트! 사파이어 선수가 던질 차례입니다."

"뭘 던지는데요?" 비올레트가 물었다.

"구슬이지 뭐." 겨자 부인이 설명했다. "트롤들이 구슬치기 도전을 받아들였어. **구슬치기 광장**에선 분쟁을 해결할 때 구슬치기 시합을 하는 게 전통이거든. 블루베리가 제안했지. 덩치 크고 움직임이 굼뜬 바위들이라면 쉽게 이길 수 있다고 생각한 거야."

"어떻게 되었어요?" 비올레트가 다시 물었다.

"보다시피 저기 평지에서 경기가 벌어졌지. 첫 번째 세트에선 우리가 압승을 거뒀고, 두 번째 세트가 시작되자, 상인들 모두 우리 편에 엄청나게 많은 조약돌을 걸었어. 그런데 두 세트 연속으로 우리가 지고 만 거야. 처음엔 트롤들의 실력이 형편없었는데, 나중엔……."

"속임수였군요!" 비올레트가 외쳤다. "트롤들이 보기보다 영악하네요."

"그러게나 말이야!" 겨자 부인이 한탄했다. "그래서 조약돌들을 다시 따오려고 블루베리와 월계수가 상인들을 설득했어. 남은 조약돌들을 몽땅 걸어보라고. 하지만 트롤 팀이 이번 세트까지 이기면 우린 파산이야!"

경기가 시작되었다. 사파이어가 몸을 웅크리고 돌을 던질 준비를 했다.

"한 사람이 세 번 구슬을 던지는 거야." 겨자 부인이 설명했다. "광장 한가운데 그려진 원 안에 던져서, 안에 있는 구슬들을 원 밖으로 밀어 내야 해. 모두가 던지고 났을 때, 원 안에 남아 있는 구슬의 숫자를 세는 거지."

"원 안에 어느 편의 구슬이 더 많이 남았냐로 승부를 가리는 거죠?"

"맞아."

트랙 옆에 놓인 작은 테이블 위에는 양쪽 팀이 내기에 건 조약돌들이 햇빛에 반짝이고 있었다. 두 무더기로 쌓인 색색의 조약돌들은 정원의 주민들에겐 보물이나 마찬가지였다. 비올레트는 트롤들이 어째서 그토록 조약돌에 집착하는지 이유가 궁금했다. 간식거리일까? 아니면 귀한 조약돌이 말한 것처럼 심연 속의 폭풍우를 달래기 위한 제물일까?

사파이어가 시작했다.

트롤의 왕은 어마어마한 덩치에 동작도 매우 어설펐다. 그러나 그 결과는 두 눈으로 보고도 믿기지 않았다. 그가 작고 동그란 자갈돌을 던질 때, 그 굵은 팔이 너무나 유연하고 정확히 움직였기 때문이다. 마치 완벽하게 작동하는 기계의 움직임 같았다. 역시나 그는 세 개의 구슬을 모두 원 안에 집어넣었다.

이번엔 상인들 차례였다. 족제비가 앞으로 나아갔다. 앞발에 진흙으로 구운 구슬 세 개를 들고 있었다.

비올레트는 구슬치기를 하는 족제비는 난생처음 보았다. 학교에서 쉬는 시간에 구슬치기 놀이를 수도 없이 많이 했지만, 학교 운동장에서 족제비를 본 적은 한 번도 없었다.

족제비는 꽤 능숙했다. 첫 번째 구슬이 원 한가운데서 멈췄다. 두 번째는 사파이어의 구슬을 정통으로 맞혀서 원 밖으로 밀어 냈다. 주민들이 환호했다. 하지만 트롤들이 내는 위협적인 소리에 박수갈채가 멈췄다.

"내 친구 족제비는 꽤 잘해!" 겨자 부인이 비올레트에게 자랑스러운 미소를 보이며 말했다.

족제비가 마지막 구슬을 던졌다. 구슬은 트롤의 구슬 하나를 향해 똑바로 나아갔다.

그러나 안타깝게도 작은 자갈과 부딪쳐서 진로를 벗어나, 원 밖으로 나가 버렸다. 사파이어의 부하들이 박수를 치기 시작했다.

"동점. 2 대 2입니다!" 월계수가 외쳤다.

이제 트롤 팀의 레드마블이 던질 차례였다.

녀석이 앞으로 나왔다. 그의 구슬은 자기 몸통 색과 같은 붉은 대리석으로 만들어진 거였다.

그는 두 번의 완벽한 플레이로, 족제비의 구슬들을 원 밖으로 내보냈다. 정원 주민들은 망연자실하고 말았다. 다행히도 세 번째 구슬은 너무 세게 던진 나머지 경기장 가장자리에 있는 풀숲에 빠져 버렸다.

"4 대 0!" 월계수가 선언했다.

이번엔 어부 아저씨 차례였다.

털보 어부가 마른 점토로 만든 세 개의 검은 돌을 들고 나섰다.

"털보 아저씨, 파이팅!" 비올레트가 외쳤다.

털보 어부가 군중에게 인사를 한 뒤 모자를 벗어 딸에게 건넸고, 딸은 모자를 받아 들었다. 관중들은 이제껏 비올레트가 와 있다는 걸 눈치채지 못했다가, 그녀를 본 순간 여기저기에서 기쁨의 소리를 터뜨렸다.

"수호자다!"

"비올레트 위르르방!"

"그녀가 우리에게 행운을 가져다줄 거야!"

비올레트는 그들의 환호에 얼굴이 붉어졌다. 그녀는 지금 시합을 중단시킬지 말지 망설였다. 사실 처음엔 오자마자 사파이어 왕에게 가서 바늘 없는 시계 덕분에 모든 게 제자리로 돌아갔다고 말하려고 했다. 그러나 실리카스톤과 바잘트가 옆에서 그들의 왕을 설득하는 걸 도와줬으면 해서 둘을 찾아 보았지만, 아직 만나지 못한 상태였다.

결국 시합이 계속되게 내버려 두기로 마음먹었다. 만일 상인들이 이 시합에서 이기면 모든 게 저절로 해결될 것이다. 하지만 아니라면, 다른 방법을 찾아야 했다.

비올레트는 털보 어부에게 격려의 사인을 보냈고, 어부는 신중하게 자세를 취했다.

어부는 특별하고도 효과적인 기술을 갖고 있었다. 구슬을 굴리지 않고, 공중으로 높이 던져서 단번에 원 안으로 넣는 기술이었다. 그는 세 개의 구슬을 모두 원 안에 넣었지만, 상대방의 구슬은 한 개도 밀어 내지 못했다.

점수는 4 대 3으로 트롤 팀이 한 점 앞서고 있었고, 이제 화이트마블이 던질 차례였다.

"저 트롤이 우리 구슬 세 개를 밀어 내면, 우린 승산이 없어." 겨자 부인이 중얼거렸다.

26
마지막 구슬

사람들은 게임에 몰두해 있어서, 침입자가 광장에 슬며시 들어와 있다는 걸 아무도 알아차리지 못했다.

중앙 평지에 우뚝 선 무화과나무 위에서 르비스가 조용히 이 게임을 지켜보고 있었다.

화이트마블은 상대편 돌 하나를 밀어 내고 하얀 대리석 구슬 두 개를 원 안에 집어넣었다. 그래서 점수는 6 대 2로 트롤에게 유리했다.

블루베리와 월계수가 전략을 짜기 시작했다. 하지만 둘의 의견이 하나로 모아지지 않았다.

상인들은 다시 초조해졌다. 정원 주민들이 웅성거리기 시작했고, 어떤 이들은 상황이 나쁘게 돌아가는 걸 지켜보기가 두려웠는지, 몰래 빠져나가려 했다. 하지만 트롤들이 이들을 감시하고 있었다. 그들은 빈틈없이 주민들을 둘러싸려고 서로 더 밀착했다. 그러고 나서 기계처럼 규칙적인 박자로 박수를 쳤는데, 그건 얼른 구슬을 던져서 시합을 마무리 지으라고 블루베리에게 무언의 압력을 넣는 것이었다.

긴장감이 더욱 커졌다. 선수들의 표정에도 불안감이 번졌다.

비올레트는 자신이 개입해야겠다고 생각했다. 친구들에게로 가서 자세한 상황을 물었다.

"그게…….." 블루베리가 말했다. "이 시합에서 이기려면 내가 감점 없이 완벽한 경기를 해야 한다는 거지. 트롤들의 구슬 세 개를 모두 밖으로 밀어내야 한단 말이야. 하지만 난 절대 그렇게 못 할 거야! 트롤들의 구슬은 모두 중앙에 있고, 우리 편 구슬들은 하나같이 가장자리에 있잖아. 이건 불가능해! 다른 방법을 찾아야 해! 아니면 최고의 선수가 대신 던지거나."

"우린 규칙에 따라 경기해야 해." 월계수가 나섰다. "그리고 최고의 선수는 바로 너야. 널 대신할 수 있는 자는 아무도 없어! 트롤들이 무슨 일을 벌이기 전에 어서 구슬을 던져."

비올레트는 모험을 해 보기로 했다. 그녀는 구슬치기라면 자신이 있었다. 그녀의 실력은 아주 좋았다. 학교에서 그녀를 이길 수 있는 사람은 아무도 없을 정도였다. 용기를 끌어모아 선언했다.

"내가 블루베리를 대신해서 출전할게."

군중 사이에서 환호가 터져 나왔다. 상인들이 비올레트의 이름을 외치기 시작했다.

"브라보, 비올레트!" 월계수가 말했다. "어떤 구슬로 경기할 거니?"

"어? 잘 모르겠는데……. 난 구슬이 없어."

월계수의 얼굴이 어두워졌다.

"구슬이 없다고?"

"응, 없어. 월계수, 네 구슬을 빌려주면 되잖아."

"그건 안 돼. 규칙이 엄격하거든. 선수는 반드시 자기 구슬로만 경기할 수 있어. 구슬이 없으면, 넌 경기에 나갈 수 없어."

"그런 법이 어디 있어! 그건 너무 황당한 규칙이야!"

그러나 블루베리 역시 체념한 표정으로 고개를 흔들었다.

"월계수의 말이 맞아. 할 수 없지. 내가 최선을 다해 보는 수밖에……."

블루베리가 자신 없는 표정으로 구슬을 던지는 자리에 들어섰다. 그때 누군가가 외쳤다.

"나! 내가 던질게."

르비스가 광장 한가운데로 내려왔다. 장갑을 낀 그녀의 손에 은구슬 두 개가 쥐어져 있었다.

"구슬은 두 개밖에 없지만…… 이거면 충분할 거야."

토끼 복면을 쓴 소녀가 어찌나 자신감이 넘쳐 보이던지, 아무도 감히 나서서 말리지 못했지만, 모두 경악한 표정이었다.

"오, 안 돼. 저 애는 절대로……."

"저 애가 또 모든 걸 망치고 말 거야!"

"보나마나 실수해서 우릴 망하게 할 게 뻔해!"

우스꽝스러운 표정을 한 아르마딜로 한 마리만 그녀를 응원하며 외쳤다. 아르마딜로는 두꺼운 갑옷 피부에 동그란 귀를 가진 동물이었다.

"파이팅, 르비스!"

르비스는 동요하지 않고 침착하게 비올레트를 보며 선언하듯 말했다.

"난 여기 있는 돌멩이들엔 눈곱만큼도 관심 없어. 대신 내가 이기면 다른 걸 갖고 싶어."

"그게 뭔데?"

"바늘 없는 시계. 나 역시 오랫동안 그걸 찾아다녔으니까."

비올레트는 망설였다. 르비스가 정말 이길지도 모른다는 생각이 들었다. 그때 작은 목소리가 그녀의 귀에 대고 속삭였다. 시빌랭이었다. 그는 비올레트의 어깨에 올라타 여기까지 함께 왔다.

"바늘 없는 시계는 당신이 갖든, 그녀가 갖든 상관없이 작동할 거예요. 시계를 움직이는 건 그 안의 개미들이니까요."

수호자가 그 말에 미소를 지었다. 그녀는 자신이 뭘 해야 할지 알았기에 고개를 끄덕였다. 그리고 상인들의 조약돌 무더기 옆에 시계를 내려놓았다.

르비스는 구슬 던지는 자리에 서서 허리를 숙였다. 그리고 준비 운동 대신에 구슬 하나를 손가락 사이로 빠르게 왔다 갔다 하는 재주를 선보였다. 능숙한 손재주를 과시하고 싶은 마술사처럼……. 그러더니 팔을 쭉 뻗어, 손가락으로 원을 향해 은구슬을 툭 퉁겨 보냈다.

총알처럼 튀어 나간 구슬은 공중에 곡선을 그리더니…… 원 중앙에 툭 떨어지면서 붉은 대리석 구슬 하나를 맞혀서 밖으로 내보냈다.

그러고도 구슬은 멈추지 않았다. 아주 빠른 속도로 제자리에서 한 바퀴를 빙그르르 돌더니, 이번엔 화이트마블의 하얀 구슬을 향해 굴러가서 딱 소리를 내며 그 구슬마저 밖으로 밀어 냈다.

군중 가운데서 기쁨의 함성이 터졌다. 트롤들도 감탄하는 것 같았다.

"4 대 3으로 트롤이 앞서고 있습니다." 월계수가 알렸다.

르비스는 두 번째이자 마지막 구슬을 오른손으로 옮기더니, 또 잠시 손으

로 재주를 부렸다. 그런 다음 그 구슬을 튕겨서 총알처럼 똑바로 원을 향해 쏘아 보냈다.

은구슬은 족제비의 점토 구슬 하나를 정면으로 때리고 말았다. 군중은 숨을 멈췄다…….

그런데 은구슬과 충돌한 점토 구슬이 쏜살같이 튀어 나가 상대편의 붉은 구슬을 쳐서 원 밖으로 밀어 내는 게 아닌가! 흥분한 정원 주민들은 벌써 승리를 축하하기 시작했다.

점토 구슬은 그치지 않고 계속 앞으로 나아가더니…… 그만 원 밖까지 굴러가고 말았다.

"3 대 3! 동점입니다!" 월계수가 외쳤다.

분위기는 초긴장 상태였다. 숨소리조차 들리지 않았다.

"아직 한 방 남았어, 르비스! 다시 해!" 한 구경꾼이 외쳤다.

"누가 구슬 하나만 줘!" 그녀가 말했다.

"그건 안 돼. 규칙을 따라야지." 월계수가 설명했다. "선수는 반드시 자기 구슬로만 경기해야 해."

비올레트가 자기 성냥갑을 흔들면서 나섰다. 그리고 성냥갑 안에서 완벽하게 동그란 작은 조약돌 하나를 꺼냈다.

"구슬 하나 정도는 나도 있어. 내가 마지막 구슬을 던질게."

"한 세트에 선수가 네 명이나 나와? 그게 가능해?" 블루베리가 물었다.

월계수가 잠시 생각한 뒤에 말했다.

"응. 예전에도 그런 경우가 한 번 있었어. 수달 팀에서 한 명이 다쳤을 때. 정원 주민들 친선 게임 때도 세쌍둥이 민들레가 나와서 각자 자기 구슬 하나씩을 던진 적이 있지. 비올레트, 네가 해도 돼!"

소녀는 경기장으로 들어갔다. 그리고 구슬 던지는 선 바로 뒤에 서서 부드럽게 무릎을 굽혔다. 그녀는 구슬에 집중하면서 천천히 세 번 숨을 쉬었다. 불안감을 잠재울 때 할머니가 가르쳐 준 방법대로.

비올레트는 조급하게 굴지 않고, 천천히 목표물을 겨냥했다. 그러면서 생각해 봤다. 만일 르비스가 시계를 갖고 가면 어떻게 될까? 또 사파이어가 승리하면 어떻게 해야 할까?

승리를 확신한 건 아니지만, 이제 결심이 섰다. 그 순간, 모든 게 그녀에게 달려 있었다.

비올레트는 조약돌을 힘차고 정확하게 던졌다. 작고 하얀 돌은 원을 향해 곧장 달려가더니 두 개의 점토 구슬 사이를 지나서, 트롤들의 구슬로 향했다. 조약돌은 그 돌들도 비껴서 굴러가더니 르비스의 은구슬 쪽으로 달렸고, 탁 소리를 내면서 그 구슬을 맞췄다.

르비스의 은구슬과 비올레트의 조약돌, 두 개가 함께 원 밖으로 나갔다.

믿을 수 없는 광경 속에서, 관객들은 구슬들이 완전히 멈출 때까지 아무 소리도 내지 못했다. 침묵을 깨뜨리고 월계수의 떨리는 목소리가 들려왔다.

"3 대 2로, 승리는 트롤에게 돌아갔습니다……."

27
르비스의 비밀

사파이어 왕의 백성들은 승리의 소식을 듣자, 천둥 같은 소리를 내면서 승리를 축하했다. 서로 얼싸안고 부딪치는 소리였다. 반면에 상인들은 한마디도 하지 않고 뿔뿔이 흩어졌다. 화가 난 르비스가 비올레트에게 달려들어 소리를 질렀다.

"넌 정말 쓸모없는 바보 천치 멍청이야. 주민들은 이제 절대로 널 신뢰하지 않을 거야. 넌 아무 능력도 없는 이방인일 뿐이라고!"

비올레트가 르비스의 눈을 똑바로 쳐다보면서 응수했다.

"넌 정원의 주민들을 위해서 구슬을 던진 게 아니야. 지금도 넌 바늘 없는 시계를 얻지 못한 것 때문에 화가 난 거잖아. 앞으로도 넌 그 시계에 손도 대지 못할 거야. 넌 예전에도 그 시계를 지키지 못했으니까."

토끼 복면의 소녀가 펄쩍 뛰었다.

"대체 무슨 소리를 하는 거야?"

"무슨 소린지 정말 몰라? 이 시계는 원래 정원에 있던 물건이 아니야. 정원은 시간의 흐름 같은 개념이 아예 없는 곳이라고! 넌 정원 출신이 아니야. 그러니 여기선 너도 나랑 마찬가지로 이방인이야."

"감히 네가 그런 말을 해?" 르비스가 경멸하는 어조로 말했다. "무슨 권리로? 똑똑한 척하고 싶겠지만, 넌 정원에 대해 아는 게 아예 없잖아. 네가 나에 대해서 뭘 안다고 그래? 넌 아무것도 몰라!"

"아니, 알아. 내가 조약돌 축제에 도착했을 때 네가 했던 말을 기억해."

"내, 내가 뭐라고 했는데?" 르비스가 약간 불안한 어조로 물었다.

"이렇게 말했지. 넌 내가 정원과 정원의 유물에 관해 앞으로 10년 동안 배우게 될 것보다 훨씬 더 많은 걸 알고 있다고. *10년!* 정원의 주민들은 아무도 그렇게 말하지 않아. 시간 개념이 없거든."

토끼 소녀는 경멸하는 태도로 허리춤에 두 주먹을 갖다 대고 말했다.

"풉! 그게 다야? 쳇! 난 그만 간다. 이따위 말장난은 하나도 재미없거든."

르비스가 등을 돌리자, 비올레트가 뒤에서 한마디 던졌다.

"난 그 시계 뒤에 새겨진 이름을 봤어. 루이자 위르르방. 뭐 생각나는 것 없니? 그 애가 이 정원의 지난번 수호자였겠지?"

르비스가 몹시 분을 내며 대답했다.

"그 애는 죽었어. 너도 그 애처럼 끝장나고 싶지 않으면, 지난 일을 들쑤시고 다닐 생각 마!"

그러고는 숲속으로 사라졌다.

비올레트는 생각에 잠겼다. 루이자는 누구일까? 그녀는 정말 비올레트의 친척일까? 위르르방이라는 성은 엄마로부터 물려받았다. 흔치 않은 성이었다. 엄마는 그 성을 외할아버지로부터 물려받았고, 외할아버지는 폴란드에서 프랑스로 이민 왔을 때 그 성을 선택했다. 사전을 보고 마음에 드는 단어를 골랐다고 했다. 프랑스어를 성으로 쓰는 것이 외국인으로서 눈에 띄지 않고 지내는 데 도움이 될 거라 생각했다나……. 완전히 후진 성이다!

시계에서 위르르방이란 성을 발견한 건, 단순한 우연일 수가 없었다. 반드시 조사해 봐야 했다.

비올레트는 기지개를 쭉 켰다. 이제 돌아갈 시간이었다. 하지만 집으로 돌아가기 전에 해결해야 할 몇 가지 소소한 일이 남아 있었다.

트롤들이 광장을 떠났다. 그녀가 르비스와 다투고 있는 동안, 그들은 전리품인 조약돌들을 쓸어 모아서 숲속 외딴곳에 있는 은밀한 거처로 가지고 갔다. 끼이직, 콰르르릉, 쿠쾅쾅⋯⋯. 나무 너머에서 나는 요란한 소리가 주민들의 마음을 불편하게 했다. 하지만 무슨 일이 일어나고 있는지 보러 갈 생각은 감히 하지 못했다.

"우리의 소중한 보물들을 먹어 치우는 소리일 테지!" 월계수가 말했다.

비올레트를 비난하는 말은 하지 않았지만, 비올레트는 그의 시선에서 충분히 짐작할 수 있었다. 조약돌을 몽땅 걸었던 다른 상인들처럼 그 역시 엄청나게 실망하고 있다는 걸⋯⋯.

블루베리는 월계수보다 더 망설임 없이, 솔직한 자기 생각을 입 밖으로 내는 성격이었다. 그가 비올레트 앞에 팔짱을 낀 채 버티고 서서 거침없이 말을 쏟아 냈다.

"넌 우리 모두를 파산하게 했어! 넌 구슬을 던지지 말았어야 해. 동점으로 비기면 협상을 해 볼 수도 있었단 말이야. 대체 왜 나서서 일을 이 꼴로 만들었어? 난 네가 구슬치기 챔피언이라도 되는 줄 알았지!"

"블루베리, 모두를 실망시켜서 미안해. 하지만 비밀 한 가지 말해 줄게. 난 실패한 게 아니야. 정원의 모든 주민을 지키는 수호자가 바로 나잖아. 난 최선의 일을 했을 뿐이야."

"뭐라고? 그럼 *일부러* 졌다는 거야?"

블루베리는 그 말에 더욱 화가 나서 몸을 떨었다.

"정원의 주민들을 위해 이런 짓을 저질렀다는 거야? 조약돌을 몽땅 괴물들에게 넘겨주는 게 우릴 돕는 거였다고?"

비올레트가 한숨을 쉬었다.

"제발 내 이야기를 들어 봐. 난 트롤의 왕에게 내가 정원의 수호자로서 초록 군단에게 쉴 수 있는 곳을 찾아 줬다고 말했어. 그랬더니 그가 이렇게 묻더라. '넌 트롤들에게도 똑같은 일을 할 건가?' 그때 알았지. 그는 내가 자기들을 위해서도 싸워 줄 수 있는지 알고 싶어 한다는 걸. 그리고 바잘트의 배속에 있는 동안, 그 말의 뜻을 확실히 이해했어."

"그게 뭔데?" 블루베리가 물었다.

"트롤의 왕은 내가 정원의 모든 주민을 지키는 수호자냐고 물었던 거야. 맞아, 난 정원에 있는 모든 종족 하나하나를 다 지켜야 해. 초록 군단의 나무들이며 정원 주민들, 개미 군단들 그리고 **소시지 호수**의 어부들뿐 아니라, 트롤들도 보호해야 한단 말이지."

"특히 **소시지 호수**의 주민들은 꼭 지켜 줘야 해요!" 파벨이 짖었다.

비올레트는 그 말은 못 들은 척하고 이야기를 계속했다.

"그러니 난 트롤들의 말에도 귀 기울여야 해. 그들도 필요한 걸 말할 권리가 있잖아. 그들은 내가 시계를 찾도록 도와줬어. 그들은 야만적인 종족이 아니야. 그리고 난 르비스보다는 트롤의 왕이 시계를 갖고 있으면 좋겠어. 시계는 그의 손에 있는 게 훨씬 안전해."

블루베리가 눈썹을 찌푸렸다.

"네가 잘못 생각한 게 아니었으면 좋겠다. 어쩌면 그들은 벌써 시계를 씹어 먹고 있을지도 몰라!"

"정원의 균형은 그 시계에 달려 있고, 트롤들은 누구보다도 그 점을 잘 알고 있어. 그러니 잘 지켜 줄 거야. 사실 우리의 유일한 진짜 적은……"

그녀는 거기서 말을 멈췄다. 마음을 얼어붙게 만드는 그 이름을 차마 입 밖으로 낼 수 없었다.

"누군데?" 블루베리가 물었다.

"폭풍우. 그리고 그 폭풍우에게 명령을 내리는 존재. 난 폭풍우가 점점 더 커지고 있는 게 느껴져. 트롤들을 동굴에서 쫓아낸 게 바로 그 폭풍우야. 그리고……."

천둥소리보다 더 요란한 소리에 비올레트는 말을 멈췄다. 무슨 일인지 트롤들이 동굴에서 나와, 광장 중앙으로 줄을 맞춰 행진해 오고 있었다.

28
트롤들의 행진

광장에 있던 자들은 반사적으로 재빨리 몸을 숨겼다. 중앙 대로로 걸어 들어오는 트롤들이 내는 소리는 두려움을 주기에 충분했다.

비올레트와 친구들은 무슨 일인지 알아보려고 급히 달려갔다. 그리고 트롤들이 왜 그토록 조약돌들을 원했는지 깨달았다. 그들의 행진은 전쟁과는 전혀 상관이 없었다.

"아니, 저 바윗덩어리들이 뭘 한 거야?" 월계수가 목이 메어 말했다.

"저게 뭐지? 너무…… 예쁘잖아!" 블루베리가 외쳤다.

트롤들은 반짝이는 조약돌 수십 개로 온몸을 장식한 모습이었다. 몸통과 팔다리의 틈이나 구멍마다 반짝이는 돌들을 박아 넣은 거였다. 덕분에 바위 거인들이 아주 화사해 보였다.

"완전히 패션쇼네!" 비올레트가 외쳤다. "카니발 같기도 하고!"

"카…… 뭐라고?" 블루베리가 물었다.

"바깥세상에서 사람들이 색색의 아름다운 옷을 입고 거리를 행진하는 축제를 말하는 거야! 축제에 음악이 빠지면 안 되지."

"오, 그건 나한테 맡겨 줘! 정원 주민 악단을 데리고 올게."

블루베리는 그 말과 함께 순식간에 군중 속으로 사라졌다. 정원 주민들은 놀라서 입을 딱 벌리고 그 광경을 바라보았다. 몇몇 작은 동물은 트롤들의 화려한 치장에 감탄하며 그들을 따라다니기 시작했다.

가장 놀라운 건, 트롤들이 얼굴에 있는 두 개의 검은 구멍 안에 색색의 돌을 박아 넣어서 생기 넘치는 반짝이는 눈을 갖게 된 거였다. 확실히 그들의 표정이 달라 보였다. 다른 이들을 기분 나쁘게 훑어보는 얼굴이 아니라, 평화롭고 현명하고 유쾌한 얼굴이었다.

"이게 뭐야?" 월계수가 물었다. "이건 도발이야, 우리 돌들을 갖고 조롱하러 온 거야!"

"아니, 내 생각은 달라." 비올레트가 대답했다. "그들은 그저 자신들이 트롤이라는 게 자랑스러워서 그걸 보여 주고 싶은 것뿐이야. 자기들은 무시무시한 괴물이 아니고, 정원의 일원이라는 걸 보여 주러 온 거지. 꽃으로 장식한 옷을 입은 주민들이나 모피 옷을 두른 동물들, 아름다운 깃털로 치장한 새들처럼 말이야!"

그 말에 월계수가 어깨를 으쓱했다.

"우릴 괴롭히지만 않으면 좋겠는데……. 그래 뭐. 트롤들과 친하게 지내지 말란 법도 없잖아?"

갑자기 들려온 트럼펫과 플루트 소리가 행진의 리듬에 뒤섞였다. 블루베리가 데려온 음악가 친구들이 트롤들과 어우러져서 함께 행진했다. 바위 거인들은 묵직한 춤을 추기 시작했다. 관객들도 안심하고 그 뒤를 따랐다. 어느새 광장의 모든 군중이 행진에 참여하고 있었다! 구슬치기 경기의 패배, 포위되었을 때의 긴장감, 두려움에 떨었던 순간들은 모두 사라졌다.

트롤의 왕 사파이어가 행진을 중단시켰다. 그의 왕관은 검은색과 회색 돌들로 장식되어 있었다. 두 개의 눈구멍에는 다이아몬드 같은 투명하고 아름다운 돌을 끼워 넣어, 깊고 고상한 눈빛을 갖게 되었다.

사파이어 왕 바로 앞에서 춤을 추는 트롤들이 있었다. 실리카스톤과 바잘트였다. 바잘트는 허리에 난 긴 상처에 생생한 빛깔의 조약돌들을 무수히 박아 넣었다. 실리카스톤은 큰 공을 세운 상으로 왕에게 받은 바늘 없는 시계를 과시하고 있었다. 비올레트는 귀중한 유물이 거인의 손목에 있는 편이 가장 안전하다고 생각했다. 그러면 태양이 멈추는 일도 없을 터였다.

그녀는 왕에게 다가갔다. 사파이어는 조금도 망설이지 않고 비올레트를 번쩍 들어 올려서 자기 머리 위에 앉혔다. 그녀는 광장을 내려다보면서, 인간과 동물, 바위 인간 들이 함께 춤추고 노래하는 모습을 구경했다.

왕과 가까이 있으니, 비올레트는 그의 기분을 느낄 수 있었다. 자기 백성이 비로소 정원의 주민들 사이에서 제자리를 찾는 걸 보며 몹시 안심하고 있었다. 하지만 희미한 불안감도 전해졌다…….

확실히 정원은 전보다 따뜻해졌다. 모든 곳을 골고루 비추는 태양 덕분이었다. 그러나 트롤의 왕은 이런 변화에도 불구하고 혹시라도 동굴 가장 깊

은 곳에 도사린, 그들을 쫓아낸 냉기와 어둠이 아직도 사라지지 않았을까
봐 불안해했다. 심연이 다시 깨어났으니, 이 행
진의 기쁨도 그것을 잊기에는 충분하지
않았다.

비올레트는 불길하고 악한 존재가
숨어 있던 그 깊은 심연이 떠오르자,
두려움이 온몸을 훑고 지나가는 느
낌이었다. 그녀는 자신이 언젠가는
칼리방이라는 존재와 맞서야 한다
는 걸 알고 있었다.

그때를 위해 준비해야 했다. 그
녀는 먼젓번 수호자에게 일어난
일을 알고 있었다.

어쨌거나 이젠 집으로 돌아
갈 시간이었다.

3장

책 새

1
상자

낡은 장롱의 칸막이 널판이 드디어 삐걱 소리를 내면서 휘어졌다. 먼지구름이 복도를 뒤덮었다.

"자, 됐다! 봐라!" 스타니슬라스 할아버지가 숨을 몰아쉬며 말했다.

널판을 떼어 내기 위해 할아버지는 다시 망치질을 세 번이나 했다.

할아버지 옆에 서 있던 비올레트의 눈에 꼭대기 선반에 놓인 상자 하나가 들어왔다. 방금 떼어 낸 널판에 가려져 평소엔 안 보이던 상자였다.

"저거 봤니? 저기에도 물건이 있구나!"

스타니슬라스 위르르방은 작은 의자 위에 올라가서 상자를 꺼냈다. 먼지가 소복이 쌓인, 커다란 철제 비스킷 상자였다.

"흠! 아주 오래된 거로구나. 기억난다, 이 상자. 내가 꼬마였을 때, 우리 어머니께서 여기에 바느질거리들을 담아 두셨었지."

할아버지가 입 속에서 웅얼거리듯이 말했다. 그건 할아버지에게 커다란 감정의 변화가 생겼다는 신호였다. 궁금해진 비올레트가 다가갔다.

할아버지는 주방 식탁에 상자를 내려놓았다. 안에는 이런저런 잡동사니들이 들어 있었다. 아주 오래된 도시락 통, 천 조각들…….

갈색 종이 꾸러미가 눈길을 끌었다. 반으로 접힌 커다란 봉투였다.

"엽서 같은데……. 아니다, 사진이네요." 비올레트가 말했다.

비올레트의 가슴이 빠르게 고동쳤다. 작고 네모난 사진들은 비올레트의 방에서 봤던 것과 비슷했다. 할아버지가 비올레트를 막았다.

"그거 이리 다오."

비올레트는 할아버지의 말을 따를 수밖에 없었다. 할아버지의 목소리에서 불안감과 당황스러움이 느껴졌다.

바로 그때 비올레트의 엄마인 모니카가 주방으로 들어왔다.

"그거 뭐예요? 어렸을 때 사진?" 엄마가 물었다.

"어…… 그래. 이사할 때 잊고 놔뒀나 보다. 뭐, 중요한 건 아니다. 나중에 시간 될 때 한번 정리해야지."

"어떤 사진인데요? 보여 주세요, 아버지!" 모니카가 졸랐다.

"볼 것도 없어. 색깔도 다 변했는데 뭘. 이게 폴라로이드 사진의 단점이지. 세월을 견디지 못한단 말이야. 당시에는 굉장히 획기적인 거였는데. 찍자마자 카메라에서 사진이 튀어나오다니, 그땐 그게 마법 같았지!"

모니카가 상자에서 직사각형의 무언가를 꺼내면서 감탄하듯 말했다.

"와, 폴라로이드 필름이네! 새 거예요! 열 장은 찍을 수 있겠는데요."

스타니슬라스가 심드렁하게 대답했다.

"아쉽지만 카메라를 잃어버렸단다."

할아버지는 그렇게 말하면서, 사진이 든 봉투를 점퍼 안에 슬쩍 넣었다.

호기심이 가시지 않은 비올레트는 상자 안을 계속 뒤졌다. 그중 오렌지색 천 조각을 꺼내 펴 보았다. 그리고 너무 놀라서 입이 떡 벌어지고 말았다. 그것은 섬세하고 매끄러운 천으로 만들어진 일종의 복면이었다. 눈 부분에 큰 구멍이 뚫려 있고, 머리 위쪽에는 여우의 귀가 있었다!

"오, 이런이런!" 스타니슬라스의 입에서 감탄의 말이 튀어나왔다. "이걸 까맣게 잊고 있었네."

할아버지는 손녀의 손에서 복면을 받아 들고는 감동으로 약간 몸을 떠는 듯했다. 그는 낡은 복면을 정성스럽게 털더니, 조심스러운 동작으로 펼쳤다. 그러고는 그것을 얼굴에 쓰는 시늉을 했다. 여우 복면은 어른의 머리에 쓰기엔 너무 작았다.

비올레트는 숨이 멎을 정도로 놀랐다. 색깔과 형태는 다르지만, 그 복면은 분명 르비스의 것과 같은 종류였다.

"그건 뭐예요?" 엄마가 할아버지에게 물었다.

"아, 이거! 우리 어머니가 만드신 거야. 어릴 때는 이런 복면들을 쓰고 정말 재미있게 놀았는데!"

"복면들이요?" 비올레트가 용기 내어 물었다. "이것 말고 다른 것도 있었어요?"

할아버지는 약간 망설이다가 대답했다.

"아, 그러니까……. 아니, 복면은 이것 하나뿐이었어. 우리 어머니가 책을 보고 만드셨지. 괴물들의 섬에 사는 꼬마의 이야기였는데, 그 꼬마도 복면을 쓰고 있었거든. 내 기억으로는 마지막에 그 꼬마가 사라지면서 끝났던 것 같구나."

할아버지가 비올레트에게 복면을 내밀면서 말했다.

"한번 써 볼래? 이건 네게나 맞겠다!"

비올레트는 망설이지 않고 여우 귀가 달린 복면을 썼다. 그것은 부드러웠고, 쿰쿰한 먼지 냄새와 시큼한 냄새가 살짝 풍겼다.

"꼭 맞는구나!" 엄마가 미소를 지었다.

"네게 주마." 할아버지가 덧붙였다. "그리고 찢어지지 않게 조심해 주렴. 네 증조할머니를 추억할 수 있는 얼마 안 되는 물건이니까……."

어른들이 다시 일을 시작하자, 비올레트는 여우 복면을 쓰고 자기 방으로 이어진 복도로 나갔다.

하지만 방으로 가는 대신, 숨을 죽인 채 계단 난간에 걸린 할아버지의 점퍼 주머니 속에 살며시 손을 넣었다. 봉투…… 비올레트는 세탁실에서 나는 소리에 귀를 기울이면서, 살그머니 봉투를 꺼냈다. 청소기 돌아가는 소리가 들렸다. 할아버지가 정신없이 일하고 있다는 뜻이었다.

비올레트는 봉투에서 사진들을 꺼내 하나하나 살펴봤다. 색이 많이 바랬지만 그래도 증조할머니를 알아볼 수는 있었다. 전에 다른 사진에서 본 적이 있었기 때문이다. 비올레트는 증조할머니에 대해선 아는 게 거의 없었다. 할아버지가 어렸을 때 돌아가셨다는 것밖에는…….

또 다른 사진에서 공놀이하는 소년은 할아버지인 게 분명했다.

비올레트는 한 장씩 넘기면서 사진을 보았다. 마지막 사진은 보자마자 왠지 중요한 사진이라는 게 느껴졌다.

사진 속엔 열서너 살 정도의 소년이 있었다. 할아버지였다. 그 뒤, 긴 벤치에 한 소녀가 앉아 있었다. 일고여덟 살쯤으로 보이는 그 아이는, 단호한 표정으로 보건대 틀림없었다. 이전에 사진첩에서 봤던 소녀, 수호자였다.

비올레트는 사진을 보고 또 봤다. 뒷면에도 실마리가 될 만한 건 없었다. 혹시나 싶어 봉투를 펼쳐 봤다. 거기에 볼펜으로 쓴 글씨가 있었다.

스타니슬라스와 루이자, 1967년 봄

256

2
버려진 오두막 들판

난 모험가였고, 넌 나의 믿음직한 친구였다.

'그 애도 자기 개에게 그런 말을 했다고?' 비올레트는 생각했다.

루이자와 센다크. 50년도 더 된 일이었다.

파벨은 **너른 잔디밭**으로 향하는 좁은 길을 빠르게 걸었다. 양철 상자 안의 물건들을 발견하고 처음으로 다시 찾은 정원이었다. 비올레트는 집에 아무도 없는 시간이 생길 때까지 사흘이나 기다려야 했다. 엄마가 집을 수리할 때 나온 폐기물을 버리러 간 동안이었다. 한 시간 정도 걸린다고 했다.

그 정도면 **비밀의 정원**에 머물면서 최근에 알아낸 것들을 조사하기에 충분했다.

비올레트는 사진들을 다 본 뒤에 할아버지의 점퍼 안에 다시 넣어 두고, 주머니를 뒤진 일은 비밀로 할 생각이었다. 하지만 너무 궁금한 나머지 다음 날 저녁, 루이자가 누구인지 아느냐고 엄마에게 물었다.

표정으로 보아 엄마도 모르는 것 같았다. 엄마는 집안에서 루이자라는 이름은 한 번도 들어 본 적이 없다고 했다.

소녀는 생각에 깊이 잠겨 옆에서 달리고 있는 동물들을 눈치채지도 못했다. 뒤에서 나타난 그들은 뭔가 위험을 피해서 달아나고 있는 것 같았다. 다람쥐 한 마리, 수달 한 마리, 족제비 세 마리 그리고 노루 한 마리가 전속력으로 그녀를 지나쳐 갔다.

덩치 큰 도마뱀이 좁은 길을 지나가느라 파벨을 떠밀었을 때에야, 비올레트는 자기 옆을 스쳐 가는 동물들이 눈에 들어왔다. 그녀는 **덩굴광대수염 다리** 사건 이후에 **황폐 숲**이나 **황량한 들판**의 아주 외진 구석에서 특이한 동물을 몇 번 본 적이 있었지만, 이 파충류는 정말 놀라웠다.

"안녕하세요, 도마뱀 씨! 어딜 그렇게 급히 가세요?"

"집회가 이쒀. 난 느쪄쒀!" 도마뱀이 속도를 늦추지 않은 채 무서운 말투로 투덜거렸다.

"집회요?" 소녀가 물었다. "파벨, 그렇다면 우리도 가야지! 속도를 더 내!"

파벨은 들쥐나 개구리라면 언제라도 뒤쫓을 준비가 되어 있었지만, 덩치가 거의 자기만 한 도마뱀과 경주하는 건 썩 즐겁지 않았다. 그래도 주인의 말에 복종했다. 위풍당당한 파충류를 따라가는 건 생각보다 어렵지 않았다.

도마뱀은 비올레트가 정원에서 아직 한 번도 가 본 적이 없는 곳으로 향했다. **모락모락 강**을 따라가는 길이었다. 김이 모락모락 피어오를 정도로 강물이 너무 뜨거워서 붙은 이름이었다. 주민들은 이곳에서 주전자나 찻잔에 물을 담아 가곤 했다.

비올레트는 한동안 강을 따라가다가, 낡은 쇠붙이들을 철사로 묶어서 만든 아주 불안해 보이는 다리를 건넜다. 다리를 건너자 갈림길이 보였는데, 거기엔 문자가 새겨진, 부엉이 형상에 찌푸린 얼굴을 한 토템이 서 있었다. 그곳은 나무가 거의 없었고 널빤지와 돌, 나뭇가지가 여기저기 흩어져 있는 음산한 모습이었다.

갈림길로 다가가니 온갖 종류, 온갖 크기의 수많은 동물이 여러 길을 통해 모여들고 있었다. 그들은 모두 들판을 가로지르는 넓은 중앙 길을 따라 행진하기 시작했다. 털 나고 비늘 있는 동물들 사이에서, 비올레트는 그들이 하는 말을 들어 보려고 애썼다. 크아악, 찌르르륵, 끼룩끼룩, 찌익찍거리는 동물들의 소리는 알아듣기 어려웠지만, 몇몇 단어는 이해할 수 있었다.

가장 많이 들린 건 '근위대'라는 단어였다.

들판 곳곳에 있는 나뭇가지 더미들은 알고 보니 모두 버려진 오두막들이었다. 대부분은 산산이 부서졌고, 겨우 서 있는 오두막에도 지붕이나 문은 다 떨어져 나간 상태였다. 그런가 하면 수십 명이 몸을 피할 수 있을 정도로 큰 오두막도 더러 있었다.

비올레트는 그 안에 숨겨져 있을지도 모르는 유물들을 찾으러, 혹은 적어도 거기 살던 이들의 흔적을 찾으러 그 오두막 안에 들어가 보고 싶었지만, 우선 동물들을 따라가기로 했다.

"아직 멀었어요?" 피곤해지기 시작한 파벨이 물었다.

"나도 모르겠어." 비올레트가 대답했다.

바로 그때 도마뱀이 말한 집회 장소가 보였다. 커다란 오두막이 탁 트인 대지 위에 우뚝 솟아 있었고, 그곳에 동물들이 모여 있었다. 오두막의 벽은 다 허물어졌지만, 말뚝들 위에 놓인 바닥은 학교 축제 때 운동장에 세우는 무대처럼, 넓은 연단 역할을 하고 있었다.

수백 마리의 동물이 무대 주위에 모였다. 뭔가를 기다리고 있는 것 같았다. 우글대는 동물들 속에 있으려니 비올레트는 조금 이질감이 느껴졌다. 그래서 파벨의 등에서 내려 여우 복면을 쓴 다음, 무대 주변의 동물 주민들 쪽으로 갔다. 그러나 그들과는 조금 떨어져서 파벨 뒤에 숨었다.

잠시 뒤에 거만해 보이는 세 동물이 무대 위로 나왔다.

3
근위대의 부활

비올레트는 걸어 다니는 나무와 바위 인간을 비롯해서 너무나 신기한 일들을 많이 보았기에, 이제 웬만하면 놀라지 않을 줄 알았다. 그러나 이 이상한 동물들은 정말로 놀라웠다!

그중 갑옷 같은 피부에 몹시 심각한 표정을 짓고 있는 큰 동물이 있었는데, 바로 아르마딜로였다. 비올레트는 그 동물을 어디선가 마주친 것 같았지만, 그게 어디였는지 기억이 나지 않았다. 그의 뒤에는 굉장히 위협적인 뿔을 가진, 나이 많은 산양이 무대를 압도하며 서 있었다.

그러나 가장 인상적인 동물은 따로 있었다. 오리 부리, 날카로운 발톱과 물갈퀴가 달린 커다란 발, 비버처럼 납작한 꼬리, 이 모든 걸 가진 동물이었다.

"저건 오리너구리야." 비올레트가 파벨의 귀에 속삭였다. "저 동물은 호주에만 산다고 들었는데, **비밀의 정원**엔 그런 경계가 없나 봐!"

그들이 더욱 이상하게 보인 건 복장 때문이었다. 정원 세상에 사는 동물 대부분은 그들 본래의 모습대로 지냈고, 아주 가끔 모자나 작은 조끼 같은 색다른 장식을 더해 몸을 꾸몄다. 그러나 무대에 있는 동물들은 몸집에 제대로 맞지도 않는 고대 제복 차림을 하려고 애쓴 것 같았다! 아르마딜로는 자수를 놓은 상의에 길쭉한 근위병 모자를 쓰고 있었고, 그의 동료들은 털모자를 쓰고 허리에는 자기 키만큼이나 긴 칼을 차고 있었다. 이처럼 뭔가 어울리지 않는 복장은 위엄 있어 보이기는커녕 기괴해 보였다.

그러나 그들의 표정만큼은 매우 심각했는데, 아르마딜로가 입을 열었을 때는 동물들 사이에 정적이 흐르기까지 했다.

"친구들!" 그가 힘 있는 목소리로 말했다. "이처럼 많이 모여 주셔서 감사합니다. 여러분도 아시겠지만, 정원이 깨어난 이후로 불안한 사건들이 아주 많이 일어났습니다. 초록 군단이 **너른 잔디밭** 주변의 땅들을 파헤쳐 놓았고, 조약돌 축제 때는 트롤들이 동굴에서 나와 주민들을 협박했으며, 검은 그림자가 심연에서 나와 모습을 보였다고도 합니다. 거의 죽은 거나 다름없던 **크리스마스 무덤**의 늙은 전나무들도 다시 깨어났고 말입니다."

동물들이 동요하기 시작했다. 아르마딜로의 연설이 청중을 사로잡고 있었다. 그는 앞발로 신호를 보내서 청중을 조용히 시켰다.

"이 모든 사건 앞에서 새로 온 수호자가 어떻게 했는지 아십니까? 그녀는 이런 혼란을 가져온 당사자들에게 오히려 재물과 땅을 분배했습니다. 폭동을 일으킨 나무들과 늑대들에게 숲을 넘겨주고, 트롤들에게 우리 상인들이 수확한 돌들을 양도했지요. 게다가 사악한 전나무들이나 검은 그림자, 길을 벗어나 이 땅을 방황하는 것들에겐 어떤 제재도 가하지 않았습니다."

"어? 저 말은 부당해!" 비올레트가 화가 나서 파벨에게 말했다. "난……."

아르마딜로가 그녀 쪽으로 고개를 돌렸다. 시력은 나빠 보였지만, 청각은 아주 예민한 것 같았다.

"오호! 거기 계셨군요, 비올레트 위르르방! 홈……. 자, 그렇다면 정원 세상의 동물들이 얼마나 분노하고 두려워하고 있는지 그들의 소리를 한번 들어 보시지요."

비올레트는 복면을 벗고, 그 말에 답하기 위해 일어났다.

"당신은 너무 한쪽으로 치우쳐서 말하고 있어요! 나는 정원에 평화를 가져오기 위해 최선을 다했어요. 완벽하진 않지만, 어쨌든 정원이 회복되었잖아요. 내가 없었다면 태양은 다시 움직이지 못했을 거고, 그러면 식물들도 자라지 못했을 거라고요."

"하지만 그 시계를 트롤들에게 줬잖아! 그게 얼마나 중요한 건데!" 오리너구리가 불평했다.

군중 사이에 다시 소란이 일었다. 몇몇은 비올레트를 옹호했지만, 대부분은 불안한 마음에 세 동물에게 동의하는 것 같았다. 아르마딜로가 다시 입을 열었다.

"이 모든 건 절대로 일어나선 안 되는 일이었습니다! 동물 여러분! 우리에겐 우리의 이익을 지킬 권리와 의무가 있습니다. 트롤들에겐 왕이 있고, 정원 주민들에겐 의회가 있지 않습니까! 그래서 오늘 우리가 이 **버려진 오두막 들판**에 모인 겁니다. 정원에서 가장 오래되고, 가장 고귀한 조직을 새롭게 정비하기 위해서. 그리고 그 조직은 두말할 필요 없이 근위대이지요!"

청중들이 우레와 같은 박수를 쳤다. 비올레트는 근위대라는 게 뭔지 궁금했다. 어쨌든 뭔가 중요한 일이 일어나고 있는 건 분명했다!

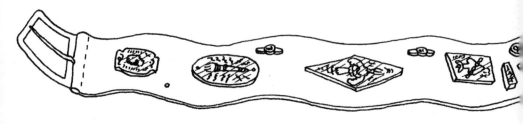

그녀가 파벨의 귀에 속삭였다.

"나는 이 집회를 끝까지 지켜봐야겠어. 하지만 시간을 낭비해선 안 돼. 넌 빨리 **너른 잔디밭**으로 가서 블루베리에게 여기 상황을 알려 줘.
그런 다음 두더지들과 시빌랭을 만나서, 근위대에 대한 정보를
알아봐 줘."

"알았어요. 그다음엔요?"

"여기로 날 데리러 와. 아니면 개미들을 통해 내게 메시지를
보내든가. 만일 내가 널 못 만나면, **두 바위 언덕**에 가서 널 기다리
고 있을게."

그러면서 개에게 오이피클 세 개를 줬다. 그것이 큰 격려가 되었
는지, 파벨은 순식간에 청중들 사이를 빠져나가서 길모퉁이로 사
라졌다.

파벨이 옆에 없다고 생각하니, 비올레트는 조금 위축되었다. 동물
들이 갑자기 그녀에게 적대감을 보이기라도 하면 어떻게 해야 할까?

그때 비올레트는 문득 자기 앞에 무시무시한 멧돼지와 불곰이 서 있
다는 걸 알아챘다. 사실 그들은 처음부터 줄곧 조금도 움직이지 않고 그
자리에 있었다. 비올레트는 조심스럽게 움직여서 이 덩치 큰 동물들에게
서 조금 떨어졌다. 그리고는 서로 싸우고 있는 토끼들 쪽으로 웃으면서 다
가갔다.

아르마딜로가 연설을 이어갔다.

"우선 자원자를 모집하겠습니다."

사향소의 등 위에 올라앉은 뾰족뒤쥐가 날카로운 목소리로 외쳤다.

"질문 있습니다! 나 같은 작은 동물도 근위대에 들어갈 수 있나요?"

"누구든지 다 환영합니다! 대원 수가 많으면 많을수록 우리는 정원을 살

필 눈과 귀를 더 많이 갖게 될 테니까요."

산양이 말을 이어받았다.

"무기와 제복은 여러분의 몸에 맞게 제작할 예정이니 등록하실 때 키와 몸무게도 함께 써 주세요! 곧바로 계급과 소속 부대를 안내하고, 제복도 준비되는 대로 지급하겠습니다. 여러분의 제복도 제 것만큼 멋질 것입니다!"

그 말에 여기저기서 휘파람 소리와 재잘거림, 기쁨의 탄성이 터져 나왔다. 멋진 붉은색 제복을 입는다는 생각에 동물들은 매우 흥분해 있었다. 그때 비올레트 뒤에서 반대의 소리가 들려왔다.

"쳇! 저놈들은 지금 자기가 무슨 말을 하고 있는지도 모르는 거야. 저 복장이 얼마나 더운지 알기나 하겠어? 저렇게 단추를 꽉 채운 옷을 입고 진흙 구덩이를 한번 달려 보라지!"

"당신은 저 근위대에 들어간 적이 있었나요?"

"그렇소, 꼬마 아가씨. 내 불곰 친구도 마찬가지고. 지금은 근위대원 수가 많지 않아요. 난 절대로 다시 돌아가지 않을 거요. 너무 위험하거든. 저 아르마딜로는 말만 그럴듯하게 할 뿐이지, 결국은 다른 동물들을 위험 속으로 밀어 넣는 거요."

연단 근처에는 이미 수십 마리의 동물들이 근위대에 가입하려고 줄을 서 있었다. 오리너구리는 자원자들의 명단을 작성하기 시작했고, 산양은 그들에게 입대 증명서와 소속 부대의 이름이 적힌 자작나무 껍질 조각을 나눠 주었다. 수다스러운 작은 토끼들은 벌써 나무껍질 조각을 받아 들고서, 서로 소속 부대를 비교하고 있었다.

"난 잡목림 3연대야!"

"난 초원 연대, 데이지 중대."

"그래? 난 높은 가지 부대야! 이럴 순 없어! 틀림없이 뭐가 잘못된 거야!" 커다란 갈색 토끼가 한탄했다.

그 장면을 보고 있던 멧돼지가 한숨을 쉬었다.

"하여간 초짜들이란……."

"혹시 근위대에 관해 좀 더 이야기해 줄 수 있나요?" 비올레트가 물었다.

"그거야 어렵지 않지. 날 따라와요, 꼬마 아가씨. 뽕나무 사단에 관한 이야기를 해 줄 테니까. 콜랭쿠르, 자네도 같이 갈 거지?"

반쯤 졸고 있던 불곰이 화들짝 놀라서 깨어나더니 앞발을 들고 일어섰다.

"그러세, 라마르크. 나도 저 헛소리에 진절머리가 나니까."

불곰과 멧돼지는 근위대에 자원하려는 군중과는 반대 방향으로 빠르게 걷기 시작했다. 비올레트도 바짝 쫓아갔다. 언덕을 올라가면서 보니, 멀리 떨어진 곳에서 달이 다시 희미한 어둠의 베일을 덮기 시작하는 게 보였다. 이번엔 가느다란 초승달이 아니라, 아주 선명한 반달이었다.

"텅 빈 달이 돌아오는군." 라마르크의 목소리가 불안했다. "서두르세."

4
백 개의 작은 땅

너른 잔디밭은 많이 변해 있었다. 정원 주민들이 마을을 가꾸어 예쁘게 단장하고 있었다. 오두막을 짓고, 집마다 문도 새로 페인트칠을 했는가 하면, 널빤지로 만든 벽에는 니스를 칠했다. 오두막마다 딸려 있는 넓은 밭에는 꽃과 과일나무, 채소와 잔디 등을 정성스럽게 가꿔서, 다채롭고 거대한 체크무늬를 이루고 있었다. 규칙적인 모양의 체크무늬 땅은 보기만 해도 안정감을 주었다.

파벨이 이곳에 도착했을 때, 달은 이미 검은색이었고, 달이 내뿜는 어둠이 족히 하늘의 3분의 1을 덮고 있었다. 멀리엔 아직 태양이 빛나고 있었지만, 차츰 흐려져 가는 중이었다. 태양의 힘은 천천히 줄어들고 있었다. 정원의 밤이 다시 시작되려는 참이었다. 파벨은 걸음을 서둘렀다.

수많은 정사각형으로 이뤄진 잘 가꾼 땅 한가운데, 유난히 한 구역만 버려진 땅처럼 보였다. 하얀 복슬강아지들의 모임에 진흙투성이의 꾀죄죄한 늙은 개 한 마리가 끼어든 느낌이랄까. 잡초들이 무성하게 자란 데다 날벌레들이 들끓었고, 오두막이 가시덤불로 덮여 있는 그 땅은 뭐든 마음대로 자라게 내버려 두는 곳인 듯했다. 파벨은 그곳이 바로 블루베리의 집이라는 걸 직감했다. 그 오두막에서 들려오는 하모니카 소리가 다시 한번 확인시켜 주었다.

파벨에겐 굳이 말이 필요 없었다. 세 번 왕왕 짖는 것만으로도 충분했다. 아니나 다를까 즉시 하모니카 소리가 멈추고, 남자 목소리가 들려왔다.

"들어와, 문은 열려 있어! 우리 집엔 빗장 따위는 없으니까!"

파벨이 주둥이로 문을 밀고 들어갔다. 블루베리는 김이 모락모락 올라오는 나무 물통 안에 향기로운 허브를 가득 채우고 족욕을 즐기는 중이었다.

"비올레트는 같이 안 온 거야?"

"네, 주인님은 지금 멀리 있어요! 주인님의 심부름으로 왔어요."

"무슨 일인데? 어서 말해 봐!"

개는 본 것을 전부 설명했다. 생쥐와 들쥐와 야생 고양이에 관해서, 또 동물 군중 속에서 맡았던 다양한 냄새들에 관해서 긴 설명이 이어졌다. 아르마딜로를 묘사하는 게 어려워서 '작은 돼지 거북'이라고 말했지만, 블루베리는 파벨의 말을 거의 다 이해했다. 그는 머리를 긁적이며 잠시 생각에 잠겼다.

"비올레트가 우리에게 그 소식을 알린 건 정말 잘한 일이야. 근위대가 다시 만들어지고 그들이 정원을 감시할 거란 이야기는 몹시 거슬리는걸. 그렇다고 그들이 아주 사악하다는 뜻은 아니지만. 음, 우선 월계수에게 가자. 그는 예전에 근위대와 함께 일했었거든. 조언을 해 줄 거야. 하지만 그 전에 넌 뭘 좀 먹어야지. 배고프겠다. 로스 할머니가 주신 소시지가 이 물통 안에 좀 남아 있어. 원하면 먹어도 돼."

블루베리는 물통에서 발을 꺼내고 둥둥 떠 있는 소시지를 보여 주었다. 파벨은 허브 사이를 헤엄치고 있는 소시지들을 보는 순간, 역겨워할 주인의 표정이 떠올라 잠시 망설였다. 그러나 곧 하나를 집어서 우걱우걱 먹었다. 약간 발 냄새 같은 게 났지만, 그다지 불쾌하진 않았다.

식사를 마친 파벨은 블루베리를 따라 달리기 시작했다. 블루베리는 채소밭 세 개를 지나고, 배 밭을 지나서 월계수의 땅이 있는 곳으로 안내했다.

도착한 곳에는 줄지어 선 딸기나무와 까치밥나무들이 절반을 차지했고, 나머지는 완벽하게 손질된 잔디밭이 차지하고 있었다. 아름다운 조각상들까지 세워진 멋진 잔디밭이었다. 월계수의 집 창가엔 등잔이 켜져 있었지만, 아름다운 초록 오두막은 전체적으로 어두웠다.

블루베리가 불렀다.

"월쑤! 당장 네 아담하고 예쁜 집에서 나와 봐!"

작고 포동포동한 남자가 문을 열고 화를 내며 말했다.

"날 그런 식으로 부르지 말라고 몇 번이나 말했어! 난 34호에서 38호까지 무려 5개 구역의 책임자란 말이야. 다시 한번 말하지만……!"

"알았어, 월쑤. 그런데 그보다 훨씬 더 중요한 게 있어. 파벨이 와서 알려 줬는데, 근위대가 재편성되고 있대."

그 말에 월계수는 금세 심각한 표정이 되었다. 집 안으로 들어가자마자 파벨은 **버려진 오두막 들판**에서 일어난 일을 요약해서 말해 주었다.

"알겠어. 우선 너는 돌아가서 네 주인을 찾아. 그 흥분한 동물들 사이에 비올레트를 혼자 둬선 안 돼."

"그래도 비올레트는 그 상황에서 잘 벗어날 수 있을 거야." 블루베리가 말했다. "능력 있는 애니까."

"그래, 하지만 내 걱정은 그게 아니야. 만일 그 '돼지 거북'이 내가 생각하는 자라면, 그는 진짜 근위대랑은 아무 관계가 없어. 그는 르비스의 몇 안 되는 친구거든. 그자가 갑자기 그런 제안을 한 이유를 알아야 해. 그러려면 우린 수호자와 의논해야 하고. 그러니 최대한 빨리 그 애를 데리고 와."

셋은 오두막을 나왔다. 하늘을 어둠으로 채운 검은 달을 보며 월계수가 덧붙였다.

"밤이 혹독할 거야……. 파벨, 빨리 떠나! 그늘을 벗어나지 않도록 조심하고! 절대로 달빛 아래에 있으면 안 돼!"

파벨은 한밤중인데 '그늘' 안에만 있으라는 게 무슨 뜻인지 궁금했다. 하지만 임무가 워낙 다급하고 막중했기에, 지체없이 전속력으로 달렸다.

5
숲속 어두운 공터

파벨이 **버려진 오두막 들판**으로 이르는 움푹한 길로 들어선 시각, 태양은 이제 작고 동그란 붉은 빛으로만 남았을 뿐, 거의 빛을 내지 않았다.

텅 빈 달 주변의 하늘은 **비밀의 정원**을 덮은 검은 덮개 같았다.

파벨은 주위가 완전히 칠흑 같은 어둠으로 변하기 전에 어떻게든 **버려진 오두막 들판**에 도착하려고 터널처럼 움푹한 길을 온 힘을 다해 달렸다. 그런 다음 아주 넓은 공터를 지나, 두 갈래 길이 나올 때까지 쉬지 않고 나아갔다. 하지만 두 갈래 길에 이르자 어떤 냄새를 맡고 갑자기 멈췄다.

그 냄새는 아주 희미하게, 길 가장자리 가시덤불 근처에서 나고 있었다. 파벨의 체취와 비슷한 냄새였다. 그건 제대로 먹지 못해 바짝 여윈, 흙먼지 투성이의 늙은 개, 센다크의 냄새였다.

냄새가 점점 진해졌다. 파벨은 귀를 쫑긋 세우고 주변을 살폈다. 움직이는 건 아무것도 없었다. 그는 다시 신중하게 공기 냄새를 맡았다.

그 냄새는 이제 막 들어서려는 길에서 더 진하게 풍겼다. 파벨은 센다크가 거기 숨어 자기를 기다리고 있다는 걸 눈치챘다. 불안했다. 센다크가 가시덤불 속에서 갑자기 튀어나와 공격한다면, 파벨이 불리한 건 불 보듯 뻔했다. 하지만 유감스럽게도 뒤돌아 갈 수는 없었다. 빨리 그곳을 통과해 비올레트를 데리러 가야 했다.

　파벨은 천천히 그 길로 들어서는 척했다. 그러자 다섯 걸음도 채 못 가서 나뭇잎이 바스락거리는 소리가 들렸다. 반격할 준비를 하고 있던 터라, 파벨은 번개같이 뒤로 물러나 갑자기 달려드는 센다크를 피할 수 있었다.

　파벨이 이길 유일한 방법은 적을 탁 트인 곳으로 유인하는 거였다. 그는 막 지나온 공터를 떠올렸다. 거기라면 자기보다 가벼운 회색 개를 넘어뜨릴 공간이 있을 것이고, 그리 멀지 않으니 다시 전속력으로 달리면 제때 비올레트에게 갈 수 있을 거라는 계산이 섰다.

　파벨은 재빨리 몸을 돌려 속도를 내서 달렸다. 뒤에서 센다크가 위협적으로 짖어 대는 소리가 울려 퍼졌다.

　파벨은 정신없이 앞만 보고 내달렸다. 센다크에게 잡히기 전에 공터에 이르러야만 했다. 움푹한 길은 그가 싸우기에 유리한 장소가 아니었다. 낮은 나뭇가지에 허리를 긁히고, 하얀 털이 뭉텅 뜯겨 나가는 게 저절로 상상됐다.

　여위긴 했어도 온몸이 근육질인 센다크가 무섭게 뒤따라 오고 있었다.

　파벨은 눈을 질끈 감고 마지막 있는 힘을 다 쏟았다.

　드디어, 공터에 도착했다! 그곳엔 식물이라곤 전혀 없었다. 그야말로 권투 경기를 하는 링이라고 할 만했다. 하지만 너무 캄캄했다. 상대방이 바짝 따라오는 소리가 들렸다.

　파벨이 급히 방향을 바꿔 돌아섰고, 센다크도 그에게 그대로 달려들었다.

　회색 개가 덮치려고 달려든 순간, 파벨이 일어서서 앞발로 힘껏 밀쳐 냈다. 센다크의 머리에 치명적인 일격을 가해서 공중으로 내던진 것이다. 그리고 곧바로 그 위로 몸을 던졌다.

발밑에 있는 몸이 근육과 뼈뿐인 게 느껴졌다. 파벨은 센다크를 꼼짝 못하게 힘으로 누르면서 말했다.

"날 그냥 놔둬, 안 그러면 넌 후회하게 될 거야!"

센다크는 대답 대신 파벨의 왼쪽 앞발을 꽉 물었다. 마치 기름을 따라 불이 번져 가듯이 통증이 온 다리로 퍼져 갔다. 그런데 뜻밖에, 파벨의 적은 곧 그를 놔주었다. 그러더니 신음 소리를 냈다.

파벨이 머리로 들이받았을 때 턱에 상처를 입은 거였다. 뼈가 부러진 정도는 아니지만, 힘을 주어 뭔가를 물 수는 없는 상태인 듯했다.

"센다크, 포기해. 넌 싸울 수 있는 상태가 아니야. 난 너를 놔주고 갈 거야. 난 지금 반드시 해야 할 일이 있어. 알겠어?"

"절대 안 돼!" 늙은 개가 으르렁거렸다.

그러더니 다시 파벨에게 달려들어서 목을 덥석 물었다.

만일 센다크가 상처를 입지 않았다면, 그래서 조금이라도 더 세게 물었다면, 파벨은 죽었을 것이다. 하지만 센다크는 파벨의 목을 물자마자 또 끔찍한 통증을 느꼈다. 센다크의 아래턱이 가늘게 떨리고 있는 것이 파벨에게도 느껴졌다.

파벨은 숨쉬기가 점점 힘들어졌다. 그러나 그 밑에서 죽을힘을 다해 파벨의 목을 물고 있는 센다크도 고통에 온몸을 떨고 있었다. 싸움의 승패는 누가 더 오래 버티느냐에 달려 있었다.

파벨이 센다크보다 덩치가 더 크고, 무겁고, 힘도 좋았지만, 센다크는 전투와 배고픔과 고통이 가득한 긴 생존 싸움에서 살아남은 개였다. 게다가 그는 끝없는 증오심을 품고 살아왔다. 그런 녀석이니, 절대로 파벨을 놔주지 않을 게 분명했다. 센다크에게는 자신의 고통보다 싸움에서 이기고 경쟁에서 살아남는 게 더 중요할 테니까.

파벨의 몸이 한계에 가까워지고 있다는 신호가 나타났다. 폐가 불에 타는 것 같았고, 더 저항할 수가 없었다. 무엇보다 숨쉬기가 너무 힘들어서, 근육과 뇌를 제대로 작동시킬 만큼 산소를 공급할 수 없었다. 그때 이상한 이미지가 파벨의 희미한 정신 속에서 떠올랐다.

6
밥그릇

파벨은 선명하게 기억했다. 비올레트 할아버지의 양철 상자 안에서 봤던 물건을……. 찌그러지고 쓸모없는 낡은 물건이었다. 인간들은 조금도 눈여겨보지 않았지만, 파벨은 그것에 강한 호기심이 생겼다. 그건 개에겐 귀중한 추억일 수 있기 때문이었다.

그는 모든 걸 운에 맡기고, 한번 시도해 보기로 했다. 그래서 헐떡거리며 어렵게 입을 열었다.

"센다크, 난…… 어디 있는지, 알아……. 네 밥그릇!"

그 순간 센다크가 깜짝 놀라서 물고 있던 파벨의 목을 놓았다. 파벨은 곧바로 신선한 공기를 한껏 들이마시고 다시 말했다.

"오렌지색 철로 된, 찌그러진 개 밥그릇. 그건 분명 네 거였어, 맞지?"

센다크가 으르렁거렸다.

"그게 너랑 무슨 상관이지? 난 이제 더는 그런 삶을 원하지 않아! 내 주인은 이미 죽었어."

늙은 개는 도리어 더 화가 났는지, 다시 파벨을 물려고 했다. 하지만 센다크가 목을 놓아 준 그 짧은 틈에 파벨이 주도권을 쥘 수 있었다. 그는 재빨리

뒤로 물러났다가, 앞발로 센다크를 강하게 후려쳤다. 고통에 찬 울부짖음이 공터의 어둠 속에 퍼졌다. 파벨이 상대의 약점인 상처 입은 턱을 공격한 것이다. 센다크는 나동그라졌고, 고통에 사로잡혀 꼼짝하지 못했다.

파벨은 다시 일어났다. 그는 이 싸움을 오래 끌고 싶은 생각이 조금도 없었다. 그의 이성은 빨리 비올레트에게 가야 한다고 말하고 있었다. 파벨은 완전히 깜깜해진 어둠 속을 전속력으로 달렸다.

머리에서 나는 희미한 윙윙 소리가 조금 전까지 있었던 끔찍한 시간을 상기시켜 주었다. 그러나 파벨은 흥분한 동물들에게 둘러싸여 있을 주인을 떠올리며, 찌르는 듯한 통증을 이기고 힘껏 달렸다.

머리 위에서는 이미 달의 어둠이 동그랗고 붉은 태양만 빼고 하늘 전체를 덮은 상태였다. 태양은 작은 전등처럼 보였다. 어둠의 *무게*가, 차갑고 음산한 분위기가 느껴졌다.

드디어 **버려진 오두막 들판**으로 가는 길을 찾았다.

그러나 파벨은 이제 뛰는 게 아니라 빨리 걷는 것으로 만족해야 했다. 센다크에게 물린 목의 불타는 듯한 통증이 심해지고 있었기 때문이다. 그리고 무엇보다도 참기 어려운 건 머릿속에서 윙윙대며 점점 커져 가는 소리였다. 온몸이 떨렸고, 똑바로 걷는 것조차 어려웠다.

　머리 위에서는 불길하고도 차가운 빛을 내뿜는 달의 존재가 점점 더 그를 압박하며 조여 왔다.

　나무 냄새가 마른 땅 냄새로 바뀌었다. 드디어 들판에 도착했다. 이제는 너무 캄캄해서 거의 아무것도 보이지 않았기에, 길에서 벗어나지 않으려면 정신을 더 집중해야만 했다.

　파벨은 붉은 태양의 위치를 가늠하기 위해 하늘을 올려다봤다. 원래대로라면 태양이 그의 뒤에서 약간 왼쪽에 있어야 했다.

　하지만 그가 머리 위에서 본 것은 달이었다. 그를 둘러싼 밤하늘보다 더 검은 달이 파벨의 눈동자에 동그랗고 텅 빈 자국처럼 맺혔다. 윙윙거리는 소리는 더 커졌다. 머리가 돌기 시작했다. 떨림이 너무 심해서 걸음을 멈출 수밖에 없었다. 그때 월계수가 해 준 충고가 떠올랐다. 그늘 안에만 머물라고 했던⋯⋯. 그리고 보니 그는 너무 오랫동안 달빛 아래에 있었다. 발밑에서 모든 게 빙빙 돌기 시작했다.

　파벨은 털썩 쓰러졌다.

＊＊＊

의식을 잃고 땅바닥에 쓰러진 파벨 주위에선 아무것도 움직이지 않았다. 거칠게 쌕쌕대는 숨소리만 정적을 깨뜨렸다. 고통에 찬 그 소리가 고요한 들판에 백 번, 천 번 울려 퍼지고서야 겨우 희미한 빛이 비치기 시작했다.

드디어 누군가가 그를 발견했다. 그러나 그러지 않는 편이 나았을지도.

두 개의 실루엣이 기절한 개에게 다가왔다. 정원 주민들보다 키가 훌쩍 큰 그들은 순례자들이나 입을 법한, 검은색과 흰색의 긴 옷을 입고 있었다. 검은 옷을 입은 자는 커다란 손수레를 밀고 있었고, 다른 이는 손에 우산을 들고 있었는데, 바람이 심하게 불어서 뒤집힌 것 같은 모양이었다.

"저거 보게, 심야. 동물이 또 죽었군. 오늘은 맛있는 요리를 실컷 먹겠어!"

"죽은 건 아니야, 망각. 기절한 거지. 달빛에 중독된 거야. 저렇게 새하얀 털을 갖고서 이 어두운 밤에 돌아다니니, 저런 꼴을 당하는 게 당연하지."

"잠깐! 우린 신성한 것을 발견한 거야. 저건 수호자의 개가 분명해!" 망각이라는 자가 대답했다. "운수대통인걸! 저건 아주 귀중한 개라네."

"운이 좋아서가 아니야." 심야가 말했다. "칼리방이 저 개 때문에 우릴 일부러 여기로 보낸 거지. 칼리방은 밤에 일어나는 일은 모조리 알고 있거든."

심야와 망각이 무거운 파벨을 들어 수레에 싣는 동안, 그들은 날개 달린 생명체가 나무 위에서 자기들을 관찰하고 있다는 걸 미처 알아차리지 못했다. 그들은 수레에 실린 동물들과 사람들 사이에 개를 뉘었다. 모두 갱도와 땅굴 속까지 스며든 달빛에 중독된 자들의 사체였다.

이제 막 깨어나고 있는 붉은 햇빛 아래, 심야와 망각은 사체들이 쌓인 수레를 밀면서, **버려진 오두막 들판**에서 벗어나기 위해 출발했다.

그들을 눈여겨보고 있던 새는 머리에 긴 장식깃이 있는 댕기물떼새였다. 새는 날개를 활짝 펴고 그들 뒤를 따라가기 시작했다.

7
근위대의 추억

비올레트는 불곰 콜랭쿠르와 멧돼지 라마르크의 집 앞에 서 있었다. 두 친구는 언덕 비탈에 있는 긴 굴을 함께 사용했다. 파벨에게선 아직 아무런 소식이 없었다. 비올레트는 불안해지기 시작했다.

희미한 태양 빛이 가까이 있는 나무들만 어렴풋이 분간할 수 있게 해 주었다. 그녀는 지평선을 살펴보다가 멀리서 반짝이는 점 하나를 발견했다. 별일까? 하지만 정원의 밤하늘엔 별이 없었다. 그렇다면 불일까?

반짝이는 점을 둘러싼 나무들의 위치를 가늠해 보다가, 비올레트는 그 빛이 **크리스마스 무덤**에서 시작된다는 걸 깨달았다. 그랬다, 오렌지색의 불빛, 귀한 조약돌이 내는 빛이었다!

깊은 후회가 몰려왔다. 당장 달려가서 조약돌을 찾아오고 싶었다. 반드시, 그리고 최대한 빨리 조약돌과의 약속을 지켜야 했다.

그녀는 일단 라마르크와 콜랭쿠르의 이야기를 들어 보기로 했다. 이전에 근위대원이었던 그들은 지난 추억을 읊었다. 이야기는 정원의 동물들이 처음 제복을 입고 자랑스레 오솔길을 행진하던 시대로 거슬러 올라갔다.

그녀는 그들 옆에 앉아서 이 모든 게 어떻게 시작되었는지 물었다.

"근위대와 자수를 놓은 제복, 연대, 계급……. 그 모든 걸 만든 건 아주 오래전의 수호 소년이었지." 멧돼지 라마르크가 설명했다.

"수호 소년이요? 수호자 중에 남자도 있었어요?"

"물론! 정원 세상은 아주 오래전부터 존재했어. 정원에는 수호 소년도, 수호 소녀도 많았지. 그리고 새 수호자들은 새로운 것들을 들여놓았는데, 그중엔 진짜 도시를 세운 자들도 있었어. 곧 잊히고 만 도시지만. 난생처음 보는 동물이나 기묘한 생명체를 새 주민으로 데리고 온 자들도 있었고."

"그건 확실히 별로 좋은 생각이 아니었어!" 불곰 콜랭쿠르가 투덜댔다.

"맞아. 그런가 하면 정원을 자유롭게 내버려 둔 수호자들도 있었지." 멧돼지가 계속 말을 이어갔다. "식물을 다듬거나 동물의 털을 깎으려고 했던 자들도 있었고, 길과 숲을 만든 자들도 있었고……."

"사냥꾼들도 있었잖아. 시인들도 있었고." 콜랭쿠르가 거들었다.

비올레트는 정원에 대해서 자기가 얼마나 무지한지 새삼 느꼈다. 어째서 특별한 거라곤 하나 없는 어린 소녀에 불과한 자신이 훌륭한 수호자들의 뒤를 이을 후계자로 지명된 것일까? 그녀는 정원에 무엇을 가져왔던가? 패배한 구슬치기 시합, 수많은 망설임과 실수…….

비올레트는 잠시 깊은 외로움에 사로잡혔다. 파벨만 옆에 있었어도……. 그런데 파벨이 과연 여기 있는 비올레트를 찾아낼 수 있을까?

그녀는 자랑스러운 자신의 개를 믿어 보기로 하고, 두 동물이 말하는 옛날이야기에 다시 귀를 기울였다.

"근위대를 만든 수호자는 아주 유순한 소년이었지." 라마르크가 말했다. "그 아이는 음악을 연주하면서 시간을 보내곤 했어. 자신이 사는 이상한 세상에 대해서도 종종 말해 주었지. 그곳에선 사람들이 서로를 죽이고, 왕의 목을 베기도 한다더군. 자기는 절대로 그런 세상으로 돌아가지 않겠다고 했어. '용감한 개들'과 '다른 개들'이 그의 집을 불태워 버렸다면서."

비올레트는 프러시아와 오스트리아 사이에 있었던 전쟁을 떠올리면서, 용감한 개들(프레 쉬엥)은 프러시아인들(프뤼시앵)을, 다른 개들(오트르 쉬엥)은 오스트리아인들(오트리쉬앵)을 뜻한다는 걸 알아차렸다.

"아주 오랫동안 정원에 남아 있었지. 그 소년이 살았던 집 말이야." 콜랭쿠르가 덧붙였다.

"그는 폭풍우를 적의 군대라고 여겼어. 그가 그렇게도 두려워했던 용감한 개들이 다른 개들을 적으로 보았던 것처럼 말이야.

'폭풍우가 다시 돌아오면, 당당히 맞서 싸워야 합니다! 여러분은 용감한 자들이에요!' 그가 그랬었지."

추억을 되새기다 흥분한 라마르크의 목소리가 점점 커졌다.

비올레트는 나이 든 멧돼지가 자신의 기억 밑바닥에서 나온 순간을 떠올리며 벅찬 감정을 느끼고 있음을 알았다. 콜랭쿠르의 어조도 격렬해졌다.

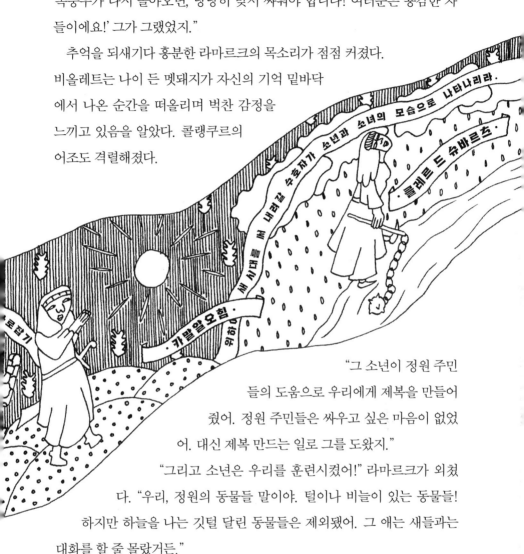

"그 소년이 정원 주민들의 도움으로 우리에게 제복을 만들어 줬어. 정원 주민들은 싸우고 싶은 마음이 없었어. 대신 제복 만드는 일로 그를 도왔지."

"그리고 소년은 우리를 훈련시켰어!" 라마르크가 외쳤다. "우리, 정원의 동물들 말이야. 털이나 비늘이 있는 동물들! 하지만 하늘을 나는 깃털 달린 동물들은 제외됐어. 그 애는 새들과는 대화를 할 줄 몰랐거든."

어슴푸레한 빛 속에서 두 친구의 실루엣만 보였다. 그들은 지독한 냄새를 풍겼고, 도토리나 버섯을 삼키기 위해 말을 중단할 땐 발로 땅을 긁어 댔다.

"처음엔 나무로 만든 칼로 훈련했어." 불곰이 말했다.

뒷발로 일어서서 싸우는 시늉을 하는 그는 비올레트보다 훨씬 컸고, 힘이 엄청날 것 같았다.

"그런데 어느 날 그가 자기 세상에서 진짜 칼들을 갖고 왔어. 싸움 밭에서 죽은 군인들의 칼을 들고 온 거라고 하더군."

비올레트는 피식 웃음이 났다. '싸움 밭'이란 전쟁터를 뜻하는 것 같았다. 정원 세상은 비올레트가 생각했던 것보다 훨씬 더 많이 인간 세상과 연결되어 있었다.

소녀가 물었다. 조금 전부터 그녀를 괴롭히던 질문이었다.

"결국 당신들이 패배했나요? 적의 군대라는 그 폭풍우가 정말 왔어요?"

리마르크가 긴 한숨을 쉬었다.

"그렇지. 그런데 수호 소년이 몰랐던 게 있어. 진짜 폭풍우는 우리 안에서 시작되었다는 거. 병정놀이를 너무 많이 한 나머지, 정말로 전쟁을 원하는 자들이 생겨났던 거야. 서로 자기가 사령관이 되고 싶었던 거지."

"우리는 서로 싸웠어. 정원은 곧 황폐해졌고, 숲은 전부 불타고 말았어. 모든 폭풍우 중에서도 최악이었지."

"그럼 그 수호자는요?" 비올레트가 물었다.

"떠났지." 콜랭쿠르가 불곰의 굵은 목소리로 말했다. "그는 우리더러 다른 개들보다 더 나쁘다고 하면서 정원을 떠나 버렸어. 정원의 주민들도 모두 다시 잠에 빠졌고."

비올레트는 자신도 모르게 주먹을 꽉 쥐었다. 그런 혼란이 있었다니, 생각만 해도 화가 치밀었다. 자신은 절대로 그런 바보짓을 저지르지 않겠다고 다짐했다. 신중해야 했다. 또다시 동물들의 폭력성이 깨어나지 않도록 막으려면 다른 해결책을 그들에게 보여 줄 필요가 있었다.

라마르크가 이어서 말했다. "그 후로도 여러 수호자가 필요할 때마다 근위대를 소집했어. 어떨 때는 그게 제법 잘 통하기도 했고. 그때는 좋은 시절이었어. 근위대가 모두를 도와주었거든."

"게다가 먹을 것도 넉넉했지!" 콜랭쿠르가 덧붙였다.

"그리고 어떻게 되었는데요?"

불곰이 툴툴거렸다.

"모두가 신임하는 천 사령관이라는 자가 있었는데, 수호 소녀가 그에게 근위대의 정예 병사들을 이끌고 폭풍우를 물리치라는 임무를 내렸어. 그때의 폭풍우는 초록색이었는데, 그게 엄청나게 커지면서 정원을 싹 다 덮어 버렸지 뭐냐. 그래, 그런 폭풍우가 있었어. 모든 것을 집어삼키는 초록 폭풍우. 그 폭풍우를 쓰러뜨리려면 뿌리를 완전히 잘라 내야 했어. 어쨌든 천 사령관 일행은 그 일을 하러 갔다가, 그 길로 모두 사라져 버렸지."

"그가 돌아와 다음 명령을 내려 주길 얼마나 기다렸는지 몰라. 하지만 천 사령관은 올 수 없었어. 초록 폭풍우가 다 삼켜 버린 거야. 다음번 수호 소년이 와서 정원이 깨어났을 땐, 정원의 모두가 근위대에 대해서 거의 잊어 버렸지."

"우린 근위대 제복을 장롱 속에 처박고, 다시 예전의 삶으로 돌아갔어." 라 마르크가 말했다. "이번에 아르마딜로가 집회를 열기 전까지 말이야."

두 친구가 우걱우걱 소리를 내면서 땅에서 파낸 뿌리채소를 먹는 동안, 비올레트는 말이 없었다. 그러다 그들의 집에서 나왔다. 그새 태양이 주황색으로 바뀌어서, 주변 풍경을 알아볼 수 있었다. 높고 뾰족한 언덕 꼭대기를 나지막한 관목들이 무성한 숲처럼 덮고 있었다. 발밑으로는 근위대 집회가 있었던 **버려진 오두막 들판**이 넓게 펼쳐져 있었다.

멀리 **크리스마스 무덤**이 있는 곳을 바라봤다. 귀한 조약돌의 빛은 보이지 않았다⋯⋯. 낮이 되어 빛이 꺼진 것일까?

그때, 장밋빛 태양 덕분에 하늘에 수천 개의 점이 떠 있는 것을 볼 수 있었

다. 새들이었다! 셀 수 없이 많은 새가 숲 위를 날고 있었다. 처음엔 새들이
햇빛에 이끌려 밖으로 나온 곤충들을 사냥하는 줄 알았다. 하지만 그들은
점점 더 하늘 높이 올라갔다. 그러더니 갑자기 새들이 여러 무리로 나뉘어
모두 똑같은 방향으로 날기 시작했다. 무슨 일이 일어난 게 분명했다.

"아저씨들도 보셨어요? 저 새들은 뭘 하는 걸까요?"

"아, 드디어 새들이 가는구나!"

"어디로 가는데요?"

"안내자인 '책 새'를 찾으러 가는 거야." 라마르크가 대답했다.

"모든 동물이 자기들의 사령관을 원하거든. 거참, 그게 무슨 바보 같은 생
각이람!" 콜랭쿠르가 툴툴거렸다.

비올레트는 아까보다 더 불안해진 마음으로 주변을 살폈다.

"파벨이 안 오네……. 어쨌든 아저씨들, 날 환영해 줘서 고마워요. 유익
한 이야기도요. 이제 난 **버려진 오두막 들판**으로 돌아갈게요. 내 친구를 찾아
야 하거든요."

8
피와 깃털

비올레트는 친구들에게 인사를 하고는, 아르마딜로가 연설하던 무대로 돌아갈 준비를 했다. 그곳에서 파벨을 만날 수 있길 간절히 바랐다. 라마르크가 가는 길을 알려 주었는데, 아주 멀어 보였다.

"제발 파벨이 있었으면……. 저기 없으면 **너른 잔디밭**으로 가야겠지."

비올레트는 걸음을 멈추고 주변을 살폈다. 그녀가 있는 곳은 작은 언덕 꼭대기였다. 들판이 내려다보였지만, 바위와 관목 너머까지 볼 순 없었다.

"파벨이 여기 왔다면, 멀리 있지는 않을 거야. 파벨도 날 찾고 있겠지. 아, 내가 동물이었다면 내가 있는 곳을 알릴 수 있을 텐데!"

그녀는 오이피클병을 꺼내서 뚜껑을 열었다. 펑! 소리가 정적 속에서 울려 퍼졌다. 그녀는 비스킷을 가져오지 않은 걸 후회하면서 잠시 기다렸다. 배가 고프기 시작했다. 오이피클을 먹고 싶었지만, 파벨을 위해서 참았다. 그러나 개는 달려오지 않았다.

"내가 파벨만큼 후각이 예민하다면 녀석의 냄새를 맡을 수 있을 텐데."

비올레트는 손가락을 딱 튕겼다. 좋은 생각이 떠올랐기 때문이다.

"이럴 때 필요한 게 바로 늑대 가죽이지!"

그녀는 늑대 가죽을 둘렀다. 즉시 수천 가지의 새로운 것들이 느껴졌다. 논리적인 생각보다 감각적인 이미지들이 뇌 속으로 흘러들어 왔다.

태양이 있는 쪽으로 사백이십 걸음 떨어진 곳에 죽은 들쥐 한 마리. (비올레트는 순간적으로 군침이 돌아서 깜짝 놀랐다.)

오른쪽으로 일곱 걸음 떨어진 굴속에 숨은 여우 두 마리.

풀숲 뒤로 세 걸음 떨어진 돌 밑에 숨은 달팽이 한 마리.

생각할 것도 없이 비올레트는 세 걸음을 뛰어서 돌을 들춰냈다. 역시나 달팽이 한 마리가 돌 밑에 숨어 있었다. 그녀는 그것을 집어 들고는, 달팽이 집에서 기름지고 끈적거리는 연체동물을 꺼내 입에 넣었다.

머릿속에서 이런 말이 들렸다.

'으악, 너 지금 뭐 하고 있는 거야? 으으, 더러워!'

하지만 또 다른 목소리는 이렇게 대답했다. 더 강렬한 목소리였다.

'더 멀리 가기 위해서는 에너지가 필요하잖아. 이젠 맛있는 들쥐 냄새가 나는 곳으로 가자. 뛰어!'

늑대 가죽을 쓴 비올레트는 즉시 덤불을 가로질러 달렸다. 그녀는 본래의 목적을 잃어버렸고, 허기만이 그녀의 유일한 안내자였다.

곧 땅 위에 죽은 들쥐가 보였다. 그런데 그 모습이 이상했다. 몸은 하얗고, 바싹 마른 상태였다.

이상한 건 그것만이 아니었다. 죽은 들쥐 근처에서 사람 발자국과 손수레의 바퀴 자국이 보였다. 무엇보다도 어떤 냄새가 느껴졌는데, 아주 익숙한 냄새였다. 마음을 따뜻하게 어루만지는 이 냄새는……?

파벨의 냄새였다. 비올레트가 사랑하는 개의 냄새!

파벨은 가까이 있었다. 이곳을 지나간 지 그리 오래되지 않은 듯했다.

그녀는 죽은 들쥐를 집는 순간 불쾌한 감각을 느꼈다. 들쥐는 속이 텅 비어 있었다. 누구인지는 모르겠지만, 들쥐에게서 양분이란 양분은 모두 다 빨아들인 뒤, 껍질만 버려두고 떠난 듯했다.

"먹을 게 하나도 없잖아!"

너무 실망스러웠다! 배에서 꼬르륵 소리가 났다.

그 순간 하늘에서 어떤 목소리가 들렸다. 늑대 가죽을 쓰지 않았더라면 절대로 알아들을 수 없었을, 날카롭게 짹짹거리는 소리였다.

"짹짹! 그들은 떠났어."

비올레트가 고개를 들었다. 어느새 새가 날아와 바닥에 내려앉았다. 그녀를 똑바로 올려다보고 있는 녀석은 댕기물떼새였다.

"누가? 어디로? 그들이 다른 먹을 걸 갖고 있니?"

그녀는 얼른 댕기물떼새 옆으로 다가갔다. 하지만 새는 다시 날아서, 그녀의 손이 닿지 않도록 머리 위를 빙빙 돌았다.

"이삭 줍는 자들이야. 심야와 망각이라는 이름을 가졌지. 그들은 모든 걸 다 먹어 치……."

댕기물떼새는 더 이상 말을 잇지 못했다. 비올레트가 펄쩍 뛰어서 새를 입에 물었기 때문이다. 순식간에 일어난 일이라 새는 피할 수가 없었다.

비올레트가 자신이 한 짓을 깨달았을 때는, 이미 입은 피범벅이고 손엔 깃털이 가득했다. 손가락 사이에서 댕기물떼새가 죽어 가고 있었다.

새가 마지막 힘을 다해 짹짹거렸다.

"땅 밑에…… 책 새…… 피라미드……."

이내 작은 새의 조그만 심장이 멈춰 버렸다.

공포에 질린 비올레트는 후다닥 늑대 가죽을 벗어 바닥에 내동댕이쳤다. 그리고 입에 아직 남아 있던 새의 살점을 뱉었다. 비올레트는 자신의 끔찍한 모습을 보고 정신이 번쩍 들었다.

"망할 놈의 늑대 가죽!" 그녀는 공포와 분노로 뒤범벅이 되어 외쳤다.

소녀는 몸을 떨며 연거푸 구토를 하고 나서 오랫동안 바닥에 주저앉아 있었다. 무엇보다 끔찍한 건, 가죽을 벗어야 한다는 생각이 2초, 아니 1초만 더 늦었어도 늑대 가죽을 영영 벗지 못할 뻔했다는 것이다.

"다시는 늑대 가죽을 입지 않을 거야. 두더지들이 이미 경고했었는데!"

비올레트는 댕기물떼새의 남은 몸을 모아서 고이 땅에 묻어 주었다.

"내 실수로 네가 죽었구나. 넌 나를 도우려고 했는데……. 이제 난 혼자 알아서 할 수밖에 없게 되었어. 미안해, 새야. 다시는 이런 짓을 하지 않을 거야, 약속할게."

두 가지는 확실해졌다. 댕기물떼새가 말했던 것처럼 파벨을 데리고 있는 건 '이삭 줍는 자들'이다. 그리고 파벨은 아직 살아 있다. 죽었다면 그들은 굳이 파벨을 데리고 가지 않았을 거다. 그런데 어디로 갔을까?

새는 '피라미드'라는 말을 했다. '땅 밑'이라는 말도. 그러니 정원의 깊은 곳으로 가야 하고, 당연히 그곳에 숨어 있는 어둠과 직면해야 했다.

더는 망설일 수 없었다. 무슨 수를 써서라도 **크리스마스 무덤**으로 가서 귀한 조약돌을 찾아와야 했다. 그의 빛이 필요할 테니까…….

9
개미 전보

한 가지 생각이 떠올랐다. **크리스마스 무덤**에서 귀한 조약돌을 되찾으려면, 조약돌과 바꿀 수 있는 뭔가가 필요했다. 만일 전나무들의 분노에 관해 비올레트가 짐작하고 있는 게 맞다면, 그들과 거래를 하기 위해선 한 가지 방법밖에 없었다. 그러려면 집에서 꼭 가지고 와야 할 게 있었다.

생각에 빠져 있느라 비올레트는 발밑에서 나는 휘파람 소리를 듣지 못할 뻔했다.

"삐이이익!"

그녀는 고개를 숙이고, 빨빨빨 기어가는 점 하나를 보았다.

"시빌랭! 당신이로군요?"

"넵! 샛길 군단입니다. 비올레트 위르르방, 당신에게 개미 전보가 와서 전해 드립니다."

비올레트는 몸을 굽히고 작디작은 우체부를 손바닥에 올려놓았다. 드디어 친구에게서 소식이 왔다! 파벨의 소식이면 좋겠는데⋯⋯.

"그래요. 무슨 일인지 들어 볼게요, 시빌랭."

개미가 공식적인 임무를 수행하는 엄숙한 목소리로 전보를 낭독했다.

개미 전보 S-3290

발신인: 34~38호 구역 책임자 월계수

수신인: 정원의 수호자 비올레트 위르르방

당연히 파벨을 만났을 거라 생각함. 둘은 지체 없이 **덩굴광대수염** 다리로 오길 바람. 근위대가 트롤들과 전쟁을 벌이려고 병사를 모집 중임.

추신: 딸기 갖고 감.

비올레트의 얼굴이 하얗게 질렸다. 파벨의 소식이 아니었다. 게다가 제복 입은 멍청한 동물들이 결국 문제를 일으키기 시작했다니!

소녀는 잠시 고민하다 말했다.

"시빌랭, **덩굴광대수염 다리**에 있는 월계수에게 메시지를 전달해 줄 수 있어요?"

"당연하죠!" 약간 자존심이 상한 듯한 목소리로 개미가 말했다.

"좋아요, 그럼 이렇게 전해 주세요."

발신인: 정원의 수호자 비올레트 위르르방

수신인: 34~38호 구역 책임자 월계수

추가 수신인: 근위대 대장 아르마딜로

추가 수신인: 트롤의 왕 사파이어

각자 알아서 요령 있게 대처하기 바람. 난 우리 집으로 가야 함. 당신들은 지도자들이니, 현명한 해결책을 찾을 수 있을 거라고 생각함. 애들처럼 서로 싸우지 말고, 무너진 다리와 토템을 재건해 놓을 것을 명령함!

내 임무를 마치고 돌아오면 각자 할 일을 제대로 했는지 검사할 것임.

'좋아, 이만하면 잘 썼어.' 비올레트는 만족스러웠다. 그리고 시빌랭을 땅에 내려놓았다. 시빌랭의 부대가 막 출발하려는데, 비올레트가 그를 불렀다.
"잠깐! 잊어버린 게 있어요."

추신: 내 딸기는 남겨 두도록!

비올레트는 작은 우체부가 돌 사이의 좁은 틈으로 사라지자, 다시 길을 걸었다.

마침내 파벨과 함께 왔던 그 길에 들어섰다. 양쪽에 늘어선 가시덤불에 긁히지 않도록 조심하면서, **너른 잔디밭**을 향해 올라갔다. 비올레트는 르비스가 생각났다. 얼마 전에 루이자에 관해 알아낸 것을 르비스에게 물어보고 싶었다. 분명히 뭔가 캐낼 만한 정보가 있을 것이다. 하지만 이상하게도 그 토끼 소녀는 최근에 보이지 않았다. 이제 비올레트 엿보기를 그만둔 걸까? 어떻게 하면 다시 그녀의 주의를 끌 수 있을까?
"아! 알았다."
비올레트는 가방에서 여우 복면을 꺼내 얼굴에 썼다. 그리고 즉흥적으로 만든 짧은 노래를 부르기 시작했다.

우리 함께 숲을 산책하자. 토끼가 없는 동안.
만일 토끼가 있다면, 그 가면을 당장 벗겨 버릴 텐데!

비올레트는 이 노래를 열 번도 넘게 불렀다. 그녀는 르비스가 큰 귀로 자기가 부르는 노래를 들었을 것이고, 호기심과 질투심을 참을 수 없어서 반드시 나타날 거라고 확신했다.

그녀가 숲속 공터에 이르러, 거기서 '만일 토끼가 있다면…….' 하는 구절을 부르고 있을 때, 어디선가 들려오는 쉰 목소리가 노래를 중단시켰다.

"잡아먹겠지."

르비스가 아니었다. 비올레트는 단번에 센다크의 목소리를 알아챘다. 그리고 나무들 사이에서 천천히 나오는 그의 어두운 그림자도 알아보았다.

비올레트는 복면을 벗고 그와 맞설 준비를 했다.

10
마음의 상처

회색 개는 화가 나서 미치기 직전처럼 보였다. 네 발을 가볍게 떨었고, 온몸이 긴장되어 있었다. 비올레트가 조금만 움직여도 공격할 것 같았다. 그러나 그녀에게는 공격을 막아 낼 만한 지팡이 같은 것도 없었다!

이 상황에서 벗어날 유일한 방법은 그에게 조심스럽게 말을 걸어 보는 거였다. 폭탄을 제거하듯이 한 단어 한 단어를 신중하게 골라야 했다. 머릿속에서 많은 문장이 마구 뒤섞였다.

'난 너의 적이 아니야.' 아니, 너무 상냥해.

'난 네가 두렵지 않아.' 허세 부린다고 생각할 게 뻔해.

'감히 나를 공격하려고?' 너무 도발적이야.

'난 네가 사실은 착한 녀석이라는 걸 알아.' 솔직히 난 센다크에 대해서 아는 게 전혀 없어.

이런 생각을 하는 중에 개가 덤벼들려고 했다. 비올레트가 소리를 질렀다.

"잠깐! 나 지금 너무 오줌이 마려워!"

정말이었다. 그녀는 화장실이 급했다! 센다크의 반응을 기대하고 한 말도 아니었다. 그런데 놀랍게도 센다크가 공격 자세를 풀고 대답했다.

"음…… 수풀 뒤로 가서 볼일 보고 와. 훔쳐보지 않을 테니까."

비올레트는 월계수나무 수풀 밑으로 뛰어갔다. 그녀가 다시 돌아왔을 때, 센다크는 공터 한가운데 앉아 있었다. 그는 앞발로 턱을 긁으면서 험상궂은 표정으로 그녀를 바라봤다. 하지만 살벌한 광기는 사라지고 없었다.

"우리 이야기 좀 할래?" 비올레트가 물었다.

"무슨 이야기?" 센다크가 툴툴댔다. "네 사과 따위는 듣고 싶지 않아."

"사과하려는 거 아니야."

"뭐? 당연히 그것부터 해야지! 넌 늑대들의 대장이 된다는 게 얼마나 힘든 일인지 상상도 못 할걸? 늑대 가죽은 날 늑대처럼 보이게는 해 줬지만, 그것만으론 부족했어. 그래서 그들을 몰래 따라다니면서 늑대의 자세와 습관, 삶의 아주 작은 태도까지 연구했지. 그런 다음 그들에게 접근해서, 날 최고의 사냥꾼으로 인정하게 했어. 가장 힘세고, 강인한 늑대로……."

"그리고 성공했고."

"그래. 그런데 네가 나타나서 다른 늑대들 앞에서 날 모욕했지! 이제 난 모든 걸 잃었어."

"넌 여전히 가장 훌륭한 사냥꾼이야. 그리고 여전히 힘세고, 강인하지. 게다가 이젠 자유롭기까지 하잖아."

센다크가 일어나 그녀 주위를 천천히 돌기 시작했다. 그의 주둥이가 퉁퉁 붓고, 퍼렇게 멍이 든 게 보였다.

"난 혼자 살아갈 만큼 강하지 않아. 늑대가 왜 무리 지어 사는지 알아?"

"너 다쳤구나! 무슨 일이 있었던 거야?"

"네 노예 녀석이 이렇게 만들었어. 그놈이 싸우는 꼴은 꼭……. 하여튼 난 그런 식으로 싸우는 개는 처음 봤어. 머리로 들이받잖아, 꼭 염소처럼!"

두려움에도 불구하고, 아니면 두려워서 그랬는지 비올레트는 웃음이 터져 나왔다.

"너, 지금 나를 비웃는 거냐?" 센다크가 으르렁거렸다.

"아냐. 파벨이 네 말을 들었을 때의 표정을 상상하니까 우스워서 그랬어! 아마 버럭 화를 냈겠지. 그런데 너희가 싸운 게 언제야? 혹시 파벨이 이삭 줍는 자들이랑 있는 건 못 봤니?"

개가 깜짝 놀란 표정을 지었다.

"이삭 줍는 자들? 못 봤어. 다행히도. 그 녀석이 그들 손아귀에 넘어간 거야?"

"응……. 센다크, 부탁이야! 이삭 줍는 자들에 관해 말해 줘. 그들을 어떻게 찾을 수 있어?"

센다크는 그녀 주위를 빙빙 도는 걸 즉시 멈췄다. 그리고 네 다리로 똑바로 서서 말했다.

"만일 그 녀석이 정말 이삭 줍는 자들에게 잡혀갔다면, 너 혼자 찾아 나서는 건 절대 안 돼. 그들이 원하는 건 바로 너, 수호자니까."

"이삭 줍는 자들이 대체 누군데?"

"그림자들이야. 밤이 되면 나오는 자들. 어둠과 폭풍우의 동맹군이지. 그들은 절대로 공격하지 않아. 오히려 적을 피해 도망 다니지. 그러면서 적을 약하게 만들기 위해서라면 무슨 짓이든 다 하는 자들이야. 만일 파벨이 네 개라는 걸 그들이 알았다면, 녀석을 벌써 심연 속으로 데려갔을 거야. 다른 이들의 도움 없인 절대로 아무것도 시도하지 마."

"그럼 네가 날 도와줄래?"

비올레트는 자기도 모르게 그렇게 말했다. 센다크가 다시 한번 화가 나서 소리쳤다.

"그게 무슨 헛소리야? 너희 인간들은 모두 똑같아! 항상 우리를 부려 먹으려고 하지! 난 절대 다시는 인간의 노예가 되지 않을 거야."

"알았어. 그냥 물어본 것뿐이야."

회색 개가 오랫동안 침묵을 지키고 있더니, 한숨을 쉬었다.

"녀석의 흔적 정도는 찾아 볼게. 뿔도 없는 주제에 머리로 들이받기는! 그따위 시시한 수법 말고 정정당당하게 다시 붙기 전엔, 그 녀석을 이삭 줍는 자들 손에 넘겨줄 수 없지! 넌 지금은 어서 너의 세계로 돌아가. 이곳으로 돌아오면, 그때 만나자."

비올레트는 처음 센다크를 만났을 때부터 들었던 생각을 감히 꺼내 봤다.

"나의 세계…… 예전엔 너의 세계이기도 했지?"

센다크는 대답하지 않았다.

"네 주인은 수호 소녀 루이자였고."

비올레트는 여우 복면을 꺼내 흔들어 보였다.

"이 복면, 루이자의 거였잖아?"

센다크가 놀라서 눈을 부릅뜨고 다가와 복면의 냄새를 맡았다.

"이걸 찾았구나!"

"응! 루이자와 함께 찍은 네 사진들도."

"아냐, 이건 그 애 게 아니야. 루이자 오빠의 것이었지. 그는 한 번도 정원에 온 적이 없어. 루이자는 정원이 우리 둘만의 비밀이라고 말하곤 했어."

기억 속에 깊이 묻힌 과거를 추억하는 동안, 센다크의 표정이 부드러워졌다. 하지만 이내 심술궂은 표정으로 돌아왔다.

"루이자는 이제 없어. 그리고 이제 내 세상은 여기야. 자, 빨리 다녀와. 내 생각이 바뀌기 전에. 나도 다녀올 데가 있어."

비올레트는 집 쪽으로 향했다. 그녀가 관목 사이로 들어갔을 때, 개가 뒤따라오는 소리가 들렸다. 센다크가 입에 뭔가를 물고 있었다.

크고 하얀 상자였다. 그가 그것을 바닥에 내려놓고 말했다.

"자, 받아. 루이자의 폴라로이드 카메라야. 네가 말한 그 사진들은 그 애가 이걸로 찍었어. 내가 도망칠 때 그 애한테서 빼앗았던 거야. 하지만 난 사용할 줄 몰라. 그리고 그걸 사용하려면 특별한 종이가 필요해."

비올레트가 카메라를 받아서 살펴봤다. 긁힌 자국에 먼지투성이였지만, 망가진 것 같진 않았다.

"그 특별한 종이가 어디 있는지 알아. 그런데 어떻게 정원에서 카메라를 작동시키지? 여기선 어떤 기계도 움직이질 않잖아."

"개미들에게 부탁해 봐. 시계처럼 말이야."

비올레트는 낡은 카메라를 깨끗이 닦은 다음 가방에 담았다.

"고마워, 센다크. 이건 정말 귀중한 거야."

"맞아, 그것도 정원의 유물이야. 네가 폭풍우와 싸우려면 필요할 거야."

비올레트가 떠나려고 하자, 개가 주춤하며 덧붙였다.

"저기, 혹시…… 가능하면……."

"뭔데?"

"내가 옛날에 쓰던 밥그릇 좀…… 가져다줄래?"

11
다시 정원으로

비올레트가 집으로 돌아왔을 때는 타이밍이 좋지 않았다. 이제 막 넘어와서 창문을 닫으려는데, 엄마가 방에 들어왔다.

"아, 이제 왔구나! 대체 지금까지 어디 있었어? 그렇게 말도 없이 나가면 어떡해? 게다가 창문으로 들어왔단 말이야? 네가 없어진 걸 엄마가 모를 줄 알았어?"

"그게…… 죄송해요, 엄마. 정원에 있었어요."

"거짓말하지 마라. 내가 스무 번도 넘게 널 불렀어. 정원을 다 돌아봤지만 넌 없었다고. 비올레트 위르르방, 어디 있었던 거니? 똑바로 말하는 게 좋을 거야!"

비올레트는 하마터면 마음이 흔들려 사실대로 말할 뻔했다. 그녀가 처음 **비밀의 정원**을 발견했을 때 그곳은 피난처 같은 곳이었다. 낯설고 허름한 집, 갑작스레 나타난 아빠, 부모님의 싸움, 이것들로부터 도망쳐 숨을 수 있는 곳……. 하지만 이제 그녀에게 정원 세계는 그때처럼 단순한 존재가 아니었다. 더군다나 파벨이 아직 그곳에 남아 있다. 그것도 이삭 줍는 자들의 손에…….

"파벨이……." 비올레트가 이어서 말했다. "사라져서…… 파벨을 찾으러 나갔었어요……."

"이런, 그랬구나. 그래도 혼자 다니면 안 돼, 그건 위험한 일이야!"

엄마는 단번에 분노를 누그러뜨리고 비올레트를 안아 주었다.

"알아요, 엄마. 죄송해요. 하지만 파벨이……."

"괜찮아, 비올레트. 멀리 가진 않았을 거야. 지금까지 파벨이 집을 나간 적은 한 번도 없었어. 너도 알잖니!"

"아무래도…… 딸꾹!" 비올레트가 딸꾹질을 했다. "파벨에게 무슨 일이 일어난 것 같아요, 딸꾹."

"절대 그럴 일 없어, 비올레트. 파벨은 틀림없이 돌아올 거야."

비올레트가 훌쩍거리며 눈물을 닦았다.

"많이 피곤해 보이는구나. 가서 간식 좀 먹고 쉬렴. 그러고 나서 차 타고 함께 동네를 한 바퀴 돌아보자. 분명히 찾을 수 있을 거야."

"그럼 엄마가 동네를 찾아봐 주세요. 난 집에 있을게요. 혹시라도 파벨이 집에 돌아올지도 모르니까 집에서 기다리고 싶어요."

"그래, 그럼 전화기 옆에 꼭 붙어 있으렴. 파벨을 찾으면 전화할게. 파벨이 돌아오면 너도 내게 전화로 알려 줘야 해, 알았지?"

엄마는 메모지와 볼펜을 들고 덧붙였다.

"상점들 문에도 개를 찾는다는 메모를 붙여 놔야겠어. 파벨을 본 사람이 있을지도 모르니까. 그러려면 시간이 좀 걸릴 거야. 나간 김에 할아버지 집에서 이방을 데리고 와야겠다. 한 시간쯤 걸릴 텐데, 괜찮지?"

비올레트는 망설였다. 엄마를 따라가고 싶었다. 할아버지 집에 가서 루이자에 관해 궁금한 것들을 모두 물어보고 싶었다. 만일 센다크의 말이 사실이라면, 루이자는 할아버지의 동생임이 분명했다. 비올레트도, 엄마도 고모할머니인 루이자의 이야기는 한 번도 들어 본 적이 없었지만…….

하지만 그럴 수 없었다. 그보다 더 급한 일이 있으니까! 비올레트는 개를 구하기 위해 정원으로 돌아가야 했다. 이곳에서 한 시간은 저쪽 세상에서 하루의 시간이다. 할아버지 집에 가서 조사하는 건 나중에 해도 될 것이다.

그래, 그게 옳은 선택이다.

엄마가 떠나자마자, 비올레트는 벽장에서 양철 상자를 꺼냈다. 오렌지색 밥그릇이 거기 있었다. 폴라로이드 카메라에 쓸 필름 꾸러미도.

그녀는 그것들을 모두 가방에 담았다. 그리고 엄마 방에 들어가서, 벽장 꼭대기에 있는 커다란 비닐 팩을 끄집어냈다. 나갈 준비를 모두 마치고 나서야 배가 고파져서 비스킷도 한 봉지 챙겼다.

곧바로 방으로 돌아가서, 창문을 열고 밖으로 뛰어내렸다.

'난 수호자야. 내 소중한 친구를 구하러 가겠어!'

12
파벨의 행방

　지금까지의 모험에서, 비올레트는 **비밀의 정원**은 자신이 다시 돌아오기 전까지는 몇 시간, 아니 며칠이 지나도 이전과 똑같은 상태에 머물러 있다는 느낌을 받았었다. 저장해 둔 비디오 게임이나 읽던 페이지를 표시해 놓은 책처럼, 그녀는 자신이 남겨 두었던 사건의 흐름을 그대로 이어 갈 수 있었다.

　그런데 이번엔 그렇게 단순하지 않을 수도 있겠다는 생각이 들었다.

　비밀의 정원에서는 거의 늘 꽃이 피고, 나무는 푸르고, 동물은 저마다 살아갔다. 다시 말해, 모든 것이 자연스러운 흐름을 따랐다. 정원에 사는 주민들의 일상도 마찬가지였다. 정원의 주민들은 얼마 안 되는 작은 땅을 경작하고, 울타리를 다듬고, 길과 숲을 관리하면서 일생을 보냈다.

　그녀가 없는 동안엔 어떤 **중요한** 일도 일어나지 않았다. 그녀는 거의 그렇게 확신하고 있었다. 정원의 존재들은 비올레트가 등장해야만 자신들의 역할을 해내는 거라고 믿었다고나 할까.

　하지만 파벨과 관련된 일은 어떤 것도 확신할 수 없었다. 파벨 역시 *진짜 세계*에서 왔기 때문이다.

비올레트가 엄마와 이야기하는 동안 정원에서 며칠이나 흘렀다면 파벨은 어떻게 되었을까? 파벨이 어둠 속 어딘가에서 포로가 되어, 빨리 주인이 와서 구해 주기만을 간절하게 기도하며 기다리고 있는 건 아닐까?

아무튼 서둘러야 했다. 비올레트는 마음을 굳게 먹고 **황폐 숲** 쪽으로 방향을 정했다. **크리스마스 무덤**으로 가려면 그 숲을 지나가야 했다.

"우선 귀한 조약돌부터 찾아야 해." 그녀가 혼잣말로 중얼댔다.

"아주 좋은 생각이야!" 길에서 들려온 목소리에 비올레트가 우뚝 섰다.

몸을 굽혀 땅을 살피던 그녀 앞에 뾰족한 주둥이가 보였다. 비올레트의 얼굴에 웃음이 번졌다. 그래, 그녀에겐 두더지들의 조언이 필요했다!

"시몬!"

"아냐! 난 비르지니아야. 난 지금 혼자야. 널 찾고 있었어!"

"다른 자매들은 어디 있어요?"

"임무를 수행하러 떠났어. 정원에 심각한 일들이 일어나서, 서로의 계획을 들어 보려고 간 거야. 게다가 네가 다시 왔으니, 이제 일이 더 빠르게 진행되겠지. 이런저런 속임수를 쓰고, 음모들이 폭로되고, 갈등이 생겼다가 풀리기도 하고! 정말 흥미진진해!"

"흥미진진이라…… 그렇겠네요. 하지만 난 도움이 필요해요!" 비올레트가 말했다. "지금 연극 구경하듯이 할 때가 아니에요. 상황이 정말 심각해요."

"물론이지, 친구. 하지만 우리가 널 직접 도울 수 없다는 건 너도 알지? 우리 두더지들은 관찰만 해야 해. 아, 벌써 유물을 몇 개나 찾았지? 잘했어."

"네, 맞아요. 그중 두 개는 내가 포기했지만요! 어쨌든 무슨 일이 일어나고 있는지 말은 해 줄 수 있죠?"

비르지니아가 비올레트를 바라보면서 눈살을 찌푸렸다. 그러더니 햇빛을 막기 위해 모자를 고쳐 쓰고 이야기를 시작했다.

"우선 네가 보낸 전보는 **덩굴광대수염 다리**에 잘 도착했어. 근위대와 트롤들이 싸우기 직전이었는데, 월계수가 나타나서 지금은 다리와 토템들을 복구하는 일이 더 급하다고 잘 설득했지. 모두 열심히 일하다 보니, 근위대 동물들도 조금 진정된 거 같아."

"우아, 다행이에요!" 비올레트가 외쳤다. "그런데 파벨은요? 혹시 파벨이 어디 있는지 아세요?"

"우리도 확실히는 몰라. 그는 이삭 줍는 자들에게 붙잡혀 갔어. 하지만 그들이 파벨을 어디로 데리고 갔는지는 몰라. 책 새에게 물어봐야 할 거야."

"아, 책 새……! 그 새는 어디서 만날 수 있는데요?"

"**매끈 산**을 넘어가야 해. 새들이 그쪽으로 떠났거든."

두더지는 거기까지 말해 주고는 인사를 하고 땅굴 속으로 들어갔다.

"**매끈 산**이라……. 긴 여행이 되겠어." 비올레트가 한숨을 쉬었다.

눈을 들어 하늘을 봤다. 새는 한 마리도 보이지 않았다. 책 새는커녕 다른 어떤 새도. 그러고 보니, 정원으로 돌아오고 나서 새를 전혀 보지 못했다는 걸 그제야 깨달았다. 그랬다, 비올레트는 새들이 **황폐 숲** 위로 날아가는 것을 본 뒤로 어떤 새도 못 봤다. 이것 또한 생각해 봐야 할 사건이었다!

하지만 지금은 무엇보다 귀한 조약돌을 찾으러 가는 게 먼저였다. 그녀는 가방을 툭툭 치며 말했다.

"이번엔 전나무들과 협상할 물건을 가져왔으니, 잘될 거야."

13
교환

드디어 절벽 꼭대기의 탁 트인 들판에 도착했다. 비올레트는 을씨년스러운 **크리스마스 무덤**에서 죽은 것도 아니고, 산 것도 아닌 전나무들을 다시 만나고 싶은 생각이 추호도 없었다. 그러나 피할 방법은 없었다. 우선은 자신의 계획이 효과가 있을 거라고 믿으려 애썼다.

그녀는 절벽 밑을 응시했다. 바싹 말라붙은 전나무들의 영토, 아무것도 자라지 않는 쓸쓸하기 짝이 없는 곳. 절벽 위에선 그곳이 한눈에 다 들어왔다. 중앙의 작은 언덕 위에 우뚝 서 있는 키 큰 전나무 위로 탁 트인 하늘이 보였다. 전나무 꼭대기엔 귀한 조약돌이 그대로 달려 있었다.

오렌지색의 작은 돌멩이가 단박에 비올레트를 알아보았다. 조약돌의 목소리는 여전했다.

"쳇! 드디어, 마침내 오셨군! 최대한 빨리 온다고 해 놓고 이제야 오다니! 뭐 해? 꾸물대지 말고 나를 당장 데려가! 난 이 음산한 곳에 1초도 더 머물고 싶지 않다고!"

"알았어, 알았어!" 그녀가 두 손을 입에 갖다 대고 확성기처럼 만들어서 큰 소리로 대답했다. "곧 갈게, 하지만 그 전에 먼저 할 일이 있……."

비올레트가 입을 떼자마자, 수백 그루의 작은 전나무들이 벌떡 일어나서 그녀를 향해 기어 왔다. 삐이걱, 빠드득, 으드득 이를 갈면서. 그녀가 또다시 자기들의 보물을 가져가지 못하게 막으려는 것 같았다.

비올레트는 두 팔을 들어 그들에게 평화의 신호를 보냈다. 그 신호를 전나무들이 이해할지 어떨지는 몰랐지만, 그녀는 그 동작이 매우 우아하고 품위 있다고 생각했다. 어떤 영화에서인가, 율리우스 카이사르가 원주민들에게 이런 표시를 해서 의사소통하는 걸 본 적이 있었다. 그 장면이 마음에 쏙 들었었다. 비올레트는 전나무들을 향해 즉흥 연설을 시작했다. 전나무들은 영화 속에서 봤던 수염 난 전사들만큼이나 무섭게 보였다.

"고귀한 전나무 여러분! 내 말을 들어 보세요. 난 비올레트 위르르방입니다! 이 정원의 수호자이며 초록 군단의 정복자, 트롤들의 해방자이고, **너른 잔디밭**의 보호자입니다. 그리고 또…… 많은 주민들의 친구고요!"

그녀를 향해 일어선 전나무들은 위협적으로 몸을 부르르 떨긴 했으나, 어쨌든 그녀의 말에 귀를 기울이는 것 같았다. 소녀는 연설을 이어 갔다.

"우선 여러분이 준 선물이 아주 중요하게 쓰였다는 사실을 말씀드릴게요. 여러분이 정원을 위해 내주었던 바늘 없는 시계는 태양이 다시 제 궤도를 돌게 해 줬습니다. 덕분에 정원의 모두가 생기를 되찾게 되었지요! 모든 주민을 대신하여, 여러분의 희생에 감사드립니다."

"흥! 감사는 내게 해야지!" 귀돌의 성난 목소리가 연설을 끊어 버렸다. "지금 그 시계를 대신해 주고 있는 게 누군데? 나잖……!"

"조용히 해!" 비올레트가 위엄 있는 어조로 명령했다. "친구 여러분, 여러분은 결코 보잘것없는 존재들이 아닙니다. **황폐 숲**의 나무들부터 **일흔일곱 개의 오솔길 숲**에 있는 나무들까지, 모든 나무가 다시 생생하게 꽃과 싹을 틔우고 있어요. 그런데 여러분만 아직도 여기 이렇게, 모두에게 잊힌 채 무시당하는 게 과연 정당한 일일까요?"

전나무들의 떨림이 처음으로 비올레트에게 덜 적대적으로 보였다. 그녀는 자신감을 갖고 이야기를 계속했다.

"난 여러분에게 기쁨과 평화를 드리고 싶습니다. 여러분은 그럴 권리가 있어요. 여러분은 **비밀의 정원** 모든 주민과 똑같은 자격을 가졌으니까요! 매력적인 사슴이나 잎이 무성한 떡갈나무와 똑같이요."

"간단히 요점만 말해!" 귀한 조약돌이 투덜댔다.

"결론을 말하면, 여러분이 만족할 만한 것을 갖고 왔다는 거예요. 여러분이 당장 오렌지색 조약돌과 바꾸고 싶어 할 보물이지요. 이 보물이 축제의 나무라는 여러분의 명예를 되찾아 줄 겁니다."

단 한 그루의 전나무도 움직이지 않았다. 모두 그녀가 말한 보물이 무엇인지 얼른 보고 싶어 했다. 심지어 귀한 조약돌조차 불평하는 걸 잊어버렸다. 대체 얼마나 화려한 보석이기에 자신의 자유와 바꿀 만한 가치가 있는지 궁금해서 견딜 수 없을 지경이었다.

"바로 이거예요."

비올레트는 집에서 갖고 온 큰 가방을 열어, 그 안에서 종이꽃으로 만든 화환, 황금빛 마분지로 만든 천사들과 별들 그리고 색색의 털실로 만든 크리스마스 장식들을 꺼냈다. 비올레트가 엄마와 함께 만들었던 트리 장식품들이었다.

하지만 추억에 젖은 낡은 물건들을 막상 꺼내 놓으니, 갑자기 의기소침한 기분이 엄습해 왔다. 어떻게 이 초라한 작품들로 전나무를 설득할 수 있을 거라고 믿었던 걸까? 겨우 한 그루 장식하기에도 모자랄 정도인데! 게다가 색깔도 이미 바랜 데다가, 종이로 만든 것들은 거의 다 구겨져 있었다. 아빠의 말이 옳았다. 그 장식품들은 볼품없었다.

"저, 내 말은……." 그녀가 말했다. "죄송해요……."

그 순간, 발밑에서 나뭇가지들이 움직이는 소리가 들렸다. 나뭇가지들이 그녀를 할퀴기 위해 위협하는 그런 소리가 아니었다. 지붕을 때리는 빗소리처럼 규칙적인 박자에 맞춰 들려오는 소리였다.

비올레트는 전나무들이 감동의 박수를 보내고 있다는 걸 깨닫고, 지체 없이 그들에게 화환과 장식들을 던졌다. 박수 소리가 한층 더 커졌다.

그 순간, 정말 믿을 수 없는 일이 일어났다. 하늘에서 제비 두 마리가 내려오더니, 비올레트의 손에 있던 장식품들을 낚아챘다! 이어서 우아하면서도 정확한 동작으로 그것을 가장 큰 전나무의 가지 위에 걸었다.

그것을 시작으로 수십 마리의 새들이 비올레트 주위로 내려와서 별이며 천사며 촛불이며, 종이로 만든 갖가지 크리스마스 장식이 든 가방으로 모여들었다. 개똥지빠귀, 꾀꼬리, 방울새, 부엉이……. 온갖 깃털 달린 동료들이 모두 그녀를 도왔다! 새들은 끊임없이 왔다 갔다 하면서 가방에서 장식품을 꺼내 크고 작은 전나무들에 걸어 주었다.

가방 속 장식은 꺼내도 꺼내도 계속 나왔다. 전나무들은 장식으로 덮이면 덮일수록 기뻐했다. 나무들은 저마다 화려하고 기품 있는 모습을 되찾았다. 더 이상 헐벗고 메마른 모습이 아니었다. 그들은 한 그루 한 그루 땅에 뿌리를 내리고서, 온몸에 걸친 색색의 장식을 과시하듯 우뚝 섰다.

마지막 전나무가 장식을 마쳤을 때, 드디어 가방이 텅 비었다.

제비 한 마리가 언덕 중앙에 있는 가장 큰 전나무 꼭대기로 가서 아주 조심스럽게 귀한 조약돌을 부리로 물었다. 전나무들이 파르르 떨었다.

"진정해." 조약돌이 놀랍도록 부드러운 목소리로 그들에게 말했다. "걱정하지 마, 모든 게 다 잘될 거야. 이젠 다른 곳에서도 날 필요로 하고 있어."

전나무들이 다시 한번 박수를 보냈다. 제비가 나무들 위를 한 바퀴 돌며 조약돌이 나무들과 인사를 나눌 수 있게 해 주었다.

"고마워! 고마워! 너희를 알게 돼서 기뻤어." 조약돌이 평소보다 조금 더 붉어진 모습으로 그렇게 외쳤다.

제비는 비올레트에게 날아와 그녀의 손 위에 조약돌을 내려놓고, 새들의 무리 속으로 날아갔다. 새들은 한순간에 지평선 너머로 사라졌다.

"전나무들의 기분이 바뀌기 전에 얼른 도망치자." 조약돌이 말했다.

"아냐, 난 그들이 변덕을 부릴 거라고 생각하지 않아. 봐, 모두 땅에 뿌리를 내렸어. 그들 역시 다른 나무들처럼 초록색으로 변할 거라고 믿어."

"그렇다면야……. 잘했어, 수호자! 네 가방 속에서 그런 게 나올 줄은 상상도 못 했어."

"나도 그래." 비올레트가 말했다.

그녀는 생각에 잠겨서 가방을 바라보았다. 가방을 놓았던 땅바닥에 수백 개의 새 발자국이 찍혀 있었다. 그때 퍼뜩 떠오른 게 있었다.

"이 자국들……! 너, 이걸 보고 뭔가 생각나는 거 없어?"

"새 발자국?" 조약돌이 대답했다.

"그래, 새 발자국. 뭔가 다른 게 생각나지 않냐고. 봐, 토템에 새겨져 있는 문자들과 닮았잖아! 그건 글자가 아니었어. 상형 문자나 그런 게 아니라 그냥 새들의 발자국이었다고! 새들이 내게 메시지를 남겨 놓았던 거야! 내가 해독하지 못했을 뿐이지."

14
개미 그림 기계

땅 위에 난 새 발자국들을 관찰하면 할수록, 비올레트는 더 확신이 생겼다. 그것은 분명히 문자였다. 하지만 그 뜻을 알아낼 단서가 없었다.

"갈까?" 귀한 조약돌이 세 번째로 말했다. 전나무들이 가까이 있는 게 몹시 신경 쓰이는 눈치였다.

"잠깐, 이 기호들을 기억해 둬야겠어."

"간단한 방법이 있잖아요." 가까이서 작은 목소리가 들렸다.

비올레트가 소리 나는 쪽을 보았다. 발밑에 목소리의 주인공이 있었다.

"시빌랭! 거기 있었군요?"

"방금 도착했어요. 두더지가 우리에게 알려 주더군요. 수호자님이 여기 있을 테니 가서 도와주라고요."

"우리라는 건 누구를 말하는 거예요?"

"바로 우리, 개미 정비사 군단 2연대입니다!" 그녀의 발밑에서 또 다른 목소리가 말했다.

아주 작은 개미 부대가 그녀 뒤에서 앞쪽으로 전진하고 있었다. 그들을 지휘하는 장교가 대답했다.

"2연대 대장인 니세포르입니다. 명령을 내려 주십시오. 수호자님의 명령대로 '개미 그림 기계'를 작동시키라는 임무를 받았습니다."

비올레트는 그 말을 이해하는 데 조금 시간이 걸렸다. 카메라! 그녀는 배낭에서 낡은 폴라로이드 카메라와 집에서 갖고 온 필름 뭉치를 꺼냈다.

"정말요? 여러분이 이 기계를 작동시킬 수 있나요?"

"예, 그렇습니다." 니세포르가 대답했다. "정비사들! 지시에 따라…… 각자 위치로!"

비올레트가 도울 필요도 없이 개미 부대는 필름 뭉치를 들어 올렸고, 그동안 다른 두 장교들이 기계 안으로 들어갔다. 세 마리의 개미가 기계 장치 안에서 흙을 제거하고, 내부에 끼어 있던 지푸라기도 제거했다. 그런 다음 첫 번째 장교의 지휘에 따라 조심스럽게 기계 안에 필름을 밀어 넣었다. 그러자 기계가 마치 생명을 얻은 것처럼 진동하기 시작했다.

니세포르가 잠수함의 함장처럼 작고 둥근 렌즈 창 뒤에 나타났다.

"수호자님, 개미 그림 기계 작동 가능합니다!" 니세포르가 선언했다. "이제 기계를 목표물 방향으로 조준해 주십시오."

비올레트가 새들의 발자국 쪽으로 카메라를 갖다 댔다.

"정비사들! 지시에 따라…… 작업 개시!"

비올레트는 새 발자국 위에다 카메라의 초점을 맞췄다. 카메라가 곧 진동하기 시작했고, 딸깍 소리가 났다. 내부에서 개미들이 달가닥거리며 움직이고 있다는 표시였다.

니세포르가 개미들을 지휘했다. 그는 자기가 보고 있는 것에 초점을 맞추고 정비사 개미들에게 그들이 그려야 하는 이미지에 관한 모든 정보를 전달했다. 이 모든 일이 말없이 진행되었다. 그는 개미들 특유의 냄새 흔적으로 새들의 발자국 하나하나에 대한 정확한 위치와 형태를 지시했다.

정비사 개미들은 기계 안에서 필름 위를 쉬지 않고 오갔다. 작은 발들을 분주하게 움직여 필름 위에 아주아주 작은 점들로 이뤄진 그림을 그렸다. 개미산을 방울방울 떨어뜨리는 개미도 있었는데, 개미산 방울은 떨어진 지점을 검게 물들였다.

물론 그 작업은 셔터 한 방으로 사진을 찍는 것보다 긴 시간이 필요하긴 했다. 카메라를 들고 있던 비올레트는 손을 떨지 않으려고 최선을 다했지만 약간씩 흔들리는 것은 어쩔 수 없었다.

"미안해요! 내가 움직이고 말았어요. 사진이 흐릿해지면 어떡하죠?"

"문제없습니다, 수호자님. 개미 정비사 군단은 한 치의 오차도 없는 완벽한 그림을 보장합니다. 정비사 개미들은 아무리 바람이 세게 불고, 폭풍우가 치고, 심지어 족제비 등 위를 달리거나 고슴도치의 공격을 받고 있을 때도 선명한 그림을 그릴 수 있도록 훈련받았습니다."

마침내 직사각형의 필름이 기계에서 나오기 시작했다. 그 위에는 새들의 발자국이 마치 찍어 낸 것처럼 정확하게 그려져 있었다.

"세상에! 너무 훌륭해요! 놀라워요!" 비올레트가 감탄했다. "덕분에 새들이 남긴 문자를 정확히 기억할 수 있겠어요!"

"언제라도 명령만 내리십시오!" 니세포르가 대답했다. "우린 새로운 임무를 부여받을 때까지 기계 안에 들어가 있겠습니다."

작디작은 화가들의 재능과 엄격한 질서에 감동한 비올레트는 그들에게 상을 내리기로 마음먹었다. 그래서 비스킷 한 개를 꺼낸 다음, 땅 위에 잘게 부수어 놓았다.

"지쳤을 텐데, 모두 먹고 힘을 내세요. 자, 이건 여러분의 몫이에요!"

말없이 이 모든 광경을 보고 있던 시빌랭이 비스킷 조각들을 먹느라 분주한 일꾼 개미들에게 다가갔다. 그가 지시를 내리자, 스무 마리 정도의 개미들이 아주 큰 비스킷 조각을 번쩍 들고 **개미 왕국이**

있는 방향으로 행진하기 시작했다. **개미 왕국**의 식량 창고에 갖다 놓으려는 거였다. 회식을 끝낸 다른 개미들은 개미 그림 기계 속 각자의 위치로 다시 돌아갔다.

비올레트는 카메라를 다시 조심스럽게 가방에 담고, 귀한 조약돌을 집어 들었다.

"다시 떠날 시간이야."

"좋아! 이제 어디로 가는 거지? 꽃밭으로? 아니면 **너른 잔디밭**에 가서 좀 빈둥거릴까?"

"아니, 우린 파벨을 구하러 가야 해. 내 친구가 이삭 줍는 자들에게 잡혀갔어. 그를 구하려면 먼저 책 새를 찾아야 하고."

귀한 조약돌이 한숨을 쉬었다.

"쳇! 털이나 풀풀 날리고, 먹을 것만 찾는 그 왕덩치 녀석? 그런 털북숭이가 왜 필요한 거야?"

"네가 가고 싶지 않다면, 너의 소중한 친구인 전나무들 곁에 널 남겨 두고 갈 수도 있어⋯⋯."

조약돌이 그제야 비올레트에게 억지 미소를 지어 보이며 말했다.

"오, 파벨! 그 사랑스러운 친구를 혼자 놔둘 순 없지, 안 그래? 자, 어서 여길 떠나자."

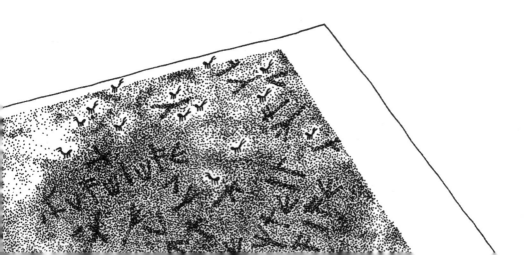

15
새로운 다리

매끈 산으로 가려면 **덩굴광대수염 다리**를 지나야 했다. 다리에 도착한 비올레트는 트롤들이 열심히 일하고 있는 걸 확인하자 안심이 되었다. 다리는 새롭게 고쳐졌고, 양쪽 기슭도 무거운 돌들로 튼튼하게 보강되었다.

콸콸 흐르는 계곡물 소리에 하모니카 곡조가 섞여 있었다. 비올레트는 곧 블루베리를 발견했다. 그는 맞은편 기슭에 앉아서 하모니카를 불고 있었다.

"왔구나!" 블루베리가 말했다. "봤어? 아주 멋지게 일을 끝냈지?"

"그러네." 비올레트가 말했다. "트롤들과 동물들은 화해한 거야?"

"일단은 그렇지. 근위대의 괴짜들이 괴상한 복장에 나무칼을 들고 들이닥쳤을 때, 또 골치 아픈 일이 시작됐구나 싶었어. 처음에 그 괴짜들은 트롤들을 동굴 속으로 되돌려 보내라는 말만 계속하더라고! 그런데 때마침 시빌랭이 도착한 거야."

"내가 보낸 전보와 함께 말이지?"

"맞아. 처음엔 그걸 듣고도 모두가 서로에게 고함을 치기만 했어. 하지만 검은 트롤 바잘트가 다리를 부순 것에 책임감을 느끼고, 제일 먼저 다리를 고치겠다고 나섰지. 그러자 정원 주민들이 합세해 몇몇 트롤과 함께 강 아래쪽으로 떠내려간 토템들을 주워 와서, 다시 다리 위에 세웠어. 근위대의 동물들도 뻘쭘해져서는, 모든 게 제대로 고쳐졌는지 확인하러 다시 돌아오겠다면서 툴툴거리며 떠나더라고."

"트롤들이 다리를 이전보다 더 높게 쌓아 올린 것 같은데?"

"맞아. '바위 나라 규칙에 따라 다듬은 돌'을 썼다고 그러더라."

비올레트는 깨끗하게 씻긴 토템들을 감탄하며 바라보았다. 토템에는 뒤얽힌 자국들로 구성된 문자들이 새겨져 있었다. **두 바위 언덕**을 비롯해 **비밀의 정원** 곳곳에 있던 수많은 다른 기념물에서도 봤던 문자들이었다.

"블루베리, 혹시 이 문자를 읽을 수 있어?"

"아니, 그건 새들만 읽을 수 있어. 그들이 자기들의 비밀을 단단히 숨겨 놨거든."

"책 새 안에 감췄다는 거지?"

"맞아."

비올레트는 한동안 생각에 잠겼다. 이해되지 않는 게 있었다. 만일 그 문자의 비밀을 새들이 소중히 보존해 왔다면, 왜 굳이 이런 방식으로 메시지를 남겼을까? 그녀는 파벨이 실종되고 나서 일어났던 일을 짧게 설명했다.

블루베리가 잠시 생각에 잠겼다가 입을 열었다.

"어쩌면 네게 말을 걸 다른 방법이 없어서 그랬을 거야. 네가 늑대 가죽의 힘을 빌려서 그들과 대화를 시도해 볼 수도 있었잖아?"

비올레트의 얼굴이 어두워졌다. 그녀는 자기에게 귀중한 정보를 주러 왔던 댕기물떼새 이야기를 차마 친구에게 할 수 없었다.

"음…… 늑대 가죽을 사용하는 건 좀 자제하려고."

그녀의 말을 들은 블루베리는 강요하지 않았다. 비올레트는 다시 길을 가려고 일어서며 무의식적으로 파벨을 찾았다. 그러나 곧 현재의 상황을 깨닫고 얼굴이 굳었다.

"난 다시 책 새를 찾으러 떠나야 해. **매끈 산**은 이쪽으로 가면 되지?"

"응, 맞아. 내가 함께 가 줄게."

비올레트의 얼굴에 환한 미소가 피어올랐다.

"같이 간다고? 오, 정말 고마워, 블루베리."

"파벨을 찾으러 가는 데는 둘도 부족해."

"셋이라고 해야지!" 귀한 조약돌이 기분 나쁘다는 말투로 말했다.

비올레트가 다정하게 조약돌을 도닥거렸다.

"물론이지, 나의 소중한 귀돌아! 널 잊을 리가 있겠니?"

길은 가파른 오르막길이었다. 곧 풍경이 바뀌었다. **일흔일곱 개의 오솔길 숲**에서 보던 작고 우아한 나무들 대신 위압적인 크기의 소나무들이 나타났다. 소나무의 가지들은 마디가 많고 굴곡이 심했다. 비올레트는 계속 앞으로 나아가다, 문득 트롤들과 근위대의 동물들은 어디로 떠났는지 궁금해져서 블루베리에게 물었다.

"그들은 두 조로 나뉘어 강을 따라가기로 했어. 하나는 상류 쪽으로, 다른 하나는 하류와 **소시지 호수** 쪽으로. 강 위에 있는 모든 다리를 다 확인해 보고, 필요한 부분은 더 튼튼하게 보강하기로 했거든. 월계수는 모든 토템을 살펴본 뒤에 손볼 데가 있으면 수리하려고 자원할 주민들을 찾으러 **너른 잔디밭**에 갔고."

높은 언덕으로 올라갈수록 바싹 말라붙고 뒤틀린 작은 나무들이 점점 더 키 큰 소나무로 바뀌고 있었다. 비올레트는 지치기 시작했다. 파벨이 없는 여행은 고통스러웠다.

"다른 길은 없는 거야?"

"없어. **매끈 산**은 이 언덕들 중에서 가장 뒤에 있고, 가장 높은 산이야. **매끈 산**이라는 이름이 붙게 된 건, 이전에 폭풍우로 인해 나무들이 사라졌기 때문이지. 산 밑자락에 몇 그루만 남고 다 뽑혔어. 이 산 너머는 **거대 피라미드**가 있는 사막이야."

비올레트는 이를 꽉 물고 다시 산을 올랐다. **거대 피라미드**를 보고 싶다는 호기심이 꿈틀거렸기 때문이다. 지금까지 그녀가 정원에서 본 건축물이라고는 나무와 밧줄로 만든 작은 다리와 오두막 따위가 전부였다. 그런데 돌로 만든 건축물이 있다고?

블루베리가 갑자기 걱정스러운 표정을 지으며 걸음을 멈췄다. 하늘을 향해 고개를 들더니, 다시 발밑의 땅을 바라봤다.

"왜 그래?" 비올레트가 물었다.

"빗방울이 떨어졌어."

비올레트도 손바닥을 펴고 팔을 뻗었다. 피부에 물방울의 차가움이 느껴졌다.

"정말 비가 오네."

그녀는 얼굴을 들고 눈썹을 찡그렸다.

"구름 한 점 없는데……!"

빗방울이 더 세차게 떨어지기 시작했다.

블루베리가 불안한 표정으로 계속 가자는 신호를 보냈다.

"시간을 낭비하면 안 돼, 비올레트. 이건 그냥 비가 아니라 '거꾸로 비'야. 그리고 이건 우연이 아니야. 이 비가 '거꾸로 돌풍'으로 바뀌지 않기만을 바라야지……."

"거꾸로 비?" 비올레트가 깜짝 놀랐다. "그게 뭔데? 설명 좀 해 줘!"

비는 더 세차지더니 급기야 폭우로 변했다. 비올레트는 얼굴에 떨어지는 비를 피하려고 가방을 들어서 머리를 가렸다. 하지만 그것이 아무 효과가 없다는 걸 곧 깨달았다. 그럴 수밖에 없었다. 빗방울은 하늘에서 떨어지는 게 아니라, **땅 밑에서 솟아나고 있었기 때문이다!** 땅에서 뿜어져 나와 하늘로 솟구친 빗물은 수 미터나 위로 올라갔다가 다시 그들에게로 떨어져 내렸다.

"뛰자!" 블루베리가 말했다. "어물거리다간 길이 사라질 수도 있어."

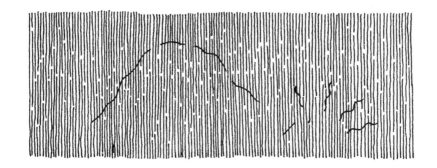

16
거꾸로 비

빗물은 발밑에서 점점 더 세차게 하늘을 향해 솟구쳤다. 진흙탕이 되어 버린 땅의 틈새는 점점 더 넓게 벌어졌고, 사방의 풍경은 점점 더 굵은 빗살로 가려졌다. 가끔 갑작스러운 돌풍이 거꾸로 비와 뒤섞여서, 비올레트와 블루베리는 제대로 서 있기조차 힘들었다.

"더 빨리, 비올레트!" 블루베리가 소리쳤다. "꼭대기에 거의 다 왔어!"

소녀는 빗줄기에 가려진 친구의 실루엣만 간신히 분간할 수 있었다. 친구는 저만치 앞서가고 있었다. 맹렬한 바람이 그녀를 내동댕이쳤다. 다시 겨우 일어나 달려 봤지만, 진흙탕 위를 달릴 때처럼 힘들었다.

드디어 꼭대기에 이르렀다. 그곳엔 풀조차 드물었고, 헐벗은 바위에는 균열들이 나 있었다. 그 균열을 통해 거꾸로 비가 세차게 뿜어져 나왔다.

급류 사이로 건물이 하나 보였다. 평원을 내려다보고 있는 건물은 비올레트가 있는 산이나 이전에 보았던 그 어떤 것보다 훨씬 더 높았다. 비올레트는 너무 깜짝 놀라 그 자리에 얼어붙고 말았다.

"**거대 피라미드**……! 엄청나다!"

"비올레트! 거기 있으면 안 돼!" 블루베리가 외쳤다. "네 밑에……!"

하지만 이미 늦었다. 방심하고 있을 때가 공격하기에 가장 좋은 기회라고 여겼는지, 빗줄기가 비올레트의 발밑에서 홍수처럼 솟구쳤다. 무서운 기세로 솟는 물줄기에 소녀의 몸이 그대로 들어 올려지더니, 휘몰아치는 거꾸로 돌풍에 의해 하늘로 솟구쳤다.

"비올레트!"

비올레트 위르르방은 하늘을 나는 꿈을 자주 꾸곤 했다. 능숙한 발짓만으로, 혹은 쭉 편 두 팔만으로 하늘로 날아올라 나무와 집 위를 우아하게 비행할 수 있……다면 좋았겠지만! 꿈속에서 그녀의 균형 감각은 몹시 서투를 때가 많았다. 그럴 땐 공중에 떠 있기 위해 온 정신을 집중해야 했다. 그러나 또 어떨 때는 고층 빌딩들 사이를 마치 슈퍼맨처럼 쉽게 빠져나가고, 새들을 쫓아다니며 놀기도 했었다.

하지만 수도관이 터진 것처럼 솟구치는 빗물에 의해 공중으로 솟아오르는 것은 꿈에도 상상 못 한 일이었다.

그녀는 자기를 부르는 블루베리에게 "살려 줘!" 하고 외치려고 했지만, 입을 벌리자 빗물이 입 안으로 쏟아져 들어와 숨을 쉴 수 없었다. 그때 그녀는 비에서 이상한 맛을 느꼈다. 여름날 소낙비의 미지근하고 진한 맛도 아니고, 가을날 아침의 차가운 이슬비 맛도 아니었다. 그녀는 아주 오래전에도 느껴 봤던 그 맛의 정체를 알고 있었다.

틀림없었다. 그녀의 입 속을 채운 그 찝찔한 맛, 바로 눈물 맛이었다.

회오리 물살과 변덕스럽게 휘몰아치는 바람 때문에 계속 휩쓸리고 있는 비올레트는 땅에서 솟는 눈물의 홍수 속에 빠진 채, 어디가 위고, 어디가 아래인지조차 가늠할 수 없었다. 그러나 그 와중에도 분명히 깨달은 사실은 이 거꾸로 비가 단순히 맹렬하고 이상한 기상 현상이 아니라, 그 이상의 의

미를 지닌다는 거였다. 그건…… 몰래 묻어 두었던 비밀이, 감정이 드러나는 것. 바로 그 순간 정원의 땅 밑에 깊이 파묻혀 있던 무언가가 주체할 길 없는 분노와 두려움, 슬픔을 토해 내는 것이었다.

혼란스러운 폭우 속에 빠진 비올레트는 자신의 감정이 이것과 연결되어 있는 걸 느꼈다.

파벨의 실종, 심연에 대한 두려움, 집에서 멀리 떨어져 혼자라는 외로움, 수호자의 임무를 수행하기엔 자신이 너무 부족한 것만 같은 불안감……. 이 모든 감정이 마침내 한꺼번에 휘몰아쳤다. 그녀의 눈은 눈물범벅이 되었다. 지나간 기억들, 집 없이 보냈던 최근의 몇 달, 아빠와 엄마의 싸움, 아빠의 난폭함……. 이런 것들을 생각하자 목이 메었다. 동생과 단둘이 보냈던 기나길던 밤, 잠에서 깨어 울던 동생이 머릿속에 떠오르자, 그녀의 눈물이 동생의 울음과 뒤섞였다. 그 눈물은 어린 비올레트를 옥죄던 아주 오래된 두려움을 일깨웠다. 그리고 그녀를 안아 주었어야 할 사람들의 냉담함과 분노, 무관심과도 뒤섞였다.

비올레트가 어찌나 많이 울었던지, 거꾸로 비가 내뿜는 눈물도 걷잡을 수 없는 그녀의 눈물에 밀려나기 시작했다. 온 세상을 집어삼킬 듯이 내리던 폭우가 갑자기 그치고 폭풍도 멈췄다.

그 바람에 비올레트는 땅으로 떨어졌다.

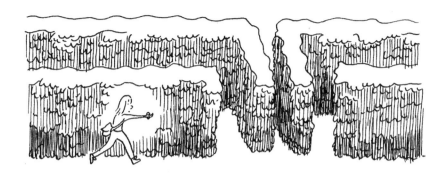

17
거대 피라미드

비올레트는 추락에 대비할 시간이 없었다. 충격을 줄이기 위해 떨어지는 순간에 몸을 웅크리고 굴러야겠다거나, 두 다리를 구부리거나 머리를 두 팔로 감싸야겠다고 생각할 틈도 없었다. 그녀는 마치 골이 잔뜩 난 아이가 휙 던져 버린 헝겊 인형처럼 맥없이 땅으로 내동댕이쳐졌다.

마침내 추락이 멈췄다.

비올레트가 떨어진 곳은 부드럽고, 건조하고, 어두운 곳이었다.

그녀의 몸은 뭔가 푹신한 것 위에 떨어졌다. 덕분에 충격은 훨씬 줄어들었다. 그러나 거기서 끝난 게 아니라, 그걸 뚫고 지나서 탁 트인 넓은 공간으로 들어간 다음, 다시 한번 푹신한 바닥에 추락했다. 불쾌한 흙냄새와 곰팡내를 풍기는, 푸석거리면서도 부드러운 조각들이 입 안에 가득했다. 비올레트는 먼지 가득한 공기를 들이마신 탓에 켁켁대다가 침을 뱉었다.

오른쪽에서 희미한 불빛이 새어 나왔다. 비올레트는 입과 코에 가득한 것들을 계속 훑어 내면서, 이곳이 어딘지 알아보려고 눈을 비볐다.

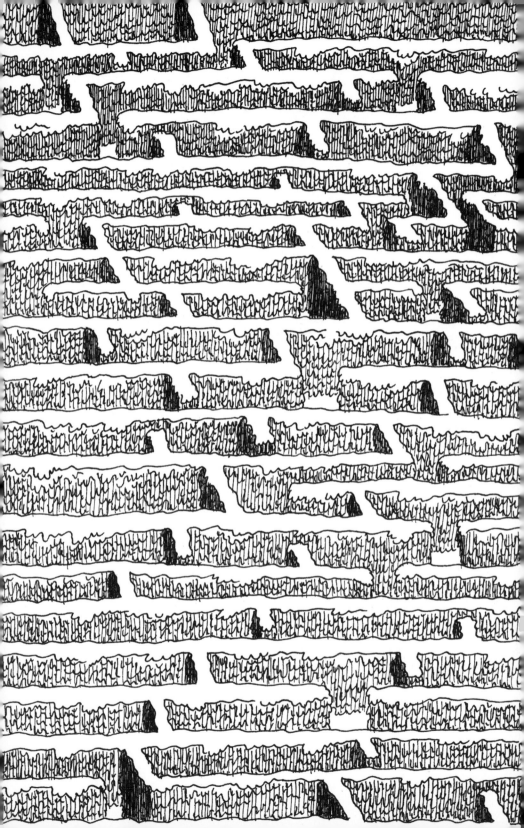

이 냄새를 알 것 같았다. 낙엽 냄새였다. 비올레트는 큰 홀 안에 있었고, 홀 벽은 모두 낙엽으로 이뤄져 있었다. 눈을 들어 천장을 보았다. 그녀가 떨어질 때 뚫린 구멍이 보였다.

오른쪽에 있는 입구로 빛이 새어들어 왔고, 그 입구는 다른 통로로 이어져 있었다.

비올레트는 통로를 따라갔다. 통로의 바닥에도 역시 마른 낙엽이 두꺼운 양탄자처럼 쌓여 있었다. 걸을 때마다 마른 낙엽이 가볍게 바스락거리는 소리가 들렸다. 어느 정도 가다가 길이 옆으로 꺾이더니 밖이 다 내려다보이는 작은 테라스가 나왔다.

테라스 밑에는 시멘트로 된, 아무것도 없는 황량한 공간이 안개 속에 끝없이 펼쳐져 있었다. 블루베리와 함께 올랐던 **매끈 산**이었다. 비올레트는 자신이 **거대 피라미드** 안에 들어와 있다는 걸 알았다.

거대 피라미드는 돌이나 나무, 콘크리트로 만든 게 아니었다. 그것은 인내심 많은 건축가들이 아주아주 오랜 세월 동안 쌓은, 엄청나게 거대한 낙엽 무더기였다. 비올레트는 벽에 손을 대 봤다. 낙엽을 쌓아 만든 벽은 부드러우면서도 견고했다.

이번엔 허리를 굽혀 밖을 내다보았다. 피라미드의 경사는 가팔랐고, 땅바닥은 까마득하게 멀리 있었다. 부서질 것 같은 벽을 따라 내려가다가는 곧장 밑으로 곤두박질칠 게 뻔했다.

"블루베리! 블루베리!"

비올레트가 목청을 높여 외쳤지만 아무도 대답하지 않았다. 메아리조차 들리지 않았다. 낙엽으로 만들어진 벽이 소리를 모두 흡수해 버렸다.

"그만해." 가방에서 작은 목소리가 들렸다.

"귀돌아! 너 거기 있었구나!"

비올레트는 친구의 목소리를 듣자 위안이 되었다.

"응, 난 여기 있어. 넌 떨어지는 동안에도 가방을 꼭 붙들고 있더라!"

비올레트는 자기가 가방을 들고 있었다는 것도 미처 깨닫지 못했다.

그녀가 조심스럽게 조약돌을 꺼내자, 조약돌이 단호한 말투로 말했다.

"이 안에서 길을 찾아야 해. 내가 여기 있어서 다행인 줄 알아. 내가 아니면 넌 얼마 가지도 못할 거야."

테라스에서 뒤를 돌아보니, 방금 지나왔던 통로의 양쪽에 문이 하나씩 있었다. 비올레트는 왼쪽 문을 통해 건물 안으로 들어가 보기로 했다. 해가 지나 싶더니, 곧 빛이 완전히 사라졌다. 귀한 조약돌의 도움이 꼭 필요해졌다.

조약돌이 내는 오렌지색 불빛이 부드럽게 앞을 밝혀 주었다. 귀돌의 빛은 너무 눈부시지 않으면서 어둠을 밀어내는, 부드러운 꿀 빛깔이었다. 귀한 조약돌이 옆에 있다는 사실이 어린 소녀를 안심시켜 주었다. 그 빛이 있으니 미로조차 따뜻하고 아늑하게 느껴졌다.

밑으로 내려가는 계단이 보였다. 비올레트는 밖으로 나갈 수 있을 거라는 희망을 품고 계단을 내려갔다. 그 계단이 1층까지 계속 이어지기만 한다면, 곧 출구를 찾을 수 있을 터였다. 그러나 수백 개가 넘는 계단을 내려가자 또 다른 큰 홀이 나타났고, 거기서 길이 다시 네 갈래로 나뉘었다.

"왼쪽으로." 귀한 조약돌이 말했다. "미로 속에서는 무조건 한 방향으로만 돌아야 해. 그러면 결국 출구가 나오게 되어 있어."

비올레트는 그 말이 정말 맞는지 확신이 서진 않았지만, 그렇다고 다른 방법도 없었다. 이번엔 출구가 없는 둥그런 홀로 들어섰다.

"뒤로 돌아." 조약돌이 자신 있게 말했다. "갈림길이 나오면 또 왼쪽을 선택해. 만약……."

"잠깐!" 비올레트가 조약돌의 말을 끊었다. "벽에 뭔가가 있어."

그녀는 벽에 가까이 다가가 눈높이쯤에 조약돌을 갖다 댔다.

"빛을 더 밝게 해 줄까? 할 수 있는데." 돌멩이가 중얼거렸다.

정말로 조약돌이 정신을 집중하니, 더 생생한 노란색 빛이 되었다. 눈이 부셔서 손으로 가려야 할 정도였다.

"너 대단하다! 이런 재주도 있었어?"

"할 수는 있지만, 오래 유지하진 못해. 너무 피곤해지거든. 그건 그렇고, 뭐가 보여?"

비올레트는 부드러운 곡선을 그리며 이어져 있는 벽을 바라보았다. 벽은 섬세한 자국들로 덮여 있었다. 발자국들, 날개가 스친 자국들, 부리로 쫀 자국들……. 이번에도 새들이 그린 문자였다.

"신성한 문자야!" 비올레트가 감탄하며 외쳤다. "사진을 찍어 둬야겠어."

"신성한 문자? 그래 봤자 벌레 잡는 법을 설명한 걸 텐데 뭘!" 귀한 조약돌이 말했다.

비올레트는 개미 그림 기계를 가방에서 꺼내 개미들을 불렀다.

"니세포르? 내 말이 들리나요?"

"개미 정비사 군단 2연대장! 명령만 내리십시오!" 기계 속에서 개미의 목소리가 대답했다.

"벽에 길게 쓰여 있는 이 문자들을 그려 줄 수 있어요?"

"예, 할 수 있습니다! 불빛을 비춘 채로, 문자가 시작되는 곳에서 끝나는 곳까지 기계로 훑으며 지나가 주십시오."

"알겠어요."

"정비사들! 지시에 따라…… 작업 개시!"

개미들은 새들이 그린 자국을 아주 상세한 부분까지 재현하기 위해서 낡은 카메라 안에서 분주하게 일을 했고, 비올레트는 카메라를 들고 천천히 이동하면서 개미들의 소리에 귀를 기울였다.

사진 네 장이 부드럽게 떨어졌다. 비올레트는 개미들에게 고마운 마음을 전한 다음, 다시 출구를 찾기 시작했다. 새들의 문자를 발견한 흥분이 가시자, 비올레트에게 불안한 질문 하나가 떠올랐다. 혹시라도 부정적인 답변을 듣게 될까 봐 두려워 감히 소리 내어 말할 수 없는 질문이었다.

과연…… 이 미로 속에서 출구를 찾을 수 있을까?

18
새들의 성소

이 통로는 저 통로로 끝없이 이어져 있었고, 빈방은 결국은 텅 빈 홀로 이어졌다. 비올레트는 세 번이나 새로운 비밀 문자들을 발견했고, 그때마다 개미 그림 기계의 일꾼들이 정확하게 복사해 주었다. 하지만 그것은 소녀를 안심시켜 주지 못했다. **거대 피라미드**를 헤매는 시간이 점점 길어지고 있었기 때문이다.

이미 여덟, 아홉 층 정도 내려온 상태였다. 모퉁이를 돌 때마다, 새 문을 통과할 때마다, 이젠 제발 출구가 나오기를 간절히 바랐다. 하지만 그녀는 매번 끝없이 이어지는 다음번 통로, 다음번 방을 만나야 했다.

세 층쯤 더 내려왔을 때부터는 밖으로 나 있는 문조차 보이지 않았다. 귀한 조약돌의 불빛이 없었다면 방향도 분간할 수 없었을 것이다. 그러나 비올레트는 계속 자신의 전략을 고수했다. 항상 왼쪽으로 돌 것, 막다른 길이 나오면 온 길로 되돌아갈 것.

하지만 세 번이나 같은 방으로 들어섰을 때, 밀려오는 불안감을 떨칠 수는 없었다. 이전의 통로에서는 그래도 바닥은 볼 수 있었는데, 이제는 아예 어둠에 묻혀서 아무것도 보이지 않았다. 이유는 하나, 조약돌의 불빛이 희미해진 탓이었다.

"귀돌아, 불빛을 일부러 약하게 비추는 거야?"

"그게…… 너무 피곤해. 아무래도 힘을 좀 아껴야겠어."

"항상 빛을 비출 수 있는 건 아니구나?"

"응, 어느 정도 시간이 지나면 다시 햇빛을 받아서 충전해야 해."

비올레트는 아무 대답도 하지 못했다. 조약돌의 말은 소녀의 불안감을 키울 뿐이었다. 출구를 찾는 일에 시간을 더 끌 수 없는 상황이었다. 그녀는 출구가 있길 간절히 바랐다.

이번엔 아직 가 보지 않은 왼쪽 통로를 택한 다음, 통로에 있는 낙엽 한 줌을 뜯어서 입구에 쌓았다. 비올레트는 얼마 전부터 이렇게 하고 있었다. 통로 앞에 쌓인 낙엽을 보면 이미 통과한 장소라는 걸 알 수 있었기 때문이다.

그런데 이번에 들어선 길은 끝이 없는 것 같았다. 이렇게 긴 통로는 지금까지 지나온 적이 없었다. 조약돌의 불빛은 통로의 끝까지 비추기에 충분하지 않았다.

수백 걸음을 걷고 났을 때, 드디어 앞에 희미한 불빛이 보이기 시작했다. 비올레트의 심장이 뛰었다.

"귀돌아! 잠시 네 불빛을 꺼 봐."

"그거 정말 좋은 생각이야. 난 아무래도 잠을 좀 자야겠거든……."

조약돌이 빛을 끄자, 복도 끝에 보이는 불빛은 더욱 환해졌다. 가늘긴 해도 햇빛처럼 보이는 한 줄기 하얀 불빛이었다!

비올레트는 마침내 갈림길에 다다랐다. 통로는 다른 통로와 이어져 있었고, 그 통로의 오른쪽에 있는 문으로 빛이 들어오고 있었다. 그리고 문 너머에 나무가 보였다. 출구였다, 드디어!

비올레트는 달리기 시작했다.

그녀가 빛에 가까이 가는 동안 그녀의 발걸음 소리가 이상한 메아리처럼 들렸다. 마치 다른 발소리들이 화답하는 것처럼……. 혹은 멀리서 후드득 떨어지는 빗소리처럼.

소리는 점점 더 커졌고, 복도 끝에 거의 이르러서야 그 소리의 정체를 알게 되었다. 그것은 날개 치는 소리였다.

비올레트는 밖으로 향한 커다란 문 앞에서 멈췄다. 그녀의 생각대로, 밖은 아주 작은 벌새에서부터 커다란 독수리에 이르기까지 수천 마리 새들이 가볍게 날갯짓하는 소리와 묵직하게 푸드덕거리는 소리로 가득했다!

비올레트는 숨을 크게 쉬고 밖으로 문을 열었다.

그것은 출구가 아니었다. 문밖으로 나온 비올레트는 **거대 피라미드**의 정중앙에 있었다!

홀이 얼마나 큰지 수십 그루의 나무들이 자라고 있었다. 눈을 들어 위를 보자, 정사각형의 푸른 하늘이 보였다. 비올레트가 있는 그곳은 피라미드 꼭대기에서 보면 거대한 우물의 밑바닥인 셈이었다.

새들은 천장의 구멍을 통해 끊임없이 드나들었다. 어떤 새들은 나무 위에 앉아 있고, 어떤 새들은 다른 층으로 올라가는 통로 안으로 날아 들어갔다. 그리고 많은 새들이 부리로 낙엽을 물어다 날랐다.

"새들이 모두 여기로 왔던 거구나." 비올레트가 말했다. "이 피라미드를 만든 건 새들이었어! 지금도 계속해서 짓고 있는 거야."

땅은 풀과 꽃으로 덮여 있었다. 그리고 가볍게 비탈이 져서 홀 중앙에 작은 언덕을 이루고 있었다. 비올레트는 자신의 등장에 조금도 신경 쓰지 않고 분주하게 일하고 있는 수많은 새를 바라보며 비탈을 올라갔다.

작은 언덕 정상에 나뭇가지가 휘어질 정도로 많은 열매가 달린 벚나무 한 그루가 있었다. 비올레트는 그 나무 곁으로 다가갔다.

주위의 나무들과 비교했을 때 키는 작았지만, 중앙에 있는 걸 보면 중요한 나무인 게 분명했다.

"이상하네. 이렇게 많은 새가 있으면, 벌써 오래전에 열매들을 다 쪼아 먹었을 텐데!" 비올레트가 중얼거렸다.

그때 나뭇잎 사이로 자기를 지켜보고 있는 두 눈이 있다는 걸 알아챘다. 큰 새 한 마리가 벚나무에 앉아 있었다. 새는 두려움이나 공격성의 징조 같은 건 전혀 없이, 조용히 그녀를 주시하고 있었다. 비올레트는 천천히 그 새에게 다가갔다.

새의 모양은 아주 특별했다. 앞에서 보면 홀쭉했고, 몸의 윤곽이 곡선이 아니라 직선이어서 영 이상해 보였다. 어찌 보면 사각형의 납작한 유리 상자 안에 들어가 있는 것 같기도 하고, 또 어찌 보면 직사각형의 가죽 덮개에 싸여 있는 것 같기도 했다.

새는 살짝 고개를 돌리더니, 소리 없이 날개를 활짝 폈다. 그 순간 비올레트는 그 새가 깃털이 아닌 종이로 덮여 있다는 걸 알았다. 새의 몸 양쪽에는 날개 대신, 수많은 종이가 펄럭이고 있었다.

"아, 당신이 책 새로군요!" 그녀가 중얼거리듯 말했다.

새는 어설프게 홀쩍 뛰어서 벚나무의 가지를 밟으며 비올레트가 있는 쪽으로 걸어왔다. 비올레트는 한 발 앞으로 나아가서, 새에게 손을 내밀었다.

그러자 까마귀 네 마리가 피라미드 꼭대기에서 위협적인 소리를 내면서 날아 내려왔다.

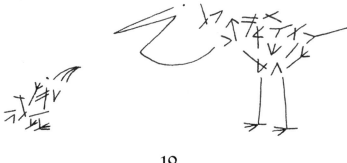

19
책 새

"내 이름은 비올레트 위르르방이에요. 정원의 수호자지요. 난 당신을 해치지 않아요, 책 새님."

비올레트는 앞에 있는 그 이상한 새를 향해 손바닥을 편 채로 그렇게 말했다. 종이 날개를 가진 새가 서툴게 통통 뛰어와서는 그녀의 손바닥 위로 폴짝 올라앉았다. 처음으로 새의 부리에서 소리가 흘러나왔다.

"만나서 반갑구낭, 비올레트 위르르방."

책 새의 목소리는 거슬릴 정도로 우스꽝스러웠다. 코를 두 손가락으로 꼭 쥐고 말하는 듯한 코맹맹이 소리였다. 비올레트는 큭큭 웃음이 터져 나왔지만, 곧 어색하게 잔기침을 하면서 웃음을 참으려고 애썼다.

"괜찮앙, 웃어돵." 책 새가 말했다. "내 목소리가 이상하다는 건 나도 알앙."

"미안해요, 책 새 아저씨." 비올레트가 얼굴을 붉히면서 말했다.

"내 나이쯤 되면 그런 건 별로 신경 쓰지 않는단당. 게다가 난 정말 중요한 이야기를 할 때는 목소리가 아닌 다른 걸 사용하거등. 책이라는 방식 말이양. 앙, 그리고 나는 아저씨가 아니양, 숙녀징. 내 이름은 리자베트양. 그러니 리자베트 씨라고 부르면 됑. 쟝, 책 읽을 준비는 되었닝?"

책 새는 아주 빠르게 날개를 치기 시작했다. 기호와 그림으로 뒤덮인 수천 페이지가 차례로 펼쳐졌다.

"그럼 내가…… 당신을 읽을 수 있다는…… 그런 뜻인가요?"

"바로 그거양. 내 안에는 정원의 모든 역사가 들어 있단당. 내 날개들을 펴 보겠닝?"

비올레트는 조심스럽게 책 새를 잡고, 페이지들을 넘겨 보았다. 책은 온통 기호로 가득했는데, 새들의 문자인 것 같았다.

"기호들이 아주 예뻐요, 리자베트 씨. 하지만 난 못 읽겠어요."

"앙, 그렇겠구낭. 그럼 먼저 수업을 하기로 하장. 오직 너만을 위한 수업이양. 장, 비올레트 위르르방, 풀밭에 앉거랑."

소녀는 벚나무 줄기에 등을 기댄 채 햇빛이 쏟아지는 풀밭 위에 다리를 쭉 뻗고 편하게 앉았다. 그리고 귀한 조약돌을 티셔츠의 주름 잡힌 곳에 올려놓았다. 조약돌은 기분이 좋은지 골골 소리를 냈다.

"흐음! 정말 황홀한 햇빛이야! 빛을 흠뻑 충전할 수 있겠어!"

온갖 종류의 새 수십 마리가 비올레트 주위를 지나갔다. 조그만 박새, 방울새, 울새, 벌새 들이 이곳저곳으로 옮겨 가면서 끊임없이 주변을 날아다녔다. 황새, 넓적부리황새, 학 같은 큰 새들은 긴 다리로 성큼성큼 걸어 다녔고, 덩치가 아주 큰 맹금류들은 마치 공연이 시작하길 기다리는 관객처럼 가만히 한자리에 서 있었다.

책 새는 그들 앞에 자리하더니, 날개를 휘리릭 펴서 시작을 알렸다. 그러자 새들이 책 속 기호들을 표현하는 신기한 춤을 시작했다.

비올레트는 점점 그 이상한 문자를 어떻게 해독하는지 이해하고 있었다. 사실 기호들은 그냥 단순히 문자의 역할만 하는 게 아니었다. 그 기호들은 춤의 스텝을 뜻하는 것이기도 했다. 복잡한 안무뿐 아니라, 몸의 움직임이나 멈춤, 특정한 위치까지 나타내고 있었다.

새들은 순서에 따라서 혼자서 혹은 몇몇이 책에 묘사된 모양들을 표현해 주었다. 그들의 몸짓은 마치 발레 같았는데, 가끔 당황스럽게 보일 때도 있었지만 매우 조화로웠으며, 매번 무용수들의 외침과 삐악거리는 소리로 마무리되었다. 장면들은 계속 이어졌고, 춤이 너무나 아름답고 다양해서 때로 매우 긴 춤을 춰도 지루하지 않았다.

비올레트는 조금씩 동작의 의미를 깨쳤고, 그 동작들은 그녀의 눈 앞에서 점차 단어와 문장으로 바뀌었다. 하지만 그것들을 소리 내어 딱 떨어지는 말로 표현할 수는 없었다. 왜냐하면 그 춤은 비올레트가 평소에 이야기하지 않던 것들을 말하고 있었기 때문이다. 바람, 냄새, 곤충들의 붕붕거림, 초원에서 물결치는 풀들의 노래, 날개 달린 주민들의 사랑, 오래된 나뭇등걸에서 엿보는 여우들의 삶, 잔가지들과 웅덩이들에 얽힌 사연 등등……

비올레트는 어느 순간 자기도 모르게 일어나서 새들의 춤에 합류했다. 그녀는 다리 긴 왜가리가 되었다가, 통통 뛰어다니는 개똥지빠귀가 되었다가, 긴 날개가 거추장스러운 독수리가 되기도 했다. 기계처럼 규칙적으로 머리를 앞뒤로 흔들면서 비둘기처럼 걷기도 하고, 펭귄들과 함께 긴 비탈을 구르기도 하고, 오리들의 리듬에 맞추어 코믹한 표정으로 몸을 좌우로 흔들며 걷기도 했다.

비올레트는 새들의 삶과 생각을 함께 나눴다. 그들과 함께 이 수업을 하는 동안, 새들의 문자와 몸짓에 매우 익숙해져 있었다. 문득 그녀는 새들이 꼼짝하지 않은 채 그녀의 움직임을 바라보며 즐거워하고 있다는 걸 깨달았다. 춤에 빠져서 어느 순간부터 새들의 움직임을 따라 하는 대신, 즉흥적으로 자신의 춤을 추기 시작했던 까닭이다. 그녀는 당황해서 춤을 멈췄다.

갑자기 새들 사이에서 요란한 휘파람 소리와 높은 노랫소리가 터져 나왔다. 민망함에 얼굴이 붉어진 비올레트가 살며시 책 새를 향해 몸을 돌렸다. 책 새가 상냥한 표정으로 머리를 끄덕이면서, 코맹맹이 소리로 말했다.

"비올레트 위르르방, 넌 아주 열정적이고 열심인 학생이구낭! 아주 훌륭행. 이제 너도 우리 문자를 충분히 해독할 수 있다고 믿엉."

비올레트는 잔디밭에 앉아서, 다시 조용해진 새들을 바라보았다. 그녀는 굉장히 중요한 메시지를 읽었다는 확신이 들었다. 마치 긴 잠에서 깨어난 것 같았다. 하지만 내용을 모두 제대로 이해했는지 자신이 없었다.

"아직도 배워야 할 것들이 너무 많은 것 같아요."

"특별히 물어보고 싶은 거라도 있닝?"

비올레트는 뭐라고 말해야 할지 몰랐다. 매혹적인 세계에 빠져 있다 나와서인지, 생각을 정리하기가 쉽지 않았다. 그러다 그녀의 마음 깊은 곳에 자리하고 있던 생각이 다시 의식의 표면으로 올라왔다.

파벨…… 그는 어디 있을까?

그리고 또 하나의 장면이 머릿속에서 떠올랐다. 그건 그녀가 마음 아주 깊은 곳에 묻어 둔 채 드러내고 싶지 않은 고통스러운 모습이었다.

"리자베트 씨, 당신은 정원에 관해 모든 걸 알고 계시니, 칼리방이 어디 있는지 말해 주세요. 그가 거센 폭풍우를 일으키기 전에 막아야 해요. 그 괴물이 더 강해지기 전에 승부를 볼 거예요."

책 새는 잠시 침묵하고 있다가 대답했다.

"우린 칼리방을 한 번도 본 적이 없단당. 하지만 네가 정원 더 깊이 들어가면 반드시 그를 만날 수 있을 거양. 그는 **모조품 도시** 지하에서 이삭 줍는 자들과 함께 살고 있엉."

"**모조품 도시**요? 난 그 도시가 어디 있는지도 몰라요. 저와 함께 가 주실 수 있나요? 리자베트 씨, 제발요……."

"그건 내 역할이 아니란당. 그리고 난 칼리방 앞에선 네게 어떤 도움도 되지 못행. 오늘 배운 것들은 이미 네 것이 되었엉. 정원 안에 새겨진 기호들의 뜻을 이해하는 데 그 지식을 이용행. 그리고 정원의 유물들을 옳은 일에 사용할 수 있도록 신중하게 생각하공. 그것들이 없으면 넌 실패할 거당."

"네, 그래야죠. 알겠어요. 그럼 여기서 어떻게 나가면 되는지 말해 주세요. 나의 개 파벨을 구하러 가야 해요."

"그랭, 알고 있단당. 네가 쥐스탱을 먹지 않았더라면 시간을 훨씬 절약할 수 있었을 텐뎅!"

그 말을 듣는 순간, 소녀는 목이 메었다.

"오!" 비올레트가 말했다. "정말 죄송해요! 늑대 가죽 때문이었어요. 난 다시는 그걸 사용하지 않을 거예요. 난……."

그때 어떤 목소리가 비올레트의 말을 중단시켰다.

"그래, 넌 더는 그 가죽을 사용하지 않을 거야. 왜냐하면 그걸 지금 당장 내게 돌려줘야 할 테니까."

"르비스!" 비올레트가 외쳤다.

20
황제

토끼 소녀가 미소를 보이며 칼을 휘둘렀다. 비올레트가 왔던 길을 따라 이곳에 온 것이었다. 게다가 혼자가 아니었다. 옆에는 근위대 복장을 한 동물 여럿이 서 있었다. 모두 횃불과 칼을 들고 있었다. 비올레트는 아르마딜로 사령관과 오리너구리를 알아보았다.

"널 따라오는 길은 별로 즐겁지 않았어." 르비스가 말했다. "하지만 네가 지나온 길마다 표시를 해 준 건 고마워. 그 낙엽 더미들이 아니었으면 여기까지 올 수 없었을 거야. 그러면 책 새의 둥지를 절대 못 찾았겠지."

"우릴 가만히 놔둬." 비올레트가 대답했다. 그리고 근위대 동물들 쪽으로 몸을 돌리며 말했다. "근위대! 저 배신자를 당장 체포해요. 명령이에요!"

하지만 그들은 꼼짝하지 않았다.

"네가 아무리 수호자라도, 이들이 복종하는 지휘관은 바로 나야. 저들에게는 내가 황제거든."

"넌 점점 더 허세가 심해지는구나. 뭐? 황제?"

"그래, 황제의 검이 내 손에 있으니까. 자, 내 유물들을 돌려줘. 개미 그림 기계부터 돌려받을까? 자, 근위대! 저 꼬맹이를 잡아!"

제복을 입은 큰 도마뱀 두 마리가 비올레트에게 다가왔다. 그녀는 협상을 해야겠다고 생각했다.

"좋아, 난 네가 무엇보다도 이 유물들을 원한다는 걸 알아. 하지만 지금은 위급 상황이잖아. 우선 폭풍우부터 막고 봐야지."

"폭풍우를 막아? 흥, 그건 내가 알 바 아니야."

멀리서 책 새를 둘러싸고 있던 까마귀들이 경계 태세를 취했다. 하지만 저들도 칼 앞에서는 오래 버틸 수 없을 것이다. 아니나 다를까, 큰 도마뱀이 갑자기 앞으로 나와서 칼을 휘두르는 바람에 까마귀 한 마리가 상처를 입고 땅에 떨어졌다.

곧 책 새가 큰 소리로 외쳤고, 우물 안에서 날고 있던 수천 마리의 새들이 그 부름에 응답했다.

새들이 우레 같은 소리를 내며 구름 떼처럼 비올레트에게 달려들었다. 비올레트는 수천 개의 발톱이 자기의 팔과 머리카락과 옷을 힘 있게, 그러나 매우 조심스럽게 잡는 걸 느꼈다. 그리고 순식간에 땅에서 떠올랐다.

근위대 병사들은 비올레트가 새들에게 둘러싸여 공중으로 올라가는 모습을 멍하니 지켜보았다. 르비스가 화가 나서 어쩔 줄 몰라 하며 소리쳤다.

"네가 아무리 도망쳐도 난 반드시 찾아낼 거야!"

유물 수집가 소녀는 병사들의 보호를 받으며 겨우겨우 후퇴했다.

책 새가 비올레트에게 코맹맹이 소리로 말했다.

"비올레트 위르르방, 용기를 가정! 넌 꼭 성공할 거양. 친구들이 널 기다리고 있단당!"

새들은 비올레트를 **거대 피라미드** 꼭대기까지 데리고 올라갔다. 너무 높아서 밑에서 무슨 일이 일어나고 있는지 보이지 않았다. 멀리 발밑에서 들

려오는 유물 수집가의 분노에 찬 외침 소리를 들으면서 비올레트는 드디어 정사각형 구멍을 통과했다.

갑자기 바깥 공기를 맡은 순간, 비올레트는 자기도 모르게 눈을 감았다. 눈부신 햇빛에 익숙해지기 위한 시간이 필요했다. 잠시 뒤, 죽 펼쳐진 풍경이 보였다. 새들은 비올레트를 데리고 천천히 땅으로 내려갔다.

발이 땅에 닿는 게 느껴졌다. 새들이 그녀를 **매끈 산** 꼭대기에 데려다주었다. 그곳에서 기다리던 블루베리가 비올레트를 안으며 말했다.

"비올레트! 네가 밖으로 나오지 못하는 게 아닌가 걱정했어. 정말 기쁘다!"

"고마워!"

블루베리 뒤로 털북숭이 다리 네 개가 보였다.

"혹시……."

비올레트의 가슴이 뛰었다.

블루베리가 조금 비켜서자 늙은 회색 개가 보였다. 늙은 개가 지친 목소리로 물었다.

"내 오렌지색 밥그릇…… 잊은 건 아니겠지?"

21
출발

비올레트가 가방에서 낡은 밥그릇을 꺼내자, 센다크는 그것을 그저 물끄러미 바라보기만 했다. 한참 뒤에야 몸을 굽히고 밥그릇의 냄새를 맡기 시작했다. 거의 지워진 추억을 어떻게든 되찾고 싶은 듯했다.

그는 아무 말도 하지 않았다. 하지만 비올레트는 자신을 바라보는 센다크의 눈빛이 어딘가 변한 걸 느꼈다. 인간에 대한 증오와 늑대들과 살면서 겪었던 온갖 시련에 대한 원망이 확연히 줄어든 것 같았다. 그렇다고 믿음과 열정으로 가득했던 어린 시절의 마음으로 돌아간 건 아니었지만, 이제 그는 어느 정도 현명함을 되찾았다. 어느 정도의 평온함과 함께.

소녀와 개는 오랫동안 말없이 서로를 바라보았다. 결국, 그 침묵을 깨뜨리고 나선 건 블루베리였다.

"흠흠, 있잖아, 우린 당장 떠나야 해. 두더지들의 이야기가 심상치 않아."

"두더지들? 어떤 내용인데?"

"네가 당장 집으로 돌아가야 한대, 비올레트. 최대한 빨리."

비올레트가 자기도 모르게 목소리를 높였다.

"뭐라고? 말도 안 돼! 난 파벨을 찾으러 가야 해. 이제 파벨이 어디 있는지도 알아냈단 말이야. **모조품 도시** 밑이야!"

블루베리가 당황한 표정을 지으며 말했다.

"거긴 굉장히 멀어! **소시지 호수**를 넘어서 가야 해."

"나도 그 도시에 대해 들은 적이 있어." 귀한 조약돌이 덧붙였다. 그는 막 잠에서 깨어난 참이었다. "거기에서 온 하얀 조약돌들한테서 들은 얘긴데, 거긴 끔찍하게 재미없는 곳이래."

"난 거기 놀러 가는 게 아니야! 파벨을 찾으러 가는 거지! 게다가······."

블루베리가 비올레트의 어깨를 힘주어 잡으며 말을 중단시켰다.

"비올레트! 일단 두더지들이 보낸 전보부터 들어 봐. *비올레트는 최대한 빨리 집으로 돌아가야 함. 이방이 위험함.* 그런데 이방이 누구야?"

비올레트가 놀라서 입이 벌어졌다. 그러고는 떨리는 목소리로 말했다.

"이방은 내, 내 동생이야. 그 애는 정원과는 아무 상관도 없는데······. 대체 무슨 일이지?"

"그럼 빨리 가야지." 센다크가 등을 낮추었다. "어서 내 등에 타!"

"난 **너른 잔디밭**의 우리 집에서 기다릴게!" 블루베리가 외쳤다.

비올레트는 회색 개의 등에 올라탔고, 개는 전속력으로 달렸다.

4장

폭풍우

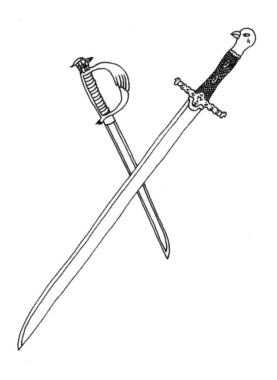

1
루이자

비올레트가 창문으로 방에 들어가자마자, 복도에서 날카로운 울음소리가 들려왔다. 어린 동생 이방이었다.

"이방! 곧 갈게!"

"아, 드디어!" 할아버지의 탄식이 들렸다. "문 좀 빨리 열어 주련?"

현관에서 나는 소리였다. 비올레트는 얼른 현관문을 열었다. 할아버지는 얼굴이 빨갛게 되도록 울고 있는 아기를 품에 안고 있었다.

"뭘 하고 있었던 게냐? 밖에서 얼마나 기다렸는지 모른다. 15분 동안이나 문을 두드렸는데! 동생이 배가 고파서 이렇게 울고 있잖니!"

비올레트는 재빨리 아기를 받아 안고, 살살 흔들면서 달래 주었다.

"미안해요, 할아버지. 이어폰을 꽂고 음악을 듣고 있어서 몰랐어요."

할아버지는 냉장고에서 아기 이유식 병을 꺼내면서 말했다.

"네 엄마가 우리 집에 들렀단다. 파벨을 찾으러 나왔다면서."

"그런데 왜 할아버지가 이방을 데리고 오셨어요?"

"파벨 때문에. 네 엄마는 개를 찾는다는 전단을 온 동네 상점마다 붙이겠다고 갔어. 그러면서 이방을 네게 데려다 달라고 부탁하더라."

이유식을 먹은 아기는 금방 잠이 들었고, 비올레트는 이방을 조심스럽게 아기 침대에 뉘었다. 아기방에서 나오자, 할아버지가 돌아갈 준비를 하고 있었다.

'아무래도 지금 물어봐야겠어. 아니면 영영 못 물어볼지도 몰라.'

비올레트는 할아버지의 손을 잡고 진지한 어조로 말했다.

"할아버지, 있잖아요……. 저도 알고 있어요. 할아버지 동생에 대해서요. 그분에게 무슨 일이 일어났는지 알고 싶어요."

할아버지가 놀라며 잠깐 뒷걸음질을 쳤다.

"뭐라고? 아니, 그게…… 대체 무슨 말이냐?"

할아버지의 눈이 멍해졌다. 잠시 정신이 딴 데로 간 것 같았다. 손녀의 질문으로부터 아주 먼 곳으로. 하지만 비올레트는 포기하지 않았다.

"할아버지의 여동생, 루이자에 대해 말하는 거예요. 할아버지 주머니에 있던 사진들을 봤거든요. 몰래 본 건 정말 죄송해요……."

"오, 이런이런!"

놀라서 정신이 나간 듯한 스타니슬라스 위르르방은 평소보다 더 강한 폴란드 억양으로 '오, 이런이런!'이라는 말을 적어도 다섯 번은 되풀이했다. 그러고는 느릿한 몸짓으로 비올레트를 주방으로 데리고 가서 앉혔다.

그는 먼 곳을 바라보는 듯한 눈빛으로 말하기 시작했다.

"미안해할 것 없다, 비올레트. 그동안 어떻게 말해야 좋을지 몰라서 말하지 못했던 거란다. 심지어 네 엄마에게도 말하지 않았지. 하지만 넌 정말 영리하구나. 그 이름은 어떻게 알았니?"

"그분의 시계를 발견했어요. 정원에서요. 뒷면에 '루이자 위르르방'이라고 쓰여 있더라고요."

"아, 정원! 그 애는 종일 거기서 놀았어. 난 너무 바보 같아서 거기 들어갈 자격이 없다나. 그런데 내가 열여섯 살일 때 그 애가 사라졌어."

스타니슬라스의 입에서 힘겹게 나온 말들이었다. 할아버지는 본래 이야기하는 데 소질이 없었다. 하지만 이 이야기만은 어물거릴 필요도, 길게 설명할 필요도 없었다. 단 몇 문장으로 다 전해졌다. 너무나 힘들고 슬퍼서 평생 비밀로 간직해야 했던 문장들이었다.

스타니슬라스에게는 어린 동생이 있었다. 루이자…… 루이자는 순하고 명랑한 아이가 아니었다. 약간 거칠고, 남과 잘 어울리지 못하고, 당돌한 면이 있는 애였다. 그 애는 혼자 놀거나 뭐든 혼자 알아서 해야 하는 시간이 많았다. 엄마인 테레자가 곁에 없을 때가 많았기 때문이다. 실은 함께 집에 있긴 했지만, 테레자의 생각과 마음이 딴 데 가 있을 때가 많았다. 테레자는 피곤했다. 아이들의 외치는 소리, 불빛, 삶이 다 피곤하게 느껴졌다. 그래서 어느 날 이 땅에서의 삶을 그만 끝내기로 마음먹었다.

엄마 테레자와 함께 있는 세상은 불안정했었다. 하지만 엄마가 사라지자 그 세상마저 아예 무너졌다. 아버지는 아이들을 돌볼 힘이 없었다. 어린 루이자는 모든 시간을 밖에서 개와 함께 장난감을 갖고 보냈다.

"그 개, 이름이 센다크였나요?"

"그래, 센다크. 폴란드식 이름이지."

어느 날, 루이자가 집으로 돌아오지 않았다. 그리고 그 후로도 영영. 처음엔 잠시 가출한 거라고 믿었다. 가끔 그랬기 때문이다. 시간이 조금 지나자 더 나쁜 일이 일어난 거라는 생각이 들었다. 경찰들과 마을 사람들이 온 동네를 수색했지만, 루이자의 흔적은 어디에도 없었다. 단 하나의 단서도.

엄마와 여동생에 대한 아픈 기억이 있는 집에서 계속 살 수 없었던 스타니슬라스와 아버지는 이사를 했고, 그들의 삶은 계속되었다. 엄마와 루이자에 대한 추억도 차츰 지워졌다. 낡은 사진처럼. 그리고 그는 더는 그 이야기를 하지 않았다. 아무에게도. 불행의 문을 완전히 잠그고 싶다는 듯이……

비올레트는 말없이 듣고만 있었다. 머릿속에선 수많은 생각이 스쳤다. 폭풍우가 칠 때 무슨 일이 생긴 걸까? 루이자는 정원에서 목숨을 잃었나? 센다크는 그때 주인을 떠났던 걸까? 하지만 할아버지에게 물을 순 없었다.

할아버지가 집으로 돌아가기 위해 일어나면서 이렇게 말했다.

"이게 그 오랜 이야기의 전부란다. 이 이야기 때문에 괜히 네가 우울해지지 않았으면 좋겠구나. 하지만 네게도 알 권리가 있지, 네 엄마도 마찬가지고. 다음엔 사진을 갖고 와서 엄마와 함께 보자꾸나."

집을 나서기 전에 할아버지가 몸을 돌리고 말했다.

"파벨 걱정은 너무 하지 마라. 곧 찾게 될 거야, 장담하마."

"고마워요, 할아버지. 저도 그렇게 생각해요."

2
이방

비올레트는 방으로 돌아와 바닥에 앉았다. 동생은 여전히 자기 방에서 자고 있었다. 소녀는 엄마가 돌아오길 기다리면서 **거대 피라미드**에서 찍었던 개미 그림들을 바닥에 펼쳐 놓았다. 기호들을 해독해 보기 위해서였다. 리자베트 씨가 가르쳐 준 수업 내용이 기억에 생생했다. 비올레트는 일어서서 사진들에다 시선을 고정한 채, 새들이 새겨 놓은 자국들을 몸짓으로 표현해 봤다. 그러자 이미지들이 머릿속으로 들어왔다.

새들이 기록해 둔 정원 이야기는 비올레트가 알고 있던 것과 사뭇 달랐다. 새들은 정원 주민과 호수 주민 그리고 트롤과 늑대에 대해서는 전혀 이야기하지 않았다. 오두막이나 다리, 숲 이야기도 없었다. 조약돌 축제나 구슬치기 시합처럼 주민들이 열광하던 사건들도 새들의 문자 안에는 극히 짧게만 등장할 뿐이었다.

그들의 이야기 속에서 중요하게 기록된 것은 다른 사건들이었고, 가장 눈에 띄는 건 폭풍우를 예고하는 기호들이었다. 온 땅이 황폐해진 시기와 그 공포에 관한 이야기는 새들의 온갖 이야기 속에 다 들어 있었다. 마치 지구 상의 모든 문화권에서 대홍수의 전설을 찾아볼 수 있는 것처럼.

새들은 폭풍우를 저마다 다르게 표현하고 있었다. 높이 나는 새들인 독수리와 매가 본 폭풍우는 파괴를 가져오는 기류이자 소름 돋게 찬 바람, 갑작스러운 돌풍, 천둥 번개를 동반한 구름이었다.

그런가 하면 부엉이와 청딱따구리, 앵무새, 꾀꼬리같이 숲속에 머무는 새들에겐 돌연 숲을 휩쓴 불이고, 새끼 새들을 숨 막히게 만든 연기이자, 검게 타 버린 숲속에서 나무들이 쓰러지며 내는 신음이었다.

왜가리와 두루미, 뒷부리장다리물떼새 같은 호수와 초원의 새들에게는 물에 잠긴 들판이었고, 모든 새를 다 휩쓸어 간 거대한 물결이었다.

마지막으로 절벽과 동굴에 집을 짓는 작은 새들은 산사태와 지진, 화산폭발, 그 외에도 땅 깊은 곳에부터 시작된 무시무시한 재앙으로 폭풍우를 기억하고 있었다. 그때 버섯들과 벌레들, 땅속에 사는 온갖 생물들이 땅 위로 올라와서 정원을 뒤죽박죽으로 망가뜨려 놓았다고 전했다.

비올레트는 새들의 문자 속에서 그 모든 재앙을 볼 수 있었다. 정원의 긴 역사를 춤으로 그려 보던 수호자는 갑자기 중요한 것을 깨달았다.

이 이야기에는 날짜도, 영웅도, 어떤 고유 명사도 없었다. 하지만 정원을 삼켜 버린 폭풍우는 매번 그 시기의 수호자와 긴밀히 연결되어 있었다. 그리고 그때마다 수호자와 대립하는 악한 형상이 나타났다. 비올레트에게 그것은 그림자의 얼굴을 하고, 그녀가 어렸을 때 지은 이름을 갖고 있었다.

칼리방.

그때 현관문 쪽에서 소리가 나는 바람에 비올레트는 화들짝 놀라 고개를 들었다. 드디어 엄마가 돌아온 것이다. 비올레트는 얼른 사진들을 모아 가방에 집어 넣었다. 방금 잠이 깬 동생의 울음소리가 들렸다.

"엄마! 이방은 조금 전까지 자고 있었어요!"

그때 비올레트의 방문이 벌컥 열렸다.

"내가 이유식도 먹이고, 또……."

하지만 동생을 품에 안고 방으로 들어온 사람은 엄마가 아니었다.

다른 사람, *아빠*였다…….

남자의 얼굴에 조롱하는 미소가 나타났다.

"그래, 나다. 문이 열려 있더구나. 너희에게 깜짝 선물을 주려고 왔지."

"이 집에 들어올 권리가 없잖아요." 비올레트가 말했다.

"무슨 인사가 그래? 난 당연히 이 집에 들어올 권리가 있어. 난 네 아빠야!"

그는 이방을 품에 안은 채, 비올레트를 향해 다가왔다. 아기가 악을 쓰면서 울었지만, 그는 아기를 달랠 줄 몰랐다.

"아, 시끄러워! 아직도 빽빽대고 우는 것밖에 못 하다니!"

"기저귀를 갈아 달라고 그러는 거예요." 비올레트가 말했다. "아기를 귀찮게만 여기니, 기저귀 가는 법을 알 리가 없죠."

그 남자가 얼굴을 찌푸리자, 그렇지 않아도 인상 나쁜 얼굴이 더 못돼 보였다. 그래도 그는 억지로 미소를 지으려고 했다.

"그건 맞는 말이야! 네가 기저귀 좀 갈아라." 그가 아기를 보따리 내밀듯이 불쑥 건네면서 말했다.

비올레트는 아기를 받아서 가슴에 꼭 안았다.

"그동안 난 그 녀석의 짐을 싸고 있으마."

"짐이라뇨?"

"네 것도 싸! 너희를 데려가려고 왔거든. 며칠 동안만. 엄마도 동의했어."

비올레트는 거짓말하지 말라고 소리칠 뻔했다. 아빠의 거짓말은 한두 번이 아니었다. 하지만 그렇게 말해 봤자 소용없다는 걸 알고 있었다.

그는 벌써 덜그럭거리면서 아기방 서랍을 뒤지고 있었다.

'왜 내가 현관문을 잠그지 않았을까? 난 정말 바보야. 파벨이 있었다면 날 지켜 줬을지도 모르는데……. 두더지들은 이렇게 될 걸 알고 있었어! 그래서 나더러 빨리 돌아가라고 했던 거야. 동생과 나를 지키기 위해서.'

비올레트는 생각을 집중했다. 뭐라도 해야 했다.

'할 수 없어, 지금은 그 방법밖에 없어…….'

비올레트는 얼른 가방을 어깨에 둘러메고는 한 손으로 창문을 열었다.

"꽉 잡아, 이방. 내가 널 숨겨 줄게. 저 사람은 우릴 찾지 못할 거야. 그리고 난 지금 파벨을 데리러 가야 해."

소녀는 동생을 꼭 끌어안은 다음, 정원으로 뛰어내렸다.

'난 정원의 수호자고, 넌 수호자의 동생이야. 우린 위험에 맞서러 갈 거야.'

3
검은 그림자

"뭐? 아기? 정말 아기를 떠맡아야 해?"

센다크는 이방이 마치 위험한 동물이라도 되는 것처럼 찬찬히 살폈다. 이방은 이방대로 커다란 털 뭉치 같은 센다크를 바라봤다.

"센다크, 우리랑 같이 가자고 강요하지 않을게. 하지만 내가 폭풍우랑 싸워서 정원을 구하는 걸 돕고 싶다면, 이방과 함께 가는 걸 이해해 줘. 우리가 애를 계속 돌볼 필요는 없어. 안전한 곳에 데려다 놓을 거니까."

회색 개는 약간 투덜대긴 했지만, 더는 아무 말 하지 않았다. 그는 비올레트의 뒤를 따랐고, 비올레트는 **너른 잔디밭** 쪽으로 향했다. 이방이 몸을 꼼지락거리면서 칭얼거리기 시작했다.

"왜? 왜 그래, 이방?" 비올레트가 물었다. "블루베리의 집에 가면 금방 기저귀를 갈아 줄게."

하지만 아기는 계속 두 팔로 허공을 쳤다. 비올레트는 그제야 아기가 원하는 게 뭔지 알았다.

"저기, 센다크……. 아기가 너랑 놀고 싶은가 봐."

"뭐라고? 절대 안 돼!"

그러나 열다섯 걸음도 채 가기 전에 이방은 센다크의 등에 올라타서 귀를 잡아당기며 여행을 할 수 있게 되었다.

"뭐, 이렇게 하면 더 빨리 갈 수 있겠지." 센다크는 위엄 있는 표정을 유지하려고 애쓰면서 멋쩍은 듯이 말했다.

이방은 개의 등에 올라타고 나서는 전혀 칭얼거리지 않았다. 덕분에 비올레트는 주변 풍경을 자세히 관찰할 수 있었다.

겉으로 보기에 **비밀의 정원**은 변한 게 없었다. 태양은 여전히 푸른 하늘에서 빛나고 있었고, 나무들과 풀들도 윤기를 머금었으며, 졸졸졸 흐르는 개울물 소리와 나뭇잎 사이로 부는 바람 소리가 듣기 좋게 뒤섞였다.

그러나 비올레트는 왠지 꺼림칙한 느낌이 들었다. 너무 얇아서 보이지 않는 어두운 빛깔의 베일이 정원 전체를 뒤덮기 시작한 느낌이랄까.

"센다크, 내가 없는 동안 아무 일도 없었지?"

개가 만일 어깨를 으쓱일 줄 알았다면, 그렇게 했을 것이다. 그러나 센다크는 어깨를 으쓱하는 대신에 투덜대며 대답했다.

"수호자가 없을 땐 정원에 큰일 같은 건 절대로 일어나지 않아. 바로 그게 문제지."

"그렇구나. 그런데 난 왠지 뭔가 잘못되고 있는 기분이 들어……. 찜찜해. 누군가가 석류 주스에 몰래 식초를 떨어뜨린 것처럼."

"무슨 말인지 전혀 이해 못 하겠다."

"음, 그러니까…… 개울에서 물을 마시려는데 그 물에 뭔가 다른 게 섞여 있다는 걸 발견한 것 같……?"

비올레트는 말을 중단했다. 무심코 강 쪽으로 눈을 돌린 순간, 소리 없이 물속으로 미끄러져 들어가는 검은 형체를 보았기 때문이다.

"앗! 정말로 물속에 뭐가 있어!"

비올레트는 강 옆에 쪼그리고 앉아서 나뭇가지 하나를 집어 강물 속에 빠뜨렸다. 그러자 강에 들어갔던 검은 그림자가 아무 저항 없이 나뭇가지에 스며들었다. 고체는 아니었지만, 그렇다고 기름이나 석유 같은 액체도 아니었다. 신기하게도 그림자가 완전히 나뭇가지 속에 스며들자, 나뭇가지는 그늘 안에 들어간 것처럼 완전히 검게 변해 버렸다!

비올레트는 몸을 떨었다.

초록 바다 밑에 있었던 것과 똑같아. 햇빛을 받지 못하게 모든 걸 가려 버리는 어둠의 방울이야! 난 정말 저게 싫어."

"맙소사, 저런 건 나도 처음 봐!" 센다크가 말했다. "나도 싫군."

이방은 센다크의 오른쪽 귀를 계속 잡아당겼다. 아기는 너무 즐거운 나머지 계속 종알거리면서 손가락으로 센다크의 눈을 찌르기도 했는데, 개는 별로 싫은 내색 없이 고개만 슬쩍 돌렸다.

"어서 가자." 비올레트가 말했다. "조금이라도 빨리 블루베리와 다른 친구들을 만나야겠어."

너른 잔디밭이 보이는 곳에 이르렀다. 거기도 평소답지 않게 부산한 분위기였다. 붉은색의 긴 외투를 입은 자들이 오두막에서 오두막으로 뛰어다니다시피 하며 잔디밭을 휘젓고 있었다.

"근위대로군!" 센다크가 으르렁거렸다. "놈들이 우릴 찾고 있어."

"정확하게는 날 잡으려는 거지." 비올레트가 한숨을 쉬었다. "어떻게 하면 블루베리를 만날 수 있을까? 군인 행세나 하는 괴짜들이 저렇게 돌아다니고 있으니……."

"쉿!" 센다크가 진지한 표정으로 냄새를 맡더니, 낮은 목소리로 말했다. "누가 오고 있어. 덩치가 크고 난폭하고 거친 놈들이야."

비올레트도 냄새를 맡아 보았으나, 동생의 기저귀 냄새밖에 안 났다. 뛰어난 후각을 가진 근위대 동물들이라면, 곧 자신들을 찾아낼 것이다.

잠시 뒤, 근처 덤불 숲에서 소리가 났다. 비올레트는 소스라치게 놀라고 말았다. 붉은 옷을 입은 두 동물이 갑자기 길목에 나타났기 때문이다. 센다크가 이빨을 드러내고 으르렁거리자, 가까이 있던 근위대원이 비웃었다.

"아이고, 무서워라. 인간 아기를 무서워할 정도면 군인 자격이 없지."

센다크는 등에 이방을 태우고 있다는 걸 까맣게 잊고 있었다. 이방은 센다크의 귀를 잘근잘근 가볍게 깨물면서, 작은 두 손으로 그의 눈을 가리고 까꿍 놀이까지 하는 중이었다.

"아기야, 지금은 그럴 때가 아니야!" 개가 꾸짖듯이 말했다.

비올레트가 다가갔다. 하지만 그녀는 자기 동생을 받아 안는 게 아니라, 두 동물을 똑바로 보고 말했다.

"깜짝 놀랐잖아요! 그나저나 옷이 정말 멋져요. 센다크, 라마르크와 콜랭쿠르를 소개할게. 내 친구들이야. 자, 여긴 센다크와 내 동생 이방이에요."

"아주 귀엽네!" 불곰이 말했다. "아기 말이야. 개 말고."

"그런데 냄새가 지독해." 멧돼지가 덧붙였다.

그러고는 둘은 똑같은 동작으로 고개를 들었다. 근위대 복장을 자랑스러워하는 표정이었다. 비올레트는 감탄의 눈빛으로 바라봐 줘야 한다는 걸 알아챘다.

"낡은 우리 제복을 새것으로 바꿔 주더군." 라마르크가 말했다.

"너에게 우리가 필요할 것 같아서 왔어. 아르마딜로와 저 못된 놈들이 너희를 찾는 중이거든."

"고마워요! 맞아요, 난 아저씨들의 도움이 필요해요. 아저씨들에게 임무를 드릴게요. **너른 잔디밭**에 가서 근위대인 척하고 그들 틈에서……."

"저놈들은 진짜 근위대가 아니야!" 라마르크가 화를 내며 말을 끊었다.

비올레트가 정정했다.

"아, 그렇군요. 저기 붉은 제복을 입은 가짜들 틈에 섞여서, 어떻게든 블루베리를 찾아 주세요. 그는 **너른 잔디밭**에 사는 호수 주민인데요, 키가 아주 크고 머리카락 속에 벌레가 가득한 청년이죠. 잡초가 무성한 오두막에서 지내고 있어요. 그를 이리로 데리고 와 주시면 돼요."

"명령에 따르지!" 불곰이 그렇게 말하곤 덧붙였다. "그동안 너희는 눈에 안 띄게 꼭꼭 숨어 있도록 해. 동물들은 거의 모두 후각이 뛰어나니까."

"네, 알아요. 내게도 계획이 있어요."

4
계획

    제복을 입은 라마르크와 콜랭쿠르가 떡갈나무 밑에서 망을 보다가, 얼마 지나지 않아 블루베리를 찾아냈다. 그들은 바로 블루베리를 데리고 수호자에게 향했는데, 새 제복 덕분인지 근위대 중 그 누구도 그들을 제지하는 이가 없었다.

    그들은 나뭇가지 위에 걸터앉아 있는 비올레트를 만났다. 소녀는 자신의 계획을 설명했다.

    "난 정원을 누비고 다니는 저 근위대원들이 있는 한, 절대 **모조품 도시**까지 갈 수 없을 거야. 이방을 데리고서는 더더욱 불가능하고! 그래서 블루베리, 네 도움이 필요해."

    "그 계획은 마음에 안 드는걸." 블루베리가 말했다. "너무 위험해."

    "좀 더 들어 봐, 난 **너른 잔디밭**만 지나가면 돼. 일단 숲으로만 들어가면 그들도 날 찾지 못할 거야."

    블루베리는 전혀 설득되지 않았다.

    "그러지 말고 늑대 가죽을 이용하는 건 어때? 다시는 그걸 쓰고 싶지 않다고 했던 거, 지금도 마찬가지야?"

"근위대를 속일 유일한 방법은 내가 말한 것밖에 없어. 그리고 오래 걸리지 않을 거야. 알겠지만, 난 경험이 있잖아."

"그래, 네 생각이 옳기를 바란다."

비올레트도 자기의 계획이 위험하다는 건 알고 있었지만, 그보다 더 나은 방법이 떠오르지 않았다. 게다가 더 기다릴 수도 없었다. 정원 곳곳에서 불길한 일들이 나타나고 있다는 걸 블루베리가 알려 주었기 때문이다.

바위의 깨진 틈새마다, 샘의 근원마다 어두운 그림자들이 새어 나왔다고 했다. 어둠의 방울들은 도랑에 강 밑바다, 동굴 속까지 번졌다. 그래서 샛길 군단의 개미들까지도 우편 배달을 멈췄다고 했다. 그들은 **개미 왕국**을 비우느라 분주했다. 그들의 지하 도시도 끔찍한 어둠의 베일에 점령당했기 때문이다. 경계 태세에 들어간 트롤들도 땅속 깊은 곳에서부터 어두운 그림자가 진동하며 올라오는 걸 느꼈다고 했다.

그리고 어둠이 번진 곳마다 이삭 줍는 자들이 출몰했는데, 그들은 다 죽어 가거나 길 잃은 동물들을 잡아가는 일에 혈안이 되어 있었다.

거기다 칼리방의 공격도 시작되었다. 폭풍우는 동굴 밑바닥에서 점점 몸을 불려 갔다. 이제 동굴에서 나와 사방으로 퍼지는 건 시간문제였다.

"난 파벨을 구하러 저 밑으로 내려가야 해. 그리고 일이 커지기 전에 폭풍우를 제거할 거야. 그게 내가 할 일이고, 수호자의 사명이지. 내가 이 정원에서 그 일을 할 수 있는 유일한 사람이야."

"그렇겠지." 블루베리가 말했다. "하지만 넌 그 일을 혼자서 할 순 없어. 내가 함께 갈게. 나도 그들의 표적이니까."

비올레트는 재빨리 나무에서 내려왔다. 그리고 딱총나무 가지를 열심히 갉아 먹고 있는 콜랭쿠르를 불렀다.

"여기 주목!"

불곰이 깜짝 놀라 펄쩍 뛰어 일어났다.

블루베리도 센다크 옆에 가서 섰다. 비올레트는 그들 셋을 관찰했다. 곰은 그녀보다 약간 더 컸다. 이 정도면 괜찮을 것이다.

"우리 모두 변장할 거예요. 라마르크 아저씨는 제복을 그대로 입고 계세요. 블루베리, 넌 콜랭쿠르가 제복을 벗도록 도와줘."

"으, 곰 냄새는 좀……."

"부탁이야." 비올레트가 말했다.

그러면서 가방에서 늑대 가죽을 꺼냈다.

***

잠시 뒤, 세 그림자가 느린 걸음으로 **너른 잔디밭**을 향해 내려왔다. 제복을 입은 근위병들이 아기를 안은 정원 주민을 양쪽에서 호위하고 있었다.

르비스의 근위병들은 처음엔 그들에게 별 신경을 쓰지 않았다. 하지만 산양 중사가 멧돼지 옆에서 걷는 근위병을 의심의 눈초리로 보기 시작했다. 뾰족한 귀를 가진 근위병을 본 기억이 나지 않았기 때문이다. 게다가 가운데 있는 정원 주민은 모두가 말하는 블루베리의 인상착의와 아주 비슷했다.

"토끼들! 나와 함께 가자. 저 셋을 조사해 봐야겠어."

귀가 긴 어린 근위병 둘이 상관에게 다가왔다. 그들은 수상한 삼인방을 조사하기 위해 **너른 잔디밭**으로 들어갔다.

그들이 가까이 오자 멧돼지가 먼저 다가가서 자기를 소개했다.

"나무숲 3연대 병사 라마르크요. 아기를 데리고 몰래 도주하려던 정원 주민 한 명을 검거했소. 사령부까지 호송하는 중이오."

"내가 직접 보고 조사하겠다." 산양 중사가 말했다.

"그럴 필요 없소. 내가……."

라마르크의 말이 끝나기도 전에 **너른 잔디밭** 반대편 끝에서 외치는 소리가 들렸다.

"늑대다!"

모두 소리 나는 방향으로 몸을 돌렸다.

털로 뒤덮인 그림자가 잔디밭을 가로질러 달려가고 있었다! 그림자는 덤불을 힘차게 홀쩍 뛰어넘기도 하고, 오두막 사이를 지그재그로 달리기도 하면서 줄곧 숲으로 향했다.

아르마딜로 사령관의 목소리가 들판에 울려 퍼졌다.

"저건 늑대 가죽이 분명하다! 비올레트 위르르방이 저 안에 숨어 있다! 근위대, 각자 위치로! 녀석이 숲으로 들어가기 전에 반드시 체포하라!"

산양 중사와 토끼 병사들이 주변에 있던 다른 근위병들과 함께 급히 늑대를 뒤쫓았고, 그 뒤를 멧돼지와 다른 근위병이 따라갔다. 그사이에 정원 주민은 다른 근위병들이 급히 뛰쳐나온 오두막 쪽으로 뛰었다. 그리고 품에 안고 있던 아기에게 속삭였다.

"네 기저귀 냄새 덕분에 우리가 안전했어. 하지만 이젠 정말 네 기저귀를 갈 때가 된 것 같구나!"

5
사냥

너른 잔디밭 구석구석에서 붉은 제복들이 회색 실루엣을 쫓아 달렸다. 라마르크와 뾰족 귀를 가진 동료도 근위대 제복을 입고 침입자를 뒤쫓았다.

회색 늑대는 거의 숲 가까이 이르렀다.

늑대 가죽은 늑대만큼 빠르고 유연하게 움직일 수 있는 힘을 준다. 하지만 근위대 병사들 중에도 늑대에게 결코 뒤지지 않을 정도로 빠른 자들이 있었다.

붉은 제복을 입은 노루 세 마리가 회색 늑대 사냥에 나섰다. 그들이 껑충껑충 뛸 때마다 늑대와의 거리는 차츰 좁혀졌다. 이와 동시에 덤불 뒤에 숨어서 기다리던 날랜 염소 네 마리도 튀어나와 **너른 잔디밭**을 가로질러 달렸다. 아르마딜로 사령관이 부대에서 제일 덩치 큰 병사를 대동하고 좌우로 몸을 흔들며 다가왔다. 그는 회색 늑대 가죽이 **너른 잔디밭**이 거의 끝나는 지점까지 이른 걸 보았다. **황폐 숲**이 시작되는 곳이었다.

"저 위험한 인간을 포위하라!" 그가 절규하듯 외쳤다. "절대로 숲에 들어가게 해선 안 된다!"

염소 자매 넷은 눈 깜짝할 새에 숲을 따라 진을 치고서, 사냥감을 덮칠 준비를 했다. 그때 갑자기 회색 늑대가 가던 길을 꺾어서 강 쪽으로 달렸다.

"앗! 인간이 **제멋대로 강**으로 간다! 잡아라!" 넷 중 나이가 가장 많은 염소가 날카롭게 외쳤다.

숲으로 가는 입구를 지키던 염소들은 멧돼지와 다른 근위대원이 교대하러 오는 걸 보고 강 쪽으로 달려갔다. 노루들도 그쪽으로 이동했다.

"녀석은 이제 포위되었다!"

태양이 정상적으로 움직이게 된 이후 마지막까지 남아 있던 눈이 녹아서, **제멋대로 강**은 세차게 흐르는 큰 강이 되었다. 강은 이제 그 어느 때보다 이름에 걸맞은 모습이었다. 가까운 강기슭을 따라 많은 물이 숲 쪽으로 흘러들었고, 가늘긴 해도 속도가 아주 빠른 다른 물줄기가 건너편 기슭을 따라 반대 방향으로 흘렀다. 두 물줄기 사이에 무시무시한 소용돌이가 일어서, 강을 헤엄쳐 건너는 건 엄두도 내지 못할 정도였다.

늑대도 강에서 수십 걸음 정도 되는 곳에서 멈췄다. 노루들마저 조금 더 뛰나 싶더니 그 자리에서 움직이지 않았다.

"다가가지 마라!" 아르마딜로가 비탈을 내려오면서 숨 찬 목소리로 외쳤다. "포위만 하고 르비스를 기다려! 인간은 너무 위험하다."

사실 늑대 가죽 속에 숨어 있을 수호 소녀는 별로 대단한 능력을 갖고 있지 않았다. 수많은 적의 추격을 피해 달리느라 지쳐서, 그만 항복하는 게 나을 성싶었다. 하지만 이미 늑대 가죽에 이성을 먹혀 버린 듯했다.

늑대 가죽이 노루들을 향해 휙 몸을 돌렸다. 갑자기 어찌나 무섭게 울부짖던지, 초식 동물인 노루와 염소들은 그 소리에 모두 떨기 시작했다. 그러더니 늑대 가죽이 그들에게 펄쩍 뛰어올랐다.

"당장 막아!" 아르마딜로가 명령했다.

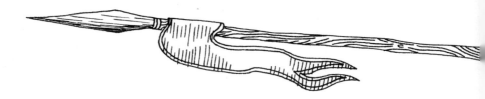

노루들은 긴 다리로 버티고 서서 고개를 숙이고, 적을 향해 뿔로 들이받을 자세를 취했다.

그러나 마지막 순간, 늑대 가죽이 코앞에 왔을 때 노루들은 증오로 가득한 그의 붉은 눈을 보고, 생존 본능에 따라 뒤로 물러설 수밖에 없었다.

뒤에 있던 염소들이 늑대를 체포하겠다고 얼른 앞으로 나왔다.

"비켜서. 안 그러면⋯⋯." 늑대 가죽이 쉰 목소리로 경고했다.

네 자매는 아랑곳하지 않고 용감하게 공격 자세를 취했다. 그들은 머리를 숙여 뿔을 과시하면서 늑대가 빠져나가지 못하도록 방어벽을 쳤다.

그것이 바로 늑대가 바라던 바였다!

늑대는 그 장벽을 한 번에 펄쩍 뛰어넘었다.

"안 돼! 저러다간 금방 숲속으로 들어가고 말 거야!" 아르마딜로가 무력하게 우는 소리를 냈다.

염소 자매들을 대신해 숲 입구를 막고 있어야 할 근위대원 둘은 온데간데없었다. 숲으로 가는 길목은 무방비로 뚫려 있었다.

바로 그때 누군가가 숲에서 튀어나오더니, 반짝이는 칼을 손에 들고 늑대 앞에 섰다. 햇빛이 반사되어 하얀 토끼 복면이 새하얗게 빛났다. 그녀가 조롱 섞인 미소를 보였다.

"시도는 좋았어, 신참!" 르비스가 말했다. "하지만 그따위 변장으로 날 겁주진 못해."

회색 늑대가 갑자기 멈췄다. 왼쪽에선 노루들이, 오른쪽에선 염소들이 다가왔다. 르비스가 자신만만하게 앞으로 나왔다.

"비올레트, 너의 첫 유물은 이제 그만 내게 넘겨! 그 예쁜 가죽 말이야."

그러고는 적에게 다가가서, 늑대 가죽의 귀를 잡아 단번에 잡아챘다. 가죽이 휙 벗겨졌다.

르비스의 시선이 가죽을 벗은, 고개 숙인 얼굴로 향했다.

그때 그녀가 오랫동안 듣지 못했던 목소리가 들렸다. 공격적이고 신랄한 말투였다.

"넌 네가 아주 강하다고 생각하는구나. 하지만 이번엔 네가 졌어."

깜짝 놀란 르비스는 손에 늑대 가죽을 쥐고서, 가죽을 벗은 자를 보았다.

"센다크!"

"다른 녀석이길 바랐겠지? 너만 변장을 할 줄 아는 게 아니야. 네가 찾던 신참 수호자는 이미 멀리 갔어. 붉은 옷을 입은 네 부하들이 이렇게 쫙 깔려 있는데도, 유유히 여길 통과해서 빠져나갔다는 소리야!"

르비스의 얼굴이 분노로 일그러지면서, 앙칼진 말들을 쏟아 냈다.

"더러운 개 같으니라고! 넌 나를 배신하는 데는 아주 도가 텄구나, 어?"

르비스는 근위대에게 즉시 센다크를 체포하라고 명령했다.

"너랑 말장난으로 낭비할 시간 없어! 어쨌든 늑대 가죽을 내 손에 넘겨줘서 고맙다. 아직 내가 졌다고 말하기엔 일러."

토끼 소녀는 복면을 벗고 늑대 가죽을 뒤집어썼다. 그러더니 곧바로 숲쪽으로 달려갔다. 그녀에겐 아직 되찾아야 할 정원의 유물이 두 개나 더 있었다. 그것들을 비올레트 손에 남겨 둘 생각은 눈곱만큼도 없었다.

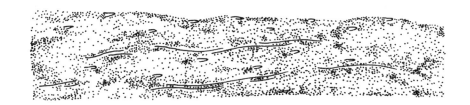

6
모래

비올레트는 콜랭쿠르가 빌려준 붉은 제복과 여우 귀가 달린 복면을 드디어 벗었다. 그것들 덕분에, 센다크가 근위대 병사들의 주의를 끄는 사이 무사히 **너른 잔디밭**을 지나갈 수 있었다. 하지만 숲속에서는 붉은색이 쉽게 눈에 띌 위험이 있었다. 그녀는 라마르크에게 제복을 돌려주면서 자기를 도와준 것에 대해 진심으로 감사를 표하고, 다시 길을 떠났다.

"콜랭쿠르를 찾은 다음, 내 친구 블루베리를 만나세요. 그리고 내가 임무를 끝내면 이방을 데리러 가겠다고 전해 줘요!"

모조품 도시까지는 꽤 먼 길이었다. **황폐 숲**을 지나서, 소시지 호수를 따라가다가, **매끈 산**의 쌍둥이 산인 **인조 산**을 올라가야 했다.

숲을 거의 빠져나갈 즈음에 누군가가 그녀를 불렀다.

"수호자? 너 숲을 탐험하고 있는 거냐? 혼자서?"

가시덤불 뒤에서 귀에 익은 목소리가 들려왔다.

"브루노프!"

늙은 늑대와 함께 늑대 무리가 덤불 속에서 모습을 드러냈다.

"날 지나가게 해 줘." 비올레트가 말했다.

간청이 아닌 명령이었다. 브루노프는 그 자신감에 뭉클한 감동을 받았다.

"이제 자신감이 생겼구나."

"내 말을 들어 봐, 늑대들아. 난 센다크의 가면을 벗겨서 너희에게 자유를 돌려줬어. 그리고 죽은 숲에 생명과 사냥감도 가져다주었지. 이제 시간이 얼마 남지 않았어. 급하단 말이야. 폭풍우가 위협하고 있는 데다, 내 친구가 이삭 줍는 자들에게 붙잡혔어! 그러니 나를 좀 도와줘."

나즈다가 입을 열었다.

"우린 인간을 위해 일하지 않아. 르비스가 다른 동물들을 자기 군대에 입대시켰다고 해서 너도 우릴 네 군대에 입대시킬 순 없어. 우린 수집가나 그 붉은 제복 꼭두각시들과 맞서 싸울 생각이 전혀 없거든!"

"오해하지 마. 너희에게 내 편이 되어 싸워 달라고 부탁하는 게 아니야. 수호자로서의 임무는 나 혼자 완수해야 해. 하지만 때가 오면 정원의 주민들은 모두 각자의 역할을 해야겠지. 너희도 마찬가지고. 난 너희가 르비스와 그의 부하들을 기다렸다가, 내가 어디로 갔는지 그들에게 전해 주었으면 해. 저쪽에 가면 그들의 도움이 필요하거든."

"어디로 갈 건데?" 나즈다가 반신반의하는 표정으로 물었다.

"**모조품 도시**. 내가 그 도시에서 빠져나오면 우리가 싸울 시간은 얼마든지 있을 거고, 그땐 나도 대결을 피하지 않을 거라고 전해 줘."

"난 인간들을 이해하려는 시도는 일찌감치 포기했어." 브루노프가 말했다. "하지만 네 말은 전해 줄게."

비올레트는 더는 지체할 수 없어서 정신없이 달렸다.

소시지 호수 위로 검은 그림자가 미끄러지듯 스며들어 있었고, 어부는 한 명도 보이지 않았다. 모두들 더 깨끗한 물을 찾아 떠난 게 분명했다.

인조 산은 쌍둥이 산답게 **매끈 산**을 꼭 빼닮은 모습이었다. 진짜 숲처럼 보이게 하려고, 죽은 나무를 다듬어 만든 수십 그루의 인조 나무가 산꼭대기에 풍성하게 심어져 있는 것만 빼면. 그 꼭대기에서 **모조품 도시**가 훤히 내려다보였다. 작은 언덕들로 둘러싸인 커다란 원형 분지 안에 자리 잡은 모습이었다.

그곳은 진짜 대도시 같았다. 둥글고 높은 탑들과 크기가 모두 같은 사각형 건물들이 무수히 서 있었다. 고대의 폐허보다는 현대 도시를 떠올리게 하는 건물들이었다. 하지만 생명의 흔적 같은 건 전혀 보이지 않아서 완전히 버려진 도시 같았다.

충분히 살펴본 뒤에 비올레트는 **모조품 도시**를 향해 산을 내려왔다.

모조품 도시에 가까이 가면 갈수록 비올레트는 그곳의 풍경에 마음이 불편해졌다. 너무나 차갑고 규칙적인 배치는 소름이 끼칠 정도였다. 누군가 사는 듯한 흔적은 전혀 없고, 곧고 긴 대로들을 따라 사각형과 원형 건물만이 일정하게 늘어서 있었다. 문도 창문도 없는 건물들은 수세기 동안 쌓인 먼지로 덮여 있는 듯했다.

비올레트는 그 도시 안에 들어서서야 비로소 **모조품 도시**의 건물들이 무엇으로 만들어졌는지 알 수 있었다.

"모래잖아! 이건 거대한 모래 더미야!"

도시를 내려다보고 있는 높고 둥근 건물들은 비올레트가 어렸을 때 해변에서 양동이에 모래를 가득 담았다 뒤집어서 만들어 낸 것들과 형태나 비율이 정확히 똑같았다. 큰길을 따라 세워진 사각형 건물들도 플라스틱 양동이 모양 그대로 가장자리가 둥글었다. 바닥은 어떤 곳은 마른 모래가, 또 어떤 곳은 흰색이나 회색의 작은 조약돌이 깔려 있었다. 발자국이라곤 전혀 찾아볼 수 없었다.

　순간, 그곳의 하얀 조약돌을 보니 생각나는 게 있었다. 귀한 조약돌이 했
던 말이었다. 오렌지 빛깔 돌멩이는 자기가 **모조품 도시**에서 온 하얀 조약돌
들과 이야기를 나눈 적이 있었다고 했다. 어쩌면 귀돌이 다른 것도 기억하
고 있지 않을까?

비올레트는 성냥갑에서 조약돌을 꺼냈다. 조약돌이 졸고 있다가 깨어나서 물었다.

"벌써 도착했어? 여긴 어디야?"

"**모조품 도시**. 네 말이 맞아, 여긴 별로 재미있는 도시가 아니네. 꼬마 거인들이 모래로 만든 마을 같아. 넌 이 도시를 누가 만들었는지 알아?"

"전혀." 조약돌이 말했다.

"그렇구나. 지금부터 파벨을 찾아야 하는데, 이 많은 건물을 일일이 다 살펴볼 순 없어⋯⋯. 리자베트 씨가 큰 탑 아래에 있는 터널에 대해 말했잖아. 그 이야기 듣고 뭐 생각나는 거 없었어?"

귀한 조약돌은 잠시 생각하더니 이렇게 말했다.

"그러고 보니까 하얀 조약돌들이 큰 탑에 대해 말했던 거 같아. 그 탑은 도시 중앙에 있댔어."

대로들은 모두 직각으로 교차하면서 중앙으로 향하고 있었다. 그곳에 다른 것들보다 훨씬 거대한 모래성 하나가 지평선 일부를 가리고 있었다.

"됐어. 이젠 터널 입구를 찾는 일만 남았어. 건물을 돌아보자."

터널은 쉽게 발견할 수 있었다. 그것은 문이 없고, 단순히 모래를 파서 만든 구멍이었다. 거대한 손으로 움푹 파 놓은 것 같았다.

터널 입구 쪽은 모래가 축축했다. 비올레트는 그곳을 살펴보다가 어떤 자국을 발견했다. 길고 가느다란 두 개의 평행선은 수레가 지나간 흔적처럼 보였다.

이삭 줍는 자들이 파벨을 데리고 지하로 들어간 게 분명했다.

7
침묵

터널은 그냥 땅속에 뚫린 구멍이었다. 나팔처럼 밑으로 내려갈수록 좁아지게 파 놓은 깊은 구멍……. 비올레트는 흙모래가 일으키는 먼지구름 속에서 굴러가듯이 밑으로 내려갔다. 이삭 줍는 자들은 수레를 밀면서 아주 능란한 솜씨로 내려갔을 것이다!

문득 내려가기를 멈추고 위를 올려다보니, 머리 위의 하늘이 멀리 있는 파란 동그라미처럼 보였다. 다시 아래를 내려다보자, 깊은 지하 세계를 향해 배배 꼬인 채 내려가는 길이 보였다. 애석하게도 거기서부터는 단단한 흙바닥이어서 더 이상 수레 자국이 남아 있지 않았다.

"사랑하는 귀돌아, 이제 네가 빛을 낼 시간이 왔어!"

"넵! 명령을 수행하겠습니다, 비올레트 위르르방! 난 지금 완전히 충전되었거든. 우린 곧 커다란 털북숭이를 찾게 될 거야. 맹세할 수 있어."

비올레트는 조약돌의 밝은 빛을 비추면서 터널의 커브를 따라 내려갔다.

앞으로 나아가면 갈수록 터널은 미묘하게 변했다. 짙은 색의 단단한 흙길이 끝나자, 부서지기 쉬운 회색빛 암반이 나타났다. 군데군데 벽에서 차가운 검은 물이 스며 나왔고, 그 물이 통로 한가운데에 도랑을 이루고 있었다. 물에 젖지 않으려면, 터널 가장자리에 딱 붙어서 가야만 했다.

터널은 계속 오른쪽, 왼쪽, 또 오른쪽, 왼쪽으로 끊임없이 방향을 바꿔 돌면서 내려갔다. 이성을 가진 존재들이 만든 통로라기보다는 별 생각 없는 지렁이가 마음대로 파 놓은 땅굴 안에 들어온 느낌이었다. 비올레트가 귀한 조약돌에게 그 말을 하자, 조약돌이 짧게 깜빡거렸다. 그녀의 생각에 별로 동의할 수 없다는 뜻이었다.

한참 내려가다가 어느 좁은 통로에서 커브를 돌자, 별안간 터널이 넓어지더니 거대한 타원형 홀이 나타났다.

"파벨이라면 이 방이 소시지처럼 생겼다고 말했을 거야." 소녀가 말했다.

"그랬겠지. 걔는 먹기만 하는 털보니까." 조약돌이 말했다.

그들의 목소리가 깊은 동굴 안에서 울려 퍼졌다. 홀 안에 누군가가 있다면 금방 들킬 것 같았다.

"잠시 불을 꺼." 그녀가 속삭였다. "우리 모습이 드러나지 않게 조심하자."

소녀는 어둠 속에서 작은 소리라도 들려올까 봐 귀를 기울이며 가만히 있었다. 멀리서 졸졸거리는 물소리만 들렸다. 다른 소리도 들어 보려고 했지만, 자기 몸에서 나는 소리로 정신이 산만해졌다. 뼈가 우드득거리는 소리, 배에서 나는 꼬르륵 소리, 너무 빠른 숨소리, 쿵쾅거리는 심장 소리, 특히 뇌의 미로 속에서 여러 가지 생각들이 부딪치는 소리……

비올레트는 어둠이 싫었다. 야외에서 별이 반짝이는 하늘 아래 있을 땐 괜찮았지만, 동굴이나 창고처럼 폐쇄된 공간에서 느끼는 어둠은 끔찍했다. 어릴 때 아파트 지하에서 보냈던 그 밤이 떠오르기 때문이다. 끔찍했던 그날 밤이! 어린 비올레트는 자기도 모르게 그곳에 갇힌 적이 있었다. 녹슨 자물쇠 때문이었다. 그때 엄마는 거의 한 시간 넘게 딸을 찾아다녔었다.

그냥 실수였건만, 아빠는 비올레트가 부주의했다며 벌을 내렸다. 어린 소녀를 밤새도록 지하실에 혼자 두는 벌…….

체념한 비올레트는 지하실 한구석에서 더러운 낡은 타이어에 기대 앉았다. 빈 페인트 통에 소변을 봐야 했던 그 밤은 너무너무 길었고, 보일러의 붉은 경고등 불빛이 마치 그녀를 노려보는 뱀파이어의 눈처럼 보여서 밤새 무서움에 몸서리쳤다.

수호자는 그때의 기억을 지우기 위해 이를 악물었다. 지금 그녀에게 남은 건 공포보다는 분노였다. 이제 다시는 무력하게 지하실에 갇혀 있지 않으리라! 이번엔 소중한 친구를 구하기 위해 스스로 내려가는 것이다! 파벨을 여기 가둔 자들은 그녀가 과연 무슨 일을 벌일지 짐작도 못 할 터였다.

호흡이 점차 침착해졌고, 생각도 고요해졌다. 내면의 침묵이 동굴에서 나는 소리에 더 집중할 수 있게 해 주었다.

덕분에 비올레트는 지팡이, 그것도 하나가 아닌 여러 개의 지팡이가 바위를 똑똑 두드리는 듯한 소리를 알아차렸다. 그 소리는 조금 먼 곳에서 가까워졌다 멀어졌다 하는 것 같았다. 여러 명이 동굴 안 어딘가에서 이동하고 있는 게 분명했다.

숨소리도 들렸다. 너무나 멀리서 저음으로 들리는 그 은밀한 소리는 진짜

소리라기보다는 돌의 떨림 같은 거였다. 마치 지구의 깊은 곳에 파묻어 둔 거대한 기계가 돌아가는 듯한 소리……. 비올레트는 귀한 조약돌이 손안에서 떨고 있는 걸 느꼈다.

"정말 깊은 구렁이야." 조약돌이 속삭였다.

"그래." 비올레트도 속삭였다. "우린 지금 어둠의 근원을 향해 가고 있어. 이번엔 반드시 그것을 직면해야 돼. 하지만 그 전에 이 동굴 안을 돌아다니는 자들에 대해 더 알아야겠어. 귀돌아, 위험에 맞설 준비 됐지?"

"나? 아니, 절대로!"

"쉿! 조용히 해. 아주 잠깐만, 부탁해."

8
임무

비올레트는 낮은 목소리로 귀한 조약돌에게 자기의 계획을 설명했다.

"이 동굴 안을 오가는 자들이 누구인지 알고 싶어. 하지만 내가 저기 가면, 소리를 내서 들킬 수도 있어. 게다가 난 네 빛이 없으면 멀리 갈 수도 없고. 그렇다고 우리 둘이 함께 가면, 우리 둘 다 걸려서 잡힐 테지. 그러니까 이렇게 하자. 네 몸에 끈을 묶어서 널 던질게. 네가 잠깐 빛을 내면, 재빨리 저기에 뭐가 있나 보고, 끈을 잡아당겨서 널 돌아오게 하는 거야."

"아냐, 그건 성급한 결정이야. 그러다 만일 내가 용암 속에 떨어지면 어쩌려고? 또는 황산이 가득 찬 곳이면? 혹시 조약돌을 씹어 먹는 괴물이 날 공격할지도 모르잖아, 안 그래?"

비올레트가 한숨을 쉬었다.

"조약돌을 먹는 괴물? 그건 또 뭐야? 그런 게 존재해?"

"그거야 나도 모르지. 하지만 그런 게 있을 수도 있잖아."

비올레트는 잠시 생각하다가 미소를 지었다.

"그럼 먼저 다른 돌멩이를 던져 볼게. 그 돌이 무사히 돌아오는지 한번 보자고."

비올레트는 성냥갑에서 돌멩이 하나를 꺼낸 다음, 가방 속에 있던 노끈으로 묶었다. 그리고 최대한 멀리 던졌다. 돌이 바닥에 떨어져 구르는 소리를 내더니 곧 그 소리도 멈췄다.

"봐! 풍덩 소리도, 철벅 소리도 안 났어. 물론 돌을 씹어 먹는 소리도."

비올레트는 실을 잡아당겨서 돌멩이를 다시 집어 들었다.

"자, 아무렇지도 않다는 게 증명됐지? 이제 안심했어?"

"아니! 만약에 내가 저 어둠 속으로 너를 던져 버리겠다고 하면, 넌 뭐라고 할 건데?"

"야, 난 돌멩이가 아니잖아." 비올레트가 대답했다.

"그래서?"

"그러니 난 절대 안 된다며 싸우겠지. 하지만 넌 선택의 여지가 없어!"

비올레트는 귀한 조약돌의 항의에도 아랑곳하지 않고, 끈을 묶어서 아까와 같은 방향으로 던졌다. 귀한 조약돌이 바닥에서 구르는 소리를 내더니 곧 조용해졌다.

'자, 귀돌아! 빨리 불을 켜!' 비올레트가 속으로 말했다.

잠잠……. 조약돌이 화가 났거나, 그에게 무슨 일이 일어났거나 둘 중 하나일 터였다. 비올레트가 가볍게 노끈을 잡아당겼다. 세 번 연속으로.

마침내 멀리서 불빛이 나타났다.

비올레트는 자기가 본 게 무엇인지 잘 이해되지 않았다. 동굴은 그리 크지 않았지만, 여러 개의 터널이 뻗어 있었다. 그리고 어떤 형체들이 터널 안에서 왔다 갔다 하고 있었다.

그들은 인간의 형상이긴 했지만, 무서울 정도로 삐쩍 마른 모습이었다. 검은색이나 흰색의 헐렁한 망토를 입고 있었는데, 한결같이 우산과 바구니를 들고 있었고, 손수레를 미는 자들도 몇몇 있었다. 그들은 이따금 수레나 바구니에서 자기들이 주워 온 것들을 꺼내곤 했다.

"흠, 저들이 이삭 줍는 자들이구나."

비올레트는 파벨을 데리고 간 자를 찾고 싶었다. 하지만 무거워 보이는 손수레를 밀고 있는 자는 아무도 없었다.

이삭 줍는 자들은 계속 오고 가면서도 귀한 조약돌의 빛에는 전혀 관심을 두지 않았다. 비올레트는 그들이 눈이 멀었거나, 아니면 자기 일에 집중한 나머지 빛은 안중에도 없는 거라고 추측했다. 대체 뭘 하는 걸까? 그녀가 있는 곳에선 바구니와 손수레에 무엇이 담겨 있는지 보이지 않았다.

그녀는 천천히 끈을 잡아당겼다. 귀한 조약돌이 빛내는 걸 멈췄다. 비올레트가 귀한 조약돌의 영웅적인 태도를 어찌나 칭찬해 주었던지, 조약돌도 다시는 불평을 하지 않았다.

"내 임무를 완수해서 기뻐." 조약돌이 겸손하게 말했다.

"그들이 땅에다 뭘 내려놓는지 봤니?"

"응, 동물들의 사체였어. 곤충이나 쥐, 달걀 껍데기 같은 것들. 모두 하얀색이었어. 마치 색깔을 잃어버린 것처럼."

'이게 달빛 중독이구나.' 비올레트는 생각했다. 블루베리가 말해 준 적이 있었다. 그들은 텅 빈 달이 떠 있는 동안 이렇게 달빛에 당한 동물들을 주워 온 것이다. 하지만 왜 그것들을 동굴로 가져오는 걸까?

"바닥에서 검은 넝쿨들이 사체들을 향해 기어가는 걸 봤어." 귀돌이 목이 멘 소리로 말했다. "내 생각엔 그 넝쿨들이 사체를 먹고 사는 것 같아."

"검은 넝쿨? **초록 바다**에서 본 그런 거?"

"맞아. 그것들도 똑같은 어둠을 뿜어내고 있었어."

비올레트가 몸을 떨었다. 단서를 찾았다. 이제부터는 파벨이 이미 그 음산한 식물의 먹이가 되지 않았기만을 기도하는 수밖에 없었다.

9
미로

동굴 안에 감춰진 위험을 무릅쓰고 계속 앞으로 나아가야 했다. 비올레트는 최대한 발소리를 내지 않으려고 애썼다. 귀한 조약돌도 가능한 한 빛을 약하게 냈지만, 이삭 줍는 자들이 빛에 관심이 없다는 게 분명해지자 다시 빛을 환하게 비추었다.

비올레트는 이 유령 같은 존재들과 닿는 일이 없도록 아주 조심스럽게 피하면서 계속 나아갔다. 홀은 좁고 구불구불한 수많은 터널들과 연결되어 있었고, 터널들은 사방으로 뻗어 있었다. 그중 어떤 것도 직선이 아니어서, 터널이 어디로 뻗어 있는지 전혀 짐작되지 않았다. 한 가지 확신하는 건, 파벨이 땅의 가장 깊은 곳, 어둠이 태어난 곳으로 옮겨졌다는 거였다. 이 수많은 터널 중 그 깊은 곳으로 연결되어 있는 게 뭔지 어떻게 알 수 있을까?
"무슨 아이디어 없어, 귀돌아?"
"전혀. 구렁 밑바닥에서 나는 소리가 동시에 여러 곳에서 들려오고 있어. 그냥 아무 터널로 들어가는 수밖에 없겠어."
"아냐, 저 안에서 길을 잃어선 안 돼. 반드시 옳은 길을 찾아야 해."

"흠…… 이삭 줍는 자들을 따라가 볼까?"

둘은 비쩍 마른 형체들의 행동을 세심히 관찰했지만, 특별히 더 자주 드나드는 터널은 없고, 모든 곳을 다 돌아다니는 것 같았다. 어쩌면 터널들은 정원의 곳곳에 흩어져 있는 출구들로 이어져 있는지도 몰랐다. 그리고 그 출구들은 이 어둠의 존재들만이 알고 있을 터였다.

비올레트의 머릿속에 퍼뜩 한 가지 생각이 떠올랐다.

"우리가 찾는 건 출구가 아니잖아. 이 어둠의 *뿌리*가 있는 곳이지. 검은 넝쿨이 어디서 오는지만 찾으면 돼!"

그 식물이 시작된 곳으로 거슬러 올라가는 데는 긴 시간이 필요하지 않았다. 모든 줄기가 같은 터널에서 나오고 있었으니까. 그곳은 완만한 경사로 내려가는 좁은 동굴이었다. 이삭 줍는 자들 중 어느 누구도 그 터널로 들어가지 않았다.

비올레트는 그 터널로 들어가기로 했다.

터널은 아주 구불구불했다. 게다가 점점 좁아졌다가, 다시 점점 넓어졌다가, 또다시 수많은 작은 통로들로 나뉘었다. 비올레트는 단 하나, 넝쿨이 뻗어 나오는 통로에만 집중했다. 안으로 들어갈수록 줄기는 점점 더 굵어졌다.

마침내 소녀는 어마어마하게 커다란 홀에 이르렀다. 조약돌이 있는 힘을 다해 빛을 내도 홀 전체를 비출 수 없을 정도였다.

"내 에너지가 부족한 게 아니라, 어둠이 너무 짙어서 그래." 조약돌이 말했다. "내려갈수록 암흑의 밀도가 더 높아지고 있어."

"여긴 넝쿨 천지구나."

동굴은 거대한 바위들로 가득했고, 그 위를 온통 넝쿨이 덮고 있었다. 게다가 곳곳에 우뚝 솟은 바위들이 통로를 막고 있었다.

비올레트는 바위들 틈으로 기어가거나, 바위 위로 기어올라 넘어가면서 계속 앞으로 나아갔다. 후미진 구석들은 정말로 *어둠 그 자체*처럼 보였다. 그런 곳들은 검은 넝쿨에 완전히 삼켜진 곳이었다. 넝쿨이 그물망처럼 바위를 뒤덮고 있었던 것이다.

"이 식물 가까이에 가면 아주 불쾌해." 조약돌이 말했다. "검은 넝쿨이 날 녹초로 만들고 있어."

"네 힘을 아껴, 귀돌아. 목적지에 거의 다 온 건지 아니면 아직 멀었는지 알 수 없으니까."

그 말에 조약돌이 빛의 밝기를 줄였다. 그러자 비올레트의 눈에 두 바윗덩어리 사이에서 반짝이는 빛이 보였다.

"잠깐! 빛을 완전히 꺼 봐."

비올레트는 믿기 어려운 장면을 목격했다. 여러 개의 바위에서, 심상치 않아 보이는 빛이 그물 모양으로 가느다랗게 뿜어져 나오고 있었다. 그것은 귀한 조약돌이 내는 은은한 노란색 빛이 아니라, 생생하고 선명한 파란 광채였다.

수호자는 그 바위들 쪽으로 다가갔다. 두 개의 바윗덩어리 틈새를 얼기설기 덮고 있는 검은 넝쿨들 틈에서 파란색 광선이 새어 나오고 있었다. 넝쿨은 그 빛의 근원을 악착스럽게 잡아매고 있었지만, 빛을 완전히 제압하진 못한 것 같았다.

확실했다. 반짝이는 물건이 식물들에게 포로로 잡혀 있었다. 비올레트는 그걸 잡으려고 애썼지만, 바위 깊숙이 파묻혀 있어서 손에 닿지 않았다.

"손이 안 닿아. 저 위까지 가려면 거미 손과 거미 발이 있어야겠어."

그녀는 잠깐 멈췄다가 다시 영리한 아이의 표정을 지으면서 말했다.

"아니면…… 개미들이 있으면 되지!"

비올레트는 재빨리 가방을 열어서 개미 그림 기계를 꺼냈다. 그리고 거기에 입을 대고 말했다.

"니세포르! 개미 정비사 군단! 아직 거기 있나요?"

"명령만 내리십시오, 수호자님!" 니세포르의 소리가 들렸다. "언제든지 개미 그림을 그릴 준비가 돼 있습니다!"

"아니, 이번엔 사진이 아니에요. 좀 더 특별한 임무를 위해 기계에서 나와 줄래요? 넝쿨 밑에 파묻힌 물건이 있는데, 그걸 꺼내야 해요."

"넝쿨 밑에요? 문제없습니다. 시간이 좀 필요할 뿐! 걱정하지 마십시오."

비올레트는 바위 위에 카메라를 내려놓았다. 곧 개미 군대가 카메라 안에서 나오더니, 한 줄로 서서 넝쿨 밑으로 들어갔다.

어둠 속에서 니세포르의 목소리가 들려왔다.

"그 물건이 있는 곳까지 왔습니다. 단검입니다! 근위대 사령관의 단검 같습니다. 빛이 납니다."

"가져올 수 있겠어요?" 비올레트가 물었다.

"쉽지 않을 것 같습니다만, 우린 포기라는 걸 모르는 군대입니다."

"좋아요. 그동안 조약돌과 나는 주변을 탐색해 볼게요."

개미들은 길게 뻗은 줄기들을 아래턱으로 갉아 조각조각 자르고, 넝쿨의 매듭들을 섬세하게 끊어 가며 단검 주위에서 분주하게 일했다. 그동안 수호자는 다른 유물들을 찾을 수 있기를 기대하며 바위들 사이를 살펴봤다. 그러다 문득 생각했다.

바위들 위에 나뭇결무늬를 그리고 있는 빛은 뭔가 부자연스러웠다. 그 빛은 일종의 지도처럼 보였다.

비올레트가 지도를 보며 자기가 어디쯤에 있는지 찾아내려고 애쓰고 있을 때, 검은 넝쿨로 덮인 틈에서 작은 소리가 들렸다.

"도와주씨오! 거기 누구 있쏘? 도와주씨오!"

"누구세요?" 비올레트가 약간 뒷걸음질하며 놀란 목소리로 대답했다.

"오, 드디어 지원군이 왔군!" 목소리가 말했다.

"나는 비올레트 위르르방이에요. 정원의 수호자지요. 명령입니다, 당신이 누군지 신분을 밝히세요!"

"난 천 싸령관이오, 쑤호 쏘녀!"

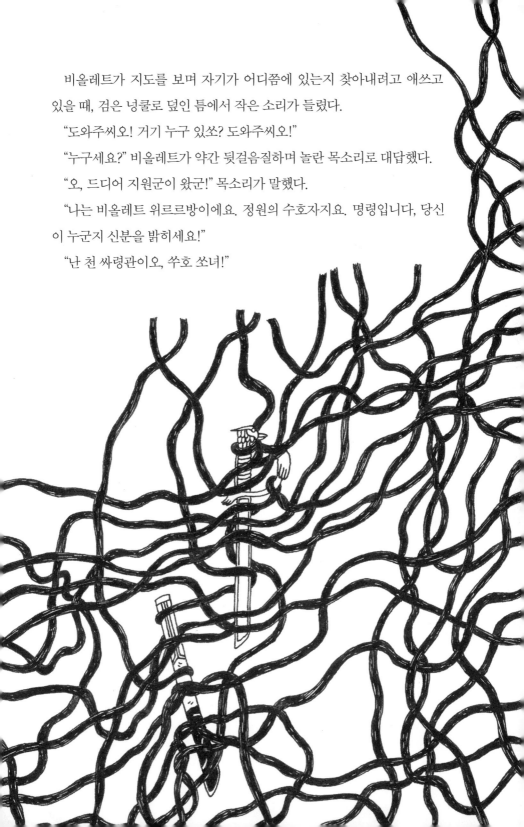

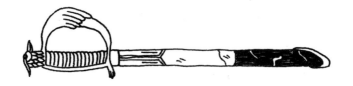

10
천 사령관

　귀돌이 온 힘을 다해 빛을 비추려고 노력했지만, 천 사령관을 정확히 비추기가 쉽지 않았다. 뾰족한 주둥이와 발톱이 달린 긴 발, 황금색 계급장이 달린 붉은 제복을 언뜻언뜻 볼 수 있었다. 검은 넝쿨이 이 불쌍한 동물을 꼼짝 못 하게 묶어 둔 상태였다. 동화책에서 봤던 그림이 떠올랐다. 마법사가 수세기 동안 어떤 나무의 포로로 묶여 있는 이야기였다.

　"천 사령관? 당신이 실종되었다는 그 사령관인가요?"

　"그렇쏘. 내가 바로 천 싸령관이오. 정원 근위대의 싸령관."

　라마르크가 그의 이야기를 들려준 적이 있었다. 그는 위험한 임무를 수행하다가 실종되었다고 했다.

　"모두 당신이 죽은 줄 알던데……. 폭풍우와 싸우러 떠났다고 들었어요."

　"그렇쏘! 내 용감한 부하들 중에서도 가장 용감한 자들과 함께 떠났었쏘. 그런데 이 뱀 같은 씩물이 정원을 침범했고, 우린 힘든 전투를 벌였쏘. 그러다 최후의 일격을 가하기 위해 이 동굴까지 녀썩을 추격해 들어왔는데, 동굴 안에 들어오자 그 씩물은 더욱 강해졌쏘! 결국 씩물이 내 부하들을 모두 끝장내고 말았쏘. 그리고 나도 이렇게 포로로 잡히고 만 거요."

비올레트는 천 사령관의 말을 들으면서, 그가 어떤 동물인지 알아내려고 머리를 굴렸다. 그는 'ㅅ'을 'ㅆ'으로 발음하는 이상한 억양을 가지고 있었다. 찢어진 외투 밑으로 커다란 삼각형 비늘들이 보였다. 파충류나 어류의 비늘은 아니었다. 그보다는 솔방울처럼 생긴 비늘이었다.

그때 멸종 위기 동물에 관한 다큐멘터리를 봤던 기억이 떠올랐다. 거기서 이 이상한 동물을 본 적이 있는 것 같은데……. 이름이 분명 천…… 천수산? 뭐더라? 천산……?

"당신은 혹시…… 천산성? 아니, 천산기?"

"비쓷하오."

"아, 맞아! 천산갑! 그래, 생각났어요. 당신은 몸을 공처럼 둥글게 말 수 있고, 비늘로 몸을 보호하죠?"

"맞쏘! 위험할 때면 주로 그렇게 위기를 모면하곤 하오."

"그리고 긴 혀로 곤충 같은 먹이를 잡고요!"

"그렇쏘. 바위 위에 떨어진 물방울을 핥아 먹을 쑤도 있쏘."

"네, 그리고 당신이 특히 좋아하는 먹이는…….."

비올레트는 작지만 또렷한 목소리에 입을 닫았다. 니세포르였다.

"개미 정비사 군단! 임무 완료!"

"방금 개미라고 했쏘?" 천 사령관이 흥분해서 물었다. "오, 꿈에만 그리던 개미들! 내게 개미들을 가져다줘써 고맙쏘!"

그의 분홍빛 긴 혀가 니세포르를 향해 달려들었다.

"앗, 천산갑이다!" 개미 대장이 외쳤다. "대피하라!"

"멈춰요!" 비올레트가 외쳤다. "그는, 그러니까…… 장교예요!"

천 사령관이 아쉬운 듯이 다시 혀를 집어넣었다.

비올레트가 천 사령관으로부터 절대로 개미 군단을 먹지 않겠노라는 맹세를 받고 나서야, 겨우 개미들을 진정시킬 수 있었다.

개미들은 훌륭하게 임무를 마쳤다. 그들은 칼집처럼 검을 감싼 식물을 갉아서 검을 빼낸 다음, 그것을 1밀리미터씩 움직여서 결국 바닥으로 떨어뜨리는 데 성공했다.

수호자는 단검을 주위 들었다. 칼날은 몹시 예리했고, 푸른빛으로 반짝였다. 그것이 정원의 유물이라는 건 단번에 알 수 있었다.

"저희가 날카롭게 갈아 뒀습니다." 니세포르가 설명했다.

"완벽해요. 이걸로 사령관을 풀어 줄 수 있겠어요."

그 말에 개미들이 놀라서 바위 끝까지 도망치려고 했다.

"겁내지 마씨오, 용감한 개미 군싸들이여!" 천 사령관이 말했다. "난 한 번 한 약쏙은 반드씨 지키는 자요. 절대로 그대들을 먹지 않겠쏘, 용기 있는 곤충인 그대들을……. 그대들만큼 육즙이 풍부하고, 바싹거리는 곤충은 드물지만. 게다가 향기도 아주 달콤하고……. 하지만 난 이미 그대들을 건드리지 않겠다고 공씩적으로 약쏙했쏘." 그러고는 침을 꿀꺽 삼켰다.

그 말에 반쯤 안심한 개미들은 멀찍이 물러나서 비올레트가 천 사령관을 묶고 있는 줄기를 하나하나 잘라 내는 것을 지켜보았다. 한두 번, 그녀의 손이 미끄러져서 칼날이 사령관의 몸에 상처를 낼 뻔했지만, 다행히 비늘 갑옷 덕분에 다치진 않았다.

마지막 검은 넝쿨이 잘려 나가는 순간, 완전한 자유의 몸이 된 사령관이 바닥으로 떨어졌다. 비올레트가 그를 부축해서 바위 위에 앉혔다.

"난 지금 일어나야 하오. 그래써 당씬에게 격씩을 갖추고 경례를 해야 하오, 쑤호 쏘녀!"

"아뇨, 사령관님의 몸은 지금 너무 약해져 있어요. 인사는 생략하죠."

소녀는 가방을 뒤져서, 몇 가지 물건을 꺼냈다. 비스킷 한 봉지와 파벨을 위해 준비한 커다란 오이피클병…….

"피클이 하나 더 있긴 하지만, 그건 내 개에게 줄 거예요."

"개라고?" 천 사령관이 물었
다. "최근에 개 냄쌔를 맡았쏘.
이쌱 줍는 자 둘과 함께였쏘."

"파벨을 보셨어요?"

"아니, 그들은 바위 저쪽으로
지나가써 보진 못했쏘. 하지만 난
쏘리로 그들이 간 방향을 알 쑤 있
었쏘. 내가 당씬을 안내해 주겠쏘."

천산갑은 몸을 일으키려고 애썼
지만, 잘 되지 않았다. 그의 몸은 아
직 너무 허약했다.

"당씬을 돕겠다고 황제의 뿔에 대고라도 맹쎄하고 씪지만, 지금은 온몸이 쏠방울처럼 뻣뻣하오."

"할 수 없죠. 그들이 지나간 방향만 알려 주세요."

"나를 바위 위로 올려 주씨오, 바위 위의 지도를 보며 썰명해 주겠쏘."

천 사령관은 넝쿨과 싸울 때 자신과 부하들이 미로 같은 동굴 내부를 어떻게 모두 탐색할 수 있었는지 이야기해 주었다. 그는 단검을 사용해서 이 바위 위에 지도를 그렸다고 했다. 그러다 대부분의 병사들이 임무를 완수하러 떠난 어느 날, 남아 있던 대원들을 넝쿨이 모두 해치고 말았다. 천 사령관만은 철갑 비늘 덕분에 그 공격을 막아 낼 수 있었다. 지휘관을 잃은 근위대는 폭풍우를 막을 수 없었고, 넝쿨들이 정원 세상을 잠식했다.

"그건 정말 아주 오래전 일이오." 사령관이 말했다. "그 이후로도 다른 쑤호자들이 계쏙 찾아왔지만……."

"맞아요, 오랜 시간이 지나 근위대는 새로 편성됐어요. 하지만 그들의 지휘는 당신이 맡아야 해요."

그는 동의했다. 그러면서 이삭 줍는 자들과 그들의 포로가 갔던 길을 지도를 보며 가르쳐 주었다.

"내가 정원에서 만난 이들 중 당신이 지도를 그릴 줄 아는 유일한 주민이에요. 어떻게 지도를 그릴 수 있었죠?" 비올레트가 물었다.

"오, 우리 천쌴갑들은 혀로 개미들이 다니는 길을 탐쌕해야 해써, 개미들의 지도를 쌍쌍하는 데 매우 익쑥하오. 개미는 터널 안까지 워낙 깊이 들어가기 때문에, 우린 개미집에 이르기까지의 모든 굽이굽이를 다 가늠할 쑤 있쏘. 그러다 보니 우린 지하 쎄계의 지도를 만드는 데 전문가가 되었쏘! 정원에썬 꽝장히 드문 능력인 게 맞쏘, 나도 동의하오."

그의 재능은 그것만이 아니었다. 지하 감옥 안에서 긴 시간을 머무는 동안, 아주 작은 소리와 메아리까지 알아차리는 법을 터득했다. 그래서 아주 먼 복도에서 울리는 발걸음 소리조차 마치 그들이 지나가는 길을 눈으로 보는 것처럼 선명하게 들을 수 있었다.

"어써 당씬의 개를 찾으러 가씨오." 마침내 그가 말했다. "나도 곧 기운을 되찾을 거요. 그런 다음에 가능한 한 빨리 당씬에게 가겠쏘."

"고마워요, 사령관님. 하지만 난 당신에게 다른 임무를 주겠어요. 당신은 밖으로 올라가서 근위대 동물들부터 찾으세요. 그래서 사령관으로서의 본래 역할을 되찾으세요. 곧 폭풍우가 다시 올 겁니다. 가서 근위대를 설득하고 정원을 위해 봉사하는 영예로운 임무를 마무리하도록 하세요."

비올레트는 사령관에게 임무들을 하나하나 정확하게 지시했다.

"부탁해요, 천 사령관님. 사령관님을 믿을게요."

"분부대로 하겠쏘, 쑤호 쏘녀. 내 단검을 가져가씨오. 어둠의 위협에 맞썰 쑤 있는 무써운 무기요."

그리고 천산갑은 한동안 말이 없었다. 얼마 뒤 이렇게 물었다.

"마지막 비쓰킷을 내가 먹어도 되겠쏘?"

그는 긴 혀로 과자를 잘게 부숴서 삼킨 다음 일어나려고 시도했으나 여전히 힘이 없었다. 긴 세월을 넝쿨만 조금씩 먹어 가며 견뎌 냈으니 그럴 만했다. 그는 신음하면서 네 발로 걸어 보려고 애썼으나, 넘어지고 말았다.

"이런! 잘 안 되는군."

"우리가 도와드리겠습니다, 사령관님."

그렇게 말한 건 다름 아닌 니세포르였다. 그의 말이 채 끝나기도 전에 벌써 두 부대로 나뉜 거대한 개미 군단이 천산갑의 등 밑으로 이동했다. 사령관은 웃음이 터져 나오려는 걸 꾹 참았다. 작디작은 곤충들의 움직임이 느껴지자, 간지러워서 견딜 수 없었던 것이다.

천 사령관의 이마 위에 올라간 니세포르가 부하들에게 출발 신호를 주었다.

"개미 정비사 군단! 구령에 맞춰서 사령관님을 들도록 한다!"

순식간에 천 사령관이 들어 올려졌다. 물론 모래알갱이 높이 정도였지만. 개미들이 규칙적인 발걸음으로 출구를 향해 행진하기 시작했다.

"수호자님!" 니세포르가 멀어져 가면서 외쳤다. "당신이 우리를 찾을 수 있도록 냄새 흔적을 남겨 놓겠습니다."

비올레트가 고개를 끄덕였다. 위엄 있는 자세를 유지하려고 애쓰면서, 천 사령관이 니세포르에게 설명했다.

"지름길이 있쏘. 내 지씨를 따르씨오. 오른쪽 쎄 번째 터널로 가써……."

비올레트는 천천히 멀어져 가는 이 이상한 행렬을 지켜봤다.

'모두 무사하길. 나는 반드시 그곳으로 가야 하지만, 저들까지 데리고 갈 순 없지.'

수호자는 파벨이 가까이 있다는 걸 느낄 수 있었다. 또한 칼리방도…….

11
어둠보다 깊은 어둠

터널은 끝없이 밑으로 밑으로 내려갔다.

비올레트는 귀한 조약돌의 빛이 최대한 멀리 닿도록 팔을 쭉 뻗었다. 터널은 검은 넝쿨들로 몹시 어지러웠다. 작은 조약돌은 용감하게 암흑과 싸우고 있었지만, 그 가상한 노력에도 불구하고 비올레트는 이제 자기 키 높이까지 차오른 어둠의 강 속을 걸어야 했다. 조금이라도 빛을 더하기 위해서 천 사령관이 준 빛나는 단검도 동원해 봤지만, 단검의 빛은 램프로 쓰기에 충분하진 않았다.

"난 점점 약해지고 있어." 조약돌이 고백했다.

"조금만 더 힘내. 거의 다 왔어." 비올레트가 친구를 격려했다.

언제부터인가 비올레트는 또 다른 이상한 현상을 알아채고 불안해지기 시작했다. 넝쿨들은 빛만 집어삼키는 게 아니었다. 소리까지도 짓눌렀다. 그래서 그녀의 발소리도 점점 작아지고 있었다. 솜이불 위를 걷는 것처럼……

비올레트는 자기 생각이 맞는지 확인하기 위해, 바닥에서 호두알만 한 자갈을 집어 앞으로 던졌다. 자갈이 어둠 속으로 들어가 사라졌다. 그러나 돌이 벽에 탁 부딪치거나, 바닥에서 자그락거리며 구르는 소리는 나지 않았다.

"소리도 믿을 수 없겠어, 귀돌아. 이제 정말 파벨을 찾아야 하는데……."

조약돌의 불빛이 희미해졌다. 터널 끝에 이르렀을 때는 비올레트의 손 주위에 오렌지빛의 안개만 겨우 볼 수 있었다. 그 터널이 닿는 곳은 방인지, 홀인지 아니면 동굴인지 알 수 없었고 크기조차 가늠되지 않았다.

"팔 길이 너머로는 아무것도 보이지 않아." 비올레트가 한숨을 쉬었다.

주의 깊게 귀를 기울여 봤다. 하지만 유일하게 들리는 건 이 지하에 들어왔을 때부터 줄곧 울렸던 희미한 진동 소리였다.

"왼쪽으로 돌면서 벽에 붙어서 벽을 따라가." 조약돌이 말했다. "**거대 피라미드** 안에서처럼. 그러면 결국 홀 전체를 한 바퀴 돌게 되겠지."

"파벨이 이 홀 중앙에 잡혀 있을 수도 있잖아. 난 여기가 거의 끝인 것 같아. 그러니 벽을 따라 돌기보다는 앞으로 곧장 가 볼래. 하지만 출구를 다시 찾을 수 있도록 여기에 뭔가를 남겨 두기는 해야겠어."

비올레트는 터널 앞에 빈 비스킷 봉지를 놓아두었다. 그러고 나서 한쪽 팔을 쭉 뻗고, 손끝에 보이는 빛에 시선을 고정한 채 방 한가운데를 향해 쭉 걸어갔다. 귀한 조약돌이 멀리 안개 속에 있는 등댓불처럼 보였다.

소녀는 규칙적인 발걸음으로, 가능한 한 팔을 앞으로 똑바로 뻗으려고 집중하면서, 그 점을 향해 나아갔다. 그리고 다른 손으로는 언제라도 위험에 맞설 수 있도록 천 사령관의 단검을 꼭 거머쥐었다.

초록 바다 밑에 있을 때도 이처럼 깊은 암흑에 빠진 느낌은 아니었다. 그녀는 보이지 않는 바다 위를 걸었다. 발소리는 들리지 않았고, 주위는 텅 빈 공간이었다. 앞을 인도하는 작은 불빛만 있을 뿐……. 지구로부터, 태양으로부터 멀리 떨어진, 어떤 빛도 닿지 않는 우주 공간에 홀로 떠 있는 우주 비행사도 이 용감한 비올레트만큼 세상에서 완전히 분리된 느낌을 받진 않을 것이다.

조약돌의 빛이 점점 흐려지더니, 깜빡거리기 시작했다.

"귀돌아, 무리하지 마. 나도 팔이 아프니까, 이제부터 혼자서 가 볼게."

"아무래도…… 난 좀 자야겠어……." 그 말과 함께 빛이 꺼졌다.

비올레트는 조심스럽게 조약돌을 성냥갑 안에 넣었다.

그리고 다시 걸어가기 시작했다.

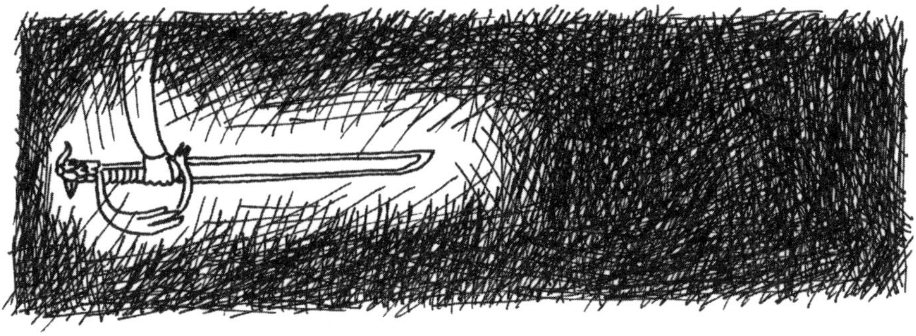

그녀를 둘러싼 어둠은 마치 검은 잉크 같았다. 어둠이 어찌나 짙었는지 단검을 얼굴에 바짝 대지 않는 한, 그 빛을 감지하지 못할 정도였다. 그런데 어느 순간, 뭐라 말하기 힘들지만, 그 검은 어둠이 미묘하게 구분되기 시작했다. 눈에 띄는 회색도 아니고, 그렇다고 반사광이 있는 것도 아니었지만, 아주 조금씩 짙고 옅음의 차이를 느낄 수 있었다.

학교에서 단체로 관람했던 전시회가 떠올랐다. 흑백으로만 그려진 그림들이 있었는데, 검은색 중에서도 물감의 짙고 옅은 정도를 조절하면 형태와 주변 그림자를 표현할 수 있었다. 곧 그녀가 거닐고 있는 곳의 검은색보다 더 검은색, *암흑 중의 암흑*이 눈앞에서 무시무시한 형태를 이루며 모습을 나타냈다. 비올레트는 자기도 모르게 단검을 두 손으로 꼭 쥐었다.

그 암흑에 집중하자, 더 짙은 검은색이 비올레트 주위에 어떤 형태를 이루고 있다는 걸 깨달았다. 공간 전체를 꽉 채운 거대한 실루엣은…….

얼굴은 없지만, 분노와 공포를 표현하고 있는 어떤 존재.

칼리방.

터널 속 모험을 시작한 이래로, 비올레트는 줄곧 이 만남을 기다리고 있었다. 몸속 깊은 곳에서부터 올라오는 두려움 덩어리와의 만남을……

어둠의 세상에 군림하는 존재, 정원 세상의 균열을 통해 자신의 그림자를 파동처럼 보내고 있는 그가 바로 거기 있었다.

비올레트는 지금껏 싸울 준비를 해 왔다. 그를 불시에 덮치기 위한 수천 가지 전략을 상상했었다. 하지만 막상 그와 맞닥뜨린 지금, 무서울 정도로 무력하고 외롭다는 느낌이 들었다. 이런 적을 어떻게 이길 수 있을까?

그때 문득 들려온 어떤 소리가 커지고 있는 불안감을 단박에 쫓아 버렸다. 암흑조차도 막지 못한 소리, 그건 약한 진동이 섞인 규칙적으로 부는 휘파람 소리 같은 거였다. 비올레트는 그게 무슨 소리인지 알고 있었다.

"파벨! 설마 너…… 코 고는 거야?"

확실했다. 파벨은 아주 가까이에서 잠에 빠져 있었다. 이런 잠꾸러기 녀석! 주인이 자기를 구하려고 온갖 위험과 맞서는 동안, 행여나 녀석이 절망하고 있진 않을까 걱정하는 동안, 이 게으른 뚱보는 잠이나 자고 있었다니!

"파벨! 어디 있어?" 그녀가 외쳤다. "빨리 일어나!"

안타깝게도 비올레트의 목소리는 암흑 속에 흡수되어 사라졌다. 개가 나지막이 코 고는 소리만 솜으로 감싼 듯한 침묵 속에서 조용히 진동하고 있었다.

"이 바보 같은 녀석에게 내 목소리가 들리지 않나 봐. 좋아, 그렇다면 방법이 있지."

비올레트는 오이피클병을 꺼냈다. 남겨 두었던 마지막 오이피클. 그녀는 조심스럽게 병을 잡고서 힘주어 뚜껑을 열었다.

펑!

코 고는 소리가 즉시 멈췄다. 곧이어 신나서 낑낑대는 소리가 들렸다.

"이리 오렴, 나의 파벨!" 비올레트가 말했다. 그녀의 눈에 눈물이 고였다. "이제 집에 가자!"

12
칼리방

파벨이 짖는 소리가 가깝게 들렸다. 하지만 아무리 주변을 휘젓고, 더듬 거려 봐도 개를 찾을 수 없었다.

"파벨! 어디 있니?"

대답하는 소리가 그녀의 발밑에서 들렸다.

"주인님! 어디 계세요? 주인님이 내 위에 있는 것처럼 느껴져요."

비올레트는 어떻게든 밑으로 내려가려고 애썼다. 몸을 굽혀 바닥에 귀를 대 보기도 했다. 그러다 자신이 암흑 속에 둥둥 떠 있다는 걸 깨달았다! 언제부터였는지는 몰라도 암흑에 완전히 빠져 있다는 느낌은 단순한 착각이 아니었다.

동굴 바닥을 아무리 내려다봐도 파벨은 보이지 않았다. 대신 바로 곁에서 아주 독특한, 검은색으로 이루어진 어떤 형태를 발견했다. 그 형태는 순간순간 끊임없이 다양하게 변했다.

그러다 자신이 서 있는 곳이 다름 아닌 *칼리방*의 손안이라는 걸 깨닫자, 두려움이 엄습했다.

공포의 그림자 거인이 그녀를 허공 속에 매달아 놓고 있었다. 그는 얼굴 없이 비올레트를 지켜보고 있었고, 몸 없이도 공간을 가득 채우고 있었으며, 손 없이도 그녀를 쥐고 있었다. 그리고 목소리 없이도 비올레트는 그의 말을 알아들을 수 있었다.

"비올레트 위르르방! 반항해도 소용없다. 넌 내 손안에 있으니. 넌 나의 일부이고, 난 너의 일부다."

"거짓말! 너 같은 게 내 일부일 리 없어. 넌 괴물이야!"

"누구든 다른 이에겐 괴물인 법이다. 암흑에게는 오히려 빛이 두려움의 대상이듯이."

"난 정원의 수호자야. 네게 명령한다, 나를 당장 내려놔!"

하지만 머릿속에서 들려오는 목소리는 그녀를 놔주지 않았다.

"정원 세상 같은 건 존재하지 않는다. 그건 어린아이의 공상일 뿐이야. 네 머릿속에 남은 그날 밤만이 현실이다. 난 온 세상에 그 밤을 퍼뜨릴 것이다. 그래야 모든 고통이 끝난다. 그러니 저항할 생각 마라."

비올레트는 자신의 적이 악마도, 마법사도 아님을 알았다. 어둠을 만들어낸 건 칼리방이 아니었다. *비올레트 자신이 바로 어둠이었다.* 그러니 그 어둠과 맞설 수 있는 것 역시 비올레트 위르르방, 자신뿐이었다.

어둠 속에서 자신을 쥐고 있는 거대한 주먹이 보였다. 이 어둠의 괴물에 맞서서 그녀가 뭘 할 수 있을까?

손에는 여전히 천 사령관의 단검이 있었다. 거대한 괴물 앞에서 작은 단검은 가소롭기 짝이 없어 보였지만, 모든 걸 집어삼키는 어둠에도 불구하고 예리한 칼날은 여전히 빛나고 있었다.

비올레트는 거인의 엄지가 있을 만한 곳을 단검으로 쓱 베었다.

"하하하! 정말로 넌 그 검이 내게 닿을 수 있다고 믿는가?"

이번엔 단검을 마구 휘두르며, 쉬지 않고 주위를 베고 찔렀다. 그러나 공격은 목표에 닿지 않았다. 칼리방의 손은 실재했고, 그 손이 그녀를 쥐고 있었건만, 어찌 된 일인지 단검은 허공만 공격하고 있을 뿐이었다.

"날 상처 입히면 다치는 건 너다. 그러니 허튼짓 마라." 칼리방이 말했다.

비올레트는 분노와 무력감에 소리를 질렀다. 그의 말이 진실임을 알고 있었다. 이 어둠의 거인이 자신과 연결되어 있고, 그 괴물은 비올레트의 두려움을 먹고 산다는 것이……

"그래, 소리 질러!" 칼리방이 속삭였다. "너의 공포는 나를 더 강하게 만든다. 더 크게 소리를 질러라!"

주변의 어둠이 정말로 더 짙어졌다. 암흑의 파동이 칼리방에게서 새어 나와 동굴 안에 퍼졌고, 모든 통로로 퍼지고 있었다. 파벨이 절망적으로 짖는 소리가 아주 먼 곳에서, 마치 꺼져 가는 것처럼 희미하게 들렸다.

칼리방이 태어난 곳은 지구의 중심부보다 더 깊은 곳, 비올레트의 두려움과 어릴 적의 악몽과 그녀 마음 깊이 묻힌 나쁜 기억 한가운데였다. 칼리방은 진실을 말하고 있었다. 그에게 상처 입히면 그녀 자신도 상처를 입는다는 진실을.

문득 떠오르는 생각이 있었다. 미친 생각이자 위험하기 짝이 없는 생각이지만, 아주 합리적이고 확실한 생각이었다.

비올레트는 단검을 들었다.

"내 말을 이해하지 못한 건가?" 칼리방이 조롱하며 물었다.

"아니, 이해했어. 너야말로 그 말이 무슨 뜻인지 알고 있는 거야?"

소녀는 주저 없이 자신의 왼쪽 손바닥을 베었다. 생생한 고통이 엄습했고 피가 흘러내렸다.

"끄아아아악!"

마치 자기가 베이기라도 한 것처럼, 칼리방이 손을 급히 폈다. 비올레트는 풀려났다!

비올레트는 동굴의 바닥에 내려섰다. 그 순간 파벨의 따뜻한 주둥이가 느껴지나 싶더니, 곧 얼굴을 핥는 파벨의 혀가 느껴졌다. 파벨의 한결같은 사랑은 비올레트에게 다시 희망을 주었다.

칼리방은 비올레트의 두려움을 먹고 살았다. 그는 비올레트와 연결되어 있다. 하지만 이제 비올레트는 더 이상 그의 포로가 아니었다! 그녀는 그를 물리칠 수 있었다. 자기 자신을 직면할 용기가 생긴 지금이라면!

곧 닥쳐들 암흑의 밀물을 멈출 시간, 어둠의 폭풍우가 정원을 삼키는 걸 막을 시간이 아직 남아 있었다. 비올레트는 고개를 들고 칼리방을 보았다. 괴물의 형태가 물속에 떨어뜨린 페인트 용액처럼 뒤틀리며 흘러내렸다. 하지만 그 형태는 천천히 위협적인 형상을 되찾아 갔다.

"파벨, 어서 나가자!" 비올레트가 파벨 위에 올라타면서 말했다.

"넵! 그런데 어디로 나가죠?"

비올레트는 어떤 방향으로 가야 할지 잠깐 망설였다.

"잠깐! 내가 출구 앞에 뭔가로 표시해 놨었는데……. 그래, 봉지!"

"봉지요?" 파벨이 신음했다. "내가 그걸 어떻게 찾아요?"

머리 위에서 칼리방이 원래의 형태를 거의 회복하고 있었다.

비올레트는 피로 끈적해진 주먹을 꽉 쥐었다. 그리고 할 말이 떠올랐다.

"그건 비스킷 봉지야."

"비스킷요? 버터와 초콜릿 냄새……! 아, 냄새가 나요. 꼭 잡으세요."

칼리방이 개를 잡으려고 손을 펴며 다가왔다.

그러나 파벨이 한발 빨랐다. 파벨은 주인을 태우고 어둠으로 가득 찬 허공을 헤치고 쏜살같이 달렸다. 비스킷 봉지와 자유가 있는 곳으로. 칼리방이 비올레트가 있는 쪽으로 손을 뻗어 움켜쥐었지만, 허공뿐이었다.

괴물은 도망친 이들을 쫓아가며 어둠의 파동을 쏘아 댔다.

13
르비스

개는 개미들의 냄새 흔적을 따라 땅 위를 향해 올라갔다. 그림자에 삼켜진 터널 안에서도 개미들의 냄새 흔적은 아직 생생해서, 밖으로 인도하는 지표가 되어 주었다.

밖에서 들어오는 한 줄기 바람이 바른 길로 가고 있음을 알려 주었다.

"이제 곧 햇빛을 보게 될 거야." 비올레트가 개를 격려했다.

그때, 갑자기 불어온 차가운 바람에 소녀는 오싹함을 느꼈다.

"풀 냄새와 먼지 냄새가 나요!" 파벨이 말했다. "밖으로 나온 게 분명해요."

그러나 여전히 캄캄했다.

"암흑의 물결이 지하에서 여기까지 올라온 거야. 태양을 보려면 더 높이 올라가야겠어. 아직 개미들의 흔적을 찾을 수 있지?"

"네, 냄새가 오른쪽에서 나고 있어요."

"그래, 그쪽으로 가자."

개는 한동안 코를 땅에 대고 빠르게 걸었다. 오르막길을 어느 정도 오르자 빛이 보였다. 드디어 어둠에서 빠져나온 것이다!

빛은 이전보다 확실히 희미했다. 하늘도 어두웠다. 완전히 동그래진 텅 빈 달이 주변에 온통 밤을 펼쳐 놓았다.

"하늘의 어둠과 땅의 어둠이 만나 더 강해지기 전에 빨리 움직여야 해." 비올레트가 말했다.

그들은 언덕을 올라갔다. 비올레트는 중턱에서 잠시 멈추고 주변을 관찰했다. 우울한 광경이었다. 어둠이 **모조품 도시**를 완전히 장악했고, 모래 탑 꼭대기만이 거대한 어둠 속을 뚫고 나와 있었다. 벌써 어둠의 밀물이 주변의 언덕들을 덮고 있었다.

"우리가 있는 곳은 **인조 산**이야. 꼭대기까지 올라가자. 정원 저쪽 끝에서 무슨 일이 일어나고 있는지 봐야겠어. 개미들의 냄새 흔적은 아직 있지?"

"희미해요." 파벨이 대답했다. "개미들이 흩어진 게 분명해요. 어, 다른 냄새가 나요. 아주 강한 냄새예요. 동물들 냄새요. 사슴, 염소, 족제비……."

"근위대야. 이제 전쟁이 벌어지겠군."

파벨이 다시 산을 오르기 시작했다. 비올레트는 개의 목을 꼭 껴안았다. 왼손에서 통증이 느껴졌고, 흐르는 피가 파벨의 목에 시뻘건 얼룩을 남겼다. 하지만 그녀의 가장 큰 걱정은 어둠의 세력이 커지고 있다는 거였다.

'드디어 폭풍우가 나타났구나.' 수호자는 생각했다. '저걸 어떻게 무찔러야 하지? 늑대들이 내 메시지를 잘 전해 주었으려나?'

인조 산 꼭대기에서 그들을 기다리는 자가 있었다. 그를 본 순간, 비올레트는 안심과 불안이 뒤섞인 한숨을 쉬었다. 늑대 가죽을 쓰고, 손에는 황제의 검을 들고 있는 르비스는 이전처럼 위협적으로 보이지 않았다.

비올레트는 자기 허리에 단검이 잘 매달려 있는지 확인했다. 하지만 꺼내들지는 않았다. 그녀는 파벨의 등에서 내려 경쟁자가 있는 곳까지 걸어갔다.

"왜 이렇게 오래 걸린 거야?" 늑대 가죽을 쓴 수집가가 말했다. "너희가 저 구멍에서 영영 못 나오나 보다 하고 있었어."

"승부를 보려고 날 기다렸어?" 비올레트가 물었다. "네 근위병들이 없네?"

르비스가 얼굴을 찌푸렸다.

"그 바보 같은 놈들이 날 배신했어. 네가 보낸 비늘 달린 사령관이 나타나니 모두 우르르 그를 따라가더군. 하지만 난 여기서 널 기다렸어. 그리고 난 너보다 더 강해. 그건 너도 잘 알 거야!"

"싸움판을 벌이기엔 너무 늦었어. 너도 저 밑에서 무슨 일이 일어나고 있는지 알고 있겠지. 새로운 폭풍우가 시작됐어."

"그래. 개를 찾겠다고 가서 폭풍우를 깨운 건 바로 너야. 그건 너도 알지? 넌 멍청하게 함정에 빠진 거야. 네 전에 있던 다른 녀석들처럼! 넌 사랑하는 정원을 구하고 싶다면서, 오히려 정원을 파괴할 일을 저지른 거지."

비올레트는 화가 났다.

"아냐! 내가 그런 게 아니야! 지금이 아니어도 폭풍우는 반드시 일게 되어 있었어! 난 폭풍우를 멈추려고 내가 할 수 있는 건 다 했어……."

르비스가 잔인한 미소를 지으며 말했다.

"어쨌거나 넌 무능해! 넌 정원을 들쑤시고 다니지 말고 일찌감치 집으로 돌아갔어야 해. 어서 네 동생이나 찾아서 가! **너른 잔디밭**에서 네 친구들과 놀고 있더라. 그리고 내 물건들 돌려줘. 난 여기서 폭풍우 구경이나 하게."

"르비스, 내 말 잘 들어! 아직 재앙을 멈출 기회가 있어, 우리가 서로 싸우지만 않는다면 말이야. 우리가 함께 유물들로……."

르비스가 웃음을 터뜨렸다.

"넌 아직도 그 유물들이 우릴 구할 수 있다고 믿고 있니?"

"두더지들이 그렇게 말했어! 생각해 봐. 정원이 암흑에 잠기면, 네가 모은 유물들이 다 무슨 소용이 있니? 너도 다른 주민들만큼이나 정원이 파괴되지 않기를 바라고 있잖아! 너 역시 지금은 정원의 일부니까. 안 그래?"

르비스는 대답하지 않고, 이렇게만 물었다.

"어째서 '지금은'이라고 하는 거지?"

"왜냐하면…… 너도 나처럼 예전엔 수호자였잖아, 루이자."

"루이자는 죽었어!" 르비스가 절규했다.

그러고는 늑대 가죽을 홱 벗어 던졌다. 헝클어진 금색 머리칼이 드러났다. 토끼 소녀의 맨얼굴을 보는 순간, 분노한 표정과 움푹 팬 볼과 퀭한 눈에도 불구하고 한눈에 알아볼 수 있었다. 낡은 사진 속의 그 소녀라는 것을.

"흥! 그래, 옛날에 사람들이 날 루이자라고 불렀지. 하지만 난 여기에 영원히 남기로 선택했어. 이 정원은 내 **유일한** 세상이야. 내 앞에서 루이자에 대해 입도 뻥긋하지 마. 정원에 온 뒤로 난 줄곧 르비스였으니까."

"좋아, 르비스. 네 운명은 네가 결정할 수 있어. 하지만 정원의 운명을 결정할 권리는 네게 없어. 우리의 유물을 한데 모으자. 우리가 합치면 다섯 가지 유물을 갖게 되는 거야. 늑대 가죽과 귀한 조약돌, 황제의 검, 개미 그림 기계 그리고 천 사령관의 단검. 당장 트롤들에게 가서 바늘 없는 시계도 찾을 수 있어. 넌 일곱 번째 유물도 어디 있는지 알고 있지?"

"너, 정말 그렇게 믿고 있는 거야? 불쌍한 비올레트……."

르비스는 주머니에서 회색 돌 조각을 꺼냈다. 비올레트는 그걸 알아보고 경악했다. 그것은 뚝 잘린 실리카스톤의 팔이었다. 손목에 바늘 없는 시계가 반짝이고 있었다. 르비스는 토끼 복면과 함께 그것을 내려놓고 말했다.

"자, 모두 여기 있어. 일곱 번째 유물까지 전부. 내 복면도 유물이거든. 이 복면의 귀 덕분에 난 아주 멀리서 일어나는 일에 대해서도 다 들을 수 있지."

르비스는 잠깐 시간을 두더니 다시 덧붙였다.

"여기 일곱 가지 유물이 다 모였으니, 이제 곧 폭풍우가 물러나겠네?"

비올레트는 들판 쪽을 바라보았다. 암흑의 물결이 **인조 산** 기슭을 따라 올라오고 있었고, 반대편 숲 위의 하늘도 어두워지고 있었다. 두 개의 검은 암흑 덩어리가 곧 만나게 될 터였다. 그것을 막을 수 있는 건 아무것도 없었다.

비올레트는 두더지 세 자매가 한 말들을 다시 떠올렸다. 그러고 보면 두더지들은 유물들이 마법을 써서 폭풍우를 물리칠 수 있다고 말하진 않았다. 다만 유물들을 모두 모으라고 격려해 주었을 뿐이다. 그 유물들이 없으면 수호자가 정원의 질서를 세울 수 없을 거라고 했다.

이제 그녀는 명백한 사실을 인정해야 했다. 칼리방을 파괴할 수 있는 건 단 하나밖에 없다는 사실을. 그 하나는 바로 그녀 자신이었다. 만일 동굴 안에서 그녀가 손을 베는 게 아니라 자기 자신을 온전히 희생했더라면! 하지만 비올레트는 그렇게 할 수 없었다.

"이제 알겠어?" 르비스가 말했다. "폭풍우 앞에서 이 유물들은 그저 쓸모없는 장난감에 불과해. 내가 유물을 모은 건…… 이것들이 나의 유일한 추억이기 때문이야. 그러니 넌 이제 정원을 버리고 도망쳐. 날 그냥 내버려 둬. 난 어떻게든 살아남을 거야. 어떤 상황에서도 살아남는 법을 배웠거든."

비올레트는 절망감에 사로잡혔다. 르비스의 말이 사실이라는 걸 알았다.

비올레트는 그녀 앞에 개미 그림 기계를 놓았다. 개미들이 떠난 뒤로 그 기계는 그저 텅 빈 껍데기에 지나지 않았다.

"자, 받아. 이것도 루이자의 것이었잖아. 난 단검과 조약돌만 가질게."

"다행이다!" 귀한 조약돌이 말했다.

비올레트는 개의 등에 올라타고 말했다.

"파벨, 내려가자. **너른 잔디밭**으로. 이방을 찾으러 가야지."

개가 걸음을 떼려는 순간, 르비스가 비올레트의 어깨를 잡고 속삭였다.

"비올레트, 넌 나보다 더 용감했어. 넌 행복해질 자격이 있어. 지금은 네 동생과 너부터 구해. 안녕."

"안녕, 루이자. 언제까지나 너를 기억할게."

14
저녁 노을

비올레트와 파벨은 정원을 가로질러 달렸다. 지나가는 곳마다 주민들에게 경고했다. "폭풍우가 와요! 빨리 안전한 곳으로 피하세요!"

15
그 남자

비올레트는 곤히 잠든 이방을 침대에 뉘었다. 그리고 다시 창문을 닫았다. 집 안은 쥐 죽은 듯이 고요했다.

아빠가 아직 집에 있을까?

유리창 너머의 정원은 그저 작은 집의 평범한 정원으로밖에 보이지 않았다. 무성한 잡초들과 가시덤불만 바람에 따라 일렁이고 있었다. 방금 떠나온 세상이 이 순간, 밤의 어두움에 완전히 삼켜져 버렸다는 걸 어떻게 믿을 수 있을까? 비올레트는 모든 게 환상이기를 바라면서, 또 **비밀의 정원**이 폭풍우에 파괴되지 않았기를 바라면서, 다시 창문을 열어 보려고 했다.

하지만 너무 피곤해서 손가락 하나 꼼짝할 수 없었다.

집은 조용했다. 그 **남자**는 분명 소리치면서 비올레트를 찾다가 밖으로 나갔을 테고, 결국 지쳐서 떠났을 것이다. 비올레트는 돌아서서 자기 방을 바라봤다.

책상 위에 무언가가 펼쳐져 있었다. 비올레트의 낡은 스케치북이었다. 이상하네? 그 스케치북이 거기 펼쳐져 있을 까닭이 없었다.

누군가가 거기 갖다 놓은 것이다.

누군가가 읽었다는 뜻이다.

비올레트는 다가가서 스케치북을 집어 들었다. 누군가가 그냥 읽기만 한 게 아니었다. 붉은 펜이 옆에 놓여 있었다. 스케치북에 뭔가 써넣기 위해 꺼낸 게 분명했다. 비올레트가 아주 어렸을 때부터, 엄마는 어린 딸의 그림들을 모아서 스케치북에 붙여 놓았었다. 바로 그 스케치북에 누군가가 비올레트의 그림들을 조롱하는 글들을 휘갈겨 써 놓았다.

'형편없군.', '이것도 그림이라고!', '이렇게밖에 못 그려?', '제발 좀 성의 있게 그려 봐!', '이건 네 초상화냐, 두꺼비 초상화냐?'

일부러 기분 나쁘라고 쓴 글들이었다. 심지어 어떤 그림엔 까맣게 칠해 버린 부분도 있었고, 낙서처럼 덧붙여 그려 넣은 것도 있었다.

비올레트는 분노와 절망감으로 떨기 시작했다. 누가 이런 짓을 했는지 뻔했다. 왜 이렇게까지? 무슨 권리로? 오히려 누구보다도 비올레트를 격려하고, 보호하고, 사랑해야 하는 사람이 아닌가!

방문이 열렸을 때, 비올레트는 여전히 스케치북을 들여다보고 있었다.

"아, 그거? 뭐, 딱히 나쁘진 않더라만. 아빠가 더 좋은 걸로 사 줄 테니, 다음엔 거기다 그려 보든가."

비올레트는 몸을 돌려서, 문에 기대어 서 있는 그 남자를 바라봤다. 그리고 솟구치는 분노를 참으며 차분하게 말했다.

"여기서 나가요. 우리 집에서 나가라고요."

그는 대답 대신 비웃으며 말했다.

"어디 갔었냐? 개를 찾았구나. 잃어버렸던 건 아니군. 그놈은 이 집에 두고 가야 해. 내가 개밥까지 챙겨 줄 순 없으니까."

파벨이 짖었다. 하지만 아빠가 때리기라도 할 것처럼 손을 들자, 파벨이 두려워하며 침대 밑으로 숨었다. 파벨은 강아지 때부터 그를 무서워했다.

그가 좀 느긋해진 어조로 다시 말했다.

"네가 싸돌아다니는 동안 너와 이방의 짐을 싸 놨다. 네 동생 안고 따라와. 새로운 시작을 기념하며 아이스크림이나 먹으러 가자꾸나!"

비올레트는 한마디도 하지 않고 가만히 있었다.

두 주먹을 불끈 쥐었다. 얼굴이 창백해졌다.

정원에서 일어났던 모든 일을 다시 떠올렸다. 정원에 넓게 퍼졌던 어둠과 칼리방, 그에 대한 분노와 공포에 대해서. 초록 군단의 나무들, 늑대들과 센다크 그리고 트롤들과 검은 넝쿨들에 대해서. 그녀는 이 모든 것을 생생하게 겪었다. 르비스가 마지막으로 했던 말도 생각했다.

'넌 행복해질 자격이 있어. 지금은 네 동생과 너부터 구해.'

아빠는 초조해졌는지, 방금 깨어난 이방의 소리가 들리는 아기방 쪽으로 몸을 돌렸다.

"자, 어서 가자. 시간이 없어. 아기는 내가 안을 테니, 넌 그냥 따라와!"

비올레트의 오른손이 본능적으로 허리에 매달린 물건을 꽉 쥐었다. 천 사령관의 단검. 그리고 왼손은 여전히 피로 물들어 있었다. 그녀는 피 묻은 손바닥으로 얼굴을 쓸었다. 마치 붉은 가면을 쓴 것 같았다. 그녀의 분노만큼 붉은 가면……

비올레트는 검을 꽉 거머쥐고 아빠의 길을 막아섰다.

"우리 집에서 나가라고 말했는데요."

"아니, 뭐냐! 얼굴이 왜 그래? 무슨 일이야?"

"이방에게 손가락 하나 대지 마요. 아무에게도, 아무것에도 손대지 말고 당장 여기서 나가요. 내 눈앞에서 사라지라고요."

아빠가 손을 들어 위협했다. 파벨에게 했던 것처럼.

"네 엄마가 대체 네 머릿속에 무슨 못된 생각을 집어넣은 거냐? 좋아, 이젠 끝이야! 넌 나를……!"

비올레트는 물러서지 않았다. 오히려 앞으로 한발 더 나아갔다. 아빠의 무거운 숨결이 느껴지는 곳까지.

"난 절대 아빠를 따라가지 않을 거예요. 아빠는 끔찍한 사람이에요. 누구보다 우리를 지켜 줘야 할 사람이면서도 우리를 돌보지 않았죠. 우리 중 누구도 아빠하고 살지 않을 거예요. 이제 가 버려요."

파벨이 침대 밑에서 나와, 으르렁거리며 앞으로 나섰다.

"완전히 미쳤구나, 불쌍한 녀석! 내가 너같이 못된 애를 돌봐 줄 것 같아? 배은망덕한 놈 같으니라고! 넌 아이스크림 먹을 자격도 없어."

"맞아요. 그러니 어서 나가요. 우리끼리 살게 내버려 두라고요."

그는 방에서 나가며 복도에 내놓았던 짐들을 발로 뻥 찼다. 그리고 마지막 말을 남겼다.

"다시는 나더러 와 달라고 울고불고 매달리지 마, 알았냐? 네 엄마에게 그대로 전해. 앞으로는 한 푼도 안 보낼 테니 그런 줄 알라고!"

드디어 아빠가, 아니 아빠라고 생각했던 남자가 나갔다. 곧이어 자동차 시동이 걸리고, 전속력으로 달리는 소리가 들렸다.

비올레트는 길게 한숨을 쉬고는 기진맥진하여 벽에 몸을 기댔다. 상처 입은 손을 핥는 파벨의 혀를 느끼면서 손을 보았다. 그녀가 아직 손에 꽉 쥐고 있는 아빠를 위협했던 천 사령관의 단검은 이가 다 빠지고 녹이 슨 오래된 부엌칼처럼 보였다.

그녀의 분노는 조금도 사그라들지 않았다.

16
메시지

　그날 아침, 비올레트 위르르방은 낡은 가방을 다시 꺼냈다. 벽장 밑바닥, 루이자의 사진첩 옆에 던져둔 채 여름 내내 손도 대지 않았던 가방이다.

　이제 그녀는 끊임없이 **비밀의 정원**을 생각하고 있다. 폭풍우의 암흑 속에 삼켜진 정원만 생각하면, 깊은 슬픔 속에 잠기곤 했다. 가끔 창가에 주둥이를 대고 있는 파벨을 볼 때면 비올레트는 이렇게 말했다.

　"안 돼. 내가 모든 걸 다 망쳐 놨어. 언젠가 다른 누군가가 다시 가서 정원을 깨울 거야. 그 사람이 나보다 정원을 더 잘 돌보기만 바랄 뿐이야."

　그러면서 하루하루가 지나갔다.

　새 학기는 여느 때처럼 단조롭고 생기 없었다.

　그런데 오늘 아침, 왜 그랬는지 모르겠지만, 비올레트는 가방을 다시 열었다. 그리고 그 안에 있던 빈 오이피클병을 꺼내 주방에 갖다 놓고, 오렌지색의 예쁜 조약돌을 책장 선반에 올려놓았다. 개미 그림 기계가 찍은, 새들의 언어가 새겨진 사진들은 루이자의 사진첩에 끼웠다. 귀한 조약돌은 그저 평범한 돌멩이 같았고, 천 사령관의 단검은 오래된 녹슨 칼처럼 보였다. 오직 사진들만이 그 세계가 꿈이 아니었음을 알려 주는 유일한 증거였다.

마지막으로 가방 밑바닥에 있는 종이에 손이 닿았다. **크리스마스 무덤**에서 새들이 전나무 장식을 도와줬을 때, 낡은 카메라로 찍었던 첫 번째 사진이었다. 비올레트는 그것을 잊은 채, 사진 속 문장을 해독할 생각조차 안 하고 있었다.

비올레트는 몸을 떨면서 사진을 집어 들고 창가로 다가가, 비 내리는 가을날의 칙칙한 아침 햇살에 비춰 보았다. 그녀는 새들의 언어를 잊지 않고 있었다. 그들의 메시지는 아주 단순했다.

'*폭풍우를 막을 수 없다면, 정원이 폭풍우를 견디도록 대비시켜라. 폭풍우가 몰아치는 구름 위에도 언제나 태양은 비치는 법이다.*'

'정원을 대비시킨다⋯⋯.'
비올레트는 지하 동굴에서 천 사령관에게 내렸던 지시들을 떠올렸다.
트롤들이 다리를 지키고 있는지 확인할 것.
정원 주민들이 각자의 집에 안전하게 있는지 확인할 것.
개미들이 언덕 꼭대기까지 올라갔는지 확인할 것.
전나무들이 모두 땅속에 뿌리를 굳게 내리고 있는지 확인할 것.
초록 군단이 작은 동물들과 새들을 잘 보호하고 있는지 확인할 것.
그리고 바잘트가 배 속에 시몬과 비르지니아와 마르그리트를 품고 있는지 확인할 것.

비올레트는 근위대가 임무를 잘 수행하도록 천 사령관에게 이처럼 세세한 지침들을 내렸었다. 자신이 실패해서 정원에 어둠이 몰려오더라도 주민들이 희망을 잃지 않게 하려던 거였다. 하지만 결국⋯⋯.

그런데 혹시 이것이 수호자가 수행해야 할 진정한 임무였다면? 폭풍우를 멈추는 게 아니라, 정원의 주민들이 폭풍우 속에서도 견딜 힘을 갖도록 격려하는 게 수호자의 진짜 임무였다면? 하늘이 맑게 갤 때까지 정원이 견고한 모습으로 버텨 낼 수 있도록!

그렇다면 비올레트는 아직 실패한 게 아닌지도 모른다. 어쩌면…….

비올레트는 필요한 것들을 가방에 챙기며 파벨을 바라봤다.

"파벨! 우리 잠깐 한 바퀴만 돌아보고 올까? 그냥 보기만 하는 거야. 조약돌도 데리고 갈까?"

"왈왈!"

"좋아, 오이피클을 갖고 올게. 그리고 센다크에게 줄 뼈다귀도 하나 챙기자. 르비스에게 줄 구슬도."

그녀는 창문을 열고 정원으로 뛰어내렸다.

하늘이 파랬다. 찬란하게 빛나는 햇빛에 눈이 부셨다.

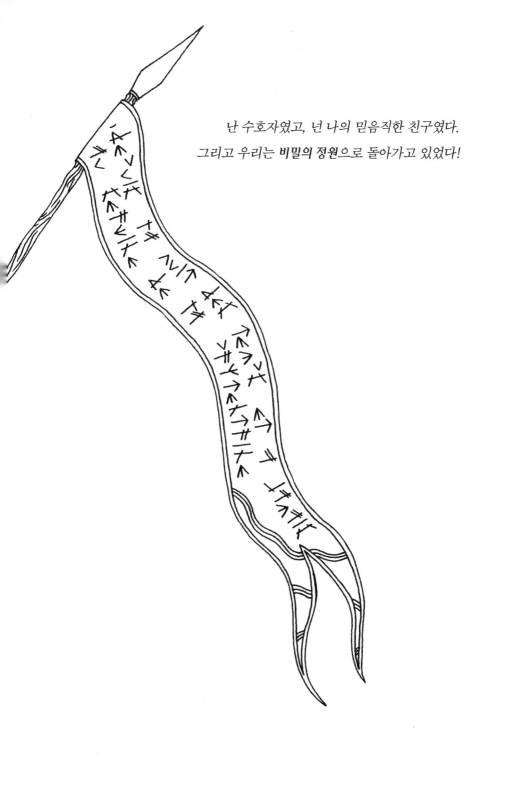

난 수호자였고, 넌 나의 믿음직한 친구였다.
그리고 우리는 **비밀의 정원**으로 돌아가고 있었다!

비올레트와 비밀의 정원

폴 마르탱 글 | 장 바티스트 부르주아 그림 | 김주경 옮김 | 전 2권

잡동사니가 귀중한 보물이 되는 세계.
시간은 제멋대로 흐르고, 바위의 박동이 느껴지는 장소, '비밀의 정원'.
그곳에서 평범한 소녀 비올레트와 강아지 파벨이
수호자의 사명을 안고 환상 속으로의 모험을 떠난다.

멍든 마음들에게 전하는 가장 용기 있는 위로!

글 폴 마르탱
어린이를 위한 소설과 만화 시나리오를 쓴다. 오랫동안 어린이 잡지 Astrapi의 기자로 활동했으며,
지금까지 70종이 넘는 그림책과 소설을 펴냈다. 게으른 고양이와 함께 지내는 중이다.

그림 장 바티스트 부르주아
작가이자 디자이너이다. 캉브레 에꼴 드 보자르에서 공부했고, 2013년 《거짓말 손수건, 포포피포》로
삽화가 일을 시작했다. 앵무새 조지와 살고 있다.

옮김 김주경
이화여대 불어교육학과와 연세대 대학원 불문학과를 졸업했다. 프랑스 리옹 제2대학교에서
박사 과정 수료 후 전문 번역가로 활동하고 있다.

비올레트와 비밀의 정원 1
위대한 정원의 수호자

초판 1쇄 인쇄 2023년 7월 16일
초판 1쇄 발행 2023년 7월 25일

글 폴 마르탱
그림 장 바티스트 부르주아
번역 김주경
펴낸이 김영곤
펴낸곳 ㈜북이십일 아르테

융합1본부장 문영 **책임편집** 정유나 **융합1팀** 이신지 오경은 이해인
디자인 김단아 **교정교열** 김은미
아동마케팅영업본부장 변유경 **아동영업팀** 강경남 오은희 김규희 황성진
아동마케팅1팀 김영남 황혜선 이규림 정성은 **아동마케팅2팀** 임동렬 이해림 최윤아 손용우
해외기획실 최연순 **제작** 이영민 권경민

출판등록 2000년 5월 6일 제406-2003-061호
주소 (우 10881) 경기도 파주시 문발동 회동길 201
대표전화 031-955-2100 팩스 031-955-2177 홈페이지 www.book21.com

© 2019 Éditions Sarbacane, Paris

ISBN 978-89-509-2815-5 04860
        978-89-509-2754-7 04860 (세트)